車 JA

over the edge《エッジ》

堂場瞬一

早川書房

7534

over the edge《オーバー・ジ・エッジ》

登場人物

モーリス・ブラウン…………ＮＹ市警緊急出動部隊《ＥＳＵ》の分隊長
濱崎《はまさき》……………………………なんでも屋。元警視庁刑事
ドナルド・ホワイト…………「ラーガ」営業担当の上級副社長。ブラウンの旧友
ラオ……………………………世界有数のＩＴ企業「ラーガ」のＣＥＯ
吉竹直美《よしたけなおみ》……………………ホワイトの部下
石田和成《いしだかずなり》……………………ホワイトの部下
羽生剛志《はぶつよし》……………………ホワイトの部下
塩田《しおた》……………………………ブラウンの視察の世話役。警視庁捜査共助課勤務
大塚《おおつか》……………………………濱崎の元同僚。警視庁刑事総務課勤務
秋山《あきやま》……………………………濱崎の後輩。千代田署刑事課勤務
アレックス・ゴンザレス……ブラウンの部下
沢木《さわき》……………………………ホワイトの仕事相手
野口一幸《のぐちかずゆき》……………………ホワイトの知人
野口初恵《はつえ》……………………一幸の妻
波多知男《はたともお》……………………不動産業者
石本武光《いしもとたけみつ》……………………ホワイトの知人
中嶋由里《なかしまゆり》……………………会員制バーの経営者

11月30日

　モーリス・ブラウンは、背中に強烈な違和感を背負っていた。誰かに見られている――ホームグラウンドのニューヨークでは、まず感じることのない視線だ。

　新宿・歌舞伎町は、世界中のあらゆる繁華街に共通の、猥雑な空気を発散している。晩秋だというのにその中だけ気温が高く、湿気も多い――歩いているだけで蕁麻疹が出そうな感じだ。ブラウンはかすかにしか記憶していないが、ジュリアーニが市長になる前の、ポート・オーソリティ・ターミナルを中心とした四十二丁目付近と似ているかもしれない。あの辺りは、今でもわずかにざわついた雰囲気が残っているものの、歌舞伎町の方がよほど賑やか、かつ危うい感じがする。原色の洪水が、街全体をそういう空気に染め上げているのだ。

「ここはね、昔からこんな感じなんですよ」警視庁捜査共助課の塩田《しおた》が説明する声は、ざわめきに消されそうになる。身長差があるので、歩いている時は特に、体を彼の方に傾けないと話が聴き取り辛い。こんなことをしばらく続けているうちに、ブラウンは右肩だけが凝ってきた。

ふと立ち止まり、一面が鏡になったビルの壁を見詰める。違和感たっぷりの光景だ。日本人——中国人や韓国人もいるかもしれないが——だけが集まる夜景の中に、一人だけ濃い褐色の肌の自分が紛れこんでいると、異常に目立つ。この国が持つ排他性を、日本人が意識しているいないにかかわらず、否応なしに感じざるを得なかった。

「少し休憩しますか」塩田が訊いてきた。

「いや、もう少し歩きましょう。この街は非常に興味深い」

うんざりした表情を浮かべ、塩田がうなずいた。実際うんざりしているのだろうな、とブラウンは思う。ずっと自分の視察の面倒を見なければならないのだから。夜まで引っ張り回されて、たまらないと思っているはずだ。だが今夜の視察は、最初から予定に入っていたものである。しかも、警視庁側が立てたスケジュールだ。ブラウンも特に興味があるわけではなかったが、仕事は仕事として、こなさなくてはならない。視察終了後には、報告書をまとめる面倒な作業が待っている。書くことは、多ければ多いほどいい。ニューヨーク市警の上層部にも、シンプルさではなく量を求める人間も多いのだ。

原色のネオンサインは、ブラウンの目には少しきつ過ぎた。シャツの胸ポケットからサングラスを取り出してかける。刺激的な光は少しだけ和らいだが、それでも強烈なメッセージを目から脳に送りこんできた。漢字がほとんど読めないから、ますます苛立つのだろう、と自分で分析する。幼い頃の一時期を日本で過ごしたブラウンは、今でも日本語の会話には不自由しないが、読む方はほぼ駄目だった。何しろ日本語は、世界で最も複雑な文字体系を擁している。ひらがな、カタカナ、漢字、そしてアルファベット。四種類の文字が普通に使われているのだから、日本語の文章は世界で一番豊穣かもしれない、と常々思っている。読めれば便利だろうとは思うが、残念ながら今は、勉強している暇がない。それに日本語は、ネイティブでない人間が、二十歳を過ぎてから学ぶには手強い言語だ。

二人は特に当てもなく、歌舞伎町の中を歩き回った。人出は多く、道幅一杯に広がって歩いている酔っ払いの一団もいるので、時には体を捻ってすり抜けるようにしなければならなかった。そしてブラウンとすれ違った誰もが、一瞬ぎょっとした表情を浮かべる。次第にうんざりしてきて、塩田に訊ねた。

「この辺では、外国人は珍しいですか？」

「ああー、そう……あなたのような人は。米軍基地があるような街では、それほど目立たないでしょうがね」

無言でうなずく。こうやって人目についてしまうことは、自分の本当の目的には大きなマイナスになるだろう、と覚悟した。そろそろ動き出さなければならないのだが……この街は調査対象にならないだろうが、障害は、他の街でも変わらないだろう。

ビルばかりが建ち並ぶ歌舞伎町では、何故か看板の位置が低い。下手をすると、長身のブラウンの頭にぶつかりそうなほどだった。ピンク色の看板がやけに目立つのは、それだけ風俗店が多いからだろう。ピンクが表す意味は、世界中でほぼ共通だ。ちらりと腕時計を見ると、午後七時。もうこの界隈を、二時間近く歩き回っていることになる。時間が経つに連れて人出が多くなり、歩くのにも苦労し始めた。

「飯にしませんか」

塩田が情けない声で持ちかけた。確かに歩き回りっ放しで、ブラウンも空腹は意識している。

「そうですね」この辺りに、まともな食事ができそうな店などなさそうだが……食欲よりも、アルコール、あるいは性欲を満たすのを優先させる店ばかりだろう。

「日本に来てから、ラーメンは食べましたか？」

「ラーメン？　いや」

カップ麺は、何度か食べたことがある。日本にいた子どもの頃はおやつ代わりにしていたし、アメリカでも口にしたことがあった。しかし、「乾燥したインスタント食品」ではないラーメンは、未経験である。ニューヨークには何軒か、日本風のラーメン屋があるし、中華料理店では中国風の麺、ベトナム料理店ではフォーを食べられるのだが、何故か縁がなかった。

「じゃあ、経験しておかないと」塩田が少し意地悪そうに笑った。「ラーメンは、日本の国民食ですよ」

「それでいいですよ」

うなずき、急に元気になった塩田の後について歩き始める。塩田は迷わず、ビルの一階にある黄色い看板を掲げた店に入って行った。どうやら行きつけの店らしい。

入った途端、案の定、客や店員のぎょっとした視線に迎えられる。いい加減慣れなければと思うのだが、アメリカでは経験できないこの視線は、少しばかりきつかった。差別されている、というのではない。どこか恐れるような目つきなのだ。

塩田は、空いたテーブル席についた。ブラウンも彼の前に座ったが、店に入ってすぐ、鼻にまとわりつく異臭が気になって、落ち着かなくなった。非常に獣臭い。かすかに吐き気がこみ上げてくるのを意識し、ブラウンはたじろいだ。日本人にとって、こんな異臭を放つ食べ物が「国民食」だというのだろうか。ブラウンは、テーブルに置かれたメニューにちらりと目をやったが、何が書かれているかは分からない。観光客も多そうな街だから、英語メニューぐらいは併記すべきだと思ったが、どうやらこの店は、外国人が入ってくるとは想定もしていないようだ。これだけ国際都市化している東京で、それは甘い考えではないか、とブラウンは思った。

「メニューは任せてもらえますか？　説明すると大変なんだ」

塩田の言葉に、この店はどれほど複雑なシステムを取っているのだろう、とブラウンは訝《いぶか》った。アメリカでサンドウィッチを注文するようなものか。パンの選択から始まって、具の種類、量、調味料の有無まで、一息で店員に告げるのが、アメリカ流のやり方だ。ニューヨーク市警本部の近くにあるサンドウィッチ店で、自分がいつもやる注文を思い出す。「ライブレッドを軽く焼いて、ターキーとトマト、レタス。マヨネーズ抜きでマスタードを」

水を持ってきた店員に、塩田がごそごそと注文を伝えた。店員が暗号めいた言葉で、オープンになった厨房に注文を伝える。リスニングにはそこそこ自信があるブラウンでさえ、ほとんど聞き取れなかった。

「無難なやつにしましたから」塩田がにやにや笑いながら告げる。

「無難？」

「癖がない注文。醬油は大丈夫ですよね？」

「もちろん」むしろ好きだ。自分で料理をする時にはよく使う。チキンの料理に非常に合うのだ。

ブラウンは水を一口飲んだ。東京の水は美味《うま》い、それだけは確かである。メキシコに行った時、ひどい下痢をしたのを思い出した。水は避けていたのだが、コーラに入っていた氷でやられてしまったのだ。いつでも安心して飲め、しかも味がいい東京の水道水は、ブラウンにとって驚異だった。

ほどなく運ばれてきたラーメンは、非常に粘度の高いスープの中に麺が隠れた代物だった。箸で麺を持ち上げると、スープから強い異臭が立ち上がる。獣臭さだけではなく、嗅いだことのない、不思議な臭いが鼻先に漂った。不味《まず》そうではないが、味が想像できない。スープを一口飲んだ塩田が、満足そうな表情を浮かべて説明した。

「最近は魚介系のラーメンが流行《はや》ってましてね。ここはそれで有名な店なんですよ」

「ギョカイ?」

「ああ、その……」もどかしそうに、塩田が箸を振り回した。「乾燥させた魚や貝を出汁《だし》に使う。それとトンコツを合わせて、スープにするんです」

フィメ・ド・ポワゾンのようなものか? トンコツとは何だ? 臭いは非常に押しつけがましく、何故かくしゃみが出そうになった。一口スープを飲んでみると、臭みはそれほど気にはならなかったが、とにかくスープの粘り気が強い。ポタージュスープを飲んでいるようなものだった。それでも次第に慣れてきて、最後の頃には「美味いかもしれない」と思えるようになってきた。同時に、自分の味覚に対する自信がなくなってきたが。これは本当に美味いのか?

さっさと食べ終えた塩田が水を飲み干し、カウンター席まで歩いて行って水を注ぎ足した。コップに口をつけながら戻ってくる。ブラウンは、スープをほとんど残したまま食べ終えた。塩田が、丼を恨めしそうに見る。

「口に合いませんでしたか？」

「いや、そういうわけでもないですが……」

「スープは残すように、女房からきつく言われてるんだけどね。塩分の取り過ぎだって」

塩田は、自分より少し年上の四十二歳。ベルトの上に脂肪が乗った体形で、歩き回っていると時々息切れしている。それに気づいてから、ブラウンは歩くスピードを少し落とすことにしていた。

「塩分を取り過ぎないのは、大事なことです」

「分かってるけど、このラーメンはスープが命だから」塩田が、レンゲで丼の底を叩いた。

「誘惑に負けないようにするのは、俺には無理だ」

「この街の犯罪発生件数は？」ラーメン談義、あるいは彼の健康相談を聞かされるのにうんざりして、ブラウンは話題を変えた。

「実は、少ない」塩田もすぐに表情を切り替える。「小さなトラブルはありますよ。アルコールと縁の切れない街だから、喧嘩は毎晩のようにある。でも、殺人事件にまで発展するようなことはほとんどない。この街にはこの街独自のルールがあるから」

「ヤクザ、ですか」

塩田が眉をひそめる。自分の声が少しだけ大きかったことに気づき、ブラウンは口をつぐんだ。塩田が、脂っぽいテーブルに肘をつき、身を乗り出してくる。

「それなりのルールが作られているからね。ヤクザだって、自分たちが稼ぐ場所で騒がれるのは好まない」

「決して正しいことではないですが」

警察の人間がこんなことを言ってはいけない。だが、アメリカでも事情は同じようなものだ。「負の規律」とでも言うべき状況は、世界中どこにでもあるのだろう。

「とにかく、そういうことです」塩田が咳払いした。「今日は、どうしますか？　どこかの店にでも行ってみる？」

「アルコールという意味ですか？」

「アルコール抜きの店っていうのは、歌舞伎町には少ないからね」

「私は、酒は……」

「ああ、呑まないんでしたね」

塩田が残念そうに眉間に皺を寄せた。接待攻めを避けるために、最初会った時に説明していたのだが、覚えていないらしい。

「じゃあ、月曜日は例によって九時集合ということでお願いします」

「分かりました」

「週末はどうするんですか？　観光でも？」

「そうですね、少しどこかに足を延ばそうかと思います。視察も来週の金曜日で終わりですから」足を延ばす――この表現はいい。こなれた感じがする。

「京都はやめた方がいい。今頃は紅葉シーズンで、宿なんか取れませんから」

「横浜は？」

「あそこも混みますよ」塩田が脅すように言った。「横浜も、見るところはいくらでもありますけどね。中華街は行ってみるべきじゃないかな」

うなずいた。実は、中華街はおぼろげながら記憶にある。日本にいた頃、一回か二回、親に連れられて訪れたのだ。あそこの中華料理の味はどんなものだったか……ニューヨークにも中華街はあるが、それよりはずっと規模が大きかったように記憶している。サンフランシスコほどではないはずだが。

「では、途中まで送りましょう」

「電車で大丈夫です。もう、慣れましたよ」

「そうですか？」疑わしげに、塩田が首を傾げる。「東京の電車は、相当複雑だけど」

「ニューヨークの地下鉄も、同じぐらい複雑です」しかもニューヨークの地下鉄には時刻表がない。とにかく、来た電車に乗るだけだ。

「じゃ、出ましょうか」

「そうですね」

ブラウンは、ブルックス・ブラザーズのスーツの内ポケットから財布を抜いたが、塩田に止められた。

「ああ、ご心配なく。これは公務ですから、経費で落ちる」

そう言われれば、自分で金を出す理由はない。財布をしまい、頭を下げる。この仕草にはようやく慣れてきた。何だか卑屈な感じがするのだが。

「ニューヨークに来られたら、市警が奢《おご》りますよ」

「そういうチャンスはなさそうですがね」苦笑しながら塩田が頭を撫でた。ほとんど地肌が見えるほど、短く刈り上げている。

塩田と別れ、一人で地下鉄丸ノ内線に乗ると、少しだけほっとしている自分に気づいた。今回の来日は表向き「視察」目的であり、警視庁の人間が四六時中付いて回るのは仕方ないことなのだが、少しだけ息が詰まる。塩田は、くっついているのが自分の仕事と心得ているのか、常にブラウンから離れようとしないのだ。

相変わらず見られている感じは強いが、塩田が側にいないだけで、少しは緊張感が薄れる。明日から二日間は公式には休みになっており、自由に動けるのがありがたかった。これまでも、昼間の視察が終わってから夜に様々な情報を収集していたのだが、なかなか思うようにいかず、苛立ちが募るばかりだったのだ。

赤坂見附駅で下り、地下鉄の出入り口のすぐ前にあるホテルに戻る。部屋に入ると軽い閉塞感を覚えながら――とにかく狭いのだ――も、ほっとして上着を脱いだ。

ワイシャツ一枚になって窓から外を見ると、賑やかな街の灯が飛びこんでくる。確かこの辺にも、ヤクザが多いと聞いていた。その辺の事情も調べなければならない。この視察の本来の目的はそれなのだ。警視庁の連中から話を聞くだけではなく、自分の目で見て、現状を把握しないと。実は、このホテルを選んだ理由もそれである。そもそも、警視庁のある桜田門付近には、宿舎に使えるホテルがないせいもあるが、ヤクザが多そうな場所に宿泊することで、夜の調査を楽にしよう、という意図もあった。

ネクタイを外し、デスクの上に都心部の地図を広げる。自分には椅子が小さいので、立ったまま地図を見下ろした。赤坂見附駅、三宅坂、祝田橋、西新橋一丁目の交差点を四つの角にする変形的な四角の中に、日本の中枢のほとんどが入っていると言っていいだろう。国会議事堂、各省庁、そして警視庁と警察庁。そこに隣接した場所に赤坂の繁華街があり、ヤクザが日夜闊歩しているというのも妙な感じだったが、それも当然なのだと思い直す。悪は、権力に擦り寄るものだ。物理的にも心情的にも。

今回、視察――仕事というより休暇のようなものだった――にかこつけて来日したのには、別の目的がある。日本にいられるのはあと一週間。もう少し時間を考え、無駄にしないようにして動き回らなければ。

そう考えると、今夜から時間を有効に使わなければならない。一日歩き回って疲れていたが、日付が変わるまでにはまだ時間がある。

取り敢えず、着替えた。黒い長袖のTシャツにジーンズ、上は黒い革のフライトジャケットだ。分厚い革のジャケットは荷造りに苦労するものだが、もう十年以上着ているのですっかり肌に馴染んでいる。ブラウンにとっての作業着であり、戦闘服でもあった。冬、現場に出る時は常にこの服である。耐寒性という点では、真冬のニューヨークでは厳しいものがあるが、中に着る物で調整できる。足元はニューバランスの993。所々にスウェードをあしらったこのランニングシューズは、クッション性が高く、革靴から履き変えると、分厚い絨毯の上を歩いているような心地好さだった。

浴室の鏡の前に立ち、着こなしに隙がないのを確認する。完璧だ。これで何があってもOK。拳銃がないのが少しだけ心許なかったが、ここは日本である。よほどのことがない限り、撃ち合いなどあり得ないことは分かっていた――頭では。もちろん今の時代、どこで何があるか分かったものではないが、びくびくしていては何もできない。

堂々とやることだ。

堂々と闇に紛れる。そのためには、自分の肌の色は非常に具合がいい。

世界有数のIT企業ともなると、金の使い方が違う。ブラウンは、東京にしては広い部屋に入り、溜息をついた。行方不明になった長年の友人、ドナルド・ホワイトは、日本でのビジネス展開に備えて、この部屋を拠点にしていたというのだが、果たして家賃はいくらなのだろう。マンハッタンの家賃も、世界最高レベルだが……。

ブラウンが泊まっているホテルからそのマンションまでは、タクシーを使って五分もからない。基本的に分譲マンションで、一部の部屋が賃貸用に使われているようだ。ホワイトが営業担当の上級副社長を務める「ラーガ」社は、日本での本格的なビジネス展開のため、ホワイトを尖兵として送りこんだのだが、ホテルではなくマンションを借り上げたということからも、本気度が窺《うかが》える。短い期間でリサーチを済ませるのではなく、会社設立のための入念な準備。

リビングルームだけで、ブラウンが泊まっている部屋の三倍ほどの広さがありそうだった。家具には特に個性が感じられず——家具もレンタルだと聞いている——生活の臭いがなかった。実際ホワイトは、ここに来てわずか一か月で姿を消しているのである。

ソファに腰を下ろし、目の前のガラステーブルに置かれた日本の英字新聞を見る。日付はほぼ一か月前。一か月も連絡が取れないのは明らかに異常事態なのだが、それでもブラウンは、この部屋に事件の臭いを感じなかった。ここは、早い段階で警視庁の連中が調べている。結果、「何かがあった形跡はなし」その判断は信じたかった。日本の警察は優秀だし、この一件の調査にそれなりに人手を割いたことも知っている。

何かがあったとは思えない。少なくともこの部屋では。だが、胸はざわつくのだった。「ラーガ」のラオＣＥＯから市警本部長経由でいきなり連絡が入った時のことを思い出す。

インド人を両親に持つこの青年は、「次代のスティーブ・ジョブズ」と評される数千人のうちの一人だった。そしておそらく、本当に後継者になり得る可能性を持つ、数少ない男。

ラオは、マサチューセッツ工科大学《ＭＩＴ》在学中に、個人でＳＮＳサービスを始めた。最初は学生だけが対象だったのだが、一般に開放してから爆発的に広がり、今では全世界で五億人のユーザーがいると言われている。株式はまだ非公開だが、上場すれば時価総額は四百億ドルに達する、というのがマーケット筋の読みだ。ＩＴ業界に生まれた、新たな怪物企業である。

しかしラオは、他のＩＴ業界の起業者たちとは決定的に違った。表に出てこないのだ。メディアのインタビューを受けることはまずない。公式の発言は、ほとんど自社のＳＮＳを通じてなのだが、それも極めて事務的なもので、彼個人のパーソナリティをうかがわせるような情報は滅多に出てこない。表に出ないことで、神秘性を高める作戦ではないかと思ったのだが、実際に会ってみて、ブラウンは別の理由を知った。

シャイなのだ。

本題に入る前に、ブラウンは個人的な興味から、どうして表に出ないのか、こういう仕事ではコミュニケーション能力、プレゼンテーション能力が何よりも大事なのではないかと突っこんでみたのだが、彼は曖昧な笑みを浮かべるだけだった。やがて吐いた台詞《せりふ》が、「僕が積極的だったら、こんな会社は始めていない」だった。実生活でコミュニケーションがきちんと成立していれば、SNSを利用する必要はない、直接会わずにコミュニケーションを取るにはネットが一番――ということだった。実際彼はひどく小柄で、声も小さい。市警本部近くのダイナーで面会したのだが、事前にメールで写真が送られてきていなければ、見逃してしまうほど地味なタイプだった。

コーヒーではなく紅茶を飲みながら、ラオが切り出した。

「本部長には詳しく話していませんが、うちの副社長が、日本で行方不明になっています」

「副社長」繰り返して、ブラウンはうなずいた。

「ドナルド・ホワイト」

「何ですって？」思わずブラウンは聞き返した。自分が知っているドナルド・ホワイトは、一人しかいない。

「そうです。あなたの古い友人のドナルド・ホワイトです」

陸軍時代を共に過ごした相手である。二十年近く前のことだが、当時の記憶はまだ鮮明だ。それに今でも、時折会う仲である。最後に会ったのは一年前。彼は大学卒業後、IT系の会社を幾つか渡り歩き、当時はシリコンバレーにある会社で営業を担当していた。仕事でニューヨークに出て来たというので、マンハッタンで酒——酒を呑まないブラウンは当然クラブソーダ——を呑んだ。

あの頃、ラーガは日の出の勢いでユーザー数を伸ばしていた時期ではなかったか。ホワイト自身もラーガのユーザーで、あまりネットを使わないブラウンに盛んに勧めてきたのを思い出す。押しの強さというかしつこさに、笑いながらも辟易したものだが……その後、ラーガに転職していたというのか？　しかも副社長？　どうして自分に知らせてこなかったのだろう。

「何か、意外ですか？」

「いや、そういうわけじゃないが……あいつがそんなに優秀だったとは思えない」

ブラウンの中では、だらしないイメージしかない男だった。巨漢の白人で、軍隊時代から明らかに標準体重をオーバーし、しごかれては泣き言を零《こぼ》していた。兵士としては失格だが、友人としてみれば気のいい男で、つき合う分には楽しかった。それ故、除隊後も交流は続いていたのだが……会う度に体重が増え、頭髪が寂しくなっていった。節制を知らず、呑めば泥酔するまで止まらない。迷惑をかけられたことも一度や二度ではないが、憎めない男なので、翌日に萎《しお》れた姿を見ると、つい許してしまう。

「彼は、営業マンとしては伝説の男になりつつあります」ラオが切り出した。元々無表情なのか、顔色が読めない。だが、冗談を言っているとは思えなかった。

「それは……信じられない」

「そうかもしれません」ラオが笑みを浮かべた。チョコレート・ブラウニーをフォークで小さく切り分け、口に運ぶ。「外見は、だらしなく見えますからね。実際、だらしない部分は少なくないです」

「それは間違いない」

ラオの笑みが少しだけ大きくなった。紅茶で口を洗うと、真顔に戻って続ける。

「営業マンとしては、超優秀です。業界では有名ですよ。私も、このビジネスを始めてから彼と知り合ったんですけど、素晴らしいですね。自然に人をひきつける喋り方ができる人だ。それで、うちの会社に来てもらったんです。今後、世界展開を進めるために、優秀な営業マンはどうしても必要ですから。今回、日本に行ってもらったんです」

「日本でもビジネス展開を？」

「これが、なかなか上手くいかないんですね」ラオの顔に、少しだけ苦しげな表情が浮かぶ。「どうも日本では、ネット文化が独自の発展を遂げたようです。匿名が基本、という世界なんですね。ですから、実名主義のラーガとは馴染まない。でも我々としては、日本はどうしても手に入れたい市場なんです。そのために、日本法人を作ることになって、彼にはその準備のために行ってもらったんですが……行方が分からなくなりました」

「どういうことですか」ブラウンは眉をひそめた。あの男が？　陸軍時代のいい加減なイメージからすると、連絡を絶《た》ってふらりと行方をくらましてしまうことは、いかにもありそうだ。だが今や彼も、自分が知らない世界では「伝説の営業マン」なのだという。社会的な責任が重くなっていることは自覚しているだろうし、そんな無責任なことをするとは思えない。

「言った通りなんですが……彼を日本へ派遣したのは十月です。東京のコンドミニアムを借り上げて、そこを拠点に会社設立を進めてもらう予定でした。既に日本法人の代表になる人間はスカウトしてありましたから、共同で作業を進めてもらうことになっていたんです。会社の設立にはそれなりに時間もかかります。日本とアメリカでは、法律も違いますしね……彼には、軌道に乗るまで、向こうにいてもらうつもりでした。ところが、十一月になってから、急に連絡が取れなくなったんです」

「取れないというのは……」

「電話、メール、全て応答がありません」

「まさか」

「ちょっと心配してはいたんですけどね。彼は、営業マンとしては極めて優秀ですが、白人男性の悪い部分……何というか、傲慢なところがある」

ブラウンの顔を真っ直ぐ見詰めた。マイノリティ同士の連帯を求めている？　ブラウンはゆっくりと首を横に振って、話を進めた。

「会社そのものは、まだ設立していないんですね」

「準備中です。適当なオフィスの場所を探しているんですが、これがまだ……」

ブラウンはコーヒーを一口だけ飲んだ。脂でべたつくテーブルに、指先を走らせる。明らかに何かがおかしい——事件の臭いがした。

「向こうで——日本法人の代表になる人はどうなんですか。彼に調べてもらえばいいでしょう」

「彼女、です」さらりとラオが訂正した。「ミズ・ナオミ・ヨシタケ」

うなずき、先を促した。ラオが首を振り、苦しげな調子で続ける。

「彼女にも当然、連絡は取りました。ところが彼女も、ホワイトとは音信不通になっているんです。借りている部屋——暫定的にそこがオフィスなんですが——も調べてもらいましたが、いないんです」

「病気ということはない？」心臓発作でも起こして——ホワイトにはその恐れが十分にある——病院に担《かつ》ぎこまれでもしたら、連絡が取れなくなっている可能性がある。いや、それも変か。仮に死にでもしたら、あらゆるルートを通じてこちらに連絡がくるはずだし、生きていれば本人が電話なりしてくるはずだ。

「あり得ないと思います」

ラオも自分と同じことを考えているのだろう。ブラウンはうなずき、「確かにおかしいな」とつぶやいた。

「私たちにできることは、限られているんです……あなたは、彼とは古い知り合いだ」

「ええ」この男は、どこからその話を聞いたのだろう、と訝《いぶか》る。

「ドナルドからは、あなたの話を何度か聞いています。俺の背後を守ってくれる男だと」

ブラウンの表情の変化に気づいたのか、ラオが説明した。

「何ですか、それは」

「あなたは、極めて優秀な人だと聞いていますよ。陸軍の特殊部隊で経験を積み、除隊後、大学を卒業してニューヨーク市警入りし、異例の速さで出世――」

ブラウンは顔の前で手を振り、彼の言葉を遮った。自分の経歴をあれこれ言われるのは気に食わない。しかも場所は、公共の場であるダイナーなのだ。誰に聞かれているか、分かったものではない。だが、ラオは最後の台詞を急いでつけ加えた。

「あなたの年齢で、NY市警緊急出動部隊《ESU》の分隊長というのは、大変な出世ではないですか」

「それについては、コメントする立場にない」

「……失礼」ラオが拳の中に咳をした。「とにかく、何かあったらあなたに頼めば何とかしてくれる、とよく言っていましたよ。だからこそ、本部長にお願いしたんです」

「トラブルに巻きこまれるような恐れがあったんですか？」ラオがやばい商売に手を突っこんでいる可能性もあるのではないか？　ＳＮＳで成功した若き天才が、実はマフィアと結びついていたとしたら……インド人社会のことを少し調べてみないと、とブラウンは思った。

「違います」ラオが顔の前で手を振った。「彼にすれば、虚勢なんでしょうね。実際、自分のコネクションをちらつかせるような癖もありましたし……もちろん、あなたのような人が知り合いにいるのが、誇らしかったのかもしれない。自分とはまったく違う人生を生きて成功している人は、尊敬に値します。私にも、そういう友人はいますけどね」

「ほう」

「ＭＩＴで一緒だった男なんですが、今、小説を書いています。既に何冊か出版されていますが、大変な小説を書く男ですよ。元々は電子工学が専門だったんですが」

彼が名前を挙げたが、ブラウンには聞き覚えがなかった。元々、小説になどまったく興味がない。

「将来のノーベル賞候補だと思います。金は儲からないかもしれませんが、私は彼を心から尊敬している。ドナルドにとっては、あなたがそういう人間なのかもしれません」

「——で、私にどうしろと？」くすぐったさを感じながら、ブラウンは訊ねた。

「アドバイスが欲しい」ラオが身を乗り出した。初めてまともに目が合う。「正直、私にとっては、手に余る事態です。しかも遠く離れた日本での話だ。どうしていいのか分からない」

「手はあります」どうしてこんな簡単なことに気づかないのだろうと訝りながら、ブラウンは言った。「まず、そのミズ・ヨシタケにもう一度連絡を取って下さい。彼女に、日本の警察に相談させるんです」

「それだけで警察は動いてくれますか？」ラオが疑わしげに言った。

「それは、実際に相談してみないと分からない。ただし、私の方から援護することはできます。ニューヨーク市警から東京の警察に、非公式に依頼するような形ですが……こちらで起きた事件ではないですから、積極的には無理ですね。ただし向こうの警察が動いてくれなければ、外交ルートを使う手もあります」

「助かります」ラオが吐息をついて、ベンチに背中を押しつけた。

「では、詳しく時系列を追って話して下さい。ドナルドが日本へ渡った日、連絡が取れなくなった日……その後、どういう対応を取ってきたか」

口を開きかけたラオが、怪訝そうにブラウンを見た。

「メモはいいんですか？」

「それぐらいのことは、頭に入ります」ブラウンは耳の上を人差し指で叩いた。「あなたほどの天才ではないですが、私にも人並み以上の記憶力はあるんですよ」

あれが三週間前。警視庁はその後、こちらの予想通り――いや、予想以上にきちんとホワイトの部屋を調べてくれた。鑑識まで入って調べたのだが、やはり事件性はない、ということだった。

その結果をラオに知らせたのだが、ラオは決して納得しようとしなかった。大事なスタッフを失うかもしれないという恐怖よりも、解けない謎がそのままになっているのが嫌だ、という感じもしたが。

ブラウンとしても、気になっていた。戦友が、異国で行方不明になっている。埒《らち》が明かない状況に、ブラウンは新たなフェーズに足を踏み入れることにした。

自分で捜す。

幼い頃を日本で過ごした自分には、日本語を話せるという利点がある。しかも運がいいことに、警視庁に招かれた東京視察が間近に迫っていた。

それからブラウンは、急いで立ち回った。たまたま緊急出動がなかったのも幸運だったが、休暇を利用して、ウィスコンシンにあるホワイトの実家に飛び、彼の両親から事情を聴いた。トラブルの原因になりそうなことを、両親はまったく知らなかった。さらに、離婚した元妻に会いに、隣のイリノイに。元妻は、ホワイトとの間にできた一人息子と一緒に暮らしていたが、ホワイトとはしばらく会っていなかったという。彼が日本へ行ったことすら知らなかった。

結局ホワイトは、家族とはほとんど接点がないまま暮らしていたと分かっただけだった。今は独り身で、つき合っている女性の影もない。取り敢えずは仕事に専念している様子だった。ラーガの上級副社長として、給料も十分貰っていて、将来を不安視するような状況は何もないはずだ。肝心の仕事の面でも、特に悩んでいたり、行き詰っている様子はなかったという。

となると、彼が自ら身を隠す理由はない。もっとも、自分はホワイトのことを本当に知っているのだろうか、という疑問も拭えなかったが。「旧友」とは古い友人のことである。一年も会わなければ、状況は完全に変わる。

インタフォンが鳴る音に、ゆっくりと立ち上がる。モニターもあるのだが、無視して玄関のドアを直接あけた。ミズ・ナオミ・ヨシタケ――吉竹直美《よしたけなおみ》が、困り切った表情で立っている。

「遅い時間に申し訳ない」ブラウンは頭を下げた。我ながら様になっていないとは思ったが。

「いえ」

のではと恐れるように。

「入って下さい」

一瞬、彼女は躊躇《ためら》った。この部屋に入ることで、悪い運勢が自分にも降りかかってくるのではと恐れるように。

ブラウンは、手首を飾るロレックスのサブマリーナを見下ろした。「いくら日本が安全だと言っても、あまり遅くなると問題でしょう」

「どうしてそんなことが気になるんですか？」

直美が、怪訝そうな表情でブラウンを見上げる。身長差は三十センチほどか。立ったままだと、自分も彼女も首を痛めてしまう。とにかく座って話がしたかった。

「仕事柄」

「ああ」納得したように、直美がうなずく。「刑事さんでしたね」

「この街では何の権限もありませんが……とにかく、遅くならないようにしましょう」

どうにも場の空気が和《やわ》らがない。ほぼ初対面だから仕方ないと思ったが、早くスムーズに会話できるようになりたかった。このぎこちない雰囲気が続くかぎり、ろくな情報が引き出せない。

ソファに向かい合って座ったが、直美は一向に緊張感を解こうとしない。コートこそ脱いだものの、膝をぴしりと揃えて、絶対に隙を見せまいとする心情を態度で表していた。髪を短くまとめているせいもあるが、小柄な体がさらに小さく見える。顔の作りも小さく、まるで十代の少女のようだった。事前に調べたデータでは、三十三歳ということだったのだが……濃紺のスーツに薄いグレーのブラウスという格好で、装飾品はほとんど身につけていない。唯一、右手の中指にプラチナのシンプルなリングが光っていた。

「ドナルドの様子を聴かせて下さい。最近の彼を一番よく知っているのはあなただ」

「そう、ですね」直美が言葉を探す。

「この部屋では何度も会っていますね？」

「暫定事務所ですから」

暫定……取り敢えずの、という意味か。うなずき、先を促した。

「このリビングルームでいつも仕事をしていました」窓際に並んだ三つのデスクを見やる。それぞれのデスクにノートパソコンが載り、別の作業台にはプリンター。その横に、ファイルフォルダが整然と並んでいた。

「スタッフは？」

「ホワイトと私の他に、あと二人。合計四人です」

「日中は、だいたいここにいたんですか」

「結構外に出ていました。交渉ごとが多くて……ここでの打ち合わせも多かったです」

「ドナルドの仕事ぶりはどうでしたか」

「普通……というか、何が普通なのか分かりませんけど、普通にやっていました」彼女の言葉は、何の情報も示していなかった。自分でもそれに気づいたのか、顔を赤らめる。

「毎日忙しくて。会社を一つ立ち上げるのは大変なんです」

「日本の方が、制約が多いですか？」

「アメリカで会社を作ったことがないから分かりませんけど」直美が肩をすくめた。「いずれにせよ、作業は大変ですが、順調に進んでいました。事務所の契約もそろそろ決まりそうで、本格的にスタッフの募集も始めて……これからどうしたらいいんでしょうね」

「申し訳ないが、それは私が答えられる問題じゃない」

「すみません」直美がひょこりと頭を下げる。「もう一か月以上も仕事が止まったままだし、私も混乱しているんです」

「あなたは元々は、日本の会社でSEをしていたんですよね」

「何で知ってるんですか」直美が顔をしかめる。

「向こうである程度は調べてきました。あなたも、ラオに会いましたね？」

「ニューヨークまで行きました……不思議な人ですね」

「一切カリスマ性がないカリスマ経営者だ」

ようやく直美の表情が緩んだ。

「話す時に、こっちの顔を全然見ないんですよね。怖がっているみたいにも見えました。でも、話は胸に響いてきました」

自分もそうだったな、と思い出す。ホワイトを捜そうと決めたのは、古い友人だからということもあるが、彼に頼まれたことも大きな要因である。初対面の彼の言葉は、何故かブラウンの心に刺さった。

「彼と——ドナルドと最後に会った日のことを覚えていますか？」

「ええ」

直美がハンドバッグから手帳を取り出し、ぱらぱらとページをめくった。今時、しかもＩＴ企業に勤めているのにデジタルデバイスを使っていないのが、ブラウンには意外だった。

「十月二十六日……金曜日です」

「そして、週明けにはいなくなっていた」

「そうです。二十九日の月曜日、いつものように午前九時にここへ来ました。入った瞬間、変だと思ったんです」

「というと？」

「コーヒーが淹れてありました。いつも彼が用意してたんですけど……でも、あの日はミスタ・ホワイトがいなかったんです」

「彼は毎日、何時ぐらいに起きていたんだろうか」

「それは分かりません」直美が首を振った。「でも、そんなに寝坊していたとは思えません。何もなければ毎日ここに九時に集合にしていたんですけど、いつもきちんとしていましたから」

「二日酔いだったことは？」だらしなく酒を呑む彼の姿を思い出しながら、ブラウンは訊ねた。

「いえ、ないですね」直美が即座に否定する。「だいたい、ミスタ・ホワイトはお酒を呑まなかったと思います」

「どうしてそう思います？」あの大酒呑みが？　意外な証言だった。

「一緒に食事をすることはよくあったんですけど、いつも呑んでいませんでした。お酒を呑むような店に行っても、いつもミネラルウォーターでしたよ」

ブラウンは首を傾げた。もしかしたら、この仕事に賭けていたのか？　絶対に成功させるために、大好きな酒を断ってまで頑張っていたとか——どうも、そういう真摯《しんし》な態度は彼のイメージと違う。

「ですから、最後に会ったのは、いなくなる三日前……十月二十六日の金曜日でした」直美が説明を繰り返す。

ずいぶん前のことになる。以来、彼の足取りは完全に消えてしまったのだ。今から本格的に調査を始めるには、かなり不利な状況である。

「その日は？」

「スタッフ全員で食事に行きました」直美が店の名前を挙げた。彼女のスケジュール帳は、日記としての役目も果たしているらしい。名前から判断する限り、フランス料理店のようだ。

「その時の彼の様子は？」

「いつも通りでしたね。やっぱりアルコール抜きで」

フランス料理でアルコール抜きか……しかし自分もそうなのだと思い直す。酒は呑まないので、フランス料理でもイタリア料理でも、ミネラルウォーターの世話になる。

「話の内容は？」

「主に仕事のことです」

「プライベートではつき合いはなかったんですね」

「ええ。その辺は、はっきりと分けているようでした。ですから、このマンションでも、彼の部屋には入ったことがありません」

それは理解できる。自分のベッドから仕事場まで、歩いて五秒。これでは、よほど意識して仕事と私生活を分けないと、プライベートがなくなってしまう。

「仕事は上手くいっていたんですか？」

「基本的には」直美がうなずく。「もちろん、世界中であれだけブームになっている『ラーガ』を日本でも展開するわけですから、重圧はありました。でも、それはむしろこれからの問題でした。会社の立ち上げに関しては、大きなトラブルもなく進んでいましたよ」

となると、ホワイトが失踪した原因は、彼女が知らないプライベートな問題が原因ではないだろうか。

「彼は、日本語は喋れなかった」

「あなたのようには。ここでは英語でした」直美がうなずく。「あの、どこで日本語を勉強したんですか？　発音、日本人みたいですよ」

「父の仕事の関係で、子どもの頃、日本にいたんです。せっかく覚えたのを忘れるのはもったいないので、その後も勉強はしていました」

「すごいですね」本当に感心したように直美が言った。

「慣れの問題です」ブラウンは早目にこの話題を打ち切りたかった。プライベートに踏みこまれるのは、好きではない。「ドナルドには、行きつけの店はありませんでしたか？　普段の食事はどうしていたんだろう」

「私たちと食べるか、ここで一人で作っていたこともあるようです。私たちも使っていたキッチンの冷蔵庫には、食材が入っていました」

あいつが料理を作る。そういうイメージはないのだが……彼がツナのキャセロールやミートローフ、アイリッシュ・シチューを作っている様子は想像もできない。誰か女が出入りしていたのでは、とも思う。仕事とプライベートをきっちり分けていたとしたら、それも不可能ではないはずだ。

「彼の部屋を調べたいと思います。立ち会ってもらえますか」

「私が、ですか？」直美が不安気な表情を浮かべた。「日本の警察が調べる時も立ち会ったんですけど……」

「そういう立場の人間が、あなたしかいないんです」言いながら、ブラウンは立ち上がった。

「でも、これは……私、これからどうなるか分からないんですよ」

「というと？」直美を見下ろす。座っているとさらに小さく、子どものように見えた。

「日本法人の展開をどうするか、本社からきちんとした指示がないんです。もちろん、ミスタ・ホワイトは、目処《めど》がついた時点で帰国する予定でした。その後は私が日本法人の代表になって、ビジネスを展開する予定だったんですけど、これからどんな風にするのか……代わりの人が来るのか、私たちでこのまま仕事を進めていいのか、はっきりした指示がないんです」

「彼らも迷っているんだと思う」ラオの顔を思い浮かべながら、ブラウンは言った。彼の会社が急成長したのは、強引と言っていい即断即決も理由だろう。脊髄反射的に、物事を決める。しかしこういう件——トラブルには不慣れなはずだ。次の手を考えあぐねていてもおかしくはない。

ホワイトの私室は、本人のだらしない性格そのままに散らかっていた。アメリカからスーツケースを二つ持ちこんだようだが、中の物をきちんとクローゼットにしまわず、ワイシャツや下着は、開いたままのスーツケースから溢れている。クローゼットにはスーツが四着。そのうち一着は、左袖が内側に入ったまま、かけられていた。いかにもあいつらしい。めくって中を覗くと、全てラルフ・ローレンのパープルラインだった。一着五千ドルはするはずで、相当金回りがよかったことを窺わせる。さすがに上級副社長ともなると、服が道楽になるほどの給料をもらっていたようだ。

ベッドの上にはノートパソコン、明らかに洗濯されていないワイシャツなどが乱雑に置かれている。既に主《あるじ》がいなくなってかなりの時間が経つせいで、臭いはなくなっていたが、ホワイト本人がここで暮らしていた頃は、相当男臭さが充満していただろう。

部屋はホテルの一室という感じで、生活臭はあまり感じられなかった。次いで、ベッドルームに隣接したバスルームを覗く。薬棚を開けたが、シェービングクリームとカミソリが入っているだけだった。ホワイトは、電動カミソリを使っていなかったらしい。フックにかけられたタオルは、乾燥してばりばりに固くなっていた。

大きなマンションに相応《ふさわ》しく、湯船も大きかったが、巨漢のホワイトが身を沈めることができたかどうか……あちこちにシャンプーの泡がこびりついた名残が見られ、ろくに掃除もしていなかったことが分かる。ブラウンは思わず顔をしかめた。自分だったら、絶対にこんな風には汚さない。休日は、部屋の掃除で一日が終わることすらあるのだ。

このバスルームも、警視庁は徹底的に調べたはずだ。当該部署と話をしなければならないな、と思った。本来の業務からは外れるから、塩田は嫌な顔をするかもしれないが、避けては通れない。

一通り見終わってリビングルームに戻り、直美に向かって首を振ってみせた。

「何か分かりましたか?」

「……残念ながら。ここはあくまで、ホテルの部屋のようなものです。ドナルドも、自分の家の感覚で使っていたわけではないようだ」

実際、生活の臭いが希薄である。料理はしていたというが……あくまでビジネスのために、キッチンつきのホテルに長逗留していた感じがするだけである。

「これから、どうやって捜すんですか?」

「まず、警視庁に話を聴いてみます。彼らがどこまで調べていたか、それをはっきりさせないとスタートラインに立てない。今の私には、ここを調べる権限もないですからね。あとは、彼がよく立ち寄っていた店にも行って、話を聴いてみましょう。それと、あなた以外のスタッフへの事情聴取」

「私たちは……」関係ないですよ、と言いたかったのだろう。直美が不安そうに唇を引き結ぶ。

「あなたたちを疑っているわけじゃない」ブラウンはすぐに口を開いた。「ただ、ドナルドの一番近くにいたのは、あなたたちです。他人が話を聴けば、忘れていたことを思い出すかもしれない。脳に刺激を与えるわけです」人差し指で耳の上を叩く。

「分かりました」

「またすぐに連絡します。可能な限り、時間を割いて下さい。私も、できる限りのことはします」

「それでも分からなかったら……」

「休暇を取って調べます」ブラウンはうなずいた。実際、そうするしかないかな、とも思っている。視察は残り一週間。その間で、ホワイトの捜索に使える時間は限られている。有給休暇が大量に残っているから、このまましばらく日本に居座って、捜索を続けるのも手だ。ホワイトの安全も心配だが、何よりこんな風に行方不明になる理由を知りたかった。これは警察官の本能と言っていい。謎を謎のまま残しておくと、気分が悪いのだ。

「送りましょう」玄関の方に向かいながらブラウンは言った。「もう遅い」いつの間にか、九時半になっている。

「大丈夫です」直美が遠慮して、顔の前で手を振った。「まだ早いですから」

「こんな時間に一人で電車に乗ってはいけない」

「この時間なら、まだ電車は満員ですよ」直美が不思議そうに笑った。「別に、危険なことは何もありませんから」

「私が安心したいんです」

一瞬、二人は無言で見詰め合った。ほどなく、直美がこくりとうなずく。それだけで安心して、ブラウンは笑みを浮かべた。いくら東京が安全な街だとはいっても、彼女を放り出してしまったら良心がとがめる。それよりも、日本へ来て何一つやっていないという後ろめたさが解消されるのがありがたかった。女性をちゃんと家まで送り届けたなら、それはそれで一つの仕事ではないか。


東京のタクシー料金は高い。ブラウンは思わず顔をしかめた。彼女の自宅は都心部からそれほど離れていなかったが、戻って来る時に——彼女の家までは電車だった——タクシーに乗ると、みるみるうちに上がるメーターに、目眩《めまい》がする思いだった。クレジットカードで支払い、ホワイトが最後にスタッフと食事をしたという店の前で下りる。青山の国道二四六号線から一本入った裏道で、既に人気はない。十時半。店はもう閉まっているかもしれないが、どうしても現場を見ておきたかった。

案の定、店は閉まっていた。だが、灯りが消えていたわけではない。ビルの一階にある店を覗きこむと、店員たちが後片付けをしている最中だった。「close」の札を確認してからドアに手をかけると、鍵はかかっておらず、すぐに開いた。

「すみません、もう閉店で——」

誰かが声を上げた。視線が一斉に自分に集まってくるのが分かる。ブラウンは一つ咳払いをしてから、「責任者の方はいらっしゃいますか」と訊ねた。沈黙。アフリカ系アメリカ人が流暢に日本語を話したら、そんなに変か？　違和感に苛立ちを覚えながら、ブラウンは背筋をぴしりと伸ばしたまま、店内を見回した。

すぐに、恰幅のいい中年の男が店の奥から出て来た。背は低いが、体重は自分とそれほど変わらないだろう、と見積もる。コック服の前を開け、中のTシャツを見せている。生地が腹に押し上げられているのが分かった。

「失礼ですが？」男が怪訝そうに訊ねた。

「モーリス・ブラウンと言います」ニューヨーク市警の、と続けようとして言葉を呑みこんだ。事情を理解して、納得してもらうのに時間がかかりそうだ。話の流れで説明することになったら、考えよう。「実は、この店で食事をした友人が、その後で行方不明になりました。手がかりを探しています」

「うちは関係ないでしょう」男が憤然と言った。「そんな、犯罪に関係しているようなことを言われても、困る。だいたいあんた、誰なんですか」

「ニューヨーク市警の者です」仕方なく、バッジを示して身分を明かした。これが市警のバッジだと分かる日本人はほとんどいないだろうが。

「わざわざ友だちを捜しに日本まで？」

「そうです。自分から行方をくらますような男とは思えないので」

「まあ、そういうことなら……」遠慮がちに、男が一歩下がった。「そっちへどうぞ」

言われるまま、椅子に腰を下ろす。料理の名残の暖かな空気が、厨房の方から漂ってきた。真っ白なテーブルクロス。落ち着いた調度品。店内の様子、スタッフのきびきびした動きを見ている限り、味の方も上等そうだ、と想像できる。

男は、オーナーシェフの飛田《とびた》と名乗った。まだ警戒心を解いてはいなかったが、ひとまず話をする気にはなったようだと判断し、ブラウンは椅子にしっかりと座り直した。

「行方不明になっているのは、私の友人でドナルド・ホワイトという男です。二か月前に来日して、日本で新たなビジネス展開の準備をしていました」

「どうでもいいけど、あなた、どうしてそんなに日本語が上手いんですか？」

「昔、日本に住んでいました」たぶんこれからも、この質問は何十回となく受けるだろう。早くも鬱陶しくなってきたが、努めて真面目な口調で答える。

「ああ、なるほど」自分で訊ねておきながら、飛田があっさりした口調で相槌を打った。

「ホワイトは、行方不明になる直前、十月二十六日にこの店で食事をしています。その時の様子を知りたいと思います」

「それは……おい、ちょっと」飛田が、近くに控えていた若者を呼んだ。すらりと背の高い青年は、白いシャツに黒い前掛け姿だった。「フロアマネージャーの高藤《たかとう》です」

タカトウ、と頭の中に名前を刻みこむ。変わった名前だ……漢字で説明されても分からないのだから、取り敢えずは発音を覚えておけばいい。ブラウンは、彼の顔を見ながら、ホワイトの写真を示してさらに外見を説明した。三十六歳の白人男性。太り気味――かなり太っている。金髪が後退し始めて、地肌がかなり露《あらわ》になっている。

「そういう人は、確かにお見えになりました」高藤が立ったまま認める。東京は国際都市だが、やはり外国人は目立つのだろう。

「何人で？」

「四名様でした」

直美の証言と一致する。立ったままの相手と喋っているのが少し苦痛だったが、座れと言うわけにもいかず――ボスの許可が下りないかもしれない――そのまま話し続ける。

「あなたがテーブルのサービスを担当した？」

「そうですね」高藤の表情は、見事なほど変わらなかった。

「どんな様子でした？」

「明るく」自分の言葉に納得するようにうなずく。「楽しそうな雰囲気でした」

「深刻な話をしていた様子はない？」

「観察していたわけではないので、そこまでは分かりかねます。私が見ていた限りでは……そういう感じではなかったですが」

「ここにはよく来るんですか？」

「初めてかと思います」

馬鹿丁寧な高藤の説明を聞いているうちに、これ以上の情報は出てこないだろう、と予想した。店にいる限りは、何か不都合がないかとよく観察しているはずだが、客が店を出た途端に忘れてしまうのではないだろうか。

「店を出たのは……」

「閉店までいらっしゃったと思います」高藤がちらりと腕時計を見た。「十時ですが」

「酒は？」

「お連れ様はワインを呑んでいらっしゃいましたが、確かずっとミネラルウォーターを」

やはり酒はやめていたのか。よほどの覚悟で今回の仕事に取り組んでいたのだろう。

「申し訳ないですけど、これ以上のことは分からないですね」飛田が言って、テーブルに両手を着いた。「お客様は多いし、一々覚えていられませんから。何か、よほどおかしなことがあった場合は別ですけど」

「つまり、おかしなことはなかったわけですね？」

念押しすると、飛田と高藤が同時にうなずいた。何となく疎外感を覚えながら、ブラウンは立ち上がった。仕方あるまい。いきなり訊ねてきたアフリカ系アメリカ人——しかも流暢に日本語を話す——に、気安く情報を与えてくれる人はいない。この二人は嘘はついていないだろう、と判断する。閉店直後に訪れたこちらも悪いのだ。だが、時間を置いて出直すべきかもしれない。

「大変失礼しました」ブラウンは、ぎこちなく頭を下げた。

「構いませんけどね……でも、日本で行方不明になったら、日本の警察が捜すのが普通なんじゃないですか。あなた、目立ってしょうがないでしょう」

その通り。だが、咄嗟に気の利いた台詞を返せるわけもなく、ブラウンは無言でうなずくだけだった。

何の手がかりもないのは残念だったが、少なくとも明日からはやることができた。直美に教えてもらった、ホワイト行きつけの店を潰していくのだ。そこから、彼の日本での交友関係が割れるかもしれない。

しかし、都心にもこんなに静かな場所があるのか……ブラウンは、わずかに緊張を高めた。一戸建てやマンションなどの住宅と、ブティックやレストランなどが混在する一角。道路は狭く、車のすれ違いはできそうになかった。時間が遅いせいもあるが、人通りはほとんどない。聞こえるのは、少し離れた幹線道路を行く車の音、それに自分の鼓動ぐらいだった。

ふと、空気が変わる。急に冷たく、重くなったような……ブラウンは立ち止まろうとしたが、その瞬間、殺気を感じて身を翻《ひるがえ》した。何かが空を切る音が、耳のすぐ横で聞こえる。誰かの気配を見逃していた？　この俺が？　焦ったが、まずは身の安全を確保するのが先だ。

敵の正体が分からない以上、この場は逃げるのが正しい判断だ。走り出そうとした瞬間、何かが足に絡《から》まり、激しく転んでしまった。顔面をアスファルトに打ちつけ、激しい痛みが下半身から脳天にまで突き抜ける。何とか立ち上がろうとしたが、硬い物で肩を打たれた。鉄パイプか何かだろうか。打たれる瞬間、気配を察して体を少しだけ捻ったので直撃は避けられたが、相手は容赦しようとしなかった。すぐに第二撃。二人いる、と悟った時には遅かった。今度は、後頭部に激しい衝撃が走る。思わずうずくまり、頭を両手で抱えて攻撃から身を守ろうとした。相手はズボンのポケットを探り始めた。

「Don't do anything, that's not necessary《余計なことをするな》」

英語だ。英語で誰かが忠告してくる。クソ、ふざけるな。うつ伏せの状態で倒れていたブラウンは、気力を振り絞って体を捻った。背中を支点にして、ブレイクダンスの要領で長い足を振り回す。靴底が、誰かの脛《すね》を捕らえた、短い悲鳴。

よし、相手が二人でも何とかできる。ブラウンは腹筋を使ってその場で跳ね起き、素早く周囲の状況を見回した。二人――一人は左の足首を押さえてうずくまっている。もう一人は、すぐにでも襲いかかれそうな前傾姿勢を取っていた。自分よりは小柄だが、動きは早そうだ。しかし、実戦で鍛えた人間に勝てるか？　ブラウンは本能に従って動いた。まず、ウィークポイントを攻める。うずくまった男との間合いを一瞬で詰め、顔面に前蹴りを見舞う。一気に後ろへ倒れたのを確認し、もう一人の男にターゲットを絞った。後ろに回りこんで、ブラウンの首を絞めにかかったが、脇が甘い。肘を脇腹に叩きこむと、首にかかった圧力がすぐになくなった。後ろを向いたまま相手の懐に入りこみ、肘を使って腹に一撃。体が折り曲がったところで、肩を差し入れて一気に持ち上げた。そのまま流れる動きで、自分の体の横側から相手をアスファルトに叩きつける。激しい音と呻き声。こいつら、何者だ？　二人を同時に確保することはできないが、一人でも捕まえて絞り上げてやる。

足を痛めている方に狙いを定めたが、その時突然、甲高いホイッスルの音が響いた。二人が慌てて立ち上がり、逃げて行く。ダメージを負っているようには見えなかった。ホイッスル……警察か？　まずい。こちらが先に襲われたとはいえ、面倒な事態になるのは間違いない。

音がした方をゆっくりと向くと、革ジャケットにジーンズ姿の男が、面白い物でも見たような表情を浮かべて立っている。

「あんた、大丈夫か？」呑気な声が耳をくすぐる。

ブラウンは、慎重に相手を見た。制服を着ていないから、警官ではない。私服の刑事？　いや、刑事はホイッスルなど持ち歩かないだろう。

「大丈夫か？　強いところは見せてもらったけど、怪我してるぜ」

大丈夫なわけがない。血は……頭がぐるぐると回る。激しい目眩に耐えながら、ブラウンは自分の状態を確かめようとした。

頭が痛い。後頭部だ。恐る恐る手を伸ばして触れ、顔の前に持ってきたが、血はついていない。出血していないのがいいのか悪いのか、分からなかった。痛みが酷いのは、顔の右半分である。どうやらアスファルトの上に突っ伏した時、顔を擦るようにしてしまったらしい。クソ、顔の傷はなかなか治らないんだ……足は無事なようだった。おそらく、鉄パイプか何かを投げつけられ、足に絡まってしまっただけだろう。走っている最中だったら危なかったかもしれない。

「歩けるか？」

「歩ける」無理に言って、背中を伸ばし、呼吸を整える。全身に力を入れると、頭ががんがん痛む。別にこんなことは初めてではないし、何とでもなる……自分に気合いを入れてから電柱に背中を預け、大きく一息つく。

目の前の男――自分より十センチほど背が低い――は、驚いて目を見開いていた。中肉中背。顔の下半分は髭で汚れている。例によって日本人の年齢は分かりにくいが、自分と同年輩ではないかと思った。

「何か？」

「いや」男は今にも笑い出しそうだった。

「日本語は喋れる」

「それは助かった」男が唇を歪めるようにして笑う。皮肉な性格が滲み出ていた。「こっちは、英語は全然駄目だからね。あんたの母国語が英語かどうかはともかく」

「英語だ。アメリカ人だ」言葉遣いが少しおかしくなっている。ゆっくり首を振ると、また頭に激痛が走った。

「何か盗まれてないか？」

言われて、体中のポケットを叩く。財布も携帯電話も無事。どうやら物盗りではない――しかし、バッジが見当たらなかった。日本では役に立たないし、海外へ持ち出すのは気が引けたのだが、今回は公務なので持ってきたのだ。それがなくなっている。顔が蒼褪《あおざ》めるのを意識した。しかし意識して冷静に、襲撃犯のことを考える。

「余計なことをするな」

余計なこととは何だ？　ブラウンは、自分が危ない所に足を突っこんでしまっているのを意識した。そしてその「危ない所」は、ホワイト絡みとしか考えられない。つまり、ホワイトは、何らかの犯罪に巻きこまれているのだ。本人が意図しているかどうかはともかく。

「警察、呼ぶか」

「まさか」咄嗟に否定した。仮にも自分は、ニューヨーク市警を代表して東京を視察中の身である。それが、仕事以外のことで警視庁に面倒をかけたとなったら、日米間で問題になりかねない。

「救急車は？」

「それも必要ない」本当に？　出血こそないものの、頭は割れるように痛む。脳内出血は、意外に簡単に起こり得るのだ。だが、相手を撃退することはできたし、今は自分の足で立っている。それほど深刻ではないだろう、と自分を納得させた。

「それにしても、少しは治療した方がいいと思うね」

「そんなにひどいか？」

「顔がね」男が自分の頬を擦った。「本当は、病院で治療した方がいいと思う。痕が残るぜ、それ」

「別に問題ない」

「ハンサムな顔が台無しだ」

「顔で仕事をするわけじゃない」

「へえ」呆れたように言って、男が肩をすくめる。とぼけた口調なのに、「何か訳ありだな？」と鋭く突っこんできた。

「それをあんたに言う必要はない」

「突っ張ってるのはいいけど、こっちは助けてやったんだぜ」

ホイッスルを吹いただけではないか。反論しようと思ったが、急に面倒くさくなり、その場しのぎで「ありがとう」と言った。

「ありがとうついでに、軽い治療ならできるぜ。うち、すぐそこなんだ」

「そこまでしてもらう理由がない」

「傷ついてる人を、放ってはおけないのさ」

「どうして」

「俺は正義の味方だから」

にやりと笑ったその顔には邪心が垣間見え、「正義」という言葉とは縁遠い物に見えた。

「で、あんたは何者だ？　軍の関係者か？」

ブラウンは、彼——濱崎《はまさき》と名乗った——の顔をじっと見た。日本にいるアフリカ系アメリカ人というと、軍人ぐらいしか思い浮かばないのか。観光、ということもあるはずだし、ビジネスマンも多くいるはずだが。

「言いたくないのか？」

「言う必要もないと思う」

ブラウンは、雑然とした部屋の雰囲気に辟易していた。何より、はっきりと漂うアルコールの臭いがきつい。酒を呑まないブラウンにとっては、それだけで酔ってしまいそうな濃度だった。

何というか……倉庫のような部屋である。広いワンルームは、とにかく物で溢れているのだ。一番多いのは段ボール箱。引っ越しの途中ではないかと思われたが、多くは蓋が開いて、中から汚れたシャツなどがはみ出している。つまり、段ボール箱を、物入れ代わりに使っているのだ。ホワイトがスーツケースを物入れに使っていたように。

ブラウンはソファに浅く腰かけ、苦しい姿勢を強いられていた。本当は横になりたかったのだが、このソファがどれだけ汚れているか考えると、恐ろしくてそれはできなかった。フレームが歪んでいるのか、体重を移動すると足ががたがたと泣きごとを言う。丸めた毛布が置いてあるが、そこからは明らかな異臭が漂い出していた。ブラウンは頭の痛みに加えて、吐き気とも戦う羽目になった。この吐き気は、頭を殴られたせいではなく、臭いに耐えているためだと思いたい。

「見てみな」

差し出された手鏡を受け取る。恐る恐る覗きこむと、顔の左半分に大きな擦り傷ができていた。肌が黒くて助かった、と思う。これが白人だったら、傷が目立って仕方ないだろう。既に傷は乾き始めており、目を瞑《つむ》ると引き攣るような痛みが走った。

「ひどいな」

「ちょっと待ってくれよ……」段ボール箱の陰から声がする。「この辺……どこかに薬箱がある……ああ、これか」

振り返ると、濱崎がプラスティック製の箱を顔の高さに掲げていた。いったいどこを探し回っていたのか、髪の毛に綿埃がくっついている。

「俺がやってやろうか？　気持ち悪いっていうなら、自分でやればいいけど」

「自分でできる」

薬箱を受け取り、使えそうな物を探す。日本語表記ばかりなのでよく分からなかったが、消毒薬らしき物と脱脂綿を取り出す。

「これは？」

「消毒薬」

うなずき、脱脂綿に消毒薬を染みこませる。一瞬も躊躇《ためら》わず、頬の傷につけると、焼けつくような痛みが走った。しかし、我慢できないほどではない。頭に近いから感覚が鋭敏なのだと自分に言い聞かせ、鏡を見ながら丁寧に消毒薬を塗り続けた。乾いた傷が再び濡れ、血が滲み出てくる。脱脂綿を顔から離して確認すると、血がべったりと着いていた。

顔をしかめ、もう一回丁寧に消毒薬を塗る。今度は痛みも薄れ、表情を変えることなく、消毒を終えることができた。

「頭の方は、大したことないじゃないか」背後から濱崎が声をかける。「でかい瘤《こぶ》ができてるけど、問題ないな」

「どうして断言できる?」

「怪我には慣れてる」

振り返ると、濱崎は肩をすくめていた。

「医者なのか?」

「まさか。医者の顔じゃないだろう、これは」にやりと笑い、自分の顔を指差す。

「だったら?」

「あんたこそ、何者だ?」

質問に質問で返す態度が気に食わない。ブラウンは無言で濱崎を睨みつけたが、あちこちに痛みが残っているせいで、体を捻った姿勢を長く続けられなかった。

大したことがないというなら、大したことはないのだろう。実際、意識を取り戻した直後よりも、痛みは薄れていた。気になるのはむしろ、左肩の痛みである。気づかぬうちに殴られたのかもしれないが。ずきずきと痛む。腫れもあるようだった。左肩をゆっくりと上げ、回してみたが、痛みは激しくなる一方である。

「バスルームを貸してもらえないか?」

「シャワーは使わないでくれよ」

立ち上がり、濱崎と向き合う。冗談なのか本気なのか、分からなかったが、一瞬彼の耳が赤くなったので、使われたくない事情があるのだな、と分かった。

「その、何だ」照れたように濱崎が言い訳した。「一人暮らしの男の風呂場なんて、人に見せられるものじゃない」

「鏡を見たいだけだ。肩も怪我しているようだから」

「だったら、玄関に姿見がある」

スガタミ……鏡のことか。うなずき、痛みを堪えながら、苦労してTシャツを脱いだ。

「あんた、スポーツ選手か何かなのか?」

「何か、の方だな」フットボールに夢中になっていたのは、高校時代までだ。もちろんその後、陸軍、警察と体は過酷なまでに鍛え続けてきたが、この体はスポーツのためのしなやかな物ではなくなってしまっている。あくまで実戦向けだ。死なないための体。

「体、作ってるな」

「仕事だ」

「何の仕事だか」

濱崎の皮肉っぽい言い方にかちんときたが、助けてもらった以上、文句は言えない。うなずき、玄関に立って体を捻り、肩を覗きこんだ。クソ、僧帽筋の上部に、細長い痣《あざ》が残っている。少し腫れてもいるようだ。

「その傷は、湿布が必要だな」

「シップ」振り返り、濱崎の顔を見る。

「怪我に染みないように、脱脂綿を貼りつけて、その上から湿布だ」

「シップって……何だ？」

「ええと」戸惑いを見せながら、濱崎がデスクらしき場所に向かった。ノートパソコンを開き、屈みこんだまま、何かを検索し始めた。翻訳サイトでも使っているのか。

「ウエット・コンプレス？」

カタカナのままの怪しい発音だが、意味は分かる。それなら、始終世話になっていた。十代後半からのブラウンの人生は、細々した怪我とのつき合いだったのだ。

「あれば、使いたい」冷やせば何とかなるだろう。骨には異常がなさそうだから、治るのは時間の問題だ。

「あるよ」濱崎が、薬箱から白い包みを取り出した。「で、どうする？　自分でやるか？」

ブラウンはもう一度体を捻り、怪我の場所を確かめた。自分で治療するのは無理だろう。

「頼めるか？」

「喜んで……座りなよ」

やけに愛想のいい態度が鼻についたが、取り敢えずここは頼むしかない。ソファに座り、股を大きく広げて床に足を踏ん張った。そうしていないと、ソファのぐらつきが気になって仕方がない。体の力を抜き、治療に身を委ねようとした瞬間、空気の変化に気づく。思い切り上体を捻り、その勢いで立ち上がって右手を横に払った。

濱崎は、瞬時に後ろに飛びのいていた。飛びのいたはいいが、段ボール箱に足を取られて盛大に転んでしまう。

「勘弁してくれよ……」

立ち上がると、右手に鋏を持っているのが見えた。湿布の袋を開けようとしたようだ。神経質になり過ぎだ……溜息を一つつき、ブラウンはソファに腰を下ろした。

「あんた、只者じゃないね」

「さあ」

「身のこなしが普通じゃない。少し、センサーを敏感にし過ぎだと思うが」

「分かってる。申し訳ない」

「素直に謝れるんだ。驚いたね」

白けた口調で言って、濱崎が治療を始めた。手早く脱脂綿を傷に当て――感覚から、細長く切った物を使っているのが分かる――その上から湿布を貼りつける。冷たい感触が肌に染みて、それだけで痛みが退《ひ》いていくようだった。

「包帯は無理だな。テーピングをしよう」

独り言のように言って、濱崎がテーピングを施す。大袈裟に肩全体に回すわけではないが、少なくとも湿布は完全に固定された。なるべく肩を動かさないようにして、Tシャツを着る。振り向くと、濱崎は姿を消していた。すぐに、部屋の奥の少し窪んだスペースに灯りが灯《とも》る。キッチンなのだ、と気づいた。

濱崎が、バーボン――フォア・ローゼズだった――とグラスを二つ持って戻って来た。

「一杯奢るよ」

ブラウンは無言で首を振った。濱崎が心配そうに目を細める。

「頭の怪我が心配か？」

「酒は呑まないんだ」

「呑みそうに見えるが」

何も言わずに頭を振る。鈍い痛みが蘇ってきた。薬箱を漁《あさ》り、見慣れたバファリンの箱を見つけ出す。日本製だろうが、効果に変わりはないだろう。

「これ、もらっていいだろうか」

「ああ、いいよ。今、水を持ってくる」

「ありがとう」

キッチンへ向かいかけた濱崎が振り返り、奇妙な表情を見せた。人に礼を言われるのが生まれて初めて、といった感じだった。

キッチンから戻って来ると、少し離れたところからペットボトルを放って寄越す。ブラウンは四粒を呑み下し、後から一気にミネラルウォーターを半分ほど飲んだ。濱崎が呆れたようにその様子を見ている。

「体がでかいと、薬の量も増えるのか？」

「原理的には」本当はよくないのだろうが、医者から「市販薬には、医者が処方する薬の半分ぐらいしか有効成分がない」と聞かされたことがある。だったら、指定の二倍呑めばちょうどいい。いつもそうしているのだが、それで具合が悪くなったことはない。

それにしても喉が渇く。もう一度ボトルを傾けると、水はすっかりなくなってしまった。濱崎は、そんな様子をどこか面白そうに見ている。ブラウンが股の間にボトルを置くと、自分のグラスにバーボンを注ぎ、一口舐めた。一瞬体が震えたように見えたが、すぐに落ち着き、二口目はグラスをぐっと傾ける。

「で、あんたの名前は？」

「モーリス・ブラウン」

「どこから？」

「アメリカ——ニューヨーク」

「何者だ？」

ブラウンは口をつぐんだ。助けてもらったことには感謝するが、自分の身元を明かすのは危険である。濱崎が何者かも分からないのだ。

「あんたは？」

「俺か？」濱崎が親指で自分の鼻を指した。「何でも屋、というところかな」

ブラウンは顔をしかめた。胡散臭いことこの上ない。そう考えると、どこかぼやけた顔が、怪しく見えてくるのだった。

「元警官、と言ったら信用してもらえるかな」

濱崎が携帯電話を取り出し、何か操作してブラウンの眼前に晒した。制服姿の写真……濱崎の顔と交互に見比べると、今より何歳か若い彼の顔なのは間違いなかった。

「そのようだな」

「日本の警官の制服が分かるのか」

「子どもの頃、日本に住んでいたから。お巡りさんの制服は何度も見ている。日本は、警官が多いな」

「全国で二十万人ぐらいだ。東京だけで四万人いる」

「ということは、東京の人口の三百人に一人が警官なのか」

「そういう計算になる」濱崎がにやりと笑った。

「ニューヨークは、二百人に一人が警官だ」

「あんた、警察官なのか?」濱崎が目を細める。

ブラウンは口をつぐんだ。今のは失言だった。余計なことは言わないように、と自分を戒める。

「言いたくないなら別にいいけど、こっちはあんたを助けてやったんだけどな」

「感謝する。もしも謝礼が必要だというなら——」

ブラウンが財布を引き抜いたのを見て、濱崎が顔をしかめた。

「俺を馬鹿にするのか?」

「馬鹿にはしていない。何もなくて人を助ける人間がいるとは思えないから」

「ここは東京だ。ニューヨークじゃない。人は、金だけで動くわけじゃない」

「そんなことは、世界共通だ。困っている人がいれば助ける」

「ニューヨークでは、相手が金を持っているかどうか確認してから助けるんじゃないのか?」

「まさか」

「気にいらないなら、帰ってもらって結構だ。それぐらい軽口が叩けるなら、ここで休んでいる必要はないだろう」

「ああ、そのつもりだ」ブラウンは勢いをつけて立ち上がった。かすかに目眩がしたが、何とか踏みとどまる。「こちらはもう、感謝の気持ちは表している。あんたが勝手に変な風に解釈しただけだろう」

「口の減らない男だな。この街で何をしているのか知らないけど、今度怪我して倒れているところを見つけても、助けてやらないぞ」激した調子で一気に喋ったが、ふいに何かに気づいたように、静かな口調になった。「ところであんた、誰に襲われたんだ？」

ブラウンは無反応を貫いた。この男から警察に話がいってしまうと、面倒なことになる。

「言えないわけか」

「自分でも分からないことは説明できない。それに、警官でもないあんたに、余計なことを言う必要はない」

「勝手にしろ」濱崎が吐き捨てる。

「そうだな」ブラウンはうなずき、部屋を後にした。

表に出て、改めて建物を眺めてみる。三階から上に傾斜がつき、上に行くほど部屋が狭くなるような、奇妙な作りの建物だった。ニューヨークでは、こういう建物は珍しい。特にコンドミニアムやアパートメントなら、床面積を稼ぐために、素っ気無い直方体がほとんどだ。だからこそ、薄い三角柱型のフラットアイアンビルが珍しがられる。

濱崎の部屋は四階。冷たい風が吹き抜ける中、上を見上げると、彼がベランダに出て煙草をふかしていた。手にはバーボンのグラス。見送るつもりなのかどうか、ちらりと下を見下ろしたが、目が合うと、すぐに室内に引っこんでしまった。

事態は突然、大きく動き始めた。この事態を自分がまったくコントロールできていないことに苛立つ。

12月1日

変な奴だった……普通なら濱崎は、どんなに変な出来事があっても、自分に直接利害関係がない限り、記憶から締め出してしまう。所詮、人間の記憶容量には限界があるのだ。

今回は、頭の中から消えない。

モーリス・ブラウン。どうやらアメリカの警察関係者らしき男。突然路上で襲われた男。トラブルを抱えこんでいるのは明らかなのに、自分の正体すら明かそうとしない。秘密捜査員？　確かにアメリカは、大使館職員などの身分で、世界各地に捜査員を送っている。日本にいてもおかしくはないのだが……何か引っかかる。今、海外在住の特別捜査員の仕事といえば、テロ関係の情報収集と対策に集約されるだろう。だが日本では、アメリカが——日本が、ではない——恐れるようなテロの芽は、今のところ皆無だ。

ふむ。

濱崎はキッチンに立ち、汚れていないグラスを手にとった。いい加減、この部屋も片づけなければならないのだが……引っ越してきてからずいぶん経つのに、段ボール箱もほとんど開けていない。キッチンには、取り敢えず使うコップと食器類ぐらいは出しているが、使っては流しに置いたままにしてあるので、次第に汚れてしまっている。そもそも、食器洗い用のスポンジさえないのだ。水で流しておしまい。水で流せない汚れがこびりついた食器は、そのまま無視して放置している。何となく、スーパーでスポンジを買うのは、男の沽券《こけん》にかかわる気がしていた。

念のためグラスを水で丁寧に流し、バーボンを注ぐ。一センチ……二センチは欲しいと思ったが、何かが気にかかり、一口分だけにとどめる。喉の奥に放りこむように呑み、グラスを持ったまま、窓辺に向かった。

数分前、道路に佇むブラウンと目が合った。今、彼の姿はない。街灯がアスファルトに冷たい光を投げかけているだけで、人通りはまったくなかった。この街は、昼間はサラリーマンや買い物客——裏道に小さいが高級なブティックが建ち並んでいるのだ——で賑わうが、飲食店が店じまいする十一時頃になると、急に寂しくなる。築三十年になるこのマンションにも、どれぐらいの人が住んでいるか、まったく分からない。昼間は事務所として使っている人が多いようで、スーツ姿の男たちと頻繁に顔を合わせるのだが。

もう一杯欲しいな……しかし、今夜の仕事はまだ終わっていない、と自分に言い聞かせた。濱崎はテーブルにグラスを残したまま、デスクについた。ノートパソコンの電源を入れ、書きかけのレポートを仕上げる。

簡単な、失踪人の捜索だった。行方不明になったのは、某総合商社部長の、十四歳の娘。三日ほど家に帰らず、家族が泣きついてきた。子どもを相手にするのは本当は嫌なのだが、金のためなら仕方がない。二日で簡単に見つけ出したが、後味は悪かった。依頼人との約束は「居場所を見つけたら教える」しかし発見を報告すると、依頼人は急に「家まで連れて帰ってくれ」と要求を変更してきた。濱崎はあくまで当初の約束通り、現場で娘に引き合わせて終わりにするつもりだったのだが、依頼人は難色を示した。はっきり言えば、一時間に渡って拒絶し続けた。

父親の気持ちは分からないではなかった。何しろ見つけた場所は、高校を中退して一人暮らしをしながら、ぶらぶらしている男のアパートだったのである。別に悪いことをしているわけではない、犯罪に巻きこまれていないと説得したが、依頼人は納得しなかった。「ぶらぶらしている」というのと、濱崎が描写した男の容貌に、怒り心頭に発したのだ。両耳に、計六個のピアスの穴が開いていようが、大したことはないのに……濱崎の見立てでは、男と娘の間に肉体関係はなかった。盛り場で一人ぽつんとたたずみ、途方に暮れているのを見て、寝る場所を提供してやっただけらしい。最近はそういうことも珍しくないのだが、ある年代から上——特に硬い職業に就いている人間は、そういう風には考えない。

世の中、変わってるんだ。男と女が一緒にいれば、必ず何かが起きるわけではない。最近の若い連中は——こんな言葉が頭に浮かぶのが嫌だったが——性に対して、どうでもいい、あるいは面倒くさいと考えている節がある。人間という種、少なくとも日本人に関しては、既に自然滅亡の段階に入っているのではないか、と思えた。

濱崎は、金額を引き上げる、と脅した。捜すだけなら、当初の約束通り十万円。しかし家まで引きずっていくとしたら、あと二十万円要求する、と。金の話が出て急にシビアになった依頼人は、結局現場に行くことに同意した。

「それがいいと思います」濱崎は、真心を感じさせる口調で告げた。「最後は家族の問題ですから。第三者が介入して厄介なことになるよりは、家族として正面から向き合った方がいいでしょう」

何を適当なことを。

口の上手さには、我ながら呆れる。家族に問題が起きたら、基本的に、第三者には救いようがない。犯罪の多くが、家族の関係から起きるのを、濱崎は経験的に知っている。ようやく見つかった依頼人の娘も、近い将来、またトラブルを起こすのは目に見えていた。家出は癖になる。家を出なければならない理由が根本的に解決しない限り、子どもには逃げ場が必要なのだ。おそらく、次に家出する時、あの娘はまた別の男の所へ転がりこむだろう。そして、同じようなやり取りを親と繰り返す。自分がそれに巻きこまれなければ、濱崎としてはどうでもよかった。親子間のトラブルなど、自分にとっては単なる飯の種だ。

依頼人の要求に従い、濱崎はレポートを書くことになった。それ自体は別に苦痛でも何でもない。刑事時代から、報告書作り——刑事の仕事の九割はそれだと言っていい——は得意だったから。ただし今回は、少しだけ苦労している。適当に手を抜かなければならないのだ。見つけ出すまでの自分の行動を全て書いていたら、短篇小説になってしまう。時間軸を追って箇条書きにし、それで足りない部分に注釈として説明を書き足すことにした。

実は濱崎は、少女が身を寄せていた男と話をしている。やんわりと、だがしっかり意図は伝わるような言葉で、「家に帰るように説得しろ」と迫ったのだ。だが男の方では、自分が悪いことをしている意識がまったくなかったようで、ぼんやりとした目つきで濱崎を見るだけだった。知能指数が低いか、よほど図太いかのどちらかだが、おそらく前者だろう、と濱崎は見当をつけた。そういう人間とは、いくら話しても埒《らち》が明かない。

「面倒なんで」男は欠伸《あくび》しそうな口調で言ったものだ。「別に、いても困らないし」

「あんたが困るとか困らないとか、そういう問題じゃないんだ。向こうの親御さんが心配している」

「だけど俺、名前も知らないし」

たぶんこの男は、少女が自分の家に居座ろうが、ふらっと姿を消そうが、何とも思わないのだろう。実際、両親が少女を迎えに来た時にも、寝ぼけた顔つきで、父親の罵詈雑言をやり過ごすだけだった。

いつの間にかキーボードの上で手が止まっていた。無意識でも書けるようなレポートだが、今夜はどうにも進まない。まあ、いい。明日の朝仕上げて、午前中にポストに投函すればいいだろう。とにかく子どもは無事に家に帰ったのだから、こんなものは単なる「仕事をした」という証拠に過ぎない。レポートが届けば金は払う、と依頼人は言っていたが、少しぐらい遅れても、金に困っているわけではない。まだ、上積みされた退職金が俺を養ってくれる。

パソコンの電源を落とす前に、ちょっとした作業をした。プリンターから紙を取り、コートを羽織って外に出る。空気は一段と冷えこみ、見上げる空は暗い。吐く息が白いほどではないが、コートが薄いので体がすぐに冷えてきた。煙草に火を点《つ》け、煙を顔の周りに漂わせる。暗い……街灯の他の灯りは、近くにある清涼飲料水と煙草の自動販売機だけだ。そう言えば、外国人が日本に来てまず驚くのが、自動販売機の多さだという。ブラウンも同じだろうか。いや、あの男は日本語がきちんと話せたし……初めて日本に来たわけではない。

どうにも気になる。流暢な日本語を話すアフリカ系アメリカ人。しかも刑事特有の臭いがする。

「ややこしい事は楽しいけどな……」

つぶやき、濱崎は煙草を弾き飛ばした。アスファルトの上で煙を上げる吸殻にちらりと視線を投げてから、歩き出した。この時間になっても、話を聞ける人間はいる。わずか十メートルほど先のビル目指して、濱崎はのろのろと歩いて行った。歩くのが遅いわけではない。年相応に疲れているわけでもない。ただ、力を入れる必要がない時は、エネルギーをセーブするようにしているのだ。何でもない時でも肩に力を入れて、疲れてしまうのは単なる馬鹿である。

ブラウンは、たぶん俺とは逆のタイプだな……常に神経をぴりぴりさせて、警戒を怠らない男。仮に刑事だとしたら、退職後に長生きはできないだろう。まあ、俺の知ったことじゃないが。

だったらどうして気にかかる？

それが自分でも分からないから、人間は面白いと思う。「面白いか面白くないか」を判断基準の一番上に置く濱崎とすれば、この状態は非常に好ましいものだった。

少なくとも、暇潰しにはなる。四十歳を前にして、残りの人生を暇潰しだと考えている濱崎には、常に何か刺激が必要だった——怪我をしない範囲で。

その店には看板もかかっていない。もちろん、営業していく上では問題はないのだが、どことなく胡散臭い雰囲気が漂っているのは間違いなかった。客層も決してよくない。その筋の人間と分かる男、風俗の仕事に携わる女。時にはテレビ関係の業界人——これが客としては一番悪いかもしれない。明らかに十代の若僧が、堂々と煙草をふかしていることもある。若い連中がいる時は、濱崎もかすかに眉をひそめたりはするが、それ以上のことはしない。東京で無事に生きていくには、余計な詮索をしないのが一番だ。

今日は珍しく、一人も客がいない。濱崎はカウンターの一番端の席に陣取り、小さな窓を覗いた。バーテンの生田《いくた》が寄って来たので、観察を一時中断する。フォア・ローゼズを頼んで、煙草に火を点けた。濱崎が知る限り、最も無愛想な人間の一人である生田が、うなずきもせずにグラスを用意し、乱暴に酒を注ぐ。

「十時過ぎに、何してた」

濱崎の質問に、生田が薄い唇を不満気に歪めた。

「店を開けてたよ」

「そりゃそうだろうけど」濱崎は肩をすくめた。煙草を灰皿に置いたまま、窓に歩み寄った。予想通り、道路は近い。この店は二階にあるので、眼下の道路までは三メートルほどだろうか。しかも建てつけが悪く、BGMの音量が低いせいか、外の騒音が結構入ってくる。

「外でトラブルがあったの、気づいたか？」

「ああ」白けたように言って、生田がうなずく。ウェーブがかかった長髪がふわりと揺れた。右手を拳に固め、すっとパンチを放つ真似をしたが、まったく迫力がない。

「ある男が襲われた」

「みたいだね」

「見てたか？」

「途中から」

カウンターにつきながら、濱崎はかすかな苛立ちを覚えていた。この男は、余計なことを喋らない。それ故、この店を愛する客も多いのだが、いざ話をしようとすると、会話が進まなくて苛々させられることも多い。

「被害者は黒人の大男だ」

「今は、アフリカ系アメリカ人って言わないと」また薄い唇を歪める。

「ああ、まあ、そのアフリカ系アメリカ人の大男が襲われたんだ。相手が何人いたか、分かるか？」自分も当然知っているのだが、確認のための質問だった。

「二人だと思うけど」

「何者だ？」

生田が無言で首を振る。こうなると、これ以上話を引き出せないのを、濱崎は経験的に知っていた。

「顔は見てないのか？」

「脳天だけだね」

「なるほど」それはもっともだ。ブラウンを襲撃した人間は、十分警戒していたはずだが、わざわざ上まで見上げるとは思えない。

「襲って、何をしてた？」

「倒れた男のポケットを探っていたみたいだけど」

「なるほど」財布ではないだろう。ブラウンは、俺の部屋で、財布が無事なのを確認していたはずだ。ということは、二人組は強盗ではない。いったい何を探っていたのだろう。財布でも携帯でもないとすれば……想像もつかなかった。

「二人組は、その後どこへ行った？」

「青山通りの方へ」

「車か？」

「まさか」意外に強い調子で、生田が首を振る。「こんな場所に車は停めておけない。走って行ったよ」

「ああ」

第三の男がいたのでは、と濱崎は想像した。人を襲った人間は、一刻も早く現場を離れたがるものだ。近くの——青山通り沿いに車を待たせていたと考えるのが妥当である。また、ブラウンを負傷させた凶器は、現場には残されていない。まさか、角材や鉄パイプを持ったまま、タクシーを拾うわけにはいかないだろう。

となると、この襲撃は結構大掛かりなものだったと考えるべきだ。一人や二人ならともかく、三人以上の人間が絡み、入念に準備した上での犯行だとしたら……引っかかる。引っかかるが、未だにこれが自分の仕事になるとは思えなかった。

濱崎は、自分の立場が微妙だと理解している。それぐらいは冷静だった。何しろ警察を馘《くび》になった——形式的には依願退職だが——人間である。昔の仲間に気楽に接触して、迷惑はかけたくない。だが実際には、向こうはそれほど迷惑に思っていないのも分かっていた。会っていることが、他の人間にばれなければ、だが。濱崎の処分に関しては、単なるトカゲの尻尾切り、上の人間が責任逃れをするための方便に過ぎないと、多くの人間が分かっているのだ。

退職する時、恨み言の一つも言わなかったのは、濱崎なりの計算だった。覚悟を決めた、腹に全てを呑みこんで警察を去ったと見てもらえれば、同情を得られる。今までは、それを利用しようとは思わなかったが……今回は思い切って使ってみることにした。

暇潰しのために。

「よう」

相手は、濱崎が想像していたよりも気さくな態度で挨拶した。東急田園都市線の用賀駅近くにある、チェーンのハンバーガーショップ。土曜日の朝とあって、子ども連れで朝食を摂る父親の姿がやけに目につく。土曜日くらい、母親を休ませようということか……家族のない濱崎には、理解しがたい家族の休日だった。

「コーヒー、買ってあるぞ」濱崎は、カップを指で突いた。一口飲んだが、二日酔いのせいか、軽い吐き気を覚えていた。

「どうも」

大塚《おおつか》がしわがれた声で言ってカップを受け取り、ブラックのままコーヒーを口にする。ああ、と吐息を漏らし、目を閉じた。幸せな男だ、と濱崎は呆れた。百円でこれだけ満足そうにできる人間は、多くない。

「それにしても、早過ぎる」大塚が手首を持ち上げて腕時計を見た。九時半……休日の人間にとっては、早朝に叩き起こされたに等しいだろう。だが、この男に限ってそうでないことを、濱崎はよく知っていた。子どもがまだ小学校の低学年なので、土曜日でも、いつも朝早くから叩き起こされる羽目になるのだ。むくんだ顔、腫れぼったい目が、永遠に続く寝不足を証明している。

「悪いな、休みの日に」

「悪いなんて思ってないだろう」カップを置き、大塚が欠伸《あくび》を嚙み殺した。「で、何だよ。

こんな早くに呼び出すなんて、かなり重要な用件なんだろうな」

濱崎は、ジャケットの内ポケットから一枚の紙を取り出し、丁寧に広げて彼の前に置いた。ソファに座ったブラウンを、正面から写した写真。顔もはっきりと判別できる。本人も、こんな写真を撮られたとは思っていないだろう。念のためにと、部屋の隅にしかけておいた隠しカメラが役に立った。

「誰だ？」

「それは、俺の方が聞きたい」濱崎はコーヒーを一口啜《すす》った。薄い泥水。ちらりと大塚の顔を見ると、表情を消していた。知っているな、と直感で分かる。この男は、本音を隠すのが下手だ。隠そうとすると、必ず無表情になる。

「何で知りたい」

「ちょっとした知り合いになったんでね。知り合いのことは、表から裏まで全部知りたいと思うだろう」

「かなり妙な話に聞こえるぞ」大塚が首を捻った。休日なので整髪料もつけておらず、ぼさぼさの髪がふわりと揺れる。

「お前なら、知らないはずがないと思うがね」

警視庁時代の同期である大塚は、刑事総務課に勤めている。刑事部の情報のハブになる部署だし、他部署との接触も多い。そのため、庁内の情報があれこれと入ってくるのだ。

そして大塚は、異様なほど記憶力がいい。クソ下らないことまで、実によく覚えている。

「教えろって言うのか？　それは、お前が何をしようとしているかによる」

「へえ」

濱崎はプリントアウトを畳んでシャツの胸ポケットに突っこみ、素早く考えを巡らせた。大塚が妙に警戒しているのは何故だろう。ブラウンが秘密捜査に従事していて、警視庁も協力しているからだ、という考えがまず浮かんだ。だがそれなら、もう少しはっきりしたアクションを起こしそうなものである。プリントアウトを奪い取って破り捨てるとか。衆人環視の店内で、秘密捜査官の顔を誰かに見られるのはまずい、と思うのが普通だろう。だが彼の態度は落ち着いていた。

「こいつ、刑事じゃないのか」濱崎はかまをかけた。

「どうしてそう思う？」

大塚の口調には、挑みかかるような勢いがあった。俺を試しているな、と濱崎は皮肉に笑った。推理合戦なら、負ける気はしない。

「一つだけ、言っておく」濱崎は人差し指をぴんと立てた。「別に俺は、この男とトラブルを起こしたわけじゃない。利害関係もない。純粋な興味で聞いているだけだ。ちょっとしたかかわり合いがあったもんでね」

「その、『ちょっとした』というのが気になるな」大塚はまだ疑念を引っこめなかった。

「大したことじゃない」濱崎は顔の前で手を振った。「俺が、細かいことを気にする人間なのは知ってるだろう？」

「よく知ってるよ」大塚がようやく相好を崩した。「細か過ぎるから、嫌われるんだ」

「特に上から、な」

笑っていた大塚の表情が、急に引き攣った。濱崎が抱えたトラブル。濱崎自身はもう笑い飛ばせる――というより保身に躍起になる上司のことを考えると自然に笑ってしまう――ようになっていたが、昔の同僚たちにすれば、まだ悪夢のような記憶だろう。濱崎の身に降りかかったような悲劇は、よほど身綺麗にしていない限り、いつでも自分たちにも起こり得る。

「ま、昔の話はいいよ……」禁煙だと分かっているが、濱崎はシャツの胸ポケットに指先を突っこみ、煙草に触れた。少しだけ気が落ち着く。「それで、この男、何者なんだ？」

「……モーリス・ブラウン」

「それは知ってる」

大塚が眉をくっと上げた。馬鹿にしているのか、と言いたげな表情。濱崎は慌てて両手を顔の前に上げ、彼の怒りを制した。

「名前だけだよ。他には何も知らない」

「ニューヨーク市警の警察官だ。ＥＳＵの分隊長をやってる」

「ESU？」

「緊急出動部隊」

「一課の特殊班のようなものか？」

「もっと対象が広い。立て籠りや人質事件にも対応するし、消防のレスキュー隊の機能も有している。普通のセクションが対応できない事件を担当するんだ」

ある種の特殊部隊か……しかも分隊長という、責任ある立場。かなりのやり手に違いない。はっきりしないが、年齢は自分とさほど変わらないはずだ。ということは、三十代後半。身のこなしの軽さを思い出すと、危険な経験を積んできたことが容易に想像できる。ぎりぎりの一線を越えた経験は、自分よりもはるかに多いだろう。

「そんな男が、どうして日本に？　ニューヨーク市警が、勝手に日本で捜査しているわけじゃないだろうな」

「何でそんな風に考えるのかね」大塚が苦笑した。「お前は、想像力があり過ぎるよ」

「想像するのが警察官の仕事だろうが――俺はもう、警察官じゃないけど」

大塚の目がぐっと細くなった。同僚が馘になったのは、それほどショックなことなのだろうか。

「視察だ」

「視察？」

「二週間の予定でこっちに来てる。あと一週間、来週の金曜日に終了予定だけどな」

「ずいぶん呑気なもんだ」濱崎は腕組みをした。「二週間も視察ね……そんなプログラム、あったっけ?」

「お前が知らないだけだ」大塚がうなずく。「警察もどんどん国際化している。海外の警察との協力は、今や捜査に欠かせないものなんだ」

「そういうお題目はいらないよ」

むっとした表情になり、大塚が口をつぐんだ。濱崎は素早く考えた。彼の言っていることが本当だとしても、状況は明らかにおかしい。視察ならば、四六時中誰かが同行しているはずだ。昨日は夜遅い時間だったが、東京に不慣れな人間を、一人で歩かせるようなことはしないだろう。どこかに遊びに行きたいと言い出せば、金魚の糞のようにくっついていくのが、公務員のやり方だ。一緒に酒でも呑めば、経費で落ちるのだし……いや、昨日、ブラウンからは酒の臭いがしなかったし、本人も呑まないと言っていた。ということは、夜遊びしていたわけではないだろう。

ますますおかしい。

襲撃されたのも、明らかに変だ。物盗りなら分かるが……そもそも、ブラウンを襲って何かを奪おうと考える人間など、いないだろう。体は大きいし、全身から隙のない雰囲気を発散している。その辺のチンピラでは、太刀打ちできないはずだ。

　ということは、昨夜の襲撃者はチンピラではない、ということになる。いくら一対二とはいえ、一応ブラウンに先制攻撃をかけることには成功したのだから、それなりに腕に覚えのある連中に違いない。

「お前、この男と直接話したことがあるか？」

「ない。うちの仕事とは関係ないからな」

「誰がお守りをしてるんだ？　四六時中、誰かが一緒にいるんだろう？」

「捜査共助課の塩田さんだ」

「あのオッサンか……」濱崎は思わず舌打ちをした。知らない仲ではない。というより、旧知の間柄なのだが、気の合う相手とは言えなかった。適当なところのある男なのだが、警察官としての一線は常に保っている。自分が警察を辞めた一件については、快く思っていないに違いない。

「お前、塩田さんは苦手だよな」どこか面白そうに大塚が言った。

「まあな」認めながら、濱崎は封を切っていない砂糖の袋を指先で弾いた。「まあ、別にいいんだけど」

「何を気にしてるのか知らないけど、お前みたいな便利屋さんが首を突っこむような状況は、ないと思うぜ」

「そうだな」答えながら、濱崎は異変の臭いを嗅ぎつけていた。視察は、公務員の間では、休暇と同義語に使われる。それはアメリカでも同じだろう。観光気分で日本にいるはずの男が襲われたのは、あいつが何か余計なことに首を突っこんでいるからだ。

どうするか……何かが気になった。どうせ骨折した気まぐれな人生、気になるなら、徹底して調べてみるのもいい。


ブラウンは、鈍い頭痛と一緒に目覚めた。いや、頭痛が目覚めを運んできた。耐え難いほどではないが、鬱陶しくまとわりつくような痛み。

ようやくベッドから抜け出したが、薬が必要なのは明らかだった。確か、ホテルの前のビルに薬局が入っていたはずで……バファリンを探せばいいだろう。あれはあらゆる痛みに対する万能薬だ。

服を脱ぎ捨て、バスルームの鏡の前に立つ。打身が青痣になっていたが、骨や筋肉には異常がないようで、何とか体は動かせる。ぐるぐると両腕を回すと、鈍い痛みが走ったが、これは筋肉が解《ほぐ》れれば消えるだろう。少し運動しておくか……腕立て伏せ百回。毎朝自分に課しているエクササイズは、体を程よく解すのに一番役立つ。腕立て伏せは実は全身運動で、上半身から下半身まで万遍なく鍛えることができるのだ。

だが、今朝は無理だろう。頭痛のせいで、体が満足に動かない。とにかくこの頭痛を何とか抑えつけないと。

寝る時もはめているロレックスに視線を落とす。八時……充分過ぎるほど寝たが、土曜日の街はまだ目覚めていないだろう。昨日まで——平日なら、もうサラリーマンの大群が街を埋め尽くしている時間帯だが、窓から外を見下ろしても、歩いている人は少ない。

とにもかくにも、何か腹に入れておくべきだ。昨夜食べた獣臭いラーメンは、体に異変を引き起こしはしなかったが、絶対的に量が少なかった。胃の中はとうに空っぽで、頭痛の原因の一つはそれではないかとも思えてくる。

体の痛みを我慢して丁寧にシャワーを浴び、体を乾かす。Tシャツにジーンズという軽装で、下の階に下りた。毎度のことながら、朝食の高さには驚く。二千円を超える値段は、財布に痛かった。ニューヨークでも、一流のホテルなら二十ドルぐらいの朝食は珍しくないが、日本のホテルのレストランは高い割に量が少ない。朝はしっかり食べ、その分昼は控え目にするブラウンのスタイルからすると、いかにも物足りなかった。

すっかり顔馴染みになってしまったウェイターが、笑みを浮かべながら近づいて来たが、ブラウンの顔を見た途端に表情を強張らせる。醜い傷口にショックを受けているのだ、と気づいた。しかし説明するのも面倒臭い。コーヒーを頼み、頭の中でメニューを検討する。口を開く前に、向こうから訊ねてきた。既にショックが薄れ、普通の口調になっているのは、いかにもプロっぽい。

「卵はどうしますか？」

「あー、二個をオーバーイージーで。ベーコンは軽く焼いて」

うなずき、ウェイターが去っていく。アイスウォーターを一口飲むと、体の隅々まで水分が行き渡るような感じがした。昨夜は、部屋に戻ってから倒れるように寝てしまったので、何も口にしていない。水分だけは十分補給しておくべきだったな、と後悔した。水は体を浄化する。そういえば、ソ連時代には、医者へ行くとまず水を大量に飲まされた、という話を聞いたことがある。

先に運ばれてきた薄いコーヒーを、ブラックのまま飲む。少しずつ体が目覚め、同時に痛みがさらに鋭敏になってくるのを感じた。すぐに二杯目のコーヒーを貰い、砂糖とミルクを少しだけ加えて飲む。さらにオレンジジュースを胃に流しこむと、ようやく完全に目が覚めた。このホテルのオレンジジュースは酸味が強く、いつも眠気が瞬時に吹き飛ぶ。

「お待たせしました」

料理とパンの皿が置かれた。ここの料理は上品な味つけで美味いのだが、やはりボリューム感に乏しい。ブラウンは、薄いトーストに、極限まで少ない量のバターを塗って齧った。日本のパンは、概して美味い。それはいいことだが、ニューヨークで朝食を摂れば、パンはこの二倍はある。卵、ベーコン、サラダ、パン。順番に食べながら、時々オレンジジュースでアクセントをつける。機械的な食事だが、美味い不味いよりも、エネルギーをきちんと補給する方が大事だった。卵とベーコンの焼き方は申し分ない。料理のレベルは日本の方がはるかに上だ、と認めざるを得なかった。

　全部食べ終えると、起き抜けに懸念していたよりも元気だ、と気づいた。あちこちが痛かったのは、空腹のせいだったかもしれない。我ながら単純だと思ったが、まだ頭痛が消えないことだけが気になる。ウェイターが皿を下げに来た時、少しだけ長くブラウンの顔を見て、「他に何か？」と訊ねた。

「ホテルの向かいのビルにドラッグストアがありますね？」いつもの癖で、ホテルにチェックインした後、ブラウンは周囲を歩き回ってみた。どこに何があるか、把握していないと安心できない。

「ああ……薬局」ウェイターが、またブラウンの顔をちらりと見た。怪我を気にしている。

「あそこはもう、開いてますか」

「いや」ウェイターが右手で皿を持ったまま左手を持ち上げ、腕時計を確認する。「十時からだと思います。何か、薬が必要ですか？」

「痛み止めを……」ブラウンは人差し指でこめかみをぐりぐりといじった。「頭痛がします」

「それなら、フロントに頼んでおきましょう」ウェイターが笑みを浮かべた。「薬ぐらいはすぐに用意できますよ。怪我の方は……」

「大したことはない」

「今、お持ちしますから、お待ちいただけますか」

「申し訳ない」軽く頭を下げ――この仕草はなかなか様にならないと思う――体の力を抜いてウェイターを待った。

五分ほどして戻って来たウェイターが、薬を四粒、渡してくれた。ブラウンは二粒をアイスウォーターで流しこみ、礼を言ってから静かに目を閉じた。すぐに痛みが引くわけではないと分かっているが、静かにしていればそれだけ回復は早いはずだ。すぐに動き出したい気持ちを何とか抑え、その場にじっと座り続ける。気を利かせたウェイターが、ジャパンタイムズを持ってきた。

読むともなくページをめくっていく。このところの日本のニュースは、企業の不祥事ばかりだ。アメリカでも同じようなものだが、経営者の身勝手な暴走による損失は、目を覆うばかりである。企業というシステムは、成熟することがあるのだろうか、とブラウンは訝った。あるいは成熟し切って、既に腐っているのか。

カフェインが薬の吸収を妨げるのを恐れ、半分ほど残っているコーヒーには手をつけずにおいた。オレンジジュースとアイスウォーターを交互にちびちびと飲みながら、ひたすら時間が過ぎるのを待つ。

やがて、痛みを忘れるほど新聞記事に集中していることに気づいた。薬が効いてきたのだろう。よし、取り敢えず動く準備はできた。ブラウンは新聞を畳み、角をテーブルの隅に合わせて置き、立ち上がる。新聞とテーブルの二辺がきっちり揃っているのを確かめ、満足して笑みを零《こぼ》した。だが次の瞬間には、昨夜自分を助けてくれた濱崎という男の部屋を唐突に思い出して、顔をしかめる。あれは……人間の住む場所ではない。人間と動物の最大の違いは、整理整頓ができるかどうかなのだ。いや、動物でさえ、濱崎よりは整理ができるだろう。ある種の蟻《あり》の規律的な行動は……どうでもいい話だ。

レストランは朝食の名残の客でまだ賑わっている。その中を大股で歩きながら、自分に気合いを入れ直した。昨夜の襲撃は、何かのきっかけに過ぎないだろう。自分が誰かの痛い部分を突いてしまったからこそ、起きたことに違いない。自分の行動を見直していくことで、問題点が見つかるはずだ。

だが、にわかに不安になる。バッジがない。

昨夜の焦りを思い出した。財布は取られなかったものの、何故かバッジが消えていたのだ。

ニューヨーク市警でも、バッジの管理は極めて厳格である。海外へ持ち出すなど、普通はあり得ないことなのだが、今回は友好関係にある警視庁の視察なので、特別に持ってきていた。それが何かの役に立ったわけではないが——ニューヨーク市警のバッジなど、東京では国際免許証ほどの意味も持たない——ないとなると、丸裸で街に放り出されたような気分だった。

いったい、誰が何のために……「警察官」という自分の立場を弱めたがっている人間がいる、ということか。おそらく、ホワイトの失踪を探られると困るのだろう。それは逆に、ホワイトが無事だ、という証《あかし》になるのではないか。あるいは、ホワイトは既に死体に……。駄目だ。前向きに考えないと。絶望はたやすく心に忍びこむ。強い気持ちを持っていないと、心はすぐにグレーから黒に染め上げられてしまうのだ。

警察官には二種類ある。休日の計画を立てられる人間と、そうでない人間だ。刑事や交番勤務の制服警官たちは、なかなか休みが自由にならない。刑事は事件があれば二十四時間仕事に縛られるし、交番勤務はローテーション仕事である。日勤、泊まり、明けの非番と、決まりきってはいるがきつい日常を送っているうちに、曜日や日付の感覚が麻痺してしまう。

一方、土日は基本的に休みが取れる職場が少なくない。特に本庁では。捜査を担当する刑事部の中でも、刑事総務課や捜査共助課は休みが取りやすい。ただ、捜査共助課は、他県警との調整業務などがあるので、土日に出番になることも少なくないのだが。

濱崎の携帯電話には、数百件の電話番号が登録されている。刑事時代から、会う人とはできるだけ電話番号を交換して、情報として蓄えてきた。一度もかけたことのない人が三分の二ほどを占めるが、別に気にはならない。情報は、とにかく持っていることが大事なのだ。

塩田の電話番号も携帯にあった。話すのは面倒だったが、ある物を使わない手はない。自宅兼事務所で一番落ち着ける場所——窓辺に置いた椅子に腰かけ、携帯電話を取り出す。どんな風に切り出すか、しばらく考えた。自分は警察を辞めた人間である。実質的には馘だ。塩田がいい印象を持っていないのは明らかで、自分からの電話だと分かった瞬間に切られる恐れがある。仮に切られなくても、こちらが用意している質問が質問だ。ブラウンが襲われたことも、話すべきか黙っているべきか、判断がつかない。

話そう。少なくとも塩田にとって、ブラウンの状況を把握するのは大事な仕事のはずだ。貴重な情報として受け取ってもらえるかもしれない。それをきっかけにして、ブラウンが何をしているかをさりげなく聞き出せばいい。

呼び出し音二回で塩田は電話に出た。まるで庁内で待機していたように、硬い口調。

「もしもし」

名乗らないのは、この電話が誰からか分かっていないからだろう。向こうはこちらの番号などとうに消去してしまったようだ、と推測する。

「濱崎です。ご無沙汰しております」わざとらしく、快活な声を出す。

「ああ……」

塩田の声が頼りなく消える。対応に困っているのだな、と分かり、濱崎は少しだけ愉快な気分になった。

「今、話していて大丈夫ですか」

「まあ、いいよ」不承不承だが、切る理由も見当たらない、という感じ。

「すみませんね、お忙しいところ」

「いや、休みだから」

しかし携帯は手放さないわけか。携帯中毒なのか、それとも緊急の用件に備えているのか。まあ、どちらでもいい。摑まえてしまえばこちらのものだ。

「実は、お耳に入れておきたいことがありましてね」

「あんたからそんなことを言われるのは怖いな」おどけた口調だったが、声は強張っていた。

「いえいえ……先輩に是非聞いていただきたい話なんです。もしかしたら、もう聞いているかもしれませんが」

「俺は捜査はしないぞ。その手の情報だったら、話すべき人間は他にいる」

「事件じゃないですよ」傷害事件とも言えるが、今のところは判然としない。「モーリス・ブラウン」

「それがどうした」素っ気なく言ったが、明らかに声は動揺している。

「彼が昨夜襲われたのはご存じですか」

「何だって？」

声のトーンが高くなる。知らなかったのだ、と悟って濱崎はほくそ笑んだ。こちらから情報を一つ投げてやったことで、少しだけ精神的に優位に立てる。

「昨夜……十時過ぎです。私の家の近くの路上で、二人組に襲われましてね。私が助けて、手当てしたんです」

「二人組の方は？」

「逃げました」目撃者については話をぼかした。はっきりしたことが分かっていない以上、これより詳しいことも言えないのだが。

「怪我の具合は？　まだあんたのところにいるのか？」塩田の動揺はかなりのものだった。預かっているニューヨーク市警の警察官が怪我したとなったら、責任問題になりかねない。

「大したことはありません。手当てが終わったら、歩いて帰りましたよ」

「そうか」電話の向こうで、塩田が大きな吐息を漏らす。「病院に行くほどでもなかったんだな？」

「タフそうな男ですね」

「ああ、それは間違いない」

「ニューヨーク市警の警察官が、東京で何をしてるんですか？」

「視察だよ」無事が分かって安心したのか、塩田の警戒心は薄れているようだった。「二

「昨夜は一緒じゃなかったんですか」

「十時過ぎだと、俺と別れた後だな」

「あんな場所で何してたんですかね、いったい」濱崎はわざと軽い口調で言った。

「酔っ払ってたわけでもなさそうだし」

「彼は酒は呑まない」

「ああ、そういうタイプに見えました」濱崎は台詞に少しだけ笑いを紛れこませた。塩田も、うわばみというわけではないが、よく呑む方だ。そういう人間は、主義として呑まない人間に対して、歪んだ優越感を抱く。俺は呑んでもきちんと仕事ができる、と。大抵の場合、それはアルコール愛好家の妄想に過ぎないのだが。

「ちょっと、一度切るぞ」

慌てた口調で塩田が言った。何かまずいことを言ってしまったかと焦ったが、彼は「本人に確認する」と短くつけ加えた。まあ、それはそうだろう。こちらの言うことを疑っている様子ではないが、ブラウン本人と話をしないと安心できないはずだ。

切れた電話を一瞬見て、閉じる。煙草に火を点け、窓を細く開けた。この部屋は空気が淀んでおり、時々自分でも気になるほど臭いが鼻を衝く。狭い部屋が自分の宇宙の全てに思える時もあるが、いつかは出て行きたい、という気持ちがないでもなかった。自分で追いこんでしまった自分の人生——その象徴がこの部屋だという気もする。俺にはもっと別の人生があったかもしれないのに。面白くはないが、まともな人生が。

電話が鳴った。塩田。時刻表示を確認すると、先ほど電話を切ってから五分も経っていない。短くなった煙草を灰皿に押しつけ、体を屈めて床に置いてから電話に出た。

「出ないぞ」塩田は明らかに狼狽している。

「そうですか」

「怪我は、本当に大丈夫だったのか？」

「歩いて帰りましたからね」それで安心できるわけではない、と分かっている。頭に怪我を負った場合、後から症状が出ることもあるのだ。

「しかし、電話に出ないというのは……」

「たまたま聞き逃したんじゃないですか？」自分も胸の中に不安が湧き上がってくるのを感じながら濱崎は言った。「電車にでも乗っていれば、呼び出し音が聞こえないこともありますよ。それより、ホテルには確認したんですか？」

「あ？　いや、まだだ」

濱崎は電話を口元から離し、一つ溜息をついた。この男は、こんなに迂闊《うかつ》だっただろうか。人の所在を確認する方法など、警察官なら誰でも知っている。そういうことを忘れるほど焦っているというのだろうか——そうかもしれない。ブラウンはＶＩＰというわけではないだろうが、警視庁にとっては大事なお客さんだ。もしも何かあったら、お守り役の塩田も、厄介な立場に陥るだろう。だが、最悪責任を取らされて辞めるとなっても、そんなに大したことにはならないんですよ——濱崎は皮肉に考えた。そう、組織を抜けるのは、想像していたよりも簡単なことだった。もちろん自分には家族もなく、失う物が圧倒的に少なかった、という事情もある。むしろ、辞めることによって手に入れた物の方が多かったかもしれない。退職金は予想外の収入で、この部屋を手に入れるきっかけにもなったし、何より自由になれた。誰にも文句を言われず、好き勝手に動き回れる自由は、何物にも代え難い。もちろんそれは、経済的な不安定さと表裏の関係なのだが。

　気になることといえば、自分を陥れた人間の存在だ。結局俺は、あの男に負けたことになる。いつかは復讐しなければ——と思いながら、月日は勝手に流れていく。考えると頭が熱くなり、つい手を拳に握ってしまうのだが、具体的な手は何も考えていなかった。

「まず、ホテルに確認したらどうですか？　どうせ警視庁の近くのホテルに泊まってるんでしょう」

「ああ。赤坂だ」

　となると、ホテルは大体特定できる。視察のために訪れた人間を泊めるとなると、それなりのランクのホテルでなければならない。だが、警察的には「最上級」というわけにはいかないだろう。その辺の事情を考慮すると、必然的にホテルは二つか三つに絞られる。

「何だったら、見てきましょうか?」

「ちょっと待て」塩田の声が急に凍りついた。「お前、何で首を突っこみたがる?」

「昨夜からの流れがありますからね」できるだけ自然に聞こえるように、と意識しながら濱崎は言った。

「金が狙いか?」

「金のためだけに動くわけじゃないんで」白けた口調で切り返す。どうも警視庁の中には、俺が金銭的によほど困っている、と考える人間もいるようだ。実際は、食うのに困ることはないのだが。「ただ、俺がお手伝いした方がいいんじゃないですか? 彼は一応、賓客でしょう。何かあったら塩田さんに責任がかかるわけで……こういう時は非公式に動く方がいいんじゃないですか」

塩田が黙りこむ。あれこれ計算しているはずだ、と考えると濱崎は笑いそうになった。仮にブラウンに何かあったら、それこそ叱責ぐらいでは済まないだろう。首を切られる恐怖を他人が味わうのは、濱崎にとっては暗い喜びになるが、今は好奇心の方が上回っていた。

「ちょっと見てきますよ」

「いや、しかし……」

躊躇《ためら》う理由は分かる。好意だけで動く人間などいるはずがないと、塩田は信じこんでいるのだ。確かに俺も、好意で動こうとしているわけではない。自分を衝き動かしているのは、好意ではなく好奇心なのだから。

塩田の戸惑いを無視して立ち上がる、床で丸まっていたコートを取り上げ、さっさと腕を通す。

「近いですから。どうせ暇ですしね」

「ちょっと待て」塩田の声が硬くなった。「……金は払えないぞ」

「ご心配なく。そんなこと、考えてもいませんから」

電話を切って短く笑った。金は払えない、か。金など、何とでもなるのに。捜査共助課にも機密費はあるはずで、こういう事態になったら、そこからいくらか捻出するのは難しくない。それに手をつけるのが怖ければ、ポケットマネーでも……まあ、どうでもいい。多少の金が手に入ろうが入るまいが、俺の人生には大きな影響はない。

そんなことよりも、好奇心を満たすことの方が大事だった。

店のドアを閉めて、ブラウンは溜息をついた。元々聞き込みは得意ではない。自分が向いているのは、突発自体への対応だと思う。立て籠もり、銃撃戦、重大事故……人の命がかかっている現場では、いつもより何倍も頭の働きが速くなり、アドレナリンが噴出して素早い動きができる。それがＥＳＵの隊員に望まれる資質でもあった。一方、普通の警察官に期待されるのは、粘り強さである。手が痛くなるまでドアをノックし続け、相手にいやな顔をされてろくな情報が手に入らなくても、平気で次のドアに向かう、一種の鈍さ。

少し神経過敏になっているのかもしれない、とブラウンは肩を上下させた。自分がこの街で浮いているのは十分理解している。突然現れたアフリカ系アメリカ人の大男が、流暢な日本語で話し始めたら、相手はびっくりするだろう。それだけで警戒してしまうかもしれない。

鈍い頭痛に耐えながら、ブラウンは歩き出した。既に昼過ぎ……何か腹に入れておかなくてはと思ったが、時間がもったいない。先程の残りの鎮痛剤二錠を、水もなしに呑みこんだ。本当は水と一緒に摂取しないと効き目が悪いのだが、仕方がない。日本では、どこへ行っても自動販売機があるのだが、たまたまこの辺りでは見当たらなかった。

青山通りから一本裏に入った細い道路沿いにカフェを見つけ、店内に入る。十一月の冷たい風をものともせず、テラス席に座っている客も多かったが、そちらには見向きもしなかった。本当は、歩いているだけで危ないのだと思う。できるだけ人目につかないようにしないと……昨夜の襲撃を思い出し、ブラウンは気を引き締めた。

一番奥の席に落ち着くと、ちらちらとこちらを見る視線に気づく。いい加減慣れるべきだと思いながら、どうにも落ち着かない。こういうのは仕方ないのだ、と自分に言い聞かせて、メニューに目を通した。ありがたいことに英語併記なので、ここで昼食を摂ることにする。日本語のメニューしかなければ、コーヒーを一杯だけ飲んで出るつもりだった。

出された水を一口飲み、喉の奥の方で引っかかっていた錠剤を完全に呑み下す。それでようやく人心地ついて、メニューを検討した。サンドウィッチ。一番無難なメニューに落ち着いて注文し、店内を見回す。木を上手く使った温かみのある雰囲気で、ブルックリン――最近、急速に洒落た雰囲気になっている――辺りにある店といってもおかしくはない。席は半分ほどが埋まっているが、ほとんどが女性。窓の位置から、外からは自分の姿が見えないであろうことを確かめて、ようやく安心した。

ブラックベリーを取り出し、打ちこんでおいたメモを見返す。直美が教えてくれた、ホワイトが立ち寄りそうな場所のリストだ。ほとんどが飲食店。おそらくホワイトは、仕事と私生活を完璧に切り分けていたのだろう。スタッフと食事に行く時は常に全員一緒で、誰かに特に目をかけていた様子ではなかった。直美はなかなか魅力的な女性だが、ホワイトの目にはそうは映らなかったかもしれない。ブラウンは、彼の日本での女性関係を気にしていたのだが、直美の口からは、有効な情報は一切得られなかった。職場と住居が一緒だったとはいえ、私生活は隠そうと思えばいくらでも隠せる。

リストは五店。どの店も昼間からやっているので、暗くならないうちに聞き込みは終わりそうだった。しかし、これまで聞き込みした二件、それに昨夜のフランス料理店と、どこでも芳《かんば》しい結果は得られていない。

ブラウンは、都心部の地図を狭いテーブルの上で広げた。ホワイトが投宿していたマンションを中心にして考えると、彼の飲食に関する行動範囲は、ごく狭いようだった。それもほとんど、マンションの西側の地域に限定されている。スタッフと食事に行く時はともかく、普段の食事はどうしていたのだろう、という疑問がまたも脳裏に浮かぶ。もちろん、ファストフードで済ませようとすれば簡単だ。東京では——特に都心部では、一つのブロックに一軒の割合でファストフード店が存在する。しかし毎食そういう店を使うわけにはいかないだろうし……もしかしたらホワイトは、もう日本食に慣れていたのかもしれない。昨夜の自分と同じように、ラーメン屋に入ったりとか。

どうも、そういうことはなさそうに思えた。ホワイトは、出張程度ならともかく、海外での長期滞在経験はないはずだ。それにアジアとはほとんど縁がない。もちろん、見知らぬ土地に行けば思わぬ発見もあるだろうし、それにはまるのもあり得ることだが、ホワイトは味に関しては常に保守的だった。ステーキ、ハンバーガー、マカロニチーズ。働くようになってからは、二人でそこそこ高級な店に入る機会もあったが、そういう時も魚料理を楽しむようなことはほとんどなかった。海老や貝さえも眼中になかったようで、気にするのはステーキの焼き加減のみ。

そういう人間が、淡い味わいの日本食を楽しむ姿は、想像もできなかった。

地図上の、店のある場所に赤いボールペンで印をつけていく。何かの記号が浮かび上がってくるのではないかと思ったが、そんなことはなかった。はっきりしたのは、彼の普段の行動範囲は、半径一キロほどの中に納まっていた、ということである。

出てきたサンドウィッチは、久しぶりにブラウンを喜ばせた。チキン、ベーコン、トマトが大量に入ったクラブハウスサンド。切り口から溢れているサウザンアイランド・ドレッシングのピンク色が食欲をそそる。ロウワー・イーストサイドにあるカッツ・デリカテッセン——最近は少々観光客向けの店になっている——の名物、パストラミサンドウィッチほどの迫力はないが、日本で出会ったサンドウィッチの中では、一番分厚かった。難点は、つけ合わせのキュウリのピクルスが、小指の先ほどもない細いものであること。太いキュウリやトマトのピクルスが丸ごと出てくるカッツ・デリカテッセンを懐かしく思いながら、ブラウンはゆっくりと食事を終えた。焦っても仕方がない。残り三件の店で、どうやって聞き込みを進めるか、じっくりと考えた。

どうしても、自分の容貌がマイナスになる。肌の色に加えて、この怪我。間違いなく、相手を警戒させてしまう。かといって変装するわけにもいかないし……ふと、昨夜自分を助けてくれた濱崎の顔が脳裏に浮かぶ。何者か分からないが、あの男を使うのはどうだろう。日本人が日本人に聞き込みをする。何ら違和感がないし、自分よりもいい情報に突き当たる可能性が高い。

それは無理だ。

あの男には、どうにも胡散臭いところがある。自分と同じ臭いをかすかに感じたし、写真を見た限り、以前は警察官だったのだろうが、それにしてはいい加減だ。もちろん、ニューヨーク市警にもいい加減な人間は少なくないが、ブラウンはそういう人間とは仕事をしない。ＥＳＵは一種のエリート部隊であり、仕事ができない人間や、生活態度がだらしない人間は自然に弾かれてしまう。

ということは、濱崎は、俺の輪の中に入ってくることは決してない。隊員を選抜する時には、ブラウンも意見を言う立場ではあるが、もしもあの男が候補に上がったら、即座に却下するだろう。

警視庁に、正式に助力を依頼する手もある。要するに「もう一度しっかり調べてくれ」と泣きつくわけだ。だがそれは、相手の面子を潰すことにもなる。鑑識まで入れてホワイトの部屋をしっかり調べたというのは、嘘ではあるまい。日本の鑑識技術は優秀なはずで、何か証拠があれば、見逃すとは考えられない。

ホワイトの足跡を追うには、集中して刑事を投入し、調べるのが一番効率的なのだが、それを実現するのはまず無理だろう。明確に事件に巻きこまれた証拠でもない限り……結局そこは、自分でやるしかないのだ。何かことがあれば、警視庁も総動員体制で協力してくれるだろうが。

自分の直属の上司にも、今回の視察の裏にある本当の目的を話していないのが痛い。厳密に解釈すれば、視察本来の目的と違うことをしているのは、重大な違反行為になる。しかも自分は、襲われた。無事とはいえ、事件に巻きこまれたのは間違いないのだから、できるだけ頭を下げ、目立たないようにしながら動くしかない。叱責を恐れるわけではないが——仕事上の小さな失敗で上と衝突するのは、ＥＳＵの仕事では珍しくもない——自分のキャリアに傷がつくのは避けたかった。まだまだ上昇志向は衰えていないし、それを隠すつもりもない。本部長は当然事情を知っているはずだが、面倒なことになった時、自分を庇ってくれるとは思えなかった。

それなら、こんな厄介なことに首を突っこまなければよかったのだが……簡単には割り切れないのが人間というものだ。

ランチのクラブハウスサンドウィッチとコーヒーで千二百円。相変わらず高いと思ったが、東京都心部の食事の値段はこんなものだろう。カッツで名物のパストラミサンドウィッチを食べても、十五ドル以上取られるはずだ。もちろん満腹感は、この店とカッツでは比べ物にならないが。

もう少し頭痛薬を呑もうかと思ったが、自重する。鎮痛剤で頭がぼうっとすることはないが、これ以上呑み続けると胃をやられるかもしれない。それに、薄い頭痛の他には、体の痛みは気にならなくなっていた。勘定を済ませ、冷たい風に抗って背筋を伸ばすよう意識しながら、大股で歩き出す。

次に訪れた店は、少し気さくなイタリアンレストランだった。「リストランテ」ではなく「トラットリア」と呼ばれるような店。ニューヨークなら、リトル・イタリーでよくみかけるカジュアルな造りだった。

ちょうどランチタイムが終わって客が引けたところで、店員たちが店の奥のテーブルに固まり、遅い昼食を摂っていた。ピザでもパスタでもなく、白い米を食べている。

「すみません、ランチは終わりまして——」ドアが開いた音に反応して、一人の店員が顔を上げたが、ブラウンを見た途端に口を閉ざしてしまった。

ブラウンは躊躇《ちゅうちょ》なく店内に入り、店員たちが集まるテーブルの前で立ち止まった。床がぎしりと音を当てる。ニンニクとハーブの香りが充満していて、食事を終えたばかりなのに胃が刺激された。

「店長さんはいらっしゃいますか」

丁寧に訊ねると、店員たちは互いに顔を見合わせた。明らかに疑っている。ブラウンは焦らず、まともな反応を待った。余計なことを言うと、かえって怪しい印象を植えつけてしまう。

一人の男がようやく立ち上がった。小柄で、無精ひげが似合っている。愛想笑いを浮かべようとしたが、上手くいかずに強張った表情になってしまった。頬の怪我が引き攣るせいもある。相手も、しきりにそれを気にしているようだった。

「この男を見たことはありませんか」ブラウンはホワイトの写真を差し出した。ラーガ社の社員データから引っ張ってきた物で、今のところは最新の写真である。

写真を受け取った店長は、しばらく目を細めて凝視していたが、やがて「ええ」と短く言って顔を上げた。しかしブラウンの顔を見ようとはしない。そのまま、箸の動きが止まってしまった店員たちに写真を回す。無反応、だった。単に見る義務があるとでもいうように、順番に見ていくだけ。

写真は最後に、店長のところに戻って来た。

「ホワイトという男です。ドナルド・ホワイト」

「名前は知らないですね」店長が初めて口を開いた。か細い声だが、地声というわけではなく、怯えているようにブラウンには聞こえた。

「この店に何度か来ていたと聞いています」

「ええ、見てはいますけど……」

「でも、名前は知らない？」尋問口調になるな、と思いながらブラウンは訊ねた。「カードは使っていなかったんですか？」

「現金です。うちは、カードは扱っていないので」

そんな店があるのか、とブラウンは内心驚いた。気さくな店だが、場所柄などを考えると安いわけではないはずなのに。しかし、日本ではアメリカほどクレジットカードが普及していないのだ、と思い直した。

「常連、と言っていいんですか」常連という言葉の使い方はこれでよかっただろうかと思いながら訊ねる。

「いや、二、三回来ていただいただけで」言い訳するように店長が言った。

「一人ですか？」

「いや、いつも何人かで」

「女性一人と男性二人？」ホワイトを含めた四人が、ラーガ日本法人の準備スタッフだ。

「そうですね、確かそうだったと……」確か、と言いながら、店員の口調は曖昧だった。

「一人で来たり、他の人と一緒だったりしたことは？」

「いや、そこまでは……分からないですね」助けを求めるように、店長が他の店員に視線を投げた。一斉に首が振られる。

ホワイトの印象は薄かったようだ、と結論づける。この辺りだと外国人の客も珍しくないだろう。ホワイトは目につく巨漢だが、一目見て記憶に残る、というほどではないはずだ。

「何か、記憶に残るようなことはありませんでしたか？」

「いや、特には……ないですね」店長が首を振る。

情報を引き出すどころか、この男の警戒心を解くことすらできなかった、とブラウンは悟った。明らかに緊張した様子で、口調も表情も硬いままである。自分が撒き散らす違和感を意識しながら、ブラウンは軽く頭を下げた。自分の携帯電話の番号をメモ帳に殴り書きし、ページを破って店長に渡す。

「この男――ホワイトが姿を現したり、そうでなくても何か思い出したら、連絡してもらえますか？」

「ええ、いいですけど……何なんですか？」恐る恐るといった調子で、店長が訊ねる。

「私は、この男の友人で、ニューヨーク市警に勤務する者です」言ってしまってから、胡散臭く聞こえているかもしれない、と後悔した。「証拠を見せろ」と言われても、肝心のバッジがないのだ。

「そうですか」店長はこちらを拒絶するわけではないが、受け入れる様子も見せない。いわばブラウンを中途半端な状態に置いたまま、この面会を終わらせようとしている。

「大変失礼しました」もう一度、今度は先ほどよりも深く頭を下げる。相変わらずぎこちないな、と思いながら。「何か分かったら、是非連絡して下さい」

店長は軽く頭を下げるだけだった。もしも何か思い出しても、連絡はしてもらえないだろう、と覚悟する。協力しようという気持ちよりも、こちらを疑う気持ちが前面に出てしまっている。

自分自身がこの街にいる違和感、バッジのない不安感が強くなるだけだった。

ホテルの従業員を騙すのは難しくない。いや、この場合はそもそも騙す必要もなかったが。ブラウンが投宿するホテルの宿泊担当マネージャーが、知り合いだったのである。現役時代、濱崎は暇を見つけてはホテルの宿泊担当責任者と顔をつないでいた。ホテルには犯罪者が逃げこむこともあるし、犯罪そのものの舞台になることも少なくない。知り合いが一人いれば、何かと捜査がスムーズに進む。

今回は念のため、「警視庁の公式な依頼で」とつけ加えたのが奏功した。このホテルの宿泊担当マネージャーである春日《かすが》が、体の大きさの割に気の小さい男、という事情も自分には好都合だった。少しだけ脅せば、すぐに動いてくれる。

二人きりになったエレベーターの中で、春日が恐る恐る訊ねてきた。

「何か、部屋の中で……」

「何もないとは思いますけどね」濱崎はわざと軽い口調で言った。「念のためですよ、念のため」

昨夜のブラウンの様子を考えれば、あの男が部屋の中で一人倒れて死んでいる様は考えにくい。いかにもタフそうな男なのだ。

部屋に辿り着くと、春日が遠慮がちにインタフォンを鳴らした。指を離すと直立不動の姿勢を取り、十秒待つ。不安気に濱崎の顔を見ると、もう一度インタフォンのボタンを指で押した。緊張感が現れているのか、人差し指が逆側に曲がるほどの勢いである。さらに十秒待ち、「いないようです」と告げた。あくまで不在ということにしたいようで、中で倒れているとは考えたくもないのだろう。

「入りましょう」

「そう、ですね……」春日の口調は歯切れが悪かった。

「お願いします」濱崎は努めて冷静な口調で頼みこんだ。

春日が渋々マスターキーを取り出し、カードスロットに入れる。かちり、とかすかに音がして開錠された。ゆっくりとドアを押して隙間を開け、中を覗きこむ。

「心配しないで入りましょう」濱崎はドアを大きく押し開け、隙間から体を滑りこませた。

ブラウンは本当にこの部屋に泊まっているのか？　最初に考えたのはそれだった。部屋を間違ったのではないか。ベッドは綺麗にメーキングされ、昨夜誰かが寝た形跡はない。どこにも荷物は放り出されておらず、客室係が仕事を終えたばかりのように見えた。まさか、春日が部屋を間違えたとか？　彼の顔を見ると、濱崎の考えを読んだようで、慌てて首を振る。

「いつもこうなんです」

「というと？」

「もう一週間近くお泊まりですが、客室係が驚くぐらい、綺麗に使われています」

「なるほど」

濱崎はそのまま、部屋を軽く調べ始めた。テレビの下のチェスト、クローゼットに服が入っていたので、ようやく彼がこの部屋を根城にしているのだ、と納得できた。チェストの中もクローゼットも、倉庫のように綺麗に服が置かれていたが。もしかしたら、警察だけではなく軍にいた経験があるのかもしれない。濱崎にも自衛隊員の知り合いがいるが、服の片づけ方に関してはひどく神経質なのだ。四隅を合わせるように、きっちり四角に畳む。

バスルームに入ってみると、こちらも使った形跡さえないほど綺麗だった。普通、水が飛んでいたり、タオルが汚れていたりするのだが……こちらは、昨夜使っていないのかもしれない、と想像する。何しろ怪我して深夜に帰宅したのだ。シャワーを浴びる元気さえなかったかもしれない。もしも、シャワーを使った後で、これだけバスルームを綺麗に掃除していたら、潔癖症を通り越して一種の病気だ。

バスルームを出ると、春日が所在なさげに立っていた。もういいだろう、とでも言いたげに、うんざりした表情を向けてくる。

「そろそろよろしいですか？」

「ああ、すみません。出かけたみたいですね。それは確認できませんか？」

「今は、一々キーをお預けになるお客様はいませんから。鍵をかけたかどうかは分かりますが、そこから先は何とも言えません」

そうだった。カードキーになってからは、自分も外出の時にいちいちキーを預けることはなくなってしまった。

もう一度クローゼットの中を改める。昨夜着ていた革のフライトジャケットは見当たらない。今日も十二月らしく気温が下がっているから、あのジャケットがちょうどいいのだろう。納得してうなずいてから、濱崎は春日に向き直った。

「フロントで話を聴かせてもらっていいですか」

「どうしてですか」納得できない様子で、春日が唇を尖らせる。

「彼は怪我をしています。私が昨夜、助けたんですよ。その後どうしたか、気になりましてね」

「どういう方なんですか？」

濱崎は口をつぐんだ。ブラウンが、自分の立場をどこまで打ち明けているか……身分を明かさずとも泊まれるのがホテルの利点だし、この場合、明かす意味もない。しかし、自分が「警視庁からの依頼で」と言ってしまったので、春日はある程度事情を察したかもしれない。言ってしまっても問題ないだろう、と判断する。

「ニューヨーク市警から、視察に来ているそうです」

「それは存じていますが……」

最低限の事情は分かっているわけだ。うなずき、ほっとして続ける。

「ずっとこちらが宿舎なんですね」

「ええ」

「自分の身元は明かしていた？」

「知っている人間は知っていたと思いますが、積極的に話されることはなかったと思います。でも、礼儀正しい方ですよ」

「硬い」の間違いではないか、と思った。四角四面で、融通の利かない男。少なくとも、自分とは絶対気が合いそうにない。現場に突っこむ時も、背後を任せたい相手ではなかった。「歩き方が間違っている」といちゃもんをつけて、背中に銃弾を撃ちこみそうなタイプではないか。

「毎朝決まった時間に、下のカフェで朝食を摂られて……店員たちの評判もよかったようです」

「フロントに、ちょっと話を聴いてみていいですよね」念押ししながら、急に空腹を意識した。いつものように朝食は摂らず、既に十一時。空腹も限界に達しようとしていた。

「春日さんは一緒に来てもらわなくて大丈夫ですよ。私一人で行けますから」

「はあ……しかし、ご一緒しますよ。一応私も、宿泊部門の責任者ですし、お客様の話ですから。でも、ブラウン様に何かあったとは思えませんけどね」

ああ、この男はもう、ネタ元としては使えないだろう、と思った。こちらを信用しなくなったわけではないが、胡散臭く思っているのは間違いない。仕方ない。ネタ元というのはこういうものだ。摑んでは離しての繰り返し。そうやって人の輪は少しずつ広がっていく。

コーヒーに砂糖とミルクをたっぷり加えながら、濱崎はウェイターが来るのを待った。隣には、監視するように春日が座っている。やがてやってきたウェイターは白岡《しらおか》と名乗り、向かいの席に腰を下ろした。早速ブラウンのことを訊ねると、「今朝もここで朝食を召し上がりました」とあっさりと認める。

「どんな様子でした？　怪我をしていたんですが」

「ええ、頰の怪我が……でも、朝食は残さずお食べになりました」

やはりタフな男だ……濱崎は腕組みをし、小さくうなずいた。どうやら怪我のことは心配しないでいい。この件を塩田に伝えて、安心させておこう。上手くいけば、彼も今後警視庁内のネタ元として使えるかもしれない。

「元気そうだったんですね」

「いや」白岡が一瞬口ごもる。「鎮痛剤をお持ちしました」

「ほう」

「頭痛、だそうです」

　やはり昨夜の後遺症か。とはいえ、きちんと朝食を摂り、ウェイターと会話を交わしていたのだから、重傷ではあるまい。そもそも今も、ホテルを出て動き回っているわけだし。

「今日はどこへ行くとか、言っていませんでしたか？　頭痛がひどいなら、無理しなくてもいいのに」わざとらしく、親しげな様子で演技してやった。

「そこまでは分かりかねますが……取り敢えず、向かいの薬局には行ったと思いますよ」

「ああ、頭痛薬を買いに、ね」すっかり日本に馴染んでいるわけか……まあ、あれだけ日本語が喋れれば、不自由はしないだろう。

「分かりました。ご協力ありがとうございます」言ってコーヒーを飲み干し、濱崎は立ち上がった。結局、食事をするような雰囲気にはならなかったな、と思う。このコーヒーをホテル側に奢ってもらっただけで、よしとしなければ。

「よろしいんですか？」春日が不審そうな表情を向ける。

「無事だと分かればいいんです。警視庁の方には私から連絡しておきます。ご協力ありがとうございました」

　解放されたと思ったのか、春日も白岡もほっとした表情を浮かべる。これでよし。きっかけさえ摑めれば、後は俺の個人的な戦いだ。

一度ホテルを出て、赤坂の街を一時間ほどうろついた。牛丼屋で昼飯を済ませ、その隣にある安いチェーンのコーヒーショップで、口中に残った脂っぽさを洗い流す。刑事時代には考えられない、贅沢な時間の使い方だった。どんなに昼飯に時間をかけても、今は誰にも文句を言われることはない。一日中聞き込みで回って、何の情報も得られなくても、上司から嫌味を言われることもない。ただし今は、全てが自分に跳ね返ってくる。やるべきことをやらなければ、明日から飯が食えなくなるだけだ。もちろん、この件は金にはならないだろうが。

ゆっくりとコーヒーを飲み干してから、店を出る。細い路地を渡る風は冷たく、反射的にコートの襟を立てた。携帯電話を取り出し、歩きながら話し始める。塩田は、今度は呼び出し音一回で出た。ずっと俺からの電話を待っていたのだろう、とほくそ笑む。人が焦る姿を見るのは、いつでも楽しいものだ。

「取り敢えず、無事でした」

「そうか……」塩田が盛大に吐息を漏らすのが聞こえた。

「今朝、ちゃんとホテルで食事をしてから出かけたのが分かっています。体には異常ないようですね」

「どこへ行ったかは分かるか？」

「薬局」

一瞬、間が空いた。塩田が、自分の言葉の意味を疑っているのだ、と分かる。

「頭痛薬を買いに行ったみたいですよ。昨夜の襲撃の後遺症でしょう。ただ、それほど重傷ではありませんから、ご心配なく」

「ああ」塩田が、魂が抜けたような口調で言った。「しかし、どこをうろつき回ってるんだ？」

「調べることはできると思いますが……どうしますか？」

「携帯にも出ないもんでね。ちょっと心配なんだ。何かあったら、ニューヨーク市警と警視庁の関係も悪くなる。下手したら、外交問題だぞ」

「そうですか」何かあったわけではないだろう。塩田と話すのを面倒臭がっているだけに違いない。面倒臭がる理由……それが何か、気になった。単に視察に来ているだけなら、多少監視を鬱陶しいと思っても、愛想よく振る舞うはずではないか。塩田に隠れて、何かこそこそとやっているに違いない。「監視しておきましょうか？　この、土日だけでも」

「いや、それは……」

「お金のことなら結構ですよ」濱崎はさらりとした口調で言った。「先輩の役に立つことでしたら、何でもやりますから」

「お前、金には困ってないのか？」塩田が探りを入れるように訊いてきた。

「退職金を余分に貰いましたからねえ」早期退職、それに加えて口止め料の上積み。次第に心許なくなってはいたが、まだしばらくは役に立つ。「誰かのために只で仕事をするっていうのも、悪くないですよ。公務員時代とは違った喜びがありますね」

「そうか……だったら、この二日間だけ、様子を見ていてくれないか？　月曜日からは俺が張りつくから」

「分かりました」こちらの手に落ちた、と思わずにやりとする。「で、報告は？」

「何か動きがあったら、すぐに教えてくれ」

「何もなくても、明日の夜には、最終的に報告しますよ。彼が無事にホテルに帰ったら……でいいですね」

「ああ、頼む」

電話を切り、足取り軽く歩き出す。目先の金を稼ぐよりも、塩田に恩を売れたことの方が大きい。警視庁の中には、いくら味方がいてもいいのだ。何かあった時に黙って手を貸してくれる人間を増やしておかなければ。

それにしても、この辺の様子も変わった。元々暴力団が多い街で、街の雰囲気はぴりぴりしていたのだが、今は少しだけ緩んでいる。ここのところ急速に進んだ警察の暴力団対策が奏功し、これまで繁華街を取り仕切っていた暴力団は、表立って活動できなくなってきた。資金源も乏しくなり、暴力団員が生活保護を受けている、などという笑えない話も漏れ伝わってくる。

代わりに台頭してきているのが、一部で「半グレ」と呼ばれる連中だ。新興の組織犯罪集団――集団というほど統制が取れているわけではないが――で、年齢層が比較的若く、決して表に出ずに金を稼ぐ。暴走族上がりなどが多いのだが、ネットを使いこなしてドラッグの密売をしたり、振り込め詐欺に手を染めたりする。実態が摑めない分、警察も対処に困っているのが現状だ。今後、暴力団が衰退するのとは逆に、この連中がより力をつけてくるのは間違いないが、今の段階では暴力団よりも扱いにくいのは間違いない。

暴力団と警察の関係には、長い歴史がある。警察は暴力団幹部に食いこみ、一線を越えないように常に圧力をかける。暴力団の方も、見逃してもらうためにある程度は警察の言うことを聞く。暴力団が街に根を下ろし、みかじめ料などを巻き上げるのは褒められた話ではないが、それで街の秩序がある程度保たれているのも事実である。何か問題を起こすような人間がいれば、暴力団が仲介に入り、トラブルを治めてしまう。今後、半グレの連中が勢力を拡大してくると、街の秩序は一時的に混乱するかもしれない。

まあ、俺にはもう関係ないことだ。暴力団に食いこみ過ぎて、そのために職を失った――悔いるべき過去かもしれないが、不思議と負の感情は湧かない。いつかこうなると、無意識のうちに覚悟ができてしまっていたかもしれないから。

さて、久々の張り込みだ。雨風がしのげるだけでも満足しなければならない。今まで、もっとひどい張り込みを何十回と経験してきたのだ。空調の効いたホテルでの張り込みなど、天国で居眠りしているようなものだろう。

一度ブラウンの部屋に立ち寄り、ドアをノックする。反応、なし。しばらく同じフロアをうろうろして身を隠す場所を探していたが、適当なポイントが見当たらなかった。非常階段なら大丈夫だが、彼の部屋からは離れ過ぎている。そもそも、陽が高いうちに彼が戻る可能性は少ないように思えた。

ロビーに引き返す。ここなら、何時間座っていても文句は言われない。煙草が吸えないのが辛かったが、こういう時は無煙煙草が慰めになる。最初試した時は、クソみたいなものだと思っていたのに、実は結構喉にくるので、何となく煙草を吸っている気分にはなる。あとは張り込みの友である、文庫本。現役時代には、常に軽いエッセイ集を持ち歩くようにしていた。スティーヴン・キングの長篇だと、どこで止めればいいのか分からなくなるからだ。短く切れるエッセイは、どこでページを閉じても問題ない。今日は池波正太郎の『銀座日記』。ただしこの本の場合は、自分には縁遠い銀座の名店の味を想像させられる苦痛と、つき合わなくてはならない。昼飯を食べたばかりだからまだいいが、空腹の時など、ページを繰るのは拷問に等しい。

さて、今日は長くなるかもしれない。何度か場所を移動しなければならないだろうし、退屈との戦いは結構深刻だ。だが、こういうことには慣れている。刑事を辞めても、現役時代の感覚は簡単には消えないものだな、と今さらながら驚いた。

そして、こうしていると不思議と落ち着く。

悔いなく警察を辞めたはずなのに、俺はまだあの頃を懐かしがっているのかもしれない。

12月2日

ロビーに足を踏み入れた瞬間、ブラウンは嫌な気配を感じた。誰かに見られている……街を歩いていて、自分の放つ「異質感」が注目を集めているのとは、明らかに違っていた。誰かが俺を監視している。今日は、ホワイトと一緒に仕事をしていた日本人たちに会う予定を立てていたのだが、変更しなければならないかもしれない。

フロントデスクの前に立ち、ロビー全体を視界に収める。日曜日の朝八時なので、それほど人の動きはない。視線がどこから刺さってくるか……ブラウンは、人の背丈よりも高い観葉植物の陰にあるソファに目を留めた。一人がけで、ゆったりとした造り。そこに体を埋めるようにして、だらしなく腰かけている一人の男に意識が吸い寄せられる。ジェームズ・ディーンを気取っているつもりなのか、真っ赤なスウィングトップを着て、ジーンズを穿いた足を組んでいる。文庫本に目を落とし、ロビーは禁煙なのに、唇の端でぶらぶらと煙草を揺らしている。

濱崎。

こんなところで何をやっている？　あいつはあいつで、このホテルに何か別の用事があるのかもしれない。胡散臭い用事に決まっているだろうが……見なかったことにしよう。無視して立ち去る。そう思った瞬間、濱崎が顔を上げて、ニヤリと笑った。ブラウンは、彼が自分を待っていたのだ、と確信した。本を閉じて立ち上がると、のろのろとした足取りでこちらに近づいて来る。ブラウンの一メートル手前で立ち止まると、「ご機嫌はいかがですかね」とふざけた調子で訊ねた。

「あなたと話す必要はないと思うが」

「いやいや、日本には『袖振り合うも多生の縁』という諺《ことわざ》があるんだ。ご存じない？」

ブラウンは無言で首を振った。胡散臭い雰囲気は、頂点に達しようとしている。力ずくで排除したい、という欲望が高まったが、こんな場所で騒動を起こすわけにはいかないという理性の方が上回る。

「何か用事でも？」

「いや、特には」

「では、急いでいるので」ブラウンは素早く頭を下げた。今回は上手くいった、と思う。さりげなくやるのがいいようだ。

「ちょっと、ちょっと」

濱崎がブラウンの腕を摑む。ひどく馴れ馴れしい仕草で、それでまた怒りがふくれ上がった。必要以上に険しい表情を浮かべて振り返ったが、濱崎は気にする様子もない。ニューヨークでは、悪党も震え上がる顔なのだが……一つだけ分かった。この男は、肝は据わっている。あるいは鈍いだけかもしれないが。

「朝飯は？」

「まだだが、あなたと食べるという選択肢はない」

「またまた、そんな冷たいこと言って」

濱崎がにやにやと笑った。一歩踏み出し、ブラウンのプライベートな空間に入ってくる。下がることは簡単だったが、それは敗北を意味すると思い、ブラウンは意地でその場に留まった。

「助けたお礼をしてもらってもいいんだけどね。朝飯ぐらい、奢って欲しいな」

この段階で、ブラウンの頭には複数の選択肢があった。①本当に食事を奢り、にこやかに雑談をして友好的に別れる。②この場で適当に誤魔化し続け、相手が諦めるまで待つ。③殴り倒して堂々とロビーから出て行く——どれも一長一短だ。時間がなければ躊躇《ちゅうちょ》なく③を選ぶし、それはいかにも魅力的だったが、今は少しだけ余裕がある。だとすれば、①か②。しかし②は、自然に消えた。この男はしつこい。というか、諦めが悪い。どうせ食事は摂らなければならないのだし——必ず朝食を摂るのは、ブラウンの人生において上位五番には入る重要なルールだった——この場で雑談をして時間を潰すのも、同じことだ。

　盛大な溜息。お前と食事をするのは本当に嫌だ、と思い知らせてやる。しかし案の定、濱崎は下卑た笑いを崩さなかった。

「では、行きましょう」ブラウンはわざとらしい丁寧な口調で言った。「ホテルのカフェで？」

「結構ですな」濱崎がうなずいた。「こっちは、ホテルで朝飯を食べられるような身分じゃないんでね。ニューヨーク市民の税金で飯を奢ってもらうのも、いい経験だ」

「ここでの朝食は、俺のポケットマネーから出ている」

「しかし、給料から出ることに変わりはない、と」濱崎が理屈を捏《こ》ね回した。「要するに税金だ」

「食べるのか、食べないのか？」ブラウンは怒りを少しだけ爆発させた。

「食べないとは、一言も言っていない」

　濱崎が肩をすくめて言って、さっさと歩き出す。その隙に逃げてしまおうかとも思ったが、一瞬の時間稼ぎにしかならないだろう。この男が何を考えているのかは分からないが、本当に朝食を奢って欲しいと考えているわけではないはずだ。それだけのために、こんな朝早くから張っているわけがない。胡散臭く思う反面、濱崎の真意を知りたい、という好奇心もあった。

　二人ともオムレツを頼み、しばらく無言で対峙した。コーヒーが運ばれてくると、濱崎がブラックのまま啜る。ブラウンはカップを持ち上げ、縁越しに彼の顔を確認した。どこか疲れたような、それでいて目だけは興奮したような感じ。明らかに寝不足——ほとんど徹夜で、そのせいでかえってテンションが上がっているようだった。

「あんた、ニューヨーク市警の警察官でしょう」濱崎がずばりと切りこむ。

「だったら？」ブラウンは内心の怒りと動揺を押し隠し、低い声で切り返した。この男は明らかに、俺の周囲を嗅ぎ回っている。それが気に食わなかった。警察官は人の粗《あら》探しをするのが商売であるが故に、自分がその対象になると、苛立つ。

「いや、別に」濱崎がゆっくりとコーヒーカップを下ろした。拳の小指側をテーブルにつけ、天板との間に一センチほどの隙間を空けたまま、カップを浮かせる。

「どうして俺のことを嗅ぎ回る？」

「気になったら、調べないと。性分なんでね」

「警察官としての？」

「どうかな」濱崎が肩をすくめる。

　ブラウンは、反撃に転じることにした。かまをかけてみる。

「警察官を辞めた——馘になったんじゃないのか」

「ほう」

濱崎がにやりと笑う。だが、カップを持つ手がわずかに震えていることにブラウンは気づいた。

「少なくとも俺の部下だったら、絶対に誡にする」

「それは怖いな」濱崎が慎重にカップをソーサーに置いた。「そんなに俺のことが気に食わないかね」

「あんな部屋に住んでいる人間に、仕事は任せられない。それとも、日本の警察は、あんな汚い部屋に住んでいる人間でも平気で使うのか」

「部屋と仕事は関係ない」素っ気なく言ったが、濱崎の耳はわずかに赤くなっていた。

「だらしない人間は、仕事もできない。俺は部下に、シャツの畳み方から教える」

「あんた、軍隊関係者――軍にいたことがあるね」

濱崎が突然切り出した。こいつ、そんなことまで――現在の仕事のことだけでなく、俺の経歴まで調べ上げたのか？　ブラウンは必死で、表情の変化を顔の奥に押しこめた。

「何故そう思う？」

「警察官は、シャツの畳み方まで気にしないよ。そんなことをしている暇があったら、犯人を追いかけるべきだ。まあ、軍人さんが暇だって意味じゃないけどな。シャツの畳み方を煩《うるさ》く言うのは、一種のカルチャーショックを与えるためだろう」

「どういう意味かな？」

「シャツの畳み方を、親に煩く言われながら育った人間なんか、今はほとんどいない。そういうことを徹底的に叩きこんで、自分たちは人間じゃなくてただの機械なんだという意識を徹底させるのさ。軍隊に人間は必要ないだろう。必要なのは、命令を確実に遂行する機械だ」

「そういう考えだから、日本は戦争に負けたんじゃないか？」

「いつの時代の話だよ」自分で話題を振っておきながら、濱崎は面倒臭そうに顔の前で手を振り、話をストップさせた。

ちょうどそのタイミングで料理が運ばれてきて、二人の言い合いは完全に中断された。腹が減るから怒るのかもしれない。そう考え、ブラウンは意識から濱崎の存在をシャットアウトして、食事に専念した。だが、目の前にいる濱崎の動きは気になる。見ると、ケチャップを無造作にオムレツにぶちまけ、フォークで丁寧にならしていた。全体が均一に薄い赤に染まると、満足そうにうなずいてフォークで切り分け、口に運ぶ。「がつがつ」という擬音が聞こえてきそうな食べ方で、オムレツもトーストも、あっという間に彼の胃に収まった。それを見ているうちに、ブラウンは食欲をなくしてしまった。とはいえ、食べていないと話しかけられそうだったので、何とか料理を喉に押しこみ続ける。

「怪我の具合は？」さっさと食べ終えた濱崎は、ブラウンの心中を知る由もなく、平然とした調子で話しかけてくる。

「問題ない」実際、今朝の目覚めは快適だった。昨夜まで体のあちこちに残っていた痛みは、ほとんど消えている。気になるのは、頰の傷だけだ。

「タフだねえ。俺だったら、二、三日は休暇を貰って休むけど」濱崎が爪楊枝に手を伸ばす。

「俺は、あんたのように暇じゃない」

「なるほど、いろいろお忙しいわけだ」楊枝を使いながら——その仕草がまた下品だった——濱崎がつぶやくように言う。「視察だけで、そんなに忙しいわけがない。今日は日曜だしな」

ブラウンは、叩きつけるようにナイフとフォークを置いた。カフェの中にいる客の視線が突き刺さる。無視して、テーブルの上に身を乗り出した。

「余計なことに首を突っこむな」

「へいへい」

そう言いながら、濱崎はにやにやと笑っている。顔の真ん中にパンチを叩きこみたいという欲求を、ブラウンは辛うじて抑えた。内心の怒りを察したように、濱崎が急に真顔になる。

「俺で手伝えることがあるなら、手伝うけど」

「結構だ。人手を借りなくても、十分やれる」

「その割に、怪我させられてるし。背中を守ってくれる人間が必要なんじゃないか」

「たとえそうでも、あんたには頼まない」

「見くびられちゃ困るな」濱崎の顔に、嫌らしい笑みが戻ってきた。「あんたは、ある種の偏見で俺を見ているようだけど、俺だって馬鹿じゃないんだぜ。馬鹿だったら、あんたの正体をこんなに早く見抜いていないよ、ＥＳＵの分隊長さん」

ブラウンはかすかな気味悪さを感じた。いつの間にか懐に入られている。ということは、この男は確かに、見た目ほどは間抜けでないのかもしれない。濱崎が皿を脇へ押しやり、両手を組み合わせてテーブルに置いた。

「俺はお節介な男でね。お節介の意味、分かるか？」

ブラウンは小さくうなずいた。その一瞬の間に、今後どうするか決める。何が目的かは知らないが、この男は俺が真実を話すまでは食いついてくるだろう。だったら、話してしまえばいい。そうすれば納得して、離れて行くかもしれない。

「人を捜してる」

「日本で？」

「ああ。友人が、日本で行方不明になった」

「アメリカ人か」

「そう――ビジネスでこちらに来ていて、突然姿を消した」

「それは……事件だな」濱崎があっさり断言した。

「どうしてそう思う？」

「あんたのお友だちは、日本に知り合いがいるのか？」

「日本へ来るのは、今回が初めてだ。俺の知る限りでは、知り合いはいない」

「だとしたら、自分の意思で姿を消すとは考えられないな。家出は――家出というより失踪か――頼る相手がいるか、十分な金がないと上手くいかない。たとえどれだけ金があっても、アメリカ人が日本国内で姿を消すのは難しいよ。目立つ」

「ああ」ブラウンはつい同意してしまった。再び肌の色を意識させられる。状況は、白人であるホワイトも同様だろう。

「今の生活に飽きて失踪する人間が、新しい人生を始めようとする時は、なるべく今までと同じようにしたがるもんじゃないか？　人間は、簡単には変われないんだ。アメリカ人だったら、わざわざ環境の違う日本で失踪して、この国で人生をやり直そうとは思わないはずだが」

「ちなみに、その後日本を出国した記録はない」

「もちろん、密航はできる」濱崎が自分に言い聞かせるように言った。「日本海は狭いんだ。韓国なり中国なりに船で渡るのは、難しくはない」

「そこまで危険を冒す必然性がない……その男には」ホワイトは、十分な成功を手にして、今後さらに上に行くチャンスがある人間だ。自分を高く売りつけるためには、トラブルは絶対に回避するだろう。

「だとしたら、やっぱり事件に巻きこまれたんだろうな」濱崎が一人うなずく。「日本の警察には相談したのか？　失踪人捜査を専門にやる部署もあるが」

「その友人が住んでいた場所を調べてもらった。事件性はないという判断だった」

「それは――」濱崎が声を張り上げかける。すぐに口を閉ざし、何か考えていたが、ほどなく低い口調で話し始めた。「その現場では、という意味だろう？　部屋に争った跡がないとか、そういうことだよな」

「ああ」

「その後の足取りは調べていないわけだ……だったら、本当に事件性がないかどうかは分からないじゃないか。拉致されたとしても、部屋にいる時に襲われたとは限らないからな。どこか別の場所で拉致されたとしたら、部屋を調べても何も分からない」

相槌をうたずに話を聞きながら、ブラウンは少しだけ濱崎を見直していた。ぼうっとした外見だが、馬鹿ではない。少なくとも刑事らしい考え方はできるようだし、勘も鋭いようだ。

「どうだ？　俺が手伝ってやろうか。人捜しのノウハウなら、多少はあるぜ」

「断る」

「別に、金が欲しいわけじゃない。単なる好奇心だ」

「それを信じろと言われても無理だな」ブラウンは冷たく言い放った。「あんたが何をしている人かは知らないが、金に余裕があるわけじゃなさそうだ。そんな人間が、善意で人助けをするとは思えない」

「俺の価値観では、金は必ずしも一番目に来るわけじゃないんでね」濱崎が適当に伸びた髪をかき上げた。「面白いか面白くないか、それが大事なんだ」

「人の友人がいなくなったことを、面白いで片づけてもらっちゃ困る」ブラウンは、再び怒りが沸き上がるのを感じた。「こっちにとっては一大事なんだ」

「だからこそ、手を貸そうって言ってるんじゃないか」濱崎の表情は真剣だった。「いくらきちんと日本語を喋れて、日本の事情がそれなりに分かっていると言っても、あんたは日本人じゃない。何かとやりにくいんじゃないか」

その指摘は的を射ている。幾度となく——いや、常に感じる視線を、ブラウンは疎ましく思い出した。自分を異質な物として見る、日本人たちの視線。

「意地を張るなよ。俺みたいな男がいると、何かと役に立つぜ」

「結構だ」ブラウンはきっぱりと言って、伝票を取り上げた。「自分の面倒ぐらい、自分で見られる」

「そうかなあ」濱崎がまた髪をかき上げる。「そういう人が、襲われて怪我をするとは思えないけど」

「俺は別に、時間をロスしてはいない。あの襲撃だって、立派な手がかりだ」

「あんたがお友だちを捜すのを、快く思っていない人間がいるわけだ」

濱崎の鋭さに、どきりとさせられた。見た目のだらしなさと違って、こいつは今でも刑事なのだ、と確信する。バッジを失っても、刑事の心や能力はなくしていない。

だが、今の自分に助力は必要なかった。騒ぎを大きくしないためにも、ホワイト捜索は自分一人でやりたかった。それに、やはり濱崎は信用できない。何の遠慮もなしに、こちらの心に土足で踏みこんでくるような人間と、協力して仕事をするわけにはいかないのだ。

「これで失礼する」ブラウンは立ち上がった。「これ以上、俺につきまとっても無駄だ。他のことで金を稼いだ方がいい」

「だから、金じゃないって」

反論したが、それほどむきになっている様子ではない。撃退に成功したか、とブラウンは思ったが、すぐに気持ちを引き締めた。

この男が、そんなに簡単に諦めるわけがない。

簡単に諦めたら、人生、つまらない。いや、諦めていいこともあるが——立場にしがみつくこととか。

久々にやる気を起こさせる相手に出会い、濱崎は顔から笑みを拭い去ることができなかった。実は、結構疲れていたのだが……昨夜、ブラウンがホテルに戻ってきたのは午後九時過ぎだった。部屋へ入るのを見届けて引き上げ、今日は午前六時から張っていた。明らかな寝不足。それでも、高揚感が疲れを押しやる。

ブラウンを尾行するのは、それほど難しくなかった。何しろどこにいても目立つ男である。しかもホテルを出てからは、徒歩で移動し始めた。濱崎は念のために軽い変装──リバーシブルになるスウィングトップは、今はタータンチェックの裏面を表にしていた──をして、十分な距離を置いてブラウンの尾行を始めた。

最初の信号で道路を横断し、斜め後ろからブラウンの背中を捉えるようにする。用心はしているはずだが、こっちもプロだ。

もっともブラウンは、誰かにつけられているとは考えてもいないようだった。ひたすら前を向き、背筋をピンと伸ばした姿勢のまま、大股に歩き続ける。日曜日の午前中とあって人出は少ないが、時折彼とすれ違う人は皆、少しだけ斜めに進路を変更して前を開けるのだった。

「砕氷船みたいなもんだな」とつぶやき、自分のジョークのくだらなさに驚く。実際ブラウンは、自重を利用して分厚い氷を砕く砕氷船というより、高速巡洋艦のようなイメージが強い。

ブラウンが突然立ち止まる。濱崎は急いで目の前の路地に飛びこんだ。路地というより、ビルとビルの隙間で、幅は五十センチもない。コンビニエンスストアの袋や雑誌が散らばり、かすかな異臭が漂っていた。夜中に、酔っぱらいが立ち小便するような場所かもしれない。新鮮な空気と情報を求めて、ビルの壁に体をくっつけるようにして首を突き出す。ブラウンは、立ち止まってビルの壁をじっと見ていた。一面がガラス張りで鏡のようになっており、周囲の光景を映し出している。髪を整える振りをしながら——あの短い髪型でそんなことをする必要はない——周りを見ているのだ。こちらの存在には気づいていないはずだが、用心して、もう少し距離を開けることにする。

背後から見ると、革のフライトジャケットの黒色、ジーンズの青しか分からないが、長身がちょうどいい目印になっている。姿を見失うことなく、濱崎はさらに十分ほど尾行を続けた。

やがてブラウンは、一棟のマンションの前で立ち止まった。迷うことなく、中へ入って行く。濱崎は先の信号まで走り、大回りして道路を横断してからマンションの前に立った。オートロック。ブラウンは、インタフォンで誰かに呼びかけた形跡がないから、鍵を持っていたとしか思えない。あるいはロビーで、誰かが待っていたか。

それにしても高級そうなマンションだ。上を見上げると、高さに頭がくらくらしてくる。

外観も、サンドストーンを使った高級そうなもので、赤坂に近いという地の利を考えると、家賃はとんでもない額になるだろう。分譲マンションだったら、億でないと手に入らないはずだ。スタジオタイプや1LDKでも数千万円か……。

そんなマンションにブラウンが消えたのが、理解できない。まさかここに、愛人が住んでいるとか……襲われたのも、女関係のトラブルだったかもしれない。

いや、それはあり得ないか。ニューヨーク市警の警察官が、こんな場所に愛人を囲っているとは考えられなかったし――遠距離恋愛にも限界がある――ブラウンはどちらかというと禁欲的な気配を漂わせている。女嫌いというわけではないだろうが、女でトラブルを起こすタイプには絶対に見えない。要するに、「人捜し」に何か関係あることなのだろう。

どうしたものか……ブラウンがどの部屋に入ったか分からないから、対処しようがない。取り敢えず、出てくるのを待つしかないだろう。幸い、向かいにコンビニエンスストアがある。あそこで時間を潰して、ブラウンの登場を待つとするか。

踵《きびす》を返した途端、誰かがぶつかってきた。襲われたのかと、咄嗟に体に力を入れると、その直後、目の前で小柄な女性が転んでいた。ブリーフケースの蓋が開き、中身が歩道に散らばってしまっている。

「ああ、すみません」

濱崎はあわててしゃがみこみ、書類や手帳をかき集め始めた。女が顔を蒼褪めさせ、ブリーフケースを抱えこむ。

「怪我はないですか？」

「はい、あの……大丈夫です」女が絞り出すような声で答えた。

どうやら大丈夫なようだが、ショックは大きそうだ。交通事故のようなもので、心構えができていないのだから当然だが。急いでいるようで、歩道にへたりこんだまま、大慌てで書類を拾い集め始める。一番大きな封筒を掴むと、表に「Larga.Inc.」のロゴが見えた。ラーガ……どこかで聞いたことがある名前だ。視力2・0の濱崎は、ロゴの下の住所がアメリカ――ニューヨークのものだと気づいた。外資系の会社か。

まとめた書類を差し出すと、女が素早く手を伸ばして受け取った。先に立ち上がった濱崎は手を差し伸べたが、女は「大丈夫です」と断り、一人で立ち上がった。改めて見ると、身長が百五十センチほどしかない、小柄なタイプである。日曜日なのに、かっちりとしたグレーのパンツスーツ姿で、腕にはコートを抱えている。丸顔で、一つ一つのパーツが整った顔立ちは、濱崎の好みだった。

「すみません、どうも」女が二回、頭を下げ、ジャケットのポケットから鍵を取り出すと、オートロックを解除した。ドアが開き切らないうちに駆け出し、ホールに消えて行く。

何を慌てているんだか……濱崎はドアが閉まり始める瞬間、一歩を踏み出した。センサーが濱崎の体を感知し、隙間五センチまで閉まっていたドアがまた開く。濱崎はズボンのポケットに両手を突っこみ、いかにもここの住人のような顔をしてホールに足を踏み入れた。広く天井の高いホールは、ホテルを思わせる。クリスマスまでまだ一か月近くあるのに、高さ三メートルほどもあるツリーが一角を飾っていた。左手には、高級そうなソファが置かれたスペース。その手前に、郵便室がある——だが、濱崎は、肝心なことに最後まで気づかなかった。

右手のカウンターには、ブレザーを着た若い女性と、初老の男性がついていた。コンシェルジュつきのマンションか……咄嗟に顔を伏せ、踵を返す。このマンションに何人ぐらい人が住んでいるか分からないが、コンシェルジュは全員の顔を覚えているだろう。顔を見られていないことを祈りながら、濱崎は歩き出した。世の中、そうそう上手くいくとは限らない。だからこそ、面白いのだが。

ブラウンは、部屋に集まった三人の顔を見回した。知っているのは吉竹直美だけ。あとの二人は新顔だ。ラーガ日本支社設立のためのスタッフ全員——ホワイトを除く——が、ここに集まったことになる。直美の顔が心配そうに歪んでいるのを見て、ブラウンは自分の頰に手を当てた。直美が細い声で訊ねる。

「どうしたんですか、その怪我」

「ちょっとした事故です。心配いりません」

「でも……」

「大丈夫です。これから話を聴きますが、ホワイトの部屋を使います」

ブラウンが告げると、三人が顔を見合わせた。ボスの部屋に足を踏み入れるのを躊躇《ためら》っている様子である。

「私の耳は二つしかない」ブラウンは右の耳に触れた。「そして、脳は一つ。一度に三人から話は聴けないんです。だから、順番に。ホワイトの部屋を使うのは、そこしかプライバシーが保てる場所がないからです」

説明にも、三人が緊張を解いた様子はなかった。しかし、いつまでも気持ちを解《ほぐ》すための準備運動をしているわけにはいかない。ブラウンは肩を上下させると、一番左端に立っている男に向かってうなずいた。

「まずあなたから——石田《いしだ》さんですね？　石田和成《かずなり》さん」

石田が無言でうなずいた。ひょろりと背の高い青年で、どこか頼りない。髪は寝癖がついているのか、わざとそういう風にしているのか、あちこちが突き出ていた。ジェリー・ガルシアの顔がプリントされた長袖のTシャツに、太いジーンズを腰履きしている。グレートフル・デッドは日本でも人気なのだろうか、とブラウンは訝った。アメリカでは、ヒッピー時代の遺物のようなものだが。

ホワイトの部屋で二人きりになると、石田は途端に居心地悪そうにうつむいてしまった。

「その椅子に腰かけて」ブラウンはデスクを指差した。「私は立ったままでいい」──話を引き出すための定番のテクニックだ。自分の方がかなり背が高いので、相手が座れば、自然に見下ろす格好になる。これをプレッシャーと感じる人もいるのだ。

石田は東京出身の二十九歳で、東大工学部卒業。日本のSNS運営会社で働いていたのを、直美がリクルートしてきた。最優秀の大学を出た人材がIT系企業に流れるのは、アメリカでも日本でも変わらないらしい。要は、どの時代でも、頭のいい奴は金の臭いを嗅ぎつける、ということだ。

石田は、しきりに貧乏揺すりをしていた。ボスの私室に入ったこと、取り調べのように話を聞かれていること。二つの悪条件が重なり、びくびくしているのだ。何かを隠しているというよりも、ただ気が弱いだけなのだろう。

事情聴取では、引っかかるような話はほとんど出てこなかった。彼は、ラーガのシステム日本語化の作業を進めていたというのだが、ホワイトとは必要最低限のことしか話さなかったようだ。何しろ石田は英語が喋れないし、ホワイトは日本語がまったく駄目。技術者なので、日常的に細かい打ち合わせをする必要はなかったのかもしれないが、石田本人もホワイトの人柄を完全に摑んではいないようだった。

「それはむしろ、吉竹さんや羽生《はぶ》さんの方がよく知ってると思います」

羽生剛志《つよし》。外で待機している男で、営業責任者になる予定だったという。直美や石田よりも少し年上、四十歳だ。ここに引っ張られてくる前は、外資系の証券会社で営業をしていたということで、ラオが「営業の神様」と呼んでいたホワイトとは気が合ったのかもしれない。

「あなたから見て、ホワイトはいつもどんな様子で仕事をしていました？」

「ちょっと怖かったです」言ってから、石田が肩をすぼめる。ボスの悪口だ、と思い当ったのかもしれない。慌てて言い添える。「いや、あの、声が大きかったので」

「ああ、そうですね」やたらとテンションが高い男なので、大声を出すのは普通のことなのだ。最初はブラウンもびっくりしていたが、それが余計なエネルギーを逃す圧力弁の役割を果たしているのだと気づいてからは、無視できるようになった。

「いろいろ難しいこともあったみたいで」

「会社の場所の選定とかですか？」

「あの、地震を怖がっていたんですよ」

ブラウンは顎に力を入れてうなずいた。東日本を襲ったあの地震は、アメリカでも大きく報道された。今考えると間違った内容も相当多いのだが、当時は本当に日本が全滅するのではないかと、ブラウンも心を痛めたものである。第二の故郷とまでは言えないが、慣れ親しんだ国なのは間違いないのだから。

「東京で大きな地震があるかもしれないからって、本当はもっと安全な場所に本社を構えたかったみたいですけど、日本では地震の心配がない場所なんかないですから」

「そうですね」

「本社からも、東京で、ということは強く言われていたようです」

「それで揉めていた？」

「そういうわけじゃありません」石田が慌てて首を振った。「もちろん、詳しい事情は分かりませんけど。それは吉竹さんや羽生さんに聴いてもらわないと」

あくまであの二人に押しつけるつもりか……ブラウンは三十分ほど、角度を変えながら石田を突っつき続けたが、満足な情報は得られなかった。彼を解放して寝室のドアを開けると、コーヒーのいい香りと直美の笑顔に迎えられた。

「コーヒー、どうですか？」

「いただきます。ブラックでいいですよ」

ブラウンは、直美からカップを受け取った。素っ気無い白のマグカップ。一口啜ると、程よい苦味と酸味が口中に満ち、ささくれ立ち始めた心を慰めてくれた。感謝の意味をこめて彼女の目を見詰めた瞬間、左手の甲に小さな擦り傷ができているのに気づく。ブラウンは、自分の左手を顔の高さに上げて、「手、どうしました」と訊ねた。

「ああ、転んだんです」直美がかすかに耳を赤く染めた。「外で、人とぶつかってしまって」

「それは危ない」ブラウンは眉をひそめた。

「急いでいたから」直美が慌てて首を振る。「私が悪いんです」

「治療した方がいいですね」小さな傷が、意外と長く傷痕として残ることもあるのだ。だとしたら、自分の頬の傷は、目立たなくなるまでどれぐらいかかるのか。

「後でやっておきます」

「近くにドラッグストアぐらいあるでしょう」

「今は、それどころではないと思います」直美が急に表情を引き締めた。「やることがありますから……」

「そうでした」

ブラウンもうなずき、羽生に視線を向けた。羽生がびくりと身を震わせ、目を背けてしまう。緊張し過ぎだと思ったが、すぐに無理もないと思い直した。

「どうぞ、こちらの部屋へ」寝室に向かって手を差し伸べる。「時間をかけずにいきましょう」

羽生が素早くうなずき、ブラウンの脇をすり抜けるようにして、早足で寝室に入った。後を追ってブラウンが足を踏み入れると、既にデスクについて額を掌で拭っている。外は身を切るような風が吹いているし、室内の暖房もそれほど強くないのに、汗をかいているようだった。

羽生は小太りの中年男で、髪が少しだけ薄くなっていた。かすかに見える地肌も湿っているようである。日曜日に呼び出されたというのに、きちんとスーツを着てネクタイを締めている。

ブラウンは壁に背中を預け、しばらく無言を貫いた。異常なほど緊張している羽生の心根を読もうとしたのだが、よく分からない。事情聴取されるのを嫌がっているのか、あるいは何か隠しているのか……今の段階では「善意の第三者」と呼ぶべきで、容疑者扱いしてはいけない。ブラウンは、軽い話で彼の気持ちを解すことにした。

「ご家族は……奥さんと娘さんでしたね」

羽生が顔を上げる。肉の余った顎が震えているように見えた。明らかに、聞かれたくない話題のようである。

「娘さんは、何歳ですか」

「十一歳です」

日本の学校制度では……小学生か。まだまだ手がかかる年齢だし、これからは金も必要になってくるはずだ。そう考えると、中途半端な状況に置かれた彼の立場に同情する。

「いろいろ大変ですね」

「そうなんです」急に羽生が食いついてきた。「これからどうなるんでしょう？　娘は来年、中学受験なんですよ。私立を狙っていて、金がかかるんです」

「大変なのは分かります」ブラウンはコーヒーを一口飲んだ。「だから、ホワイトを早く見つけないといけません。彼の行方が分からなければ、ラーガとしても手の打ちようがないでしょう。別の人間を寄越すにしても、ホワイトに何があったか分からない状態だと、やりにくいはずだ」

言いながらブラウンは、ラオの態度にかすかな不信感を覚えていた。彼は本気で日本進出を考えていたのか？　信頼していた営業のエースが失踪し、困惑しているのは簡単に想像できる。だが彼は、「日本はどうしても欲しい市場だ」と言っていたではないか。本気なら、ホワイトの捜索とは別に、すぐに後任を送りこんでくるはずである。一刻も早く日本法人をスタートさせたいなら、遅れは許されない。ところが今のところ、仕事はかなり長くストップしているのだ。羽生でなくても、おかしく思うのは当然だろう。

「いったい、本社もどういうつもりなんでしょうね」羽生が額を擦《こす》った。

「失礼ですが、給料は支払われているんですか？」

「ええ、それはまあ……」

「ホワイトがいないのに、よく事務処理ができますね」

「暫定的に、払うという通達が来ているんです」

ザンテイテキ……ブラウンの語彙にはない言葉だったが、何となく意味は分かる。とにかく給料は払われることになっているのだろう。とすると、ラオは事態を「棚上げ」したのか。何事もスピーディに決断するあの男にしては、珍しいことだ。

「だったら、当面は心配いりませんね」

「ええ。でも、こういう不安定な状態が続くと思うと、不安です」

「分かります。ですから、一刻も早くホワイトを捜し出しましょう」

羽生がうなずいたが、力はなかった。こんな自信なさげな男が、営業の責任者としてやっていけるのだろうか。

気を取り直して質問を次々とぶつけたが、どうにも曖昧である。羽生は外資系企業にいたせいもあって、英会話能力に問題はなかった。それ故、石田よりはホワイトと意思の疎通を図っていたようだが、ホワイトの内面にまで踏みこむような関係にはなっていなかったようである。

「ホワイトは、どんな男でしたか」

「エネルギッシュでした」羽生が深くうなずく。営業マンとしては最大の褒め言葉なのかもしれない。「この仕事に賭けていましたね」

「だったら、失踪するような理由は考えられませんね?」質問ではなく、念押し。

「ええ……」はっきりしない答えだった。

「何か思い当たる節でも?」

「いや、どうなんでしょう」

「どうなんでしょうと言われても困ります」ブラウンはぴしりと言った。「知りたいのは私の方なんですよ」

「すみません」

恐縮しきって、羽生が顔を赤く染めた。両手を腿に挟みこみ、うなだれる。その姿を見た限り、営業の責任者としてスカウトされてきた人間とは思えなかった。商談になると人格が変わるのだろうか、とブラウンは訝った。

「気になる……なるような感じがすることはあったんですが」

「何ですか」

ブラウンは、背中を壁から引き剝がした。羽生の方に、ほんの数センチほど近づいただけだが、それでも彼には十分過ぎるほど威圧的だったようだ。顔を蒼褪めさせ、椅子の背もたれに背中を押しつける。

「いや、それは……」

「何かあったんですか、なかったんですか」

単純な二者択一ではないか。何故迷うのか、ブラウンは理解に苦しんだ。

「何度か、この部屋に籠《こも》っていたことがあって」

「それは、別におかしくないでしょう。ここは彼のプライベートな空間なんだから」

「仕事の最中に、突然携帯を摑んでここに入って行ったんですよ？　しばらく出てこないんです。会議中であっても何でも、お構いなしで」

「それは異常……異例なことですか？」

言葉の選び方はこれで正しかっただろうかと思いながら、ブラウンは訊ねた。

「何度かありました」

「戻って来た時、どんな様子でしたか」

「ちょっと、こう……」

羽生が両手をこねくり回す。この男は、俺よりも日本語の表現が下手なのではないかと思いながら、ブラウンはさらに突っこんだ。

「普段と変わった様子だったかどうか、ということです」

「こちらの目を見ようとしませんでした」

「そそくさとしていた？」

「そう、そんな感じです」羽生ががくがくとうなずいた。

ブラウンは再び背中を壁に預け、思いをめぐらした。ホワイトはどういう男か——だらしない。テンションが高い。やけに自信たっぷりにしている。だが、何かを「そそくさ」とやっている姿は想像できない。

「そういう状態になったのは、携帯電話で話をした後ですか？」

「ええ」

「どこかからかかってきて」

「そうです」

「その相手が誰か、分かりますか？　本社の人間か、あるいは日本のビジネスパートナーか」

「本社ではないと思います」やけに自信たっぷりに羽生が言った。「本社とは常に、ＩＰ電話かメールで連絡を取るようにしていましたから。経費削減の一環です」

「だったら日本のビジネスパートナー？」

「どう……でしょう」羽生の声から、また自信が抜けた。「いつも英語で話していたと思います」

「日本人でも、英語が話せる人はいますよ」それを自分が言うのはどこか変だな、と思いながらブラウンは指摘した。

「少なくとも我々が知っている限り、英語を話す人間とはビジネスの話をしていません」

「彼が独自にルートを開拓していたのかもしれない」

「それはないと思います」羽生が首を振った。「日本人との交渉事がある時は、必ず我々が同席しましたから」

「日本にいる、アメリカ人の知り合いと話していたことは考えられませんか？」自分のやっていることは、非常に非効率的だ、と意識する。可能性を一つ一つ考えて、潰しているだけなのだから。そして、自分が全ての可能性を思いつくとも思えない。

「知り合いだとしたら、あんな感じにはならないと思います」

「でも、あなたたちは、彼の夜の行動を知らない。一緒に食事をしているのでもない限り、彼は夜は一人ですよね？　その時に何をしているかまでは、分かっていないでしょう」

「ええ、まあ……そうですね」羽生が渋々認めた。

しかしこれが、初めての手がかり——手がかりというにはあまりにも心許ないが——であるのは間違いない。ブラウンは一時的に羽生を解放し、仕事部屋の方で全員から話を聴くことにした。事情を説明すると、直美と石田が顔を見合わせた。

「そういうこと、あっただろう」慌てて羽生が詰め寄る。自分の記憶に自信がなくなってきたのかもしれない。「ほら、そこで会議していて、電話が鳴って。慌ててベッドルームに飛びこんだことが、何度かあったはずだ」

羽生が、会議用のテーブル——ダイニングテーブルにしか見えなかったが——を指差すと、まず直美が反応した。

「あ、確かに……」

「だろう？」羽生が突っこんだ。「一回や二回じゃないよ。何度も……」

「そうでした」直美の口調に力が入る。「確かにそんなことがあったけど……何で思い出さなかったんでしょう」

「きっかけがなかったからですよ」ブラウンは助け舟を出した。「人に訊かれると、思い出すこともあるんです。もう少し詳しく、思い出してみましょうか。これが何かの手がかりになるかもしれない」

冷たい風が足元を吹き抜けていく。何が地球温暖化だ……濱崎は左右の足に順番に体重をかけて、少しずつ体を動かした。こうしていないと、寒さで固まってしまう。手の中の缶コーヒーはすっかり冷えていた。こんな物を飲むとトイレが近くなってしまうのだが、灰皿代わりに空き缶を使いたいので、仕方がない。冷たくなったコーヒーを一気に飲み干して、ようやく煙草に火を点けた。久しぶりに体に染みこむニコチンに、少しだけ気持ちが落ち着く。それでも完全に平静な状態——心が湧き水のように澄んだ状態にはならない。傾斜は緩いが、坂の途中に立っているせいだ。わずかな傾斜が体のバランスを狂わせている。

煙草を吸いながら腕時計に視線を落とした。ブラウンがマンションに消えてから、既に一時間が経過している。濱崎にすれば、まだウォーミングアップのようなものだった。張り込み時間の最長記録は、車の中なら十四時間、立ったままで八時間というのもあった。これが夜中の張り込みなら、意識を現実から切り離し、あれこれ考えながらも観察を続けることができる。しかし今は、日曜日の昼間。いくら人通りが少ないとはいえ、完全に孤独にはなれない。背後のコンビニエンスストアにもひっきりなしに人の出入りがあり、何か考えようとしても集中力が削がれる。コンビニエンスストアのドアが開く度に漂い出すおでんの匂いが、またよろしくない。真っ昼間だというのに、熱燗の甘い味わいが口中に蘇ってしまうのだ。日本酒を呑むのは、年に一回か二回しかないのに。

今日は集中力が続かない日だ。立て続けに煙草を灰にしながら、濱崎は何度も腕時計に視線を落とした。ブラウンは何をやっている？　ガサ入れ？　まさか。何の権限もない人間がそんなことをしたら、単なる家宅侵入である。あのマンションで誰かと会っている、と考えた方がいいだろう。警視庁の人間——であるはずがない。塩田は、土日は視察の予定が入っていないと言っていた。とすると、誰か別の日本人の知り合いか。ブラウンは幼い時日本に住んでいたと言っていたから、今でも日本人の知り合いがいてもおかしくはない。旧交を温めているとか……意識が切れ切れに飛び交う。

いかんな、と首を振った。今は、マンションに意識を集中させなければ。このマンションに、裏口のようなものがないことは既に確認している。ブラウンが出て来る場合、あそこしかないのだから、ひたすら観察を続けなければならない。単調であるが故に、疲れる作業だった。

煙草を五本灰にし、通行人の無数の視線を浴びながら、二時間が経過した。集中力が切れた、と思った瞬間にありがちなことだが、マンションのドアが開く。ブラウンを先頭に、四人の人間が一塊になって出てきた。自分と同年輩の、冴えない小太りのサラリーマン風、オタク風味があふれ出る青年、そして……先ほど濱崎とぶつかった女性。

おっと――ブラウンの顔がこちらに向く。視線がぶつかる直前、濱崎は背中を向けてコンビニエンスストアに入った。雑誌売り場の方に向かいながら、五つ数える。雑誌を手に取る振りをしながら向き直ると、ブラウンたちは彼が宿泊しているホテルの方に歩き出したところだった。どことなくぎこちない……ブラウンは問題の女性と並んで歩いていたが、会話が弾んでいる様子ではなかった。身長差があり過ぎるせいもあるだろうが。残る二人は、どこかだるそうな足取りでブラウンの後に続いている。彼と一緒にいるのがいかにも辛い、あるいは面倒な感じだった。

さて、尾行を続けるか。手に取った雑誌――何も考えていなかったので女性誌だった――を棚に戻し、店を出る。その瞬間、濱崎は気配の変化を感じて足を停めた。あいつらだけではない。誰か別の人間が……ブラウンたちは右手の方に去って行ったのだが、左の方から男が一人、四人の後をつけているのが分かった。距離が十分空いているので、ブラウンたちは気づかないだろう。あのやり方は、素人ではない。尾行対象が複数の場合、一人よりもずっとやりやすくなる。話しながら歩いているような場合、後方に意識がいかなくなるし、尾行する側としては、大きな塊を追っていけばいいので、見逃す可能性が低くなる。

中肉中背、背格好は濱崎とほぼ同じだ。膝まである黒いコートにジーンズ、スニーカーという軽装で、ベースボールキャップを目深に被っている。サングラス……眼鏡をかけているのは、軽い変装のつもりかもしれない。少しだけ猫背になり、前方に意識を集中している。

ということは、後ろはがら空きだ。

濱崎は、道路の反対側から尾行を始めた。既にブラウンたちの姿は、視界の片隅でしか捉えられない。彼らを尾行する男との距離は、道路を挟んで二十メートルほど。相手は素人ではないという前提で、少しだけペースを落として距離が詰まらないようにする。視線をなるべく動かさず、ややうつむき気味の姿勢をキープする。相手の足を見逃さないように……スニーカーが地味なグレーなので、少し心配だった。人通りが少ないことが救いである。また、ブラウンたちも特に急いでいないようで、尾行のペースは遅めだった。

五分ほど、尾行の尾行を続けた。男が突然立ち止まる。ジーンズのポケットに手を入れて、周囲に視線を飛ばし、次の行動を考えている様子だった。ビルの一階にある店の前。よりによってうどん屋だった。確かに昼時だが、ブラウンはうどんを食べるのか？　何となくイメージと合わない。濱崎は首を振りながら、尾行者の行動を観察した。

さすがに同じ店に入るわけにはいかないようで、歩き出すとそのまま通り過ぎる。次の角を曲がって姿を消したので、濱崎は少しだけ前に進んだ。男が姿を消した角をちらりと見ると、うつむいて煙草に火を点けている。社会的に抹殺されつつある同士か……濱崎は笑いを噛み殺しながらそのまま通り過ぎた。濱崎にしては朝飯を食べ過ぎたので、まだ昼飯を食べる気にはなれない。もう少し粘ってもいいだろうと思い、少し離れた。尾行の尾行には気づかれていないようだし、この奇妙な状況が面白くもあった。それに、うどん屋ということは、昼食も長くはかからないだろう。

案の定、三十分もしないうちに四人は店を出てきた。同時に、角に隠れていた男が動き出す。ブラウンたちは、先ほどのマンションの方に向かって歩き出した。食事を終えたせいか、先ほどよりも歩みがゆっくりしている。濱崎は吸っていた煙草を足元に投げ捨て、きっちり踏み消してから尾行を再開した。

ブラウンたちと男の距離は五十メートル程度。濱崎はさらに三十メートル離れて続いた。行き先が予想できているので、先ほどよりは気が楽である。予想通り、四人はマンションに戻って行った。男は立ち止まらず、そのまま歩き続ける。肩の線が少し落ちていた。何となく、お役ごめんという感じだった。基本的に、動向監視が仕事だったのだろう。濱崎はそのまま、少し緊張感の抜けた男の尾行を続けた。百メートルほど離れた場所にあるコインパーキングまで来ると、黒いミニヴァンに歩み寄った。左右を見回してから、助手席のドアを開けて車内に滑りこむ。運転席に座る男に一言二言話すと、少しシートを倒して楽な姿勢を取った。同時に、後部座席のドアがスライドして開き、もう一人の男が飛び出して来る。こちらは少し小柄で、サングラスをかけている。長い髪を後ろで一本に結んでいた。張り込み交代ということか。足を引きずっているのが分かった。ということは、こいつは金曜日の夜にブラウンを襲い、撃退された人間だ。

濱崎は車のナンバーを控え、その場を立ち去った。さすがに、これ以上張り込みを続けるとまずい。ブラウンに気づかれても何とか言い逃れできるだろうが、問題は三人組——四人以上かもしれないが——の方だ。あの連中に見つかったら、話が厄介になる。早々に立ち去ることにした。

万が一、ブラウンたちが襲われたらどうなるか、と懸念する。だが、白昼堂々、襲撃するようなことはないだろう。ここはアメリカではないのだ。

それでも、完全にこの場を離れる気にはならず、先ほどのコンビニエンスストアから少し離れて監視を続けることにした。どうせしばらく動きはないだろうと見越し、携帯電話を取り出す。人手を煩わせるのは気が引けたが、自分には今、公的権限は何もない。こういう時は、力を持った人間に助けてもらうしかないのだ。

休日の大塚は、昨日にも増して不機嫌だった。昼寝でもしていたのかもしれないと申し訳なく思ったが、電話が通じたのだから、切る必要はない。

「お休みのところ悪いんだけど、ちょっと手を貸してくれないか」

「勘弁してくれよ」大塚が泣きを入れた。「何でお前は、厄介な話ばかり持ちこむんだ？」

「そんなに厄介な話じゃない。車のナンバーを調べて欲しいだけだ」

「俺は休みなんだぞ……」大塚が愚痴を零す。

「電話一本かければ済むじゃないか。五分で終了、後はゆっくり昼寝でも家族サービスでもしてくれ」

「断っても、どうせ許してくれないんだろう？」大塚が溜息をついた。「車のナンバーだな？」

「頼む」濱崎は、先ほど控えたミニヴァンのナンバーを伝えた。

「折り返す」ぶっきら棒に言って、大塚が電話を切ってしまった。

相変わらず俺は、人を怒らせてばかりだな、と苦笑する。しかし今は、立ち止まる気にはなれなかった。大きなエンジンが動き出した感じ……始動させるには時間がかかるが、一度動き出すと、今度は止めるのも大変なのだ。


ブラウンは三人と別れ、一人ホテルに戻った。一度頭の中を整理し、ゆっくり考えたい。手がかりらしい手がかりといえば、ホワイトが比較的頻繁に誰かと携帯電話で話していたことぐらい。その通話記録を入手できないだろうか。もしも彼が、日本で使うためにこちらで携帯電話を購入していたら、警視庁の手を煩わせることになる。しかし、アメリカで使っていた電話をそのまま持ちこんでいたら、何とかなるのではないか。

ふと、背後の空気にかすかな乱れを感じた。

尾行されている。

振り向くな、と自分に言い聞かせ、少しだけ歩調を緩めた。立ち止まり、鏡面状になったビルの壁――マンションに来る途中もここで尾行の有無を確認した――の前に立ち止まり、髪を整える振りをしながら周囲の様子を見る。濱崎がしつこく追いかけているのではないかと思ったが、姿は見当たらない。

だが、道路の向かい側に、挙動不審の男を見つけた。長い髪をポニーテールに結び、足を引きずるようにして足早に歩いている。ちょうど、自分の真後ろを通り過ぎたところ。ちらりとこちらを見る視線に滲んだ、後悔の念を感じ取る。尾行を気づかれた、と思ったのかもしれない。

前を向き、歩き出す。自分を尾行しているのは、一人ではないだろう。相手を追い越してからも尾行を続けるには、かなり高度なテクニックが要求される。もう一人、道路のこちら側でも尾行している人間がいるはずだ。だが今は、それを確かめる術《すべ》がない。

あの足の引きずり方――俺を襲った連中だ。数十時間前の痛みを――恐怖はなかった――思い出し、同時に怒りが膨れあがるのを感じた。どう動くべきか……このままホテルに戻ると、相手に自分の居場所を教えることになる。だがすぐに、相手は宿泊場所などとうに割り出しているだろう、と思い直した。だからこそ、一昨日の夜には自分を襲ったのだ。恐らく、ホテルからずっと後をつけられていたに違いない。

どうして尾行されているのだろう。連中の忠告を無視して、俺が「余計なこと」をしているのが気に食わないのか。だとしたら、昨日もずっと、後をつけられていたのかもしれない。忠告が守られていないのを確認して、次の手に出るつもりだろうか。

ひとまず、ホテルに戻ろう。昼日中、路上で襲ってくるとは考えられなかったが、ホテルにいる方が安全なのは間違いない。あんな所で何かをしでかそうとするほど、大胆——というより馬鹿な人間はいないはずだ。

急ぎ足でロビーに飛びこみ、朝方濱崎が座っていたソファに腰を下ろす。足を組んで、ゆっくりとくつろぐ振りをしながら周囲を観察した。

いた。ポニーテールの男が、ちょうどロビーに飛びこんできたところだった。少し慌てたような表情で、軽く口を開け、フロントの方に歩いて行く。

ブラウンはブラックベリーを取り出し、手の中で弄《いじく》った。ラオの直通電話は登録してあるが、ここで話すのが適切とも思えない。何とか部屋に入りたいが、連中が待ち伏せしている可能性も否定できなかった。だが、いつまでもここに座っているわけにはいかないし、今時はホテルの部屋へ侵入するのは一苦労なのだ、と思い直す。

思い切って立ち上がり、フロントに足を運ぶ。近くでぼうっと立っていたポニーテールの男が、慌てて離れるのが見えた。一瞥してから、すっかり顔なじみになったフロントの係員に向かって笑みを浮かべる。

「外出していたんですが、その間、何か変わったことは?」

「は?」愛想笑いを浮かべていたフロントの男の顔が引き攣《つ》る。

「いや、誰かが訪ねて来たりとか、そういうことはなかったですか」

「ございません」

ブラウンはうなずき、フロントを離れた。無闇に警戒させてしまっただけだな、と少しだけ悔いる。

念のため、部屋を出る時、ドアの下にメモを一枚、破って挟みこんでおいた。プロなら簡単に気づくやり方だが、あの連中はどうだろう。一昨日はあくまで、不意を突かれただけだと考えたかった。

メモは、朝方挟んだ時のままになっていた。カードキーを挿しこみ、間髪いれずドアを押し開ける。中に突進し、誰もいないことを確認した。すぐにバスルームも確かめる。無人。自分の行動が少しだけ間抜けに思えたが、用心に越したことはない。ロックを確認してから、ようやくソファに腰を下ろした。デスクの上に置きっ放しにしてあったミネラルウォーターを一口飲んでから、ラオに電話をかける。向こうは夜中の一時過ぎ。だがラオは、「必要なら何時でも電話してくれていい」と言っていた。むしろ遅い時間の方がいい、と。ブラウンは、孤独な青年が夜通しパソコンの画面に向き合う姿を想像したが、今の彼は巨大IT帝国の支配者である。そういう立場になっても、パソコンオタクめいた行動を取るだろうか。

懸念はすぐに押し流された。ラオは、夜中にもかかわらず、妙に元気な声で電話に応じたのだ。しかし、状況を聞こうとはしない。遠慮がちな性格が表れているのだと思い、ブラウンは自分から、状況を説明した。ただし、簡潔をよしとするブラウンの性格から、報告は一分で済んでしまったが。

「そうですか……」ラオが明らかに落ちこんだ。

「一つ、ヒントになりそうなことがあります。彼が電話していた相手が誰か分かれば……」

「英語で？」

「ホワイトは日本語が話せないはずだ」

「日本にも英語を話す人間はたくさんいますよ」ラオが指摘した。

「ビジネス上の関係では、そういうことはあり得ないようだ。友人だろうか」

「日本に友人がいるかどうか？　それはちょっと分からない」

プライベートなことには首を突っこまなかったのだろうか。ＣＥＯと上級副社長なら、毎日のように顔を合わせるはずだ。ランチの席で、家族の話題や趣味の話が出るのは、不自然ではないはずなのに。もっとも、ラオは「話しかけて欲しくない」というオーラを常に放っているようなタイプだから、ホワイトもさすがに、いつものペースでべらべら喋るのは遠慮したのかもしれない。

「彼の携帯電話は？　アメリカで使っていたものですか？」

「ええ。そのまま日本に持ちこんでいたはずです。実際は、ほとんど使うことはなかったはずですが」

とはいえ、ホワイトがアメリカで使っていた電話で誰かと話していたのは間違いない。直美たちは、「彼は携帯電話を一台しか持っていなかった」と証言している。

「番号は……」ブラウンは記憶を引っ張り出し、それをラオに告げた。

「それですね」

「分かりました。通話記録が取れるかもしれない。試してみます」

「ええ」

「それと、これは本筋には関係ない話なんですが、日本側のスタッフが動揺していますよ。仕事が滞ってしまっているというので。何か、具体的な指示を与えたらどうなんですか」

「それはあなたに言われることではない」少しだけ声に怒気が滲む。

「失礼」ブラウンは短く謝罪して電話を切った。今の発言は、プロらしからぬものだったと反省する。本当のプロは、目の前の仕事に直接関係あること以外には、注意を払わないものだ。余計なことに気を取られると、突然背後から襲われかねない。ラオの協力は得られないかもしれないと考え、部下の手を借りることを検討し始めた。

ニューヨークは真夜中。さすがに誰かを叩き起こす気にはなれない。しばらく時間を置くとしても、今度は日曜日の早朝に電話をかけることになるのだ、と思い至った。今回の件は公務ではないので、誰かの手を煩わせるのは気が進まない。部下は、自分が命じれば何でもする人間ばかりだが、けじめは必要だろう。だが、自分が直接携帯電話のキャリアに問い合わせをしても、答えてくれる可能性は低い。何しろここは日本なのだ、何かとやりにくい。

仕方がない。ここは誰かに骨を折ってもらおう。何かで返せばいいのだ。

だがそれも、無事にホワイトを捜し出すことができれば、の話である。


何だ、ここは？　濱崎は背筋を冷たいものが走るのを感じた。

大塚が割り出してくれた車の所有者の住所。目の前にある要塞のような建物を前にして、濱崎は唖然としてしまった。坂の途中に建つ家は、周囲をぐるりとコンクリート壁に囲まれ、中の様子は窺えない。どうやら三階建てのようだが……シャッターの幅は広く、高さも十分で、それから想像する限り、車庫には先ほどのミニヴァンが二台、楽に入りそうだった。

濱崎は問題の家から少し離れ、電柱の陰に身を隠した。住居表示は、港区三田。都営大江戸線と南北線が通る前は、陸の孤島と言われた場所である。地下鉄の開通以降、急激に新しいマンションなどが建ったようだが、この家は周りの建物に比べて一際古い。周囲には大きなマンションもあるのに、一戸建てのこの家はそれらを睥睨《へいげい》するような感じだった。

表札の類がないことは、最初に確認した。大塚の調査では、車の所有者の名前は「平井《ひらい》和雄《かずお》」、六十二歳。今のところ分かるのは、名前とここの住所、年齢だけだ。思い切ってノックしてみようかと思ったが、何を訊けばいいのか分からない。「モーリス・ブラウンという男を尾行していましたか？」まさか。

夕闇が下り始め、空気が一層冷たくなってくる中、濱崎は家の周りを一周した。左隣は五階建てのマンション、右側はマンションを建設中で、囲いに覆われている。裏側には、数十年の歳月を経てきたような、古く小さい民家が建ち並んでいる。こういう家に住む人の家族は、世帯主が死んだら引っ越さざるを得ないだろうな、と思う。この辺りの地価を考えると、相続税を払うのも大変だ。

薄手のスウィングトップだけでは、さすがに体の芯まで寒さが染みこむ。このまま張りこむには準備が足りない。もっとも、張りこむことに意味があるかどうかも分からなかったが。

車庫がある方に戻って来ると、シャッターが開き始めるところだった。誰かが出るのかと思ったが、一台の車――先ほどのミニヴァンがちょうど停まった。リモコンでシャッターを開けたのか……濱崎は立ち止まらず、そのままミニヴァンとすれ違って先へ進んだ。一つ先の角を曲がり、そこから顔を出して様子を確認する。

シャッターが開き切る前に、助手席と後部のスライドドアが開いて、男が二人、降りてきた。最初にブラウンを尾行してきた男と、その後を引き継いだポニーテール。二人は車庫の脇にある短い階段を登って、家の中に消えていった。一人残った運転手役の男は、道路を一杯に使って車を車庫に入れたが――車庫は十分広いのに、二回も切り返しをした――そのまま出てこない。シャッターも閉まってしまった。おそらく、車庫から直接家に出入りできるようになっているのだろう。

取り敢えず、ここまでか。余計なことをすると、相手に感づかれる可能性が高い。しかもこの薄着では、冷えこむ夜の張り込みは無理だ。

踵《きびす》を返して駅の方に戻りながら、濱崎は次の一手を考えた。ふと、一つの言葉が頭に浮かぶ。「ラーガ」何だったか……どこかで聞いた記憶があるのだが、思い出せない。歩きながら携帯電話を取り出し、その名前で検索をかけた。

なるほど。世界最大級のSNSサイトか。あの女性が持っていた紙袋は、アメリカの会社の物だろう。日本法人ではなく本社の人間ということか……もう少し調べてみてもいい。あの女性とブラウンは一緒にいたわけだし、ブラウンとラーガは、何らかの関係があるのかもしれない。だとすると、ますます訳が分からなくなってくるのだが……警察官のあいつが、どうしてＳＮＳ運営会社の関係者と会っている？

一時間後、自宅のパソコンの前で、濱崎はさらに疑念を高めていた。ラーガは全世界で五億人の会員を持つと公称しているＳＮＳサービスだが、日本語ではまだ展開していない。日本には営業拠点もなかった。ということは、ブラウンと一緒にいた三人は、ラーガ本社の人間である可能性が高い。明らかに三人とも日本人だったが……この辺の事情を聞ける人間がいないだろうかと、携帯電話の電話帳をぼんやりと見直した。そのうち、一つの名前のところで手が止まる。ひらがなで「みやうち」とだけある……誰だったか。少なくとも顔は思い浮かばない。デスクをひっくり返して名刺の束を調べてみると、出てきた。「宮内弘樹《みやうちひろき》」ああ、そうか。青をベースに、文字を白で統一した目立つ名刺を見た瞬間、三年ほど前にこの男に会った時のことを思い出す。名刺の肩書きは「ＩＴ系ライター」仕事で知り合ったわけではなく、飲み屋で偶然出会ったのだ。カウンターだけのバーで、当時濱崎はよく通っていたのだが、何度も顔を見かけていた。混んでいる時に隣の席になったのをきっかけに——基本的に二人とも、一人酒をしていた——話すようになり、名刺を交換したのだった。それぞれにまったく異質の職業であり、基本的に話は嚙み合わなかったが。

迷わず、濱崎は宮内に電話をかけた。呼び出し音が五回。相手が濱崎を思い出すのに一分。本来、話し好きな男――酔っ払った時には特に――なので、そこまで進めば話は早かった。

「ラーガですか？　濱崎さんもいよいよＳＮＳに手を出すんですか」

「いや、そういうわけじゃないけどね。相変わらず、ああいうことに興味はないから」

「世界が広がりますよ。特にラーガは、会員数が五億人ですからね。サービスを利用すれば、世界中に知り合いができるようなものです」

「俺の世界は、港区内で完結してるから。それに、英語が全然駄目だ」

宮内が声を上げて笑った。何だか酔っ払っているようにも聞こえる。こんな時間から？　パソコンの時計を見ると、いつの間にか午後七時になっている。酒好きのこの男なら、もう酔いが回っていてもおかしくない。ましてや今日は、日曜の夜だ。

「そのラーガのことを詳しく教えて欲しいんだ」

宮内は、すらすらと話し始めた。熱心な話し方は、ライターというよりもラーガの幹部のようにも思える。その熱っぽい口調はかなり鬱陶しかったが、電話を切った時には、濱崎はラーガについてかなりの情報を入手していた。が、一方で疑念も膨らむ。根本的な問題――何故ブラウンがラーガの関係者と一緒にいたかということについては、解決しない。

さて、夜はまだ長い。やるべきことはいくらでもあった。まず、ブラウンの所在を確認しなければならない。その後で、一応塩田に報告だ。依頼人というわけではないが、きちんと報告を入れると約束したのだから、それは守らなければならない。

一瞬、デスクに置いたままになっているバーボンのボトルに目が行った。昼飯も抜いてしまったし、手っ取り早いエネルギー補給としても、アルコールは魅力的だった。だが、何故か手が伸びない。

この一年、濱崎は好き勝手にやってきた。頼まれた仕事の中でも、面白そうな物だけを選び、好きな時間に酒を呑み……それが当たり前だと思っていた。自分はそれなりに重いものを背負ってきたのだから、それから解放されるためには、何かに縛られるようなことがあってはいけないと思っていた。

自分には、自由でいる権利と義務があると信じていた。そういう世界に誘ってくれるのがアルコールなのだが、今は呑んではいけないような気がする。

ボトルを一瞥し、立ち上がる。バーボンの香りに未練はなかった。


ノックの音で、ブラウンは我に返った。メモ起こし——記憶力には自信があるが、肝心なことは字に残しておかなければならない——に集中し過ぎて、周りの状況がまったく見えなくなっていたのだ。ルームサービスを頼んだわけでもなく、誰かが訪ねて来る予定もないのだが……直美かもしれない、と思った。何か思い出して、慌てて部屋を訪ねてきたとか。いや、それもあり得ない。彼女なら、どんなに焦っていても、先に電話ぐらい入れるだろう。

立ち上がり、ゆっくりとドアに歩み寄る。歩いているうちに、ターンダウンサービスかとも思ったが、このホテルはそこまで高級ではない。ビジネスホテルに毛が生えたようなもので、サービスに過不足はないものの、ターンダウンは行っていないはずだ。

ドアに近づくとさらにスピードを落とし、外に足音が響かないようにする。身を屈め、覗き穴に目を当てると、視界一杯に濱崎の広がった顔が見えた。あのクソ野郎……部屋まで押しかけてきて、どういうつもりなんだ。朝飯に続いて夕食までたかりにきたのかとも思ったが、ここはきっちりけじめをつけなくてはいけない。

ブラウンは思い切って、勢いよくドアを開いた。濱崎が身軽に飛んで後ろに下がる。ブラウンは外に出て、後ろ手にドアを押さえたまま、濱崎を睨みつけた。

「何のつもりだ」

「ちょっと話をしにきただけだ」

「また食事をたかりにきたんじゃないのか？　よく、そんなみっともない真似ができるな」

「おっと」濱崎が顔の前に両手を挙げた。「俺はそこまで、金に困っていない。何だったら、あんたに奢ってやってもいいぐらいだ。単に話をしにきただけだから」

「あんたと話すことはない」

「こっちはあるんだがね」

ブラウンはしばらく、濱崎を睨み続けた。相変わらず飄々《ひょうひょう》とした態度で、いくら視線を厳しくしても動じる様子がない。どうも、この男には調子を狂わされてしまうな……ブラウンは少しだけ表情を緩め、ドアを大きく開いた。

「申し訳ないね」さほど申し訳なさそうにない口調で言って、濱崎が部屋に入って行く。ブラウンも続いたが、ドアチェーンは閉めなかった。そのままドアを背中にして立ち、濱崎と対峙する。濱崎は珍しそうに室内を見回していたが、やがて煙草を取り出し、くわえた。

「禁煙だ」

「おっと、失礼」肩をすくめ、煙草をパッケージに戻す。「まったく、いろいろ煩《うるさ》くてたまらないね」

「今時煙草を吸ってるなんて、時代遅れだ」

「そもそも煙草は、あんたの国から始まったんじゃないか」

「いつの時代の話だ？」ブラウンは軽い頭痛を覚えた。この男と一緒にいると、話は転がり続けるのだが、会話が進むに連れて苛立ちが増してくる。

「ま、そんなことはどうでもいいが」名残惜しそうに煙草のパッケージを見ながら、濱崎が言った。ふっと顔を上げ、一瞬厳しい表情を浮かべる。「あんた、本当は日本で何をやってるんだ？」

「人捜しだと言ったはずだ。それ以上のことを言う必要はないと思う」

「捜査上の秘密だから？」

「いや」ブラウンは真っ直ぐ濱崎の顔を見ながら言った。「あんたが嫌いだから」

「何と、悲しいことだ」濱崎が、大袈裟に両手で胸を押さえた。「人に嫌われるようなことはしていないぞ」

「それに気づかないのが、あんたの不幸だろうな」

「あんた、ラーガと何の関係がある？」

唐突な質問に、ブラウンは瞬時に口を閉ざした。この男は何を知っている？　どうして俺の周りを嗅ぎ回る？

「ニューヨーク市警の人間とラーガに、関係があるとは思えないけどな。何か、アルバイトでもやっているのか？」

「いや」

「だったら――」

ブラウンは瞬時に動いた。緊急時とまったく同じ。全身の筋肉が一瞬で同調し、体が精密機械になったように動く。素早く濱崎を捕まえ、胸元を絞り上げた。そのまま体を入れ替え、思い切り力を入れて壁に叩きつける。濱崎の後頭部が壁でバウンドし、鈍い音を立てたが、構わずブラウンは首根っこを締め上げ続けた。相当苦しいはずで、濱崎の顔は見る間に蒼くなったが、それでも表情は崩れない。もう一度腕に力をこめて壁に押しつけ、気道を完全に塞ごうとする。だが濱崎は意地を張っているのか、ブラウンの腕に手を伸ばそうともしない。目を大きく見開いたまま、ひたすら真っ直ぐにブラウンの顔を見てくる。

ブラウンは手の力を緩めた。途端に濱崎の体が崩れ落ちる。だが、膝をつく寸前になって、何とか踏み留まった。喉を手で押さえ、咳をしながら、なおもブラウンの顔を見詰め続ける。

「分かったか？ 俺はいつでもあんたを殺せる」安っぽい台詞だと思いながら、ブラウンは脅しをかけた。「俺の前に姿を現せば――手の届くところにいたら、簡単に捻り潰せるんだ」

「俺は虫じゃないぜ」

まだ減らず口を叩けるのか……呆れながら、ブラウンは一歩さがった。

「虫じゃなければ何なんだ？」

「あんたのことを心配している男、だよ」既に平静を取り戻したのか、濱崎がいつもの嫌らしい笑みを浮かべる。「あんたが何をしているかは知らないが、向こう側の人間じゃないんだろう？」

向こう側、という言葉の意味は、ブラウンにはすぐに分かった。自分たちの敵――もしも濱崎が今でも刑事のつもりでいるなら、犯罪者ということになる。

「あんたこそ、向こう側の人間じゃないのか」

ブラウンの指摘に、濱崎が無言で首を振る、ゆっくりと視線をブラウンの顔に戻すと、低いが強い口調で言った。

「こっち側か向こう側かを決めるのは、自分じゃないんだ。自分がどういうつもりでいても、他の人間はそうは思わないかもしれない……あんたも、日本で一人きりだとやりにくいんじゃないか？　俺はいつでも手を貸す」

「その必要はない」濱崎の指摘は的を射ていたが、それを認めるわけにはいかない。

「突っ張るわけだ」

「誰かの助けが必要になっても、あんたの手だけは借りない」

「そりゃどうも」濱崎が肩をすくめる。「こんな意地っ張り、見たことがないね」

「ニューヨーク市警ではこれが普通だ」

ブラウンはドアに向けて手を差し伸べた。濱崎は意外にも、素直に従う。ドアに手をかけ、一瞬だけ振り返ったが、特に捨て台詞を残すこともなく、部屋を出て行った。ブラウンは即座にドアチェーンをかけ、覗き窓に目を押しつけた。既に濱崎の姿はない。尻尾を巻いてさっさと逃げたか、ドアの下の方に隠れているのか。

思い切ってドアを開けてみてもよかった。だが、どうしてもそんな気になれない。暴力的に濱崎を排除してしまった自分のやり方が、自分で許せなかった。

あの馬鹿力が……濱崎は喉を押さえ、まだ残る痛みを必死で耐えた。一歩間違えたら、死んでいた。それも分かっていて、急所を外して攻撃してきたのだろうか。

何とかロビーに辿り着き、ソファにへたりこんだ。何となくまだ息苦しく、必死で痛みに耐えていたせいか、かすかに頭痛がする。しかし濱崎は、妙な自信を持っていた。間違いなく、ブラウンはラーガと関係がある。だからこそ、俺が話を持ち出した時に、あんな風にパニックになったのだ。

自分はなかなかいいポイントを突いているのだと満足し、携帯電話を取り出した。ひとまず、塩田に連絡しなければならない。

呼び出し音が鳴った瞬間、彼は電話に出た。まるで鳴るのを待っていた様子だった。

「いろいろやってるみたいですね」

「どういうことだ？」

塩田が嚙みつくように訊ねた。濱崎は、昨日、今日の出来事を簡単に説明したが、具体的にラーガの名前を出すことは控えた。摑んでいる情報を百パーセント相手に渡してしまうのは馬鹿である。

「つまり、視察以外の仕事にも手を出しているわけだな」

「仕事かどうかは分かりませんけどね……どうするんですか？　警視庁が気にするような
こととも思えませんけど」
「まあ、視察に影響が出なければ、な」塩田が渋々言った。「こちらとしては、無事に視
察のスケジュールをこなして帰ってもらえば、問題は何もない」
「でしょうねえ」
「何か気になるのか？」
「そういうわけでもないんですが」
そう、視察以外の時間に何をしても、ブラウンの勝手だろう。誰かに迷惑をかけている
わけではない——だが、彼自身に再度危機が迫っている可能性もあるのだ。今日、尾行し
ていた連中の正体もまだ分からない。
「まあ、とにかくいろいろと確認してくれて助かった」塩田が話をまとめにかかる。「明
日からは、俺がくっついているから大丈夫だ。礼を言うよ」
「どうも」濱崎は虚空に向かって頭を下げた。
これでブラウンも塩田も、俺と縁が切れたと思っているかもしれない。まさか。一度食
いついた獲物から、簡単に離れると思うなよ。怒りや正義感ではなく、「面白さ」も人を
動かす原動力になることを、あいつらは知らないだろう。

12月3日

月曜日。午前七時になるのを待って、ブラウンは塩田に電話をかけた。

「怪我をしました」

「はい？」電話の向こうで、塩田が疑わしげな声を上げる。

「こちらの不注意です。申し訳ない」バスルームの鏡を覗きこみながら、ブラウンは言った。実際、顔の傷を見た限りではかなりの重傷だ。既にかさぶたになっているが、顔の半分が別人になってしまったように見える。顔を洗う時には細心の注意が必要だった。

「病院には？」

「行きました」方便とはいえ、自分の口から簡単に嘘が出てくることに驚く。「一応、あと一日二日は安静にしていた方がいいようです。視察のスケジュールが狂いますが……」

「それは調整できますけどね」

ブラウンは、塩田の口調の変化に気づいた。明らかに疑っている……それも妙な話だ。この二日間は彼に会っていないのだから、こちらの状態がどうなっているかなど、分かるはずもないのに。

「では、申し訳ないですが、明日まで休みます」

「はあ」塩田の声はすっかり気が抜けていた。

このままでは電話を切れない。ブラウンはもう一歩踏みこんだ。

「何か問題がありますか？」

「いや……」

「今後のスケジュールで、どうしてもこなさなければならないことは少ないと思いますが」

「ええ、まあ」

塩田の口調は相変わらずはっきりしない。しかし、突っこみ過ぎるとさらにややこしいことになると分かっていたので、口をつぐむ。会話の少ない電話はほぼ、腹の探り合いになっていた。どうやら向こうは、こちらの言うことをまったく信用していないようだ。「怪我をした」と言われたら、まず具合を訊ねるものだが……何らかの手立てで、俺が置かれた状態を知っているのか？

「ところで、何か変わったことはありませんでしたか？　誰かとトラブルを起こしたとか」塩田が唐突に訊ねた。

「まさか」ブラウンは一気に緊張した。この男はやはり、何か知っているのかもしれない。余計なことを詮索される前に、電話を切った。

ブラックベリーを洗面台に置き、もう一度鏡を覗きこむ。この怪我で、よく普通に歩き回っていたものだ。会う人は皆、驚いただろう。ケロイド状とは言わないが、醜い傷は容貌を大きく損ねている。しかし、ここに大きな絆創膏を張ったりすると、さらに目だってしまう。

まず、電話仕事だ。バスルームから部屋に戻り、デスクについて相手の電話番号を呼び出す。ニューヨークは午後五時。日曜のこの時間、事件がない限り、警察官も一週間で一番リラックスしている。

もっとも信用している部下のアレックス・ゴンザレスは、電話の呼び出し音が一回鳴っただけで反応した。常に——夜中の一時でも朝五時でも——そうだ。海兵隊上がりのこの男は、規律と真面目さという点で、自分の部下の誰よりも勝る。少し融通が利かないと感じることもあったが、それは警察の仕事においては必ずしもマイナスではない。

「サー」

ゴンザレスがかしこまった口調で言った。「サー」はやめろ、といつも言っているのに、従う気配がない。

「アル、一つ頼みがある」

「了解です、サー」

内容を確かめてからにしろ、とブラウンは苦笑した。だがここは、この男の生真面目さに乗ることにする。

「ある男の通話記録が必要だ」

「イエス、サー」

「名前はドナルド・ホワイト。ラーガの営業担当の上級副社長で、現在日本に滞在している」

「サー、それは……」

「理由は聞かないでくれ」この問題は、非常にデリケートだ。ホワイトの失踪に事件性があるかどうかは、未だに分からない。そして自分はあくまで、別の公務で日本にいる。この件が上にばれたら、「余計なことをするな」と止められるのは間違いないし、警視庁との関係も問題になる。仮にも一度は鑑識が入って部屋を調べ、直美たちに事情聴取もした結果として、取り敢えずだが「事件性なし」の判断を下しているのだ。自分が動いてその結論が覆されたら、警視庁の顔に泥を塗ることになる。

「イエス、サー」

相変わらずゴンザレスの口調は硬い。ブラウンはホワイトの電話番号を告げながら、窓の外を見た。ここから見る光景は、数日間のうちにすっかり日常になってしまっている。見えるのは隣のビルの壁だけ。今、そこに窓ガラスの清掃が入っている。高所恐怖症が唯一の弱点であるブラウンは、ゴンドラに乗る自分を想像するだけで震えた。

「少し時間をいただけますか?」ゴンザレスが控えめに申し出た。

「もちろん。明日になっても構わない。日曜の夜に確認作業は難しいだろう」

「申し訳ありません。誰かの手助けがあれば……」

「無理するな。それに、これ以上話を大きくするつもりはない」ブラウンはぴしりと言った。

「分隊の人間は、隊長の命令があれば、細かい事情は無視して動きますが」

「そうかもしれないが、無理はするな」

「イエス、サー」

「情報が長くなるようなら、メールで送って貰うとありがたい」

「イエス、サー」

「では、よろしく頼む」

「イエス、サー」

この男の意識はまだ、警察官ではなく兵士のままなのではないかと思いながら、ブラウンは電話を切った。無駄口は一切叩かず、任務に取り組む姿勢は的確かつスピーディ。役に立つことこの上ないが、もう少し人間味があってもいい、とブラウンはいつも思っていた。兵士は感情を殺して仕事をしなければならないが、警察官には人間的な感情が必要だ。相手にするのはいつも、泣き叫ぶ被害者であり、凶暴な犯人なのだから。感情を持たない機械は、そういう相手に対応できない。

濱崎は激しい頭痛と共に目覚めた。いつもの二日酔い。月曜の朝はこれにいつも悩まされる……日曜日はいつも、家で深酒してしまうのだ。昨夜はフォア・ローゼズをストレートで呑み続け……デスクにボトルが載っているのがちらりと見えたが、すぐに視線を逸らした。どれぐらい残っているか見ると、昨夜の酒量が分かる。呑み過ぎを視覚的に理解すると、二日酔いは悪化するのだ。

ベッド代わりにしているソファの上で、何とか上体を起こす。毛布がずり落ち、床の上に固まった。足を下ろすと、フローリングの床のひんやりした感触が脳天にまで突き抜け、さらに頭痛がひどくなる。

部屋は冷え切っていた。床に放り出してあるエアコンのリモコンを取り上げ、スウィッチを入れる。エアコンが咳こんだが、部屋が暖まるまでにはしばらく時間がかかるだろう。

寝巻きにしているジャージを脱ぎ捨て、のろのろとバスルームに向かう。二日酔いで頭が痛い上に、ソファで無理な姿勢で寝てしまったせいで、首が妙に凝っていた。耐えられる限界までお湯の温度を上げ、首から背中にかけてシャワーを浴びせ続ける。やがて全身から汗が噴き出し、鏡が曇ってきた。肩の凝りは解《ほぐ》れてきたが、頭痛はしつこく居残っている。これは迎え酒が必要だな……冷蔵庫の中身を思い浮かべ、自分にとって最高の迎え酒であるビールがないことに気づく。クソ、ビールぐらいちゃんと揃えておかないと、酒呑みとして失格だ。近くのコンビニエンスストアに買い出しに行ってもいいのだが、そんなことをしているうちに、体は冷え切ってしまうだろう。この季節、風邪だけは引きたくなかった。初冬に風邪を引くと、必ず一か月ほどは苦しむ。寝こむほどではないのが、また面倒臭いのだ。

バスルームの暑さに我慢できなくなったところで、シャワーを終えた。体を拭き、下着類を入れた段ボール箱を漁って、洗濯してある物を探し出して身につける。いい加減、チェストか何かを買わなくてはいけないのだが、家具店で物色するのも面倒だった。

「ま、誰に見られるわけでもないし」思わずつぶやく。実際、極めて残念なことに、ここ一年以上、女性の前で下着姿になることはなかった。女に縁のない生活は、我慢できないわけではないが味気ない。

下着姿のまま、冷蔵庫の前にしゃがみこむ。やはりビールはない……五百ミリリットル入りの牛乳パックがあるのを見つけ、そのまま直《じか》に口をつけて飲む。酒の前なら、牛乳は二日酔い防止に有効なのだが、この状態ではどうなのだろう。かえって気持ち悪くなるかもしれないと思ったが、牛乳は何とか無事に胃に納まった。あとはコーヒーで、何とか酔いを追い払おう。

　コーヒーメーカーの用意をし、先ほど落ちた毛布を適当に丸めてソファに放り投げ、床にスペースを作る。朝の恒例の腕立て伏せだ。頭痛は……意志の力で、何とか押しこめる。腕を大きく広げ、ゆっくりと時間をかけて体を上下させる。シャワーの熱で体が火照っているので、すぐにまた汗が噴き出してきた。三十回ワンセット……やめて床にへばりこんだ瞬間、頭痛が再び襲ってくる。頭の中で血管が膨らんだり縮んだりする様が、容易に想像できた。何とか頭痛が引いたところで、もうワンセット。床に、自分の汗がべったりとついていた。そこに再び体をつける気にはなれず、両膝を着いた状態で呼吸を整える。腕と大胸筋、背中の筋肉が引き攣り、太腿や脹脛《ふくらはぎ》もだるい。何とか踏ん張って、さらに二セットを追加する。普段は五セットこなすのだが、今朝はこれが限界だった。

　それにもう、コーヒーができている。

　いつもの癖で、コーヒーは濃くなり過ぎた。かすかに黴臭《かびくさ》いバスタオルで体を拭いながら、喉に流しこむ。少しだけ頭痛が引き、頭の中がクリアになってきた。デスクの上で書類に埋もれた目覚まし時計に目をやると、午前六時。自分でも馬鹿馬鹿しいと思うのだが、どんなに呑んでも翌日はこの時間に目が覚めてしまう。刑事時代からの習性なのだが、いい加減、こういう呪縛から解き放たれてもいい。辞めて一年も経てば、どんなに身に染みついた習慣も薄れるはずなのに。

「さて、今日も一日張り切って行くか」

空しい独り言……しかし頭痛が薄れたことで、動きに勢いが出てきた。もう一度軽くシャワーを浴び、濡れた頭をざっと乾かして、緑色のネルシャツにジーンズ、セーターという格好を選んだ。さらに、裏にボアがついた革ジャケットを着こむ。最高気温十度の予想の日には少し分厚すぎる格好だが、今日は何が起きるか分からない。

出かける前に、装備品をチェックする。三百ミリの望遠レンズつきのキヤノンのイオス。倍率十二倍のニコンの双眼鏡。ソニーのＩＣレコーダー。富士通のノートパソコン。全て国産品で、メーカーを統一しないのは、自分なりに国内経済の再生に寄与しているつもりだった。煙草もたっぷりあるし、後は途中でミネラルウォーターのペットボトルを買えばいい。

近くに借りた駐車場に停めておいた、二〇〇九年型のランサー・エボリューションに乗り込み、仕事道具一式が入ったダッフルバッグを助手席に放り投げた。しかし、ランエボか……趣味がいいとはいえない派手なリアウイングに、凶暴な顔にも見えるフロントマスク。直４エンジンをターボで過給し、三百馬力を絞り出す。今時の車としてはそれほど高出力ではないが、車重が一・五トンほどしかないので、加速は暴力的だ。四輪がエンジンの出力を完全に受け止め、小ぶりなボディと相まって、都区内の一般路なら一番速い車かもしれない。レカロのシートはやり過ぎ感が強いが、車内は居心地が悪いわけではなく、張り込みには最適だ。ついでに、追跡になったら面白いと思っているのだが、今のところそういう場面で活躍したことはない。残念ながら。

　午前六時台だと、さすがに都心部の道路も空いている。濱崎が住む青山のマンションから三田までは、十分もかからなかった。エンジンを思い切り回す機会こそなかったが、それでも快適なドライブではあった。

　問題の平井の家に辿り着いたのは、六時四十五分。二十メートルほど離れた路上に車を停めた。高いコンクリート壁が目隠しになり、家の内部は窺えない。車の中――立っているより視線が低い――にいると、実質的な三階部分しか見えなかったが、灯りは点いていなかった。街はようやく明るくなり始めたところで、この家の主がまだ寝ていてもおかしくないのだが。

　さて、焦らずゆっくり行くか。牛乳とコーヒーを飲んだせいか食欲が刺激され、濱崎は途中コンビニエンスストアで仕入れてきたサンドウィッチの袋を破いて早速齧《かぶ》りついた。こんな朝早くに固形物を食べることなど、あまりないのだが……最初の一個をすぐに平らげた。熱い缶コーヒーを開けて一口飲み、ドリンクホルダーに置いた瞬間に車庫のシャッターが開き始める。慌てて、残ったサンドウィッチをダッフルバッグの上に置き、ハンドルに両手を置いた。まだエンジンはかけない。

シャッターは、苛々するほどゆっくりと開いた。誰かが家から出て来るのではないかと思い、車庫と階段、両方を交互に監視したが、人影は見えなかった。

シャッターが完全に開き切る前に、車の鼻先が姿を現した。ミニヴァンだったらぶつかる……と思ったが、出てきたのは車高がずっと低いBMWだった。先代の5シリーズ。車が歩道を越えるタイミングでこちらもエンジンをかけ、窓を開ける。低く野太い、ビート感のあるエンジン音を聞いた限り、V8エンジン搭載車のようだった。ということは、一千万円を超えるモデルか。よくやるよ……と首を振りながら、濱崎は車を注視した。シャッターが完全に閉じるのを待たずに、BMWが発進する。古い民家が建ち並ぶごく細い路地を、桜田橋の方へ走り始め、すぐに左折した。その時点で、濱崎はランサーをスタートさせた。

BMWはすぐにまた左折し、一の橋交差点に向かう。そこを右折し、さらにすぐ左折して六本木方向へ走り始めたところで、濱崎は相手の行き先の想像がついた。このまま真っ直ぐ行って、六本木ヒルズを過ぎて右折、六本木通りを東へ向かえば、ブラウンの泊まっているホテルに到着するのだ。今日、あの男がどんな動きをするかは分からないが、それはBMWの男たちも同じだろう。まずは、ブラウンの動向を確認するつもりではないか。

予想通り、BMWは六本木通りから外堀通りへ入った。その時点で、七時のNHKのニュースが始まる。BMWはその後、ブラウンが泊まるホテルの向かい側の道路に違法駐車した。濱崎はさりげなく追い越し、三十メートルほど走ってから一方通行の道路にランサーを乗り入れた。すぐに左折し、工事中のビルの脇に車を停め、ダッフルバッグを担いで走り出す。裏道を全力疾走して、ＢＭＷの背後に回りこむと、車はまだその場に停まっていて、マフラーからは水蒸気が白く上がっていた。

すぐに後部座席のドアが開いて、一人の男が飛び出す。左側の車線は渡り切ったものの、中央分離帯付近で、足踏みしながら待たされることになった。この近くには横断歩道も歩道橋もなく、強引に道路を渡ろうとして、車の流れに足どめをくらったのだろう。間抜けが……この連中は玄人《くろうと》だろうと見ていたのだが、それは過大評価だったかもしれない。

さて、どうするべきか。考えどころだ。ここから見た限り、車の中には二つの人影が見える。運転席と助手席。道路の真ん中で動けなくなっている男は、ブラウンの様子を見に行く偵察役だろう。濱崎はダッフルバッグを担いだまま携帯電話を取り出し、ホテルの代表番号に電話をかけた。ブラウンの部屋番号を告げて呼び出してもらい、聞き慣れ始めたブラウンの声を聞いた瞬間、通話終了のボタンを押す。さすがにあいつも、この時間だと部屋にいるか。

まずは待ち、だな。相手の動きがある程度予想できたので、車を動かしてＢＭＷの背後につける。距離は三十メートルほど。タクシーがひっきりなしに客を降ろしては拾いを繰り返していたが――七時台なのに、もう東京のビジネスマンは忙《せわ》しなく動いているのだ――

――BMWを観察している分にはそれらの邪魔にならない。そのまま一時間近くが過ぎ、八時。煙草を四本灰にした時、BMWが動き出した。

運転手はこの辺の地理に精通しているようで、先ほど濱崎が入った一方通行の道路に車を乗り入れ、細かい道路を走って外堀通りを渡り、山王日枝神社《さんのうひえ》の裏側に出た。国会議員会館の前を通り過ぎ、青山通りに出てすぐ左折し、ホテルの正面に車を停める。これはちょっとまずいな……濱崎は、交差点を曲がったすぐ先でランサーを停め、BMWの動きを見守った。気づかれているのではないかという焦りで、ハンドルを叩く指先の動きが早くなる。

だが、待ち時間は今度も長くは続かなかった。

ブラウンがホテルから出て来る。見慣れた革ジャケットではなく、スーツ姿。コート無しでは寒いだろうが……一緒にいるのは、先ほど道路を渡るのに難儀していた男だ、知り合い？　いや、そんな様子には見えない。ブラウンはどこか疑り深げに、周囲を見回している。男が先にBMWに辿り着き、後部座席のドアに手をかけた。ブラウンは依然として躊躇っている。

おいおい、大丈夫なのか？　濱崎は急に鼓動が激しくなるのを感じた。どう見ても知り合いという感じではない。そいつらは昨日、あんたを監視していたんだぞ――今すぐ車を飛び出して警告すべきかもしれないと思ったが、ドアに手をかけた瞬間、ブラウンはBM

Wの後部座席に姿を消してしまった。案内役の男が素早く左右を見渡し、自分も車に乗りこむ。ドアが完全に閉まりきらないうちに、BMWは発進した。タイヤを鳴らすほどではなかったが、リアが一瞬沈みこむのを見ると、運転手は結構な勢いでアクセルを踏みこんだようだ。

追跡か。久々にランサーのエンジンをフル回転させてやるチャンスだ。だが今は、その喜びよりも嫌な予感の方が先に立つ。

出た途端に切れた電話。

嫌な予感がした。こういう電話の目的は一つしかない——こちらの所在を確認するためだ。ブラウンは受話器を置いてからすぐ、ドアの覗き穴に顔を押しつけた。誰もいない。フロントに電話して、今この部屋に電話を回すよう指示した人間の特徴を聞こうか、とも考えた。だが、ただ電話を取り次ぐだけの人間は、声の特徴まで覚えていないだろう。それに用心深い人間だったら、声色を変えるぐらいはする。

考えても意味がない。ブラウンは電話の一件を頭から押し出そうとした。塩田にはアリバイ工作の電話をしたし、ゴンザレスへの指示も終えた。日課のワークアウトを済ませるか……少し汗をかいて体を解し、シャワーを浴びて今日一日の戦闘準備を整えよう。

だが、その計画は妨害によって中止に追いこまれた。また鳴り始める電話。ブラウンはしばし、デスクに乗った受話器を無言で見詰めた。五回鳴るまで無視し続けたが、いつまでもこうしているわけにはいかない。デスクに歩み寄り、受話器を取り上げると、聞き慣れない男の声が耳に飛びこんできた。

「ブラウンさんですか？」

返事をしなかった。迂闊に答えると、相手に次の選択肢を与えることになる。このまま出方を待つことにした。

「ニューヨーク市警のモーリス・ブラウンさんですね？　お友だちのドナルド・ホワイトさんを捜している？」

「あなたは？」こちらの事情をあまりにも知り過ぎている。そのまま受話器を置いてしまいたいという欲求に襲われたが、好奇心の方が上回った。

「私、ラーガとビジネスパートナーシップのお話をさせていただいている、ＳＩＯインターナショナルの沢木《さわき》、と申します。ブラウンさんが、ホワイトさんをお捜しだと聞きまして、電話した次第なんですが」

「何か情報をお持ちですか？」やけに丁寧な口調が気にかかった。

「ええ。どの程度役に立つ情報かは分からないんですが……我々も、ビジネスの交渉が滞ってしまって、困っているんです。一度お会いして、情報交換させていただけませんか？」

ブラウンは素早く頭を回転させた。直美には、取引先企業にも情報を回すよう、頼んである。往々にして同僚よりも、外部のビジネスパートナーの方が情報を持っていることがあるからだ。その網が上手く機能したのだろうか。彼女には、連絡を回した先のリストを提出してもらうべきだった、と後悔する。もしも相手方の会社の名前が分かっていれば、この電話が本物か悪戯かも、すぐに見抜けたはずである。

しかし、飛びこんできた獲物を逃がすわけにはいかない。会う前に、直美に確認するぐらいの余裕はあるだろう。

「結構です。どこで会いますか?」

「実は、私どもの会社はそのホテルのすぐ近くにありまして、五分もあればお伺いできるんですが……会社の方にご案内して、そこでお話するということではどうでしょう。内密の話をするのに、ホテルというのはどうも……」

「分かりました。では、五分後にロビーでお会いしましょう」

「よろしくお願いします」

「あなたは、どんな――」

「私の方であなたを見つけますから、ご心配なく」

こういう時は、浮いて困る自分の容貌も役に立つ。ブラウンは電話を切ってすぐ、直美の携帯電話に連絡を入れたが、すぐに留守番電話になってしまう。移動中かもしれない。

一度電話を切ってもう一度かけ直し、留守番電話にメッセージを残した。念のために、簡単なメールも送っておく。英語でも、彼女なら気づいてくれるだろう。

すぐに荷物をまとめて部屋を出る。バッジがない不安感は拭えなかったが、これぱかりはどうしようもない。

電話を切って四分三十秒後に、エレベーターから吐き出されたアメリカ人ビジネスマンの一団——会話の内容から、全員テキサスの会社から来ていると分かった——に混じり、ロビーに出る。これでは沢木も見逃すのではないかと思ったが、それは杞憂に過ぎなかった。ロビーの中央付近まで歩み出ると、一人の小柄な男がすっと近づいて来る。挨拶を交わす短い時間で、ブラウンは男の姿を頭にインプットした。黒い、丈の短いブラックスーツにグレーのネクタイという地味な格好で、やけにトゥの長い靴を履いている。日本人の若いビジネスマンが、こういう形の靴を履いているのをよく見かけるが、流行っているのだろうか。見た感じ、二十代後半ぐらい。鋭角な顎が特徴的な顔で、目つきが鋭い。油をたっぷり含ませた髪を後ろへ流している。手ぶらで、わずかに背中を丸めていた。コートが必要な寒さのはずだが、会社が近いのでそのまま出てしまったのだろうか。

「沢木です……車を用意しています」

「会社は近いのでは？」

「寒いですから」

沢木がにやっと笑う。ブラウンは、爬虫類《はちゅうるい》が舌をちろちろと躍らせる様を想像した。同時に自分の中の警報機が、青から黄へ信号の色を変えるのを意識する。気をつけろ——だがまだ、赤信号にならない。時には、危ないところへわざと飛びこまないと、獲物は摑まえられないのだ。

「あなたは、ホワイトと頻繁に会っていたんですか？」

「会っていたというか、私は同席していただけです。商談は主に上司が担当していましたので」

「彼と最後に会ったのは？」これは一種の引っかけ問題だった。

「十月の末でした」

正解。ホワイトが姿を消す直前だろう。沢木が踵《きびす》を返し、出入り口の方へ歩いて行く。ブラウンは大股で彼を追いかけ、横に並んだ。

「その時、どんな様子でしたか？」

「私には普通に見えました」

「何か問題を抱えているような感じではなかった？」

「それも上司に聞いていただけますか？」沢木の口調は素っ気なかった。「上司は、ホワイトさんと親しくおつき合いさせていただいていたので。何度か一緒に、呑みに行ってもいます」

「今日は、その上司の方と会えますね？」

「会社の方で待機しています」

外へ出ると、十二月の寒風がいきなり襲いかかってきた。ニューヨークの寒さに慣れているブラウンでも、思わず肩をすくめるような冷たさ。街行く人の大半は、コートに身をくるんでいる。コートを着てこなかったことを一瞬悔やんだが、部屋に取りに戻る時間ももったいない。

「こちらです」

沢木が、ホテルのすぐ前の道路に停まったBMWにブラウンを誘導する。社用車だとしたら珍しいな、とブラウンは訝った。ベンツかレクサスというのが普通ではないだろうか。しかもこのBMWは黒ではなく、つや消しのシルバーである。

一瞬躊躇い、その場に立ち止まったが、沢木は何も気にしていない様子で車に駆け寄り、素早く後部座席のドアを開けた。

そこは地獄の入り口かもしれないが……左右を見回し、ブラウンは車に乗りこんだ。革のシートがきゅっと音を立てて鳴り、体が少しだけ滑る。沢木がすぐに飛びこんできて、横に座った。車が走り出した瞬間、ブラウンは状況の異常さに気づいた。運転席にも助手席にも男が乗っている。迎えに来るだけなら、一人で十分なはずだ。それに車内には、緊迫した嫌な空気が漂っている。

助手席の男のポニーテールがふわふわと揺れるのを見ながら、ブラウンは自分の行く末を案じた。これが、金曜の夜の襲撃から続く出来事なのは間違いない。判断ミスだ——自分の迂闊さを呪いながら、ブラウンは次の一手に思いを巡らせた。

どこまで行くつもりなんだ？　濱崎は煙草を車の窓から投げ捨て、前方に意識を集中させた。車は六本木通りに入り、渋谷方向へ向かっている。ということは、あの家——アジトへ戻るのか。

携帯電話が鳴り出す。無視しておくと一度切れたが、またすぐに鳴り出す。舌打ちしてから電話に出ると、塩田だった。

「すみません、運転中なんですが」

「ちょっと聞いてくれ」塩田の声には焦りが感じられた。「今朝、ブラウンから連絡があった」

「そうなんですか？」

「怪我したので休みたい、ということだった。そんなに重傷なのか？」

「分かりません」答えようがない。下手なことを言えば、塩田はさらに怪しむだろう。

「何か、おかしなことを考えているんじゃないかと思うんだが。心配なんだ」

ブラウンのことじゃなくて、あんた自身の身の上がだろう、と皮肉に考える。もっとも、ブラウンが妙な事態に巻きこまれているのは事実だ。前を行くBMWは、明らかに怪しい。

「視察の予定が狂いますね」

「それはどうでもいい。ただ、先ほどから何回か彼に電話しているんだが、出ないんだ」

それはそうだろう。おそらくブラウンは、騙されてあの車に乗っている。自分から進んでではないことは、車に乗りこむ時の様子を見れば明らかだ。

「それで、どうして私に電話してきたんですか?」

「様子を見てくれないかな」

まさに見ているところだけどな、と皮肉に思いながら、濱崎は答えた。

「それは、昨日で終わりのはずでしたよね」

「役所としては、動くわけにはいかないんだ。金なら出す」塩田があっさり宣言した。

「お前の規定の料金を払う」

「安くないですよ」しかし、捜査機密費で楽に払える額だろう。少し警察の懐にダメージを与えるのも面白いかもしれない。

「金のことは心配するな。とにかくブラウンの安否を確認してくれ」

「分かりました。金の相談は後でしましょう。取り敢えずホテルに行ってみます。その後で連絡しますよ」

「頼む」切羽詰まった声で言って、塩田が電話を切った。

これは相当、焦っている様子だ。そしてこちらは、圧倒的に優位な立場にある。何しろ、追跡すべき相手は目の前にいるのだから。安否確認という点については何とも言えなかったが……どう考えても、ブラウンは拉致された様子である。何かあった時にあいつを救出したら、オプション扱いで別料金を請求できるだろうか。

ＢＭＷは途中から首都高に乗り、横羽線に入った。おっと……これは結構、遠くへ行くつもりかもしれない。怪しい連中が警察官を拉致して横浜の埠頭へ——何だかベタな展開だが、かといって笑い飛ばすわけにはいかない。

さて、しばらくおつき合いしますか。濱崎はランサーのアクセルを床まで踏みこんだ。タイヤがしっかりアスファルトに噛みつき、一瞬意識が遠のきそうになるほど強烈な加速感が体を襲う。横浜方面へ向かう道路は、この時間は空いているので、見逃すとは思えない。少し距離を開けて追跡することにしたが、いつの間にかスピードメーターが百四十キロを指しているのを見て驚いた。向こうは相当焦っているようだ。この車を買う時、ずいぶん悩んだのを思い出す。どちらかといえば若向け——一昔前なら、車好きの二十代が買うような車だ——だし、それほど台数が出回っているわけではないから、街中では結構目立つ。尾行や張り込みの基本は「目立たないこと」だから、そういう意味では失格である。

しかし今は、この車を選んでよかった、と心底思った。二リットルの四気筒エンジン車が、大排気量のＶ８エンジン車に負けず、しっかり食らいついている。しかもまだ、エンジンの回転には余裕があった。固めた足回りも、安心感を与えてくれる。

BMWは横浜方面には向かわず、途中でレインボーブリッジ方面に向きを変える。左のきついカーブを楽々とクリアしながら、濱崎は一瞬空を見上げた。濃いグレーの雲が広がり、今にも雨が落ちてきそうだ。雪になるほどの寒さではないが……煙草をくわえるのも忘れ、濱崎は右足と両手に意識を集中させる。この追跡は長くは続かないだろう、という予感があったが、用心に越したことはない。神経を研ぎ澄まして、とにかく相手のケツに食らいつけ。


車が走り出してすぐ、ブラウンは自分の観察力と判断の甘さを呪った。

こいつらは、情報提供者ではない。情報提供者は、こちらに拳銃を向けたりしないものだ。

「大人しくしていてくれ」

助手席のポニーテールの男が、前を向いたまま日本語で脅しをかけてきた。この声は……金曜日の夜に俺を襲った男と同じか？　分からない。記憶力には自信があるが、声の記憶というのは曖昧なものだ。ブラウンは返事をせず、ただ黙って運転席の背中を見詰め続けた。余計なことを言えば相手を刺激する。命令に従っている限り、この場で何かされることはないだろう。車の中で発砲したりすれば、何が起きるか分からない。

ブラウンは意識してリラックスしようと努めた。体の力を抜き、肩を二度上下させる。車内には重苦しい空気が立ちこめ、沈黙がその状況を加速させる。向こうも緊張している、とブラウンは感じ取った。必ずしも、こういうことに慣れている様子ではない。ちらりと自分の左側の腰を見下ろす。銃口は腰にくっつきそうになっており、細かく震えているのが見えた。銃は意外と重いものだし、扱い慣れていない人間には緊張感を与える。

素人か。

「どこへ行く？」ブラウンは低い声で訊ねた。答えはない。「ホワイトに関する話は、なかったことになったのかな？」

「黙れ」ポニーテールが答える。

「質問しただけだが」

「黙れ」ポニーテールの声のトーンが上がる。「着くまで黙ってろ」

「どこへ着くまで？」

斜め後ろから見るポニーテールの首筋に、血管が浮き上がった。これ以上怒らせても答えは出てこないと悟り、ブラウンも口をつぐんだ。人間には二種類のタイプがある。怒った時にやたら饒舌になる人間と、黙りこむ人間と。

いきなり撃つことはないだろうと自分を納得させ、ブラウンは外の光景を目に焼きつけようとした。警官の基本的な習性。応援を頼む時に、自分の居場所を説明できなくては話にならない。ただし東京では、漢字がネックになった。交差点などの標識には英語も併記されているが、字が小さいので見逃しがちになる。

南西方面に向かっていることだけは分かった。首都高の下を走るこの道路には、どこか見覚えがある。日本に来てから、この辺を走ったことがあったかもしれない。それにしても、どこなのか……そう思っているうちに、BMWはハンドルを右に切り、首都高の入り口に突進した。緑色の看板に「Meguro」「Haneda」の文字が見える。羽田空港？ ということは、東京をずっと南へ向かうつもりか。目黒の名前には聞き覚えがあったが、それがどの辺なのかは分からない。実はブラウンは、高速道路が縦横に走る東京の光景に、未だに慣れていない。住んでいた子どもの頃の記憶はとっくに曖昧になっているし、今住んでいるマンハッタンは、実は高速道路網は貧弱な街なのだ。というより、あの街において「ドライブ」は「無謀」と同義語である。ブラウンも、仕事以外で車に乗ることはまずない。

高速に乗った瞬間、後ろからサイレンの音が聞こえてきた。まさか、俺がこの車に乗りこむところを誰かが見ていて、警察に通報したのか？ BMWが速度を落とし、路肩に寄った。見ると、前の車も皆、同じようにしている。車線の空いたスペースを、救急車が追い越していった。緊急車両でも誰も避けてくれないマンハッタンの道路事情を思い出し、ブラウンは溜息をついた。

車が流れ出すと、周辺に目をやる余裕ができた。ここは……通った記憶がある。そう、視察の二日目だから、先週の火曜日だ。まさにこのルートで、羽田空港まで行った。この連中はどうして、そちらへ向かっているのか。しかしBMWは、途中から羽田空港へのルートを逸れた。左車線に入ると、タイヤが悲鳴をあげそうなスピードで左カーブをクリアし、大きな橋に入って行く。非常に高い場所を走っており、眼下に水の煌《きらめ》きが見える。海……ではなさそうだ。左側やや前方に、ビル群が見えている。ということは、川か、かなり広い水路だろう。

ＢＭＷが一気にスピードを上げた。しばらくトンネルのような場所を走っていたが、やがて上に何もなくなり、一気に曇り空が広がる。どこかに似ていると思ったら、ブルックリンブリッジだ。ゆるやかな左カーブを曲がりながら左車線に入ると、上の緑色の案内板に「Ｄａｉｂａ」の文字が見える。ああ、お台場か。名前だけは聞いたことがあったし、この先の警察署には、視察に行く予定になっていたはずだ。確か、警視庁管内で二番目に新しい所轄である、東京湾岸警察署。複数の行政区に跨《また》がり、水上警察の機能も併せ持つ、特殊な署なのだという。

視察前に、行くべき場所の地図はほとんど暗記していたので、湾岸署がどの辺にあったか、思い出そうとした。確か、この高速道路を行けばすぐ近くにまで辿り着くはずだが……一瞬、この男たちは塩田が送りこんだスパイではないか、と疑った。警視庁がこちらの動向を気にして、動きを探っていたのかもしれない。

馬鹿な。こんな突拍子もないことを考えるのは、俺が追いこまれている証拠かもしれない。

ＢＭＷは、高速道路を下りることなく、百キロをはるかに超えるスピードで走り続ける。大きい車なので安定しているが、さすがに気持ちは落ち着かない。都内の道路は交通量が多く、勝手に我が道を行く、というわけにはいかないのだ。運転手の腕は確かなようで、前の車に近づくと軽くパスし、どんどん先へ進んで行く。

やがてＢＭＷは、左側に下りる車線に入った。案内板の表記は「Ｓｈｉｎｋｉｂａ」一般道に下りるつもりだろうが、このスピードのまま飛びこんだら、大変なことになる。しかしＢＭＷはゆっくりとスピードを落として一般道に入っていった。高速道路と並行して走る道路で、車の量は少ない。最初の信号で右に折れると、さらに交通量は少なくなり、枯れた芝の植わった広い中央分離帯が続く道路を、淡々と走り続ける。高い建物は消え、空が広くなった。どうやらこの辺は、港に近い倉庫街のようだ。走っている車も、ほとんどがトラックである。道路端には街路樹が植えられている場所が多く、周囲の状況はよく分からない。何か目印になりそうな物を探そうと思ったのだが……自分の居場所が自分で分からない恐怖を、かすかに感じた。雲は低く、今にも雨が落ちてきそうなのも、嫌な予感に拍車をかける。

左手を上げ、ちらりと手首のサブマリーナを見る。午前九時。走り出してから三十分も経っていない。距離にして十キロ程度というところだろうか。かなり遠くへ来てしまった感じはするが、この辺りはまだ都内のはずだ。

ＢＭＷはまた橋を渡った。今度は細い水路。渡り切ってしばらく直進すると、右側に風車が見えてくる。発電用としては小さい感じだが、何に使われているのだろう。ここまで唯一、場所の手がかりになりそうな風車の様子を、ブラウンはしっかりと頭に焼きつけた。

ほどなく道路は行き止まりになる。右側に駐車場があるので、そちらに入るのかと思ったが、ＢＭＷはＵターンし、今来た方向へ鼻先を向けてゆっくりと停まった。周囲に人気はまったくない。男たちは押し黙ったままで、車内は息苦しいほどの沈黙に包まれた。鼓動が次第に激しくなるのを意識する。ふと嫌な気配に気づき、左側を見ると、拳銃が額の高さにまで上がっている。だが、狭い車内のこと、となりの男は窮屈そうに肘を曲げていた。このまま撃ったら俺は死ぬだろうが、反動で男も腕を痛めるだろう――そう考えても、まったく気は休まらなかったが。

「ホワイトについて何を知ってる？」前を見たまま、ポニーテールが訊ねた。

「それはこっちが訊きたい」

「ふざけるな」

ポニーテールが脅しをかける。あまり迫力はなく、ブラウンは一切ストレスを感じなかったが、顔を狙っている拳銃は別だ。相手の構えは素人臭いが、頭に凶器を押しつけられていては、冷静ではいられない。それにしてもこいつらこそ、何のつもりだ？　どうしてここでホワイトの名前が出る？

「あんたはホワイトを捜しているな？」

「ノーコメント」

銃口がかすかに側頭部に触れた。ワイシャツの中を、汗が流れ始める。わずかに体をドアの方に寄せると、銃口の感触が消えた。意識的に押しつけたのではないようだった。このアマチュアが……。

「捜しているな？」ポニーテールが念押しをするように繰り返す。

「ノーコメント」

沈黙。アイドリングの音だけが、静かに腹に響いてくる。

「余計なことはするなと忠告したはずだが」

「ああ、あの時のあんたたちか」ブラウンは鼻を鳴らした。「お陰様で苦しんだよ。この顔の怪我は重傷だ」

左手を上げて傷に触れようとしたが、そこに銃把が振り下ろされる。咄嗟によけたので直撃はしなかったが、かすっただけでもかなりの衝撃と痛みが走った。

「それぐらいで済んで助かったと思え。もう一度忠告する。余計なことはするな」

「俺が、あんたらの言う余計なことをしているかどうかは、ノーコメントだ」

「ふざけるな」ポニーテールが凄む。「お前の行動は全部監視されてるんだ」

「あんたらもホワイトを捜しているのか？」

ブラウンの問いかけに、再び沈黙の幕が下りた。ホワイトが何かへまをしでかし、この連中のターゲットになっているということは、考えられないでもない。その場合、同じように行方を追う警察官の俺は、邪魔な存在でしかないだろう。もしかしたらこの男たちと手を組むことができる？　ホワイトを捜すという一点では、利害関係は共通しているのだから。ホワイトが何かしたのなら問題だが、そんなことを心配するより以前に、まず捜し出さなければどうしようもない。

「とにかく、手を引け。お前が簡単に諦めるような人間じゃないのはよく分かった。だけど、これ以上怪我したら何にもならないだろう」

「ご忠告、どうも」肩をすくめようとして、ブラウンは動きを停めた。余計な動きは、相手の暴走を招きかねない。

「分かったか分からないか、二つに一つだ」

その言葉が合図になったように、銃口が側頭部に当たる。硬い感触は、はっきりと死を意識させた。死ぬかもしれないと思ったことは何度もあるが、ここまではっきり意識したのは初めてかもしれない。どう逃げる？　この場で適当な台詞を取り繕って逃れることはできるかもしれないが、この連中が自分の言葉を信じるとは思えない。結局殺すつもりなのではないか？　人気がないこの辺りは、昼間であっても、人を殺して遺体を放置するにはいかにも適した場所である。

次の一手を決めかねているうちに、突然ブラックベリーの呼び出し音が鳴り始めた。全員が一斉に緊張感を高め、車内の温度が一、二度高くなったように感じる。

出るわけにはいかない。このまま鳴り止むのを待つか。せめて誰からの着信かぐらいは確認したいのだが……スーツのポケットに手を伸ばしかけた瞬間、車内の誰か——自分以外の誰かが叫び声を上げた。「やめろ！」と聞こえたが、確信はない。

次の瞬間、激しい衝撃と衝突音が全身を包みこんだ。ブラウンは瞬時に反応して、体を強張らせ、運転席を抱えこむようにして体を支えた。だが他の三人は、唐突な攻撃に備えきれず、パニックになっている。次の衝撃がくるかこないか予想できなかったが、ブラウンは思い切って反撃に出た。横を向き、男の手首に手刀を振り下ろす。シートに落ちた拳銃を相手より先に拾い上げると、一瞬で形勢が逆転し、車内に緊迫した空気が走る。

「動くな！」脅しをかけておいてから、右手を伸ばしてドアを開けようとする。開かない。それで初めて、ブラウンは今自分が置かれた状況を悟った。

どこかの馬鹿が、ＢＭＷの側面に車を衝突させたのだ。運転席側のドアが前後とも塞がれ、逃げ場がなくなっている。これは事故ではない。明らかに、誰かが故意にぶつかってきたのだ。

クソ、拳銃は手にしたものの、これではどうしようもない。カージャックの形で、取り敢えず車を出させるか。ブラウンは一瞬で拳銃を左手から右手へ持ち替え、安全装置を外した。手に伝わるかちりとした感触も、気持ちを落ち着かせてはくれない。

銃？

濱崎は目を見開いた。誰かが、ブラウンの頭を銃で狙っている。運転席と助手席の隙間のわずかな空間からも、その光景ははっきりと見えた。あんな至近距離でぶっ放されたら、ブラウンは絶対に助からない。

考えるよりも先に、濱崎はハンドルを切っていた。何とかしなくては……しかしこちらに武器はない。使えるのは車だけだ。衝突の衝撃で銃が暴発する恐れもあるが、ただ黙って見ているわけにはいかない。

濱崎は隣の車線に車をはみ出させ、斜め右側に向かって突っこんだ。横っ腹を直撃するのではなく、擦るように……ショックが大き過ぎると、ブラウンに怪我をさせるかもしれない。濱崎は衝突のショックに備えて体に力を入れ、ハンドルをきつく握り締めた。シートベルトをしていないことに気づいたが、もう手遅れである。ＢＭＷに突っこむ直前、わずかにハンドルを左に戻した。ブレーキ。衝突音に続いて、ボディ同士が擦れるがりがりという音が、耳のすぐ横で響く。ランサーのウィンドウが割れ、サイドミラーが吹っ飛んだ。二台の車が衝突のショックで大きく揺れ、濱崎は一瞬、重量が軽いランサーが横転するのではないかと恐怖に襲われた。

だが車は何とか停まり、ランサーはBMWの右側を完全に塞ぐ格好になった。これで運転手とブラウンの動きを抑えたことになる。しかし運転手はともかく、ブラウンが脱出できないのはまずい。

ちらりと横を見ると、いつの間にかブラウンが銃を奪っていた。よし。これで形勢逆転だ。濱崎はランサーを急発進させると、道路の行き止まり地点を利用して、強引に車をUターンさせた。本当はスピンターンで時間を節約したいところだが、四輪駆動のランサーは、簡単にはタイヤのグリップを失わない。何とかUターンさせてBMWに横づけすると、ドアを開けようとブラウンが四苦八苦しているところだった。濱崎は車を飛び降り、外から強引にドアを引いた。大きく凹んだドアはなかなか言うことをきかなかったが、全体重を乗せて思い切り引っ張ると、何かが割れる嫌な音がして、ようやく開いた。ドアは明らかに壊れてしまったようで、ボディに辛うじてぶら下がる感じになる。ブラウンが、車内に顔を向けたまま、後ろ向きに何とか足を下ろす。体を屈めて外へ出ると、BMWから二歩離れた。

「銃、寄越せ」濱崎は冷たい声で言った。

「駄目だ」ブラウンがＢＭＷを睨みながら答える。

「あんたが持ってると、いろいろ厄介なことになるぞ」

「あんたを信用できるかどうか分からない。そもそもこの状況を作り出したのはあんたじゃないのか」

「勘弁してくれ」濱崎は両手を上げた。「助けてやったじゃないか」

「動くなよ」

車内の相手に警告してから、ブラウンは一歩下がった。濱崎の横に並ぶ格好になる。濱崎が手を伸ばすと銃を渡したが、その直前に濱崎の背後に回りこんでいた。簡単には撃たせないように用心しているわけか……濱崎は振り返ってちらりとブラウンの顔を見てから、ＢＭＷの右側のタイヤを撃った。普通はこれで動きを封じることができるのだが、確かＢＭＷのタイヤは全て、ランフラットである。パンク対策なのだが、撃ち抜くとどうなるのかは分からなかった。濱崎は素早く前に回りこみ、車内を観察した。ははあ……助手席のポニーテールの男は、間違いなく昨日見た。後部座席に座る男も。運転手だけ見覚えがないが、昨日も運転手役をやっていたのかもしれない。

濱崎はバンパーから一メートルほど離れると、ボンネットめがけて立て続けに二発、銃を発射した。発射音に、銃弾がボディを貫く音が重なり、直後、エンジンルームのどこかで鈍い音が上がる。すぐに煙が吹き上がってきた。よし。一千万円級の車を一瞬にしてスクラップにするのは、意外なほどの快感だった。

「行くぞ!」ブラウンに声をかけると、彼は当然のようにランサーの助手席に滑りこんだ。濱崎はBMWの車内にいる三人を銃で牽制しながら、運転席に身を落ち着ける。銃の安全装置をかけてからブラウンに渡すと、アクセルを思い切り床まで踏みこんだ。まさにロケットスタートの勢いで、ランサーが飛び出していく。

「これでしばらくは追って来られない」濱崎はシャツの胸元を引っ張り、空気を導き入れた。緊張と興奮で汗をかいている。考えてみれば、実践の場で銃を撃つのはこれが初めてだった。ばれたら銃刀法違反ですぐに逮捕されるだろうが、BMWの連中が被害届を出すとは思えない。ブラウンを拉致したのだから、「あちら側」の人間なのは間違いない。もちろんそれは、ブラウンが「こちら側」の人間である前提での話だが。

「怪我はないか?」

「ああ」

「それで、あんたほどの敏腕警察官が、どうして拉致なんかされた」

ブラウンが黙りこむ。自分でも「はめられた」と分かっているのだろう。それを認めるのは、この男にとっては恥辱以外の何物でもないはずだ。

「……まあ、いいか」

濱崎はアクセルを少し緩めた。スピードがいつの間にか百キロに達している。この近くには東京湾岸署、それに第七方面本部があるから、実は警察官があちこちにうようよしている。サイドミラーは壊れているし、スピード違反で停められて、銃が見つかったら洒落にならない。濱崎が警戒している気配が伝わったのか、ブラウンがグラブボックスを開けて銃を放りこんだ。

バックミラーで背後を確認する。誰も追ってこなかった。もう一台、仲間がいたら面倒だったが……ひとまず、これで逃げ切れるだろう。濱崎は両肩の力を抜き、軽く上下させた。

「どうしてここに？」ブラウンが冷静な声で訊ねる。

「正義の味方は、どこにでも参上するんだよ」

「ふざけるな」

ブラウンの声に本物の怒りを感じ取り、濱崎は肩をすくめた。銃は、奴の手が届く場所にある。怒らせると面倒なことになると思い、真面目に答えた。

「実は、あの連中を朝から尾行していた」

「どういうことだ？」

「昨日から、あいつらはあんたを尾行していたんだ。その、ラーガの連中と一緒にいるところを。あんたがラーガの連中と会っていたマンションも、あいつらの監視下にあった」

ちらりと横を見ると、ブラウンは白くなるほどきつく、唇を結んでいた。ああ、俺はこいつのプライドを引き裂いてしまったな、と悟る。ブラウンはプロ意識の強い男だ。誰かに出し抜かれたと分かったら、自分を許せないだろう。だが、そんなことは仕方がない。昨日、ブラウンには面倒を見るべき人間が何人もいたのだし、その状態で周囲に目を配るのは、人間には不可能だ。

「今朝から尾行していたら、あんたが泊まっているホテルに向かったんで、おかしいと思ったんだよ。しばらく張りついていたら、あんたが出て来てさっきの車に乗りこんで……軽率だな。あんたらしくない」

「奴らは、ホワイトに関する情報を持っていると言っていた」

「ホワイト？」

「俺が捜している人間だ」

「そろそろ、どういうことか、きちんと話してもらってもいいな」

ブラウンが、淡々と事情を説明し始めた。陸軍時代の同僚で、長年友人つき合いをしている男。現在、ラーガの上級副社長で、ビジネスで日本に長期滞在していたが、姿を消してしまったこと。自分は、たまたま警視庁での視察という予定があったので、それに乗じて来日し、ホワイトの行方を捜していたこと。

「これ以上は、あんたには無理だと思う」濱崎は断じた。友情なのか、警察官の義務感なのかは分からないが、彼が自分で捜したいという気持ちは理解できた。だがブラウンは、ここが日本だということを忘れてしまっているのではないか。「あんたは目立つ。日本で、あんたのような人間が人捜しをしていたら……分かるよな？」

「俺の肌の色のことを言っているなら、正式に抗議する」

抗議、という言葉が本来持つほどの強いニュアンスは感じられなかった。そもそもブラウン自身、そんなことを気にするタイプではないのでは、と思う。この男は、世の中の人間を二つに分けて見そうなタイプだ。仕事ができる人間と、できない人間に。自分はどちらに色分けされているのだろう、と皮肉に考える。「信用できないタイプ」という、第三の分類か。

「あんたの背の高さ」濱崎は、顔の高さまで掌を上げてみせた。「日本人の平均身長をはるかに上回ってる。それで目立たない方がおかしい」

ブラウンは無言だった。どうも、自分の言葉は空回りしているようだ、と濱崎は意識する。いかに日本語が喋れるとはいえ、微妙なニュアンスは伝わらないのだろうか。

「今回の件には感謝する」

「おやおや」濱崎は軽く言いながらも警戒して、ハンドルを握る手に力を入れた。「どういう風の吹き回しかね」

「フキマワシ？」

「ああ——気が変わったという意味で」

「正当な助力に対して、感謝する気持ちはある」

「それはどうも」濱崎は前を見詰めたまま、ひょいと頭を下げた。何かと堅苦しいこの男と話していると、どうにも調子が狂ってしまう。「で、怪我はないのか？」

「ああ」

「これからどうする？　ホテルに戻るのは危ないんじゃないか？」

「恐らく」

「だったらしばらく、俺の部屋にでも隠れているか？　あそこなら安全だ」

ブラウンが口をつぐんだ。何か考えている様子だが、気配からは頭の中までは読めない。濱崎も黙って運転に専念した。車が首都高のインターに入ろうとする頃、やっとブラウンが口を開いた。

「連中を尾行していたと言ったな」

「ああ」

「だったらアジトも分かってるな？」

「アジトというか、奴らの拠点は、な」言ってしまってから、同じ意味だと気づいた。それにしてもブラウンは、どうして「アジト」などという言葉を知っている？　アメリカでも通じる言葉なのだろうか。

「そこへ行こう」

「行ってどうする」

「話を聴かせてもらうんだ」

「ご冗談を」濱崎は軽く笑った。「あんたを騙して拉致するような人間だぞ？　話して分かるような相手じゃないだろう」

「訂正する」ブラウンが真面目な口調で言った。「ケツを蹴飛ばして、銃を頭につきつけて喋らせる」

「勘弁してくれ。日本でそんなことをしたら、あんたの立場はなくなる」濱崎はハンドルから手を放して万歳した。

「俺の立場はどうでもいい。ホワイトを捜すのが最優先事項だ」

「どうしてそこまでこだわる？」自分だったら無理だな、と濱崎は思った。命を賭してまで守りたい相手など、いない。命を賭けて殺したい敵はいるが。「そんなに大事な友だちなのか」

「軍にいると、どうしてもそういう関係ができる。互いにケツを守り合った仲だからな」

「あんた、どこかで軍事行動に参加したのか」

「中米で」

何となく想像できたが、それ以上突っこまないことにした。一九九〇年代から、アメリカは中東で大規模な軍事作戦を度々展開し、それは日本でもニュースで詳しく伝えられた――石油という、日本のエネルギー政策に直結する問題があるが故に。中米でも同様に、米軍は激しい軍事作戦を展開してきたはずだ。そちらはアメリカにとっての裏庭だが、日本にはほとんど関係がない。ただ、戦場がどこであっても、兵士にかかる重圧と恐怖に変わりはないだろう。

「軍隊上がりで警察官か。大変なキャリアだな」高卒で警視庁に入り、二十年近くを過ごしてきた自分は、むしろ楽な人生を送ってきたと言える。一度レールに乗ってしまえば、それほど体力も知力も使わずに仕事ができるのだから。実質解雇というゴールでキャリアを終えるとは思ってもいなかったが。

「そんなことはどうでもいい。とにかく俺は、ホワイトを捜し出したい」

「一人で何ができる？」

「あんたは戦力になるのか？」

「やってみなければ分からない。それより、警察に任せる気はないのか？　前にも言ったけど、失踪人の捜査を専門にやる部署もあるんだ」

「俺がホワイトを捜していることは、警視庁の人も知らない。話を広げたくないんだ。大事になったら、ホワイトの立場がなくなるし、警視庁に迷惑をかけたくはない」

「塩田さんも、何も知らないんだな？」

「彼のことを知っているのか？」ブラウンの声が尖る。

「俺は、一年前まで刑事だったんだぜ？　あのオッサンの嫌なところまで、全部知っている」

ちらりと横を見ると、ブラウンは笑いそうになっていた。小役人じみた塩田の態度に、苛々させられているのかもしれない。だが、彼の口から塩田の悪口が出ることはなかった。

「このまま黙っているつもりか？」

「警視庁の人を巻きこむつもりはない」

「そうか……アジトを調べるのはいいけど、まずはあんたの安全を確保しないといけない」信号で停止したときに濱崎は携帯電話を取り出した。かける前に、ちらりとブラウンの顔を見る。「ホテルに言って、荷物をまとめておいてもらおう。誰かが侵入しないとも限らない」

「それなら、俺が自分でやる」

「俺に任せろ。あのホテルにも、頼み事ができる人間ぐらいはいるんだ。荷物をまとめるのは大変か？」

「クローゼットにかかっている服をスーツケースに入れれば終わりだ」

「そうだと思ったよ」濱崎は声を上げて笑った。「あんたはいつでも、五分で動き出せるように、身の回りをきちんと整理しているタイプだろう」

「五分もいらない。三分だ……それよりあんた、どうしてここまで手を貸してくれるんだ？」

濱崎は携帯を一端腿《もも》の上に置き、もう一度ブラウンの顔を見た。極めて真剣な表情で、濱崎の動機を心から知りたがっている様子だった。

「面白いから」

「何だって？」

「刺激に飢えた生活をしているんでね。刑事の血が騒ぐってやつだよ」

「そういう言葉は信用できない」

「じゃあ、ゆっくり時間をかけて信用すればいいさ。俺が信用できないと思ったら、さっさと撃ち殺せ。拳銃は、あんたの手が届く場所にあるんだから」


逃げたか、とブラウンは臍《ほぞ》を嚙んだ。濱崎が向かった家は、周辺の民家と比べてはるかに大きく、高くそびえ立つ塀が目立ったが、車庫のシャッターが開きっ放しになっていたのだ。

「逃げたな」車のドアを開けながら——相当ひどいダメージを負っているのか、嫌な音がした——濱崎がブラウンの考えと同じ結論を口にした。

「そのようだな。出かける時に、シャッターを開けっ放しにしておく人間はいない」

「ちょっと調べるか」

濱崎は車を路肩に停めたまま、車庫の脇にある階段を上がって行った。ブラウンは後に続いたが。濱崎の行動は少し軽々しく思えた。実際には、シャッターは閉め忘れただけで、中に誰か隠れているかもしれない。車から拳銃を持ってこようかと思ったが、濱崎はさっさとインタフォンを鳴らしてしまった。ブラウンは階段の二段目に立ったまま、反応を待った。

「いないみたいだな」濱崎が振り返って言った。「押し入るのは無理だと思う」

「それはそうだろう」

　濱崎が、ドアの横に張ってあるシールを指差す。

「警備会社と契約している。ドアをこじ開けたら、五分で誰かが飛んでくるよ」

「こいつらは、悪者なのか？」

　ブラウンの質問の意味を把握しかねたようで、濱崎が首を傾げる。

「悪者と契約する警備会社には問題がある。審査をもっと厳密にすべきだな」

「ああ」濱崎がかすかに笑った。「それはアメリカンジョークなのか？」

「ふざけるな。俺は真面目に言っている」

「そりゃどうも」濱崎が肩をすくめた。「他の場所を探そう」

　そう言ってブラウンの脇を擦り抜け、階段を下りる。こいつの軽過ぎるノリには絶対ついていけないな、と思いながら、ブラウンは彼の後に続いた。濱崎はさっさと車庫に姿を消している。

外から陽光が射しこんでいるが、車庫の中は薄暗かった。かすかなオイルと、埃の臭い。奥の壁にタイヤが何本か立てかけてあるだけで、車はなかった。

「豪勢な車庫だね」濱崎が呆れたように言った。「家も相当でかい。この辺りで、これぐらいの家を手に入れるには、二億ぐらい必要だろうな」

二億……一瞬数字を頭の中でこねくり回した後、ブラウンはうなずいた。

「マンハッタンの中心部と同じような値段だな」

「ニューヨークも東京も、人が多過ぎるな。とっとと出て行くべき奴が、いくらでもいる」呆れたように言って、濱崎が車庫の奥に進む。ほどなく、錆の浮いたドアの前に立った。ハンカチを使ってドアノブを回すと、かすかに金属の軋む音がして、ドアはあっさりと開いた。

「入るのか?」ブラウンは声を押し殺して訊ねた。

「いや、今は入らない」

「じゃ、どうする」

「暗くなるまで待とうぜ」濱崎がゆっくりとドアを閉めた。「真っ昼間から人の家に押し入るのは気が引ける。誰かに見られるかもしれないし」

「ああ」珍しくまともなことを言っている、と思った。「賛成だ」

「それまでに、あんたの荷物を引き払って俺の部屋に移ろう。気にくわなければ、別のホテルに部屋を取ってもいいが」

「いや」乱雑の極みだった彼の部屋を思い出して身震いしたが、ブラウンは新しくホテルを探す気になれなかった。そういう場所は、遅かれ早かれ嗅ぎつけられてしまうものだ。

「あんたの部屋に移る準備をしよう……その前に、メールをチェックさせてくれないか」

「まず、車に戻ろう」濱崎がすかさず言った。「車にいる方が、何かと安全だ」

助手席に体を滑りこませ、ブラックベリーをチェックする。着信が何件もある。電話番号から、塩田だと分かった、直美からメールが来ていたので——拉致されている時に鳴ったのがこれだった——「問題はなかった」と返信しておく。これ以上彼女を怖がらせても何にもならない。一番期待していた、アレックスからのメールはなかった。向こうは日曜日なので、やはり調べるのに時間がかかっているのだろう。少しだけ苛立ちを覚えたが、あの男が手を抜いているとは思えない。

「結構だ」ブラウンは、ブラックベリーをスーツのポケットに滑りこませた。

「じゃあ、行くか。まず、あんたのケツを拭いてやらなくちゃいけない」

「それより、車を修理した方がいいぞ」運転席側の窓が全損しているので、走っていると冷たい風が容赦なく吹きこんでくる。冬には辛い環境だった。

「それは無理だ。時間がかかるからな……しばらくこれで我慢してくれ」

「だったら、車を乗り換えた方がいい。レンタカーを使え。向こうも、この車のナンバーぐらいは調べるだろう。そうしたら、あんたのところに辿り着くし、動きにくくなる」

「そうだな……」濱崎が顎を撫でた。「いいだろう。ただし、あんたがレンタカーの料金を出してくれるなら」

ブラウンは思わず顔をしかめて黙りこんだ。結局、金の話になるのか。だが濱崎は、屈託のない笑みを浮かべて親指を上げた。

「これは経費だと思ってくれ。ただし、依頼料は取らない」

我ながら、深入りし過ぎだと思う。ブラウンが個人的な問題で動いているなら、彼を助けたところで濱崎にメリットはない。これが公務なら、ニューヨーク市警から感謝状の一枚もらえるかもしれないが……もっとも、そんな紙切れ一枚を貰っても、金にはならない。

濱崎は煙草に火を点け、数十メートル先の家に――その大きさから「そびえる」という感じだった――視線を投げた。窓に灯りはなし。車を乗り換えてから、既にここに一時間、座っている。

「それが、この一時間で五本目の煙草だぞ」ブラウンが忠告した。

「だから？」

「一々言わないと分からないか？」

「俺の健康を心配してくれるのはありがたいが――」

「煙たいんだ」

ブラウンが窓を大きく開け放った。煙が助手席側に引き寄せられ、すっと外へ流れていく。濱崎も窓を開け放った。冷たく湿った空気――夕方には今にも雪になりそうな曇天だった――が流れこみ、思わずくしゃみをする。ブラウンの冷たい視線を感じた。まったく、あんただってくしゃみぐらいはするだろうが。

濱崎は煙草を外へ投げ捨て、窓を閉めた。腕時計を見て時刻を確認し、ドアに手をかける。最初に確認したところ、家に人はいないようだし、車庫のシャッターも開いたままで、中は空である。

ブラウンが先に立ち、車庫へ向かう。長身を少しでも目立たなくさせようというのか、背中を丸めていた。ズボンのポケットに両手を突っこんだまま、濱崎も足早に後を追う。午後九時。人通りは少ないが、誰かに見られた時も、できるだけさりげない風を装いたい。

ブラウンはさっさと車庫に入ってしまった。街灯の灯りがかすかに入りこんで、ぼんやりとだが中の様子が分かる。これなら、持ってきたマグライトを使うまでもないだろう。濱崎は、ブラウンの動きを手で制して、自分でドアを開けた。もちろん手袋はしている。

警察を辞める時にごっそりといただいてきた、ラテックス製の物だ。何となく、警察に損害を与えてやろうと考えていただけで、実際に役に立つことがあるとは考えてもいなかった。

昼間と同じように、鍵はかかっていない。極端に慎重になる必要もないと思い、濱崎は素早くドアを開けて、隙間から身を滑りこませた。ブラウンがすぐ後に続く。二人が立った場所は、一辺が一メートルもない正方形のスペースだった。体がくっつきそうになって、濱崎は先へ歩を進めたが、すぐに爪先が階段にぶつかってしまった。壁に手を当てて照明のスウィッチを探したが、見つからない。マグライトを点灯させて、上の方を照らし出す。コンクリート製の短い階段が浮かび上がった。無意識のうちに数えると、十段。高さは二メートルほどしかないはずで、車庫の高さとは合っていない。この家は、相当複雑な——使いにくい造りになっているようだ。

人の気配がないので、そのまま階段を上り始める。冷気が滞留しているようで、一歩進む度に体が芯から凍えるようだった。すぐに上り切って、次のドアにマグライトの光を当てる。駐車場のドアと同じようなノブ。手をかけると、これもあっさりと回った。後ろを振り向き、ブラウンに向かって眉をひそめて見せる。

「用心がなさ過ぎる」ブラウンも渋い表情で言った。この状況を、明らかに疑っている。

「それだけ急いで逃げたのかもしれない」

「楽観的に解釈すれば」

「悲観的になったって、いいことはない」言って、濱崎はドアをゆっくりと引いた。かすかな軋み音を立ててドアが開き、隙間から空気がかすかに流れ出してきた。マグライトの光が、目の前の光景を点々と映し出す。どうやらここが玄関らしい。大理石の床には、乱雑に脱ぎ捨てた靴が三足。スニーカーが二足に、黒い革靴が一足という組み合わせだった。いったいここには、何人の人間が潜んでいたのか。

壁を照らし出して、照明のスウィッチを見つけた。手を伸ばそうとしたが、すぐにブラウンに手首を押さえられる。

「灯りは点けない方がいい」

「誰もいないと思うぜ」

「楽観的になったって、いいことはない」ブラウンが切り返してきた。「目が慣れるのを待とう」

「暗視ゴーグルか何か、持ってないのか？　あんたの特殊部隊には、そういう装備があるだろう」

「日本に持ってくるわけがない」

あっさりと言って、ブラウンが両手をだらりと脇に垂らした。緊張感が薄れるのが分かる。緩急を使い分けることができる人間なのだ、と濱崎は悟った。こいつはただの警察官ではなく、緊急事態、特殊事態に対応するのが仕事らしいから、自然とこういうやり方が身につくのだろう。

ほどなく目が慣れてきた。街灯の光がどこからか入ってくるのだろう、完全な暗闇ではなく薄暗い、という程度の闇だ。広々とした玄関の先は、すぐに階段。その脇に長い廊下があって、先は完全に闇の中に消えていた。

「上がろう」濱崎は靴のまま、廊下に上がった。忍びこんだ証拠を残さないことに、意味があるとは思えない。既に、駆け引きという段階は過ぎてしまっているはずだ。

濱崎が先に立って、まず一階——車庫が道路レベルの高さにあるので実質的には二階だが——を調べ始める。廊下の突き当たりがバスルーム、左側がリビングダイニングという造り。濱崎は、リビングダイニングに足を踏み入れた。奥にある広い窓にはレースのカーテンが引いてあるだけで、そこから街灯の光が薄く射しこんでいる。三十畳ほどもある部屋は、家具がほとんどないせいで、余計に広く見えた。素っ気無い長方形のテーブル、六脚の椅子、それに三人がけのソファが二つ。テレビなどの家電や、食器棚などの生活用品はない。生活臭は皆無で、ホテルの一室を思わせた。キッチンには冷蔵庫があったが、ガス台が使われた形跡はない。

ブラウンがキッチンに向かい、冷蔵庫を開けた。中の灯りがぼうっと溢れ出してくる。

「何もないな」ブラウンがつぶやく。

濱崎も彼の背後から中を覗きこんだ。何が「何もない」だ。しっかりビールが並んでいる。それも何故かハイネケンの瓶ばかり。この家の主は、オランダのビールが好みなのだろうか。濱崎はブラウンを押しのけて一本取り出し、ガス台の横に無造作に放り出してあった栓抜き——そういう物は何故かすぐに見つかる——を使って開けた。冷たい泡が、少し零《こぼ》れて手を濡らす。口をつけたところで、ブラウンの鋭い視線に気づいた。

「酒なんか呑んでる場合か？」

「あんたらだって、被害者の家に行ってこういうことをやってるんじゃないのか？　遺体のポケットから小銭を盗んだりとか」

「クソ下らない映画の見過ぎだ。俺の部下がそんなことをやっているのを見つけたら……」ブラウンが耳の横で指をくるくると回した。「制裁する」

「その言葉の意味、分かってるのか？　普通、主語はアメリカ、目的語は北朝鮮で使うもんだぞ」

「だったら、ケツを蹴り上げる」

「あんたに蹴られたら、重傷確定だな」笑いながら、濱崎はビールをぐっと喉に流しこんだ。「この一本を呑む間に、自由に冷蔵庫の中を調べてくれ」

「ビール以外に何もない」

「シャブでも隠してないのか？」

「シャブ?」

「ああー、覚醒剤。ドラッグ」

「俺たちは、そういう物を探しているのか?」

「何でもいい。連中の正体と弱点が分かるようなものなら」

「どうも、そういう連中とは違うような気がするんだが」

「何か、見当がついてるのか?」

「その件は後で話す。とにかく、部屋を調べてしまおう。これだけたくさんあると、相当時間がかかるぞ」

彼の言う通りだった。階下にはリビングダイニングだけだったが、上には四部屋もあり、全て調べ終えた時には、日付が変わろうとしていた。久しぶりに精神を集中させて——家宅捜索は気を遣うものなのだ——数時間を過ごした後、濱崎はぐったり疲れていた。景気づけに呑んだビールの酔いもすっかり引いている。家を出る時、濱崎はビールをさらに二本、失敬した。何となく、食べ放題のバイキングに参加しているような気分になる。ああいうところで、店側に多少でも損害を与えるのは絶対に無理だというのだが……。

濱崎の家に帰り着くまで、二人とも無言だった。少しだけ一人になる時間が欲しかったので、濱崎はブラウンにシャワーを勧めた。その間、三田の家からくすねてきたビールを呑みながら、家の間取り図を手書きで描いていく。二階の四部屋は全て同じ広さで、そのうち一部屋には使った形跡がまったくなかった。残り三部屋にも生活の臭いはまったくなく、そこにいたのが誰か、類推させるような材料も見つからなかった。どうやらあそこは、仮の住まい兼作戦本部といった感じで、籠っていた人間は寝袋を使っていた。パソコンでも残っていればかなりのことが分かったはずだが、そういう物は一切見つからなかった。おそらく、BMWの男たちから連絡が入った直後、留守番役の人間がまとめて持ち出したのだろう。

あの家の持ち主を調べるのは、不可能ではない。まず登記簿を確認して、ということになるが、自分でやらなくても、警察を上手く動かす手もあるはずだ。誰かに貸しはないかと、また携帯電話の住所録を調べ始めた。

そうこうしているうちに、ブラウンがシャワーを終えて戻って来た。首にかけたタオルを両手で引っ張っていたが、張りのある上半身はまだ濡れている。襲われた時の傷は、顔を除いては目立たなくなっていた。

「ビールは？」

「酒は呑まない」

「そうだったな……冷蔵庫にミネラルウォーターが入ってる」

無言でうなずき、ブラウンが冷蔵庫を開けた。ペットボトルを取り出すと、一息で半分ほどを空にした。そうしながら、ブラックベリーでメールを確認する。途端に、顔つきが変わった。何か摑んだな……濱崎は質問をぶつけた。

「さっきの話の続きだが……あの連中の正体、見当はついているんだろう？」

「上手くつながらないが、ホワイトが失踪前、話をしていた人間が誰かは分かった」

「日本人か？」

「英語を話す日本人、だろうな」ブラウンが、ホテルから引き上げてきた自分のノートパソコンを開いた。スリープモードにしてあったのか、すぐに画面が復旧する。「部下に、携帯電話の通話記録を調べさせた。ノグチ・カズユキという人間と、何度も電話で話している」

「どういう字だ？」濱崎はボールペンを構え、家の見取り図を描いていた紙の余白に打ちつける。

「そこまでは分からない。電話番号は分かっているが」

「教えてくれ」ブラウンが告げた番号を書きとめる。「これは、俺の方で調べられると思う。何か失踪に関係していると思うか？」

「何とも言えない。ただ、この男と話しているところを、仕事仲間には見られたくなかったようだ」

「こそこそやってたわけだ」

「あいつを悪者扱いするのはやめてくれないか」ブラウンの表情が険しくなる。

「何も断定したくない」

「そういうことだ。この段階では、何も断定したくない」

「そうだな」濱崎はボールペンをデスクに転がした。「取り敢えずこれから、この男のことを調べよう。あの家についても調査する」

「ああ」

「こういう構図だよな」濱崎は改めてボールペンを掴んだ。「あんたの友だちのホワイトは、何らかの事件に巻きこまれた。それには、ノグチ・カズユキという男が関係している可能性がある。さらにノグチは、あんたを襲った男たちにつながっているかもしれない……つまり、ホワイトを捜して欲しくない人間がいるわけだ」

「そのようだな」ブラウンがうなずく。

「ホワイトは生きていると思うか？　普通、捜して欲しくないという時は、死体を見つけて欲しくない、というのとイコールだ」

ブラウンは何も言わなかった。彼が葛藤しているのは見ただけで分かる。友だちが死んだとは思いたくない。だが、警察官としての直感は、自分が見つけるのは生身のホワイトではなく死体だと予感しているのだ。

厳しい立場だな、と思う。それが分かっていて、なお捜さねばならない彼の性《さが》に、少しだけ同情した。

12月4日

だらだらと過ごした一年の垢が、一晩ですっかり落ちたようだった。濱崎は六時に起き出すと、今日一日の計画を立て始めた。まず、もう一度三田の家を偵察に行く。わざわざ家に入らずとも人の出入りだけは確認できるように、玄関のドアに簡単な細工をしてきたから、それを確かめればいい。何もなければその後法務局に回り、あの家の正式な持ち主を割り出す。そしてその名前と、ホワイトと連絡を取っていた「ノグチ・カズユキ」の名前を警視庁の然るべき人間に告げ、正体を割り出すつもりだった。昨夜、手を煩わせる候補を考えた結果、所轄時代の後輩に任せてみよう、と結論を出した。彼は今、千代田署——地下鉄の日比谷駅に近く、どこへ出るにも便利だ——の刑事課にいるので、動きやすいはずだ。本当は、港区内の所轄に誰か知り合いがいればいいのだが、人間関係はこちらの事情で決まるわけではない。

ブラウンも濱崎に続いて目を覚ました。まるで機械のスウィッチが入るように一瞬で目覚め、寝ぼけた雰囲気は微塵も見せない。朝飯はない、と告げると途端に不機嫌になった。

「だいたい俺は、朝飯は食わないいんだよ」濱崎はぶつぶつと言い訳をした。

「朝飯をちゃんと食べないと、一日が始まらない」

「だったら、コンビニエンスストアでサンドウィッチでも何でも買ってくれ。すぐ近くにあるから」濱崎はひらひらと手を振った。

「そんな物は……」

朝飯にならない、か。濱崎はうんざりしていた。

「贅沢言うなよ。あんたが毎日ホテルで食べてたような朝飯は、期待しないでくれ。今は非常時なんだぜ……分かったよ、買い出しは俺がサービスで行ってやる」

「どうして」

「あんたは一人で出歩かない方がいい。一応、狙われてる身なんだから」

「拳銃を持っていってもいいが」

濱崎は激しく首を振った。

「これ以上、事態を複雑にしないでくれ。日本で銃が御法度なぐらい、あんたにも分かるだろう」

「ゴハット？」

濱崎は溜息をついた。こいつは、本当は言葉の意味を分かっていて、わざととぼけているのではないだろうか——俺をからかうために。

「とにかく、駄目だ。ここで大人しくしていてくれ」

買い出しを終えて戻って来ると、ブラウンは腕立て伏せをしていた。汗と熱気で、狭い部屋の温度が上がるぐらいの激しさ。全身の筋肉が複雑に連動して脈動しているのが分かる。当然、濱崎が帰って来たことには気づいているはずだが、完全に無視して運動に専念している。何だ、こいつも朝は同じようなことをしているわけか……少し表情を緩めながら、濱崎はコンビニエンスストアの袋をデスクに置いた。食べるつもりはなかったのだが、何故か急に食欲が出てきて、ヨーグルトに手をつける。食べながらコーヒーを用意し、ブラウンがミルクや砂糖を要求しないことを祈った。そんな物の買い置きはない。

サンドウィッチとコーヒーの朝食を摂りながら、ブラウンが自分のパソコンを立ち上げた。メールをチェックしていたようだが、突然、サンドウィッチを口にくわえたまま、激しい勢いでキーボードを叩き始める。

「何かあったか？」ヨーグルトの最後の一口を飲みこみながら、濱崎は訊ねた。

「いや……部下に指示がある」はっきりしない口調で答える。

「こんなところに来てまで仕事か？　あんた、休暇中だろう」

「視察は仕事だ」ブラウンが一瞬振り返り、険しい視線をぶつけてきた。

「ついでに、ノグチ・カズユキを検索してみてくれよ」

「俺は、話せるけど書くのは苦手だ」

「ああ、そうか……」濱崎は自分のパソコンを立ち上げ、その名前で検索をかけることにした。午前六時台、大の男二人が無言でパソコンに向き合い、作業に没頭している。端から見たら奇妙な光景だろうが、やっている方は大真面目だ。ブラウンは生命の危険に晒されたわけだし、それを助けた自分も、今や同じ立場に立たされているかもしれない。自分の身を守るためにも、ホワイトの居場所を割り出すのは大きなポイントなのだ。

「ノグチ・カズユキ」とカタカナのまま検索をかけたが、それらしきヒットはない。漢字に変えてやってみた。「ノグチ」は「野口」なのだろうが、名前の方が分からない。適当な当て字で検索をかけたが、その都度数十万単位でヒットしてしまい、絞りこめない。IT系に関連したものを、とも思ったが、それでも一つ一つチェックしていくのが無理なほどの件数が引っかかる。あと二つ三つはキーワードがないと、絞りこめないだろう。

「どうだ？」いつの間にか背後に回りこんでいたブラウンが訊ねる。

「名前だけじゃお手上げだな」濱崎は実際に両手を上げてみせた。「しょうがない。予定変更で、少し早めに動くか」

「当てはあるのか？」

「後輩に頼んでみる。出勤する前に捕まえよう」

パソコンの時計を見る。六時四十五分。千代田署に勤める後輩の秋山《あきやま》は、去年結婚したばかりで、松戸に住んでいる。家を出るのは結構早いはずで、自分たちがこれから都心部を突っ切り、千葉まで車を飛ばしているうちに、常磐線に乗ってしまうだろう。署に出て来たところを摑まえるか、それとも……電話にしよう。携帯電話は本当に便利なものだと今さらながら感心しながら、秋山の番号を引き出す。携帯電話が普及する以前は、時間などのタイミングに気を遣いながら、固定電話を使わなければならなかった。家族に迷惑をかけるかもしれないと思いながら……今は、そんなことはまったく気にしなくていい。二十四時間、個人と個人が直接つながる時代だ。

呼び出すと、すぐに秋山の弾んだ声が耳に飛びこんできた。もう駅へ向かっている最中かもしれない。確かあいつの家は、駅から徒歩で二十分ほどかかる場所にある。毎朝、長い散歩をしているようなものだ。

「朝から申し訳ない」

「濱崎さんですか？　お久しぶりです」何だか嬉しそうな声だった。

「出勤途中かい？」

「ええ……あの、何か用ですか？」急に、探るような口調に変わる。

「ちょっと会えないかな。頼みたいことがあるんだ。朝のコーヒーを奢るよ」

「マジですか？」

妙な食いつき具合に、濱崎は首を傾げた。たかがコーヒー一杯……朝から面倒な仕事を押しつけられる対価としては、決して十分ではないはずだ。

「二杯でも三杯でもいいけど、どうしたんだよ。そんなに喜ばれると、かえって引くぞ」

「あ、いや、別に……家でコーヒーを飲ませてもらえないもので」

「何だよ、それ」

「嫁が紅茶党なんですよ。朝からミルクティーで、何だか目が覚めないんです」

「コーヒーぐらい、自分で準備すればいいじゃないか」

「コーヒーは体に悪いからって」

それなら俺は、毎日少しずつ自分に毒を盛っているようなものだ。

「そういうのは、最初にガツンと言ってやらなくちゃ駄目じゃないか」

「そういうものじゃないんですよ、結婚生活は……」秋山が溜息をついた。「濱崎さんには分からないと思いますけど」

「ああ、ありがたいことに、コブつきじゃないからな。で、どうするよ。どこで会ってくれる？」

「署の近くでいいですか？　スターバックスがあるんで」

「どこでも行かせてもらうよ」濱崎は素早く検索をかけ、千代田署の近く、日比谷の映画街の中にあるスターバックスを割り出した。

「何時にする？」

「一度署に顔を出します。八時……四十五分ぐらいでどうですか」

「出られるのか？」

「突発的に何もなければ。その時は電話しますから」

「分かった」

電話を切ってから、秋山はこちらの依頼の内容を聞かなかったな、と首を傾げた。普通は警戒して、コーヒーがどうこうよりも、まずそちらを確かめるだろう。

「何か問題でも？」ブラウンが訊ねた。

「コーヒーっていうのは、中毒になるのかね」

「カフェインの中毒性については、諸説あるようだが」

「そうか……世の中には、コーヒー一杯で言うことを聞いてくれる人間がいるんだね」


ブラウンは、ひどく窮屈な思いをしていた。アメリカのスターバックスは、店内をゆったりと作ってある店が多い。たっぷりしたソファで、ラップトップをいじりながら何時間も粘っている人も珍しくないぐらいだ。だがこの店は、テーブルが全て小さな円形で、飲み物の他に食べ物まで置くには、簡単なパズルを解く程度の工夫が必要だった。三人で顔を突き合わせることのできるテーブルがなかったので、濱崎は窓に向かったカウンター席に陣取った。ブラウンとは、一つ席を空けて座る。秋山という男を、二人で挟みこもうというわけだ。

それにしても、椅子が小さい。明らかにブラウンの尻より座面が小さく、どう動いても体は安定しなかった。「落ち着けよ」濱崎がからかうように言った。

「そうじゃない」

「じゃ、何なんだ」

ブラウンは答えなかった。ちょうどいいポジションが取れない、とは説明しにくい。ようやく体が安定したところで、ブラウンは、電線に留まる鳥の心境はこんなものだろうと想像していた。鳥に心があれば、だが。

濱崎が音を立ててコーヒーを啜る。カップを離すと、口の周りにミルクの泡がついていた。ラテの弱点はこれである。最初の一口で、誰でも間抜けに見えてしまう。

「秋山という男は、信用できるのか？」

「それは問題ない」

「俺は名乗った方がいいんだろうか」

「微妙なところだな……あんたの名前が分かれば、あいつも何かに気づくかもしれない。変なところから情報が漏れても困るよな」

「ああ」

「それでも、最初から名乗って、何をやっているか素直に話した方がいいだろうな。それで、秘密にしておくように念を押す。そうすれば、万が一情報が漏れた時も、あいつからだと分かる」

「そうだな」

「あんたが話すか？」

「いや、あんたから話してもらった方がいいと思う。後輩なんだろう？」

「慕われているかどうかは分からないが」濱崎が唇を歪めるようにして笑った。

それはそうだろうな、とブラウンは思った。ブラウンの経験では、警察を辞めた人間というのは、なにがしかの問題を抱えている場合がほとんどだ。警察官というのは非常に仲間意識が強いから——これは世界中どこでも変わらないだろう——簡単には仲間を馘にしない。問題を起こしても、何とか隠蔽してうやむやに済まそうとするものだ。確執なく辞めるパターンは病気や家族の問題ぐらいだが、濱崎はそういうトラブルを抱えている感じではない。となると、よほどの問題を起こして追い出されたか、嫌気がさして自分から辞めたか、だ。前者ではないような気がする。トラブルメーカーの元警官とつき合いたがる現役の警官はいないはずだが、彼の後輩は、早朝から呼ばれて平気で出て来るわけだし。

約束の時間に五分遅れて、秋山が店に飛びこんできた。長身痩軀、耳が隠れるほどの長さに髪を伸ばしていて、それを見た瞬間にブラウンの神経はぴりぴりと緊張した。自分の部下があんな髪型をしていたら、ケツの穴につま先をめりこませてやる。

「どうも、すみません」カウンターの所で急停止して、秋山が頭を下げた。ブラウンのことは、視界に入っていない様子である。

「コーヒー、買っておいたぞ」濱崎がカップを指差した。

「あ、ありがとうございます」秋山が相好を崩す。よほどコーヒーに飢えていたらしい。

「痩せたか?」

「五キロぐらい落ちました」

「変だな。普通、結婚すると幸せ太りするもんだが」

「だから、嫁が健康オタクなんで」顔をしかめながら、秋山が椅子を引く。尻を引っかけるように座って、素早くコーヒーを一口飲んだ。コーヒーのCMに使えそうな素敵な表情を浮かべる。「コーヒーだけじゃなくて、少しでも体に悪そうな物は御法度ですから」

「飼い慣らされてるねえ」濱崎がにやにやと笑う。「何だったら、その辺に並んでる、体に悪そうな甘い物でもどうだ? 奢るぜ」

「勘弁して下さい」秋山が顔の前で、思い切り手を振った。「朝晩、体重を量らせられるんですよ」

「そりゃ、やり過ぎだろう。奥さん、結婚する前は何をしてたんだ?」

「ジムのトレーナー。栄養士の資格も持ってます」

「まさか、弁当も持たされてるんじゃないだろうな」

「ああ……そうです」

濱崎が声を上げて笑った。

「ま、健康なのはいいことだけど」とつぶやいて、ブラウンに視線を投げる。ブラウンは軽くうなずいた。

「紹介したい人がいる……お前の横に」

濱崎の言葉に、秋山が慌てて横を向いた。ブラウンが軽く黙礼すると、反射的に秋山も頭を下げたが、表情は硬いままだった。

「ニューヨーク市警のモーリス・ブラウン警部補だ。日本でちょっとした仕事をしている」

ブラウンは右手を差し出した。秋山が、恐る恐るその手を取る。握手は、およそ力と誠意の籠っていない、形式的なものだった。六〇年代ぐらいまでの同朋は、白人連中から常にこういう扱いを受けていたのだろう。もっとも秋山は、離した手をズボンに擦りつけはしなかったが。

濱崎が、これまでの出来事を手短に説明した。当然、昨日の拉致と発砲の一件は除く。そういえばあの件は、ニュースでは流れなかったようだ。車も動かない状態で、あの連中はどうやって脱出したのだろう。車が残っていれば、発砲の事実はすぐに分かってしまうのに。

「で、俺の仕事は何ですか？」

「取り敢えず、このノグチ・カズユキという人間を特定したいんだ。この男について分かることなら、何でも知りたい」

「字は分からないんですね？」手帳を広げたまま――まだページは白い――秋山が念押しする。

「ああ。でも、読みだけでもいろいろ分かるだろう。まずは前科のリストに照会するとか、他のデータベースを使う手もある。電話の通話記録も調べられるだろうな。こいつは、ホワイトという人間と話をしている」

濱崎がホワイトの携帯電話の番号を告げる。ほう、とブラウンは少しだけ感心した。これぐらいは暗記できるということか。秋山が電話番号を手帳に書き止め、うなずく。

「他には？」

「お、やる気満々じゃないか」

濱崎が秋山の背中を勢いよく叩く。秋山がくぐもった悲鳴を上げ、背中をぴんと伸ばした。渋い表情で続ける。

「千代田署の刑事課が暇なのは知ってるでしょう」

「ああ、そうだったな。こちらのブラウン氏に解説してやってくれ。ニューヨーク市警の人にも参考になると思う」

まだ痛みに顔をしかめたまま、秋山がブラウンの方を向いた。

「千代田署の管内は、居住人口がほぼゼロなんです」

「キョジュウ……ああ、住んでいる人、ということですか」

「ええ」秋山がうなずいた。「企業と官公庁、それに飲食店ばかりなんで。マンションでさえほとんどないんですから……事件らしい事件は起きないんですよ」

ブラウンは納得してうなずいた。犯罪の多くは、夜起きる。居住人口ゼロなら、夜間には人がいなくなるわけで、事件の起きようがない。せいぜい、事務所荒らしぐらいだろうか。ニューヨークの場合、中心部のマンハッタンでもほぼ全街区に人が住んでいるのだが、東京の場合、昼間・夜間の人口密度はかなりまばらな分布になるのだろう。

「どうだ？　どれぐらいでできる？」濱崎が念押しする。

「まあ、そうですね……」秋山が腕時計に視線を落とした。「半日ぐらい貰えますか？　どういう状況になっても、昼過ぎたら連絡しますよ」

「助かる」濱崎が頭を下げる。顔を上げると、「実はもう一つ、あるんだ」とすかさずつけ加えた。

「何ですか」先ほどのやり取りとは裏腹に、秋山がうんざりした表情を浮かべる。

「ある家の持ち主について調べて欲しい」

「それは、ノグチ・カズユキの人定をするより面倒ですよ」

「登記上の持ち主は、俺たちが調べる。そこから先は、ノグチ・カズユキの調査と同じ手順になるが」

「断っても、どうせ許してくれないんでしょう？」秋山が引き攣った笑みを浮かべる。

「俺がお前に、そんな厳しい対応をしたことがあるか？」

「いや……じゃあ、失礼します」秋山が手帳を閉じて、椅子を降りた。あれだけ飢えていたはずのコーヒーは、半分ほど残っている。

彼の背中を見送り、ブラウンは濱崎に訊ねた。

「大丈夫なのか？　ずいぶん強引に話を進めたようだが」

「ああ、心配ない」濱崎が右手を勢いよく振った。「所轄時代に散々面倒を見てやったからな。そういう関係は一生続くんだ」

「だけどあんたは、警察を辞めてる」

「辞めたって同じだよ」濱崎がにやりと笑った。「あいつだって、断るつもりなら、最初から電話にも出ないだろう」

「それだけ恩を売っておいた、ということか」

「あんたにも思い当たる節があるだろう。絶対頭の上がらない先輩とか、いないか？」

ブラウンは無言で首を振った。どうも、警視庁——日本の警察官の上下関係は、アメリカとはずいぶん違うようだ。

「心配するな」濱崎も椅子を降りた。「さあ、次は法務局だ。日本の捜査のノウハウを知っておいてもいいだろう？　いい視察になるはずだぜ」


久々に訪れた法務局でかなり時間を食ってしまい、濱崎は苛立ちを募らせた。法務局は、いつ行っても混んでいる。不動産不況が長引き、土地取り引きは沈滞したままなのに、不動産業を営む人にとって、ここは情報の宝庫なのだ。

昼前、ようやく必要な登記簿を入手して、二人は車に戻った。濱崎はエンジンをかけないまま、まず登記簿に目を通した。

「現在の所有者は、波多知男《はたともお》。住所は、あの一軒家じゃないな」

「というと？」

「誰かに貸してるんじゃないかな。波多の住所が分かるから、訪ねてみるか……どうせ都内だし」言って、ちらりと腕時計を見る。

「それとも、先に昼飯にするか？」

「いや、行こう」ブラウンが低い声で言った。「時間は貴重だ」

「ま、仰せのままに」生活ペースが乱れているのが、少しだけ嫌だった。普段の濱崎は、起きるのは早いが朝食は摂らない。それで午前十時から十一時の間に、朝昼兼用の第一食を食べるのだ。今日は中途半端にヨーグルトを食べてしまったが、あれは空腹を宥《なだ》める役には立たなかった。そろそろ、何かで腹を塞いでおきたいところだが……ブラウンの言う通り、時間は貴重だ。

登記簿を見て住所——やはり港区内だった。今回の一件は、半径二キロぐらいの中で起きている——を確認し、車を出そうとした瞬間、携帯が鳴り出す。秋山だろうと思って手に取ると、塩田の名前が浮かんでいた。

「塩田さんだ」

「しつこいな」ブラウンの顔から血の気が引く。

「よし、俺が誤魔化しておく」

濱崎は車を降りて、ボディに背中を預けた。雲の隙間から弱々しく陽光が降り注ぐだけで、今日も寒気は強い。コートの前をかき合わせてから、電話に出た。

「濱崎です」

「ああ、あの、ブラウンのことなんだが」

「無事ですよ」

「ホテルにいないようなんだが」

実はブラウンは、宿泊していたホテルをチェックアウトしていない。敵の目を欺くための作戦だったが、味方——塩田が引っかかってしまった。

「彼なら、俺の家にいますよ」

「何だと？」にわかに、塩田の声に疑念が混じる。「何でそんなことになってる？」

「ちょっと怪我の具合がよくなくてですね……俺の知り合いの医者に見せたんで、その後、うちで休んでもらってるんです」

「そこまで深刻な怪我なのか？」

「腰ですからね」言ってしまって、失敗を悟った。塩田はブラウンから、負傷個所について具体的な話を聞いているのだろうか。もしも腰でなかったら、嘘がばれてしまう。

「そうか、腰か……そういえば彼は、どこを怪我したとは言ってなかったな。襲われた件とは関係ないんだな？」

「ありません」濱崎は安堵の吐息を漏らし、煙草に火を点けた。まだ俺にはツキがあるようだ。「しばらく動けないんじゃないですかね。元々、腰が悪いそうですよ。でも、命にかかわることじゃないですから」

「取り敢えず、これからお前の家に行く」

「来ても会えませんよ。寝てますから」濱崎は慌てて言い分けした。我ながら説得力が薄い。「起きたら連絡させるってことでどうでしょう？」

「しかし、な……そろそろ、上にきちんと報告しないとまずいことになる」

「無理させたら治りが悪くなるでしょう。少しこのまま、休ませてやって下さい」

「……分かった」渋々、塩田が認める。「しかし、妙だな。お前が面倒を見てるっていうのは」

「俺は人づき合いの名手じゃないですか」濱崎は笑いながら言った。「困ってる人を見ると放っておけない性質《たち》でしてね」

「そんなことは初耳だが……」塩田が言葉を濁した。「とにかく、一緒にいるなら後で必ず連絡させてくれ。視察中に怪我しただけでも、大問題なんだぞ」

「かしこまりました」言って電話を切り、にやりと笑って煙草の煙を宙に吹き上げる。まだ長い煙草を放り捨てると、靴底で踏み消して車に戻った。ドアを開ける前に秋山に電話をかけ、波多のことも調べるように依頼する。盛大な溜息が返ってきただけだった。車に乗りこむと、すぐにブラウンに状況を告げる。

「あんたは腰を負傷している。元々腰が悪かったところへ持ってきて、この怪我だ。しばらく動けない。俺が医者へ連れて行って、俺の部屋で休んでることになってる」

「――というシナリオだな？」

「そういうこと。水が漏れないように、注意して演技してくれよ。しばらくしたら、塩田さんに電話して、アリバイ工作をしてくれ」

「分かった」ブラウンが唇を噛み締める。自分の失敗を悔いているのは明らかだった。

「ま、これだけ訳の分からないことがいろいろあるんだから、あんただってミスぐらいするだろう」

「分かってる」

「くよくよしないで、前へ進もうぜ」濱崎はアクセルを踏みこんだ。レンタカーのプリウスは静かで、特に低速域では車を運転している気がしない。「その程度のミスで悔やんでいたら、俺なんか、とっくに自殺してなくちゃいけない」

「何があったんだ？」

「さあ、何でしょう」濱崎は軽い調子で言った。そうしないと、顔が強張ってしまう。

「あんたが優秀な警察官なら、それぐらい推理できると思うけどな」


　三田の家の持ち主、波多知男の家は、問題の一軒家から二キロほど離れた場所にあるマンションだった。かなり年期が入った建物で、壁には所々にクラックが入っている。本来は高級なマンションなのだろうが、現段階では「元」高級とした方がよさそうだった。道路の向こうにはロシア大使館。閉じた正門前には車止めが設置され、警杖を持った制服警官が周囲に睨みを利かせている。左に視線を転じると、東京タワーがそびえ立っていた。

　ブラウンは車を降り、マンションの周囲をぐるりと回った。七階建て。日本のマンションの平均的な造りがどういう物かは分からなかったが、敷地の広さから、一部屋一部屋はマンハッタンで自分が住むコンドミニアム程度ではないか、と想像する。

レンタカーのプリウスを停めた所まで戻り、濱崎に訊ねた。

「これぐらいのマンションだと、いくらぐらいするんだろう」

「さあ、ねえ」濱崎が首を傾げた。「これは、もう築三十年ぐらい経ってるはずだ。この壁を見ろよ」

濱崎が指差す方を見やる。白い壁は、雑にコンクリートを塗りたくったように、複雑に立体的な模様になっていた。

「一時、この手の壁が流行ってね。ずいぶん昔の話だ。今はだいぶ安くなってるんじゃないか」

「日本のマンションは、古くなると値段が下がるのか？」

「そりゃそうだろう」濱崎が目を見開く。「建ったばかりが一番高い。今は、年に百万円ぐらいずつ下がるんじゃないか。ニューヨークは違うのか？」

「古いから安い、ということはない。特に高級物件は」年輪を重ねた貫禄を重視する、ということだろうか。

「お国柄ってやつか……それはともかく、何か変だな」

「バランスの問題、か」

ブラウンの発言に、濱崎がにやりと笑い、「ご名答」とつぶやいた。

「ゴメイトウ？」

「いい答え、という意味だ。それより、バランスの問題って何だ？」

「あんな大きな家を持っている人間の住所が、この小さなマンションだということ」

「そうだな」濱崎が指を鳴らす。擦り合わせたような、湿った音しかしなかったが。「会社かもしれないが……それもおかしい。会社の所有なら、登記簿にはそう書いてあるはずだ。個人所有にしてある理由が何かあるはずだが、それが分からない」

「どうする？　当たってみるか？　それともさっきの後輩に調べてもらう？」

「取り敢えず、インタフォンを鳴らすぐらいはできるよな」濱崎が肩をすくめ、マンションのホールに入っていった。古いマンションなので、オートロックではない。ブラウンは周囲に警戒の視線を投げてから、彼の後に続いた。

七階建てマンションの五階。古いエレベーターは動きがぎくしゃくして、停まる時にかなり露骨なショックがきた。濱崎の表情は緩いままで、ズボンのポケットに両手を突っこみ、やや前屈みの姿勢でのんびりと廊下を歩き始める。今にも口笛でも吹きそうな様子だった。

「ここか……」

濱崎が部屋の前で立ち止まる。ブラウンは「５０２」の部屋番号を見て、インタフォンに手を伸ばした。濱崎が手首を押さえて妨害する。

「どうして邪魔する？」

「いきなりあんたの顔を見たら、部屋の住人がびっくりする」

「あんたの言葉には、差別的なニュアンスが強過ぎる。アメリカで暮らす時は気をつけろ」ブラウンは低い声で忠告した。

「今のところ、そういう予定はないから、心配しないでくれ。俺は好きに喋るよ」

濱崎がインタフォンのボタンを押す。どこか遠くで澄んだ呼び出し音が響いたが、反応はなかった。そのまましばらく待ち、どちらからともなく顔を見合わせる。

「いないか」濱崎が顎を撫でた。

「出直そう。ここで張り込みはできない」

「そうだな……ちょっと下へ戻ろう」

まだ五階にいたエレベーターに乗りこみ、一階のホールに下りる。濱崎は勝手に郵便受けを漁り、郵便物を一摑み、取り出した。ブラウンは少し離れた場所で、腕組みをしたままその様子を見守っていた。自分で手を出したくなかったわけではなく、誰かに見られないように監視しているつもりだった。ほどなく濱崎が、一抱えもあるほど大量の郵便物を持ち出した。

「車の中で調べよう」

「俺は、日本語は読めないぞ」ブラウンは首を振った。

「俺がやるよ。あんたはゆっくりしててくれ」

　プリウスに戻ると、濱崎は運転席ではなく後部座席に陣取った。そちらの方が広いから、作業がしやすいのだろう。ブラウンは、何かあった時にすぐに発進できるよう、運転席に座った。プリウスはニューヨークでも頻繁に見かけるようになった車で、ブラウンもイエローキャブに乗ったことがあるが、運転席に座るのは初めてだった。味気は……ないが、今はこういう環境に優しい車でないと、社会に受け入れられないのだろう。

「ダイレクトメールばかりじゃないか」紙をかさかさいわせる音に、濱崎の愚痴が混じる。

「手紙の類はないな」

「あそこで生活していないのかもしれない」

「ああ。登記簿上の住所があそこになっているだけで、本当の家は別の場所なのかもな……やっぱり秋山の助けが必要だ」

「警察に動いてもらうのが一番早い」それは自分たちの首を絞めることにもなりかねないのだが。できるだけ、警視庁には迷惑をかけたくないという気持ちに変わりはないが、濱崎が一枚噛んでしまったことで、事態はどこへ転がっていくか、予想もつかなくなっている。

　ブラックベリーが鳴り出して、ブラウンは我に返った。着信を見ると、直美の名前がある。

「ブラウンさん？」泣きそうな声だった。

「ああ」

「昨日から何度も電話したんですよ。どうして出なかったんですか？」

「申し訳ない。いろいろあったんです」

「大丈夫なんですか」

「何とか、今のところは」

「よかった……」直美が安堵の吐息を吐いた。「心配してたんです」

「申し訳ない」ブラウンは繰り返した——先ほどよりも少しだけ声の深みを増して。「ところで、あなたの方では何か変わったことはありませんか？」

「私ですか？」驚いたように直美が言った。「別に何もありませんけど……」

「尾行されたりとか、誰かが張り込んでいたりとか」

「いいえ」否定したが、声は強張っていた。「何か、そんなことが……」

「念のため聞いただけです」怯えさせてしまった、と悔いる。「何もなければそれでいいんです」

「でも、あなたは……」

「私は大丈夫です。ホワイトの行方についても、手がかりは摑んでいます」

「そうですか」

消え入りそうな言葉の裏にある戸惑いを、ブラウンは敏感に察知した。

「どうかしましたか？」

「いえ、あの……あなたに言うべきことかどうか分かりませんが」

「言ってみて下さい。話は何でも聞きます」

「ええ」電話の向こうで唾を呑む音が聞こえたような気がした。「実は、ラーガの本社から連絡がありまして」

「ええ」

「それがラオCEO本人からだったんです」

「それは珍しいことなんですか？」

「電話は初めてでした」

それだけで、ブラウンは異変を感じ取っていた。おそらくラオは、自分では現場へ直接指示を飛ばさず、信頼できる少数の幹部を手足のように使って、会社を運営しているのだろう。どんな瑣末なことでも自分で指示しなければ気の済まない経営者もいるが、彼はそういうタイプではないはずだ。

「それで、何と？」

「新しい人を送る、と。ホワイトさんの代わりです」

「どういうことですか」ブラウンは思わずブラックベリーをきつく握り締めた。このスマートフォンは、自分の大きな手にはあまりにも小さく、どこか頼りない。

「ですから、ホワイトさんの代わりで……」

「それは、ホワイトを見捨てるということなんだろうか」思わず頭に血が上り、耳が熱くなった。どういうつもりだ？　本当にホワイトを見捨てて……いや、そうではないと信じたい。業務が停滞するのを嫌がって、ようやく重い腰を上げたのだろう。

「ホワイトさんの件については、今後関与しないでいい、という話でした」

「カンヨ……」かかわるな、ということか。クソ、ラオはやはりホワイトを見捨てるつもりなのか？

「ちょっと、ラオに直接話を聞いてみます。一度切りますよ」

直美の返事を聞かず、ブラウンは電話を切った。向こうは夜の十時ぐらい。電話するのに遅過ぎる時間ではない。

「どうした？」後部座席から濱崎が声をかけてきた。

「ラーガが、ホワイトの代わりに新しい人間を送りこんでくるそうだ」

「あんたのお友だちの代わりに？」濱崎の声に疑念が入りこむ。

「ああ。意味が分からない」

「いや、それは当然だろう。仕事を滞らせるわけにはいかないんだから」

「それはおかしい。ホワイトを見捨てるようなものじゃないか。だいたい、ホワイトを捜すように依頼してきたのはラーガのＣＥＯ本人なんだ」ブラウンはラオの直通番号を呼び出した。

「だけど――」

手を挙げて濱崎の台詞を制し、ブラウンはブラックベリーを耳に押し当てた。長く呼び出し音が続いた後、ラオがようやく電話に出た。ひどく警戒した様子で、声が低い。

「はい？」

「ブラウンです」

「ああ」いかにも乗り気でない様子だった。「何でしょう」

「一つ、確認させて欲しい。あなたたちは、ホワイトを解任するつもりなのか？」

「解任などの措置を取るつもりはありません」ラオが静かな声で言った。「そんなことをしなくても、彼は実質的に、仕事をしていないのと同じです。今までは、彼が姿を現すかもしれないと思って待っていたんですが、この前あなたに言われたとおり、これ以上、業務の停滞を放っておくことはできません」

「捜す必要はなくなった、ということか」

「ああ、それは……会社としてはこれ以上、捜すことに関して人手と金はかけられないということです。それはお分かりかと思いますが」

「今まで、十分な人手と金はかけていたのかな？」

辛らつな皮肉が、ラオを貫いたようだ。沈黙が重くブラウンの耳に入りこむ。彼の方で話し出すつもりがないようだったので、ブラウンはさらに厳しく突っこんだ。

「実質的にホワイトを見捨てるわけだ」

「そういうことは言っていない。ただ、私にも我慢の限界はあります。いつか、こういうことになるかもしれないと思ってたが……」

「どういうことだ？」

「信用できない人間はいる、ということですよ。仕事と人格は別だと思っていたが、彼は結局仕事を放り出した。ある種の白人男性のだらしなさについては、あなたにも覚えがあると思うが」

インド系アメリカ人から見た白人。ラオの複雑な心境が透けて見えたが、ブラウンはその批判に乗るつもりはなかった。

「今あいつを捜している俺の立場は？　解任か？」

「雇ったわけではない」

「そういう意味じゃない」ブラウンは、ブラックベリーを持ち直した。緊張と怒りで汗をかき、掌が濡れている。「捜して欲しくないわけか？」

「あなたがやることに、私たちは何か言う権利はない」

何なんだ、この持って回ったような言い方は。ブラウンは激しい違和感を覚え、少しだけ声のトーンを落とした。

「何か問題でも起きたのか？　俺にできることなら――」

「問題は何もない」語尾に被せるようなラオの言い方は、ブラウンには馴染みのないものだった。こういう風に、人が喋るのを遮るような男ではなかったのに。

「だったら俺は、これからもホワイトを捜し続ける」

「それを止めることは、我々にはできません」

それだけ言うと、ラオは一方的に電話を切ってしまった。ブラウンは啞然として、ブラックベリーを見詰める。小さな画面は、何の答えも提供してくれなかった。何かあったのだ、何かが……だいたい、最初に声をかけてきたのは向こうではないか。捜す必要がなくなったらなくなったで、こちらに一声かけるのが礼儀ではないか。

「どうした？」濱崎が怪訝そうに訊ねた。

「あんたたちの言葉で言えば、依頼人がいなくなった」

「今話してたのが、依頼人か？」

「正確には、相談を受けた相手、だ」ブラウンは訂正した。依頼人という言葉には、金の匂いがつきまとう。

「いずれにせよ、後ろ盾はなくなったわけだな。この状態だと、あんたがホワイトを捜す正当な理由がなくなったんじゃないか？」

「ある」ブラウンはブラックベリーを革ジャケットの内ポケットに滑りこませた。「あいつは俺の友だちだから」

友だちだから、という理由だけで、自分の安全を委ねてはいけない。濱崎は自分の痛い経験から、その教訓を身を以て知っていた。酒を酌み交わし、上司や部下の悪口を飛ばし合い、青臭い夢を語った友が、一夜明けると目も合わせなくなる。そうまで激しく変われると、怒ったり悲しんだりするよりも、呆れてしまうものだ。それを学んだ後の濱崎は、人とつき合う時に、百パーセントの信頼を寄せることはなくなった。どんなに向こうが心を開いているように見えても、どこかに黒い部分を隠しているのでは、と疑ってしまう。

ブラウンに対してもそうだ。この男の言動を疑っているわけではないが、友人を捜すという行為の背景に何か黒い部分があるのではないかと、わずかだが疑っている。

ブラウン自身はどうか。ホワイトという、軍隊時代の友人を全面的に信用しているのだろうか。だからこそ、自分の身に危険が及んでも捜し続ける……そんな綺麗ごとを、そのまま信じるべきだとは思えない。どこかに打算――自分の利益につながるようなこと――があるのではないだろうか。

もっとも、そんなことを面と向かっては言えない。この男が心底怒った場面を見たことはないが、普段冷静にしている分、切れたら手がつけられないだろう、と簡単に想像できる。触らぬ神にたたりなしだな、と思いながら、濱崎はステーキを突《つつ》いた。

少し遅くなった昼食は、ファミリーレストランだった。こういう店とは、一生縁が切れないかもしれない。刑事時代、聞き込みの最中に食事を摂る店は限られていたのだ。牛丼、立ち食い蕎麦、カレー専門店。時間がない時は、こういう店に頼らざるを得ない。時間はあっても、食事時でない場合——張り込みが深夜まで及んで夕食を抜いてしまった時など——はファミリーレストランが頼りだった。仲間内で自虐的に言われたジョーク、「俺らの台所」

「日本のファミレスはどうかな？」

ブラウンも、濱崎と同じステーキを頼んでいた。表情を見ている限り、食事を楽しんでいるのかいないのか、さっぱり分からない。

「特に感想はない」

「美味いか不味いかぐらいは」

「会話を続けるためだけに、不毛な話題を持ち出す必要はないのでは？」

「それは悪かったね、ミスタ・無愛想」かちんときて、濱崎は言った。彼の精神状態を確かめようとぶつけた軽い話題だったが、こんな風に返されると腹が立つ。

「とにかく、このまま捜索を続行する」ブラウンが唐突に話題を変えた。

「当然だ。中途半端に終わらせるつもりはないから……だけど、このまま見つからなかったらどうする？」

「休暇を取って、滞在を延長する」

「塩田さんは、それじゃ納得しないぞ。今休んでいることも怪しまれる」

ブラウンが皿から顔を挙げ、渋い表情を作った。「何とかする」と言ったが、具体策を持っているようには見えなかった。もっともこればかりは、濱崎にはどうしようもない。これ以上面倒を見る気もなかった。

「これからどうする」ブラウンが皿を脇へどけながら訊ねる。

「もちろん、ノグチ・カズユキ氏に話を聞きに行く」

秋山はまだノグチの人定を終えていなかった。「もう少しで分かる」と先ほど連絡をくれたのだが、実際にはまだしばらく時間がかかるかもしれない。仮に住所が分かっても、自宅で仕事をしている人間でない限り、昼間に会えるとは思えない。それこそ、携帯電話にかけてみる手はあったが、会う前に電話で話してしまうと警戒される。自宅が分かれば、そこで夜まで張りこむことになるだろう、と濱崎は覚悟を決めていた。

食後の薄いコーヒーを飲みながら、濱崎は意識が漂うに任せた。具体的に検討できることがない時は、こうするに限る。結論が出そうにないことを考えていても、脳が疲れるだけだ。一種の、脳のスリープモード。ブラウンも疲れた様子で、腕組みをしたままソファに背中を預け、目を閉じている。いかにもタフそうな男だが、ここ数日の経験は、さすがに彼にもダメージを与えたのだろう。

シャツの胸ポケットに入れた携帯が震え出す。振動音を耳聡《ざと》く聞きつけたブラウンが、薄く目を開けた。着信を確認し、「秋山だ」と告げると、ブラウンが素早くうなずく。うなずき返した濱崎は、通話ボタンを押して携帯を耳に当てながら、テーブルの間を縫うように歩いて店の出入り口に向かった。

「あの」秋山の口調には戸惑いが感じられた。

「何かやばいことでも？」

「やばいというか、意味が分かりません」

「どういうことだ」

外へ出ると、吹きつける風に思わず身をすくめた。だが、それで眠気が吹き飛んで気持ちが真っ直ぐになる。

「野口一幸という男は、姿を消しています。家族が捜索願を出していました」

「いつ」濱崎は、視界が狭まるのを感じた。怒り、焦りを覚えた時の癖で、目を二本の線のように細くしてしまうのだ。

「一か月ほど前です」

「正確には？」

「十月二十六日に届け出が出されてますね。いなくなったのは、二十二日前後で……」

「前後って、はっきり分からないのか？」

「別居してるんですよ。いや、別居っていっても、離婚調停中とかじゃないんですけど。家族は八王子に住んでます。普段は夜が遅いので、野口は都心に別に部屋を借りてるようですね」

「仕事は？」

「ＩＴ系の経営コンサルタント」

「そんなに忙しい商売なのか？」

「家族はそう言ってたみたいですよ。ウィークデーのうち、平日はほとんど都心部に泊まりこんでたみたいですから、実際忙しかったんでしょう。週末には家に帰ってたそうですけど」

「で、手がかりは？」

「今のところ、なしです。失踪課が調べたみたいですけど、失踪する動機も、事件の可能性もないという判断でした」

「それ、どこまで信じられる？」

「失踪課の連中はプロですよ」少しむっとした口調で秋山が反論した。「警視庁の中で、連中より人捜しが上手い人間はいない。そこは信じて下さいよ」

「そうか……野口の住所と連絡先を教えてくれ」

濱崎は階段の手すりの狭いスペースにメモ帳を広げ、秋山が告げる情報を書き取った。

八王子か……ここからだと車で一時間ぐらいだろうか。まず、家族に話を聴いてみよう。それをきっかけにして、後は都心に借りている家を調べる。

電話を切って席に戻り、ブラウンに事情を説明した。眠気を帯びていた彼の顔が、あっという間に真剣になる。

「ホワイトが行方不明になったのはいつだった？」

「最後に確認されているのは十月二十九日だ。その日の朝、会社にいたのは間違いない。本人がコーヒーを用意していたようだから」

「近いな」濱崎は、携帯電話のカレンダーで日付を確認した。知り合い同士が、ほぼ同じ時期に姿を消している。ぱたんと音を立てて携帯を閉じ、ブラウンの顔を正面から見た。

「事件、確定だな」

「まだ判断できるだけの材料はないだろう」

「ほぼ同じ頃にいなくなってるんだぜ？　二人とも事件に巻きこまれたと考えるのが自然だろう」

「二人の関係は？」

「野口は、ＩＴ系のコンサルタントだ。会社の立ち上げなんかで、ホワイトと話をしていてもおかしくはない」

「なるほど」

「じゃあ、早速家族を攻めてみるか。八王子に行ったことは？」

ブラウンが無言で首を振る。

「東京は広いんだ。ここから五十キロ離れた所にある大きな街を紹介するよ」

ニューヨークと東京の最大の違いは、住宅密集度かもしれない、とブラウンは思った。確かにマンハッタンだけを見た場合、東京二十三区の中心部よりも建物は密集している。だが、ニューヨーク五区全体に範囲を広げれば、ほとんど家もないような場所も少なくないのだ。ロングアイランドの東の方では、ここがニューヨークかと思うほど自然が豊かな場所もある。

それに対して東京は、同じような光景が延々と続く。もちろん、都心部を形作る摩天楼はすぐに消えてしまうが、郊外に出ると、代わりにマンションや一戸建ての民家が、折り重なるように建ち並んでいる。濱崎が中央高速を走るルートを取ったので、ブラウンは少し高い位置から東京郊外の光景を眺めることができた。ずっと西の方へ行くと、緑豊かな山になるのは、地図で見て知っていたが、郊外は非常に広い範囲に広がっているようだ。

頬杖をつきながら、様々な事態が急変してしまったことを意識する。ブラウンとしては、ラオの態度の急変が何よりも気がかりだった。ラーガの中で、何か重大な方針変更があったのだろうか。

てきた。

「考えても仕方ないぜ」濱崎が、ブラウンの思考を断ち切るようなタイミングで声をかけてきた。

「考えないと何も始まらない」

「考えるだけの材料がないだろうが。それは推理じゃなくて空想って言うんだ」

「……ああ」悔しいが、彼の言うことは的を射ている。だが、「空想」は自分の意思では止められないものだ。

「まずは、野口の家族に会ってみてからだな」

濱崎が呑気な口調で言った。自分をリラックスさせるためなのか、緊張に対する耐性が高いのかは、ブラウンには分からなかった。

プリウスは、下りの高速道路を順調に飛ばしていた。上りは、都心部に近い方は混んでいたが、下り車線を走る車は少ない。低い屋根の家が延々と並んで、複雑なモザイク模様を作っている様をブラウンはぼんやりと眺めた。先ほどこの辺りの地図を見てみたのだが、自分がどこへ向かおうとしているのか、さっぱり分からない。二週間、予定通りに視察をしても、東京の数パーセントすら見ることはできないだろう。東京は案外広いのだ。もう一度地図を広げて、東京の全体図を見る。

「八王子は、それほど遠くない。考えているより都心部から近いんだ」こちらをちらりと見て、濱崎が言った。「そこから西側に、東京はまだまだ深い」

英語表記の「Ｈａｃｈｉｏｊｉ」は、確かに地図の重心から少し左側にあるだけだ。東西に細長い東京の、さらに西側はどんな風になっているのだろう。こういう住宅街が延々と続いているのか。

「そろそろだ」濱崎がぽつりと言った。ハンドルを素早く左に切って、隣の車線にプリウスを滑りこませる。インターチェンジの出口がすぐ前に迫っていた。

高速道路を降りると、二十三区内とはまったく違う光景が広がっていた。さすがに建物は少なく、一方で道路が立派なせいか、非常に開けた場所に出た感じがする。

「ここから三十分ぐらいだと思う。住所からすると、ＪＲの西八王子駅の近くだな」

ブラウンはちらりとロレックスを見た。間もなく午後二時。午後の多くが、野口の家族への事情聴取で潰れてしまうだろう。まだまだ調べなければならないことは多いのに……。二人で動く非効率さを考えた。とはいっても、自分一人でできることには限りがある。濱崎のような男に助力を請うている状況は、ひどく居心地が悪かった。

三十分ではなく二十分で目的の家に辿り着いた。一戸建ての民家が並ぶ住宅街で、車を降りると、遠くで電車が行き過ぎる音がした。この時間はいいが、夜中まで電車の音が響いたら、寝るのに苦労するだろう、と余計なことを考えてしまう。マンハッタンに住んでいると、四六時中街の騒音との戦いになるのだが。

「なかなか立派な家だ」濱崎がぽつりと感想を漏らした。

ブラウンも家を見上げる。二階建てで、まだ新しいようだ。正面から見ると狭そうだが、どうやら奥に深い造りらしい。玄関の左側にはカーポート。車はなく、家に人がいる気配も感じられなかった。待つことになるかと思ったのだが、濱崎がインタフォンを鳴らすと、すぐに反応があった。

出て来たのは、五十歳ぐらいの女性で、ひどく疲れた表情を浮かべている。トレーナーに包まれた丸い肩。顎のところまで来る程度の長さの髪には脂っ気がなく、白髪が数本混じっているのが見えた。最初に濱崎、続いてブラウンを見て、ぎょっとしたような表情を浮かべる。この肌の色、さらに顔の傷を見て、何とも思わない日本人はいないだろう。

「野口さんですね？」濱崎が切り出した。

「はい……」

「失礼ですが」濱崎が体を捻り、表札を確認した。家族全員の名前が書いてある。「野口初恵《はつえ》さん？　野口さんの奥さんですね」

「ええ」初恵が不安気に、頰に掌を押し当てた。化粧っ気のない顔は、不健康に白かった。

「いきなりですみませんね。実は我々は、ご主人を捜しているんです」

「あの、警察の方ですか？」

「元警官、です。去年まで警視庁に勤めていました」

初恵が、ちらりとブラウンの顔を見る。愛想を振りまくべきかどうか分からず、ブラウンは無表情なまま素早くうなずいた。

「こちらは、ニューヨーク市警のモーリス・ブラウン警部補」

「ニューヨーク?」初恵が首を傾げる。意味が分からない、と言いたげだった。

「話せば長くなるんですけど、ちょっと家に上げてもらうわけにはいかないですかね」濱崎が図々しく申し出た。

「いえ、それはちょっと……」初恵の顔が曇った。

「じゃあ、玄関先でもいいですけど、ご近所に聞かれてまずい話はないですよね?」

「どういう意味ですか」初恵の顔が瞬時に赤くなる。

この馬鹿が……デリカシーのない聞き込みは、相手の心証を一発で悪くする。現役時代もこんなに乱暴な感じでやっていたのだろうかと訝《いぶか》りながら、ブラウンは濱崎の体を肩で脇に押しやった。

「失礼しました。ニューヨーク市警のモーリス・ブラウンです」丁寧に頭を下げる。相変わらず、様になっていないなと思いながら。

「実は、私の友人のアメリカ人が、日本で行方不明になっているんです。彼とご主人が、何度か連絡を取り合っていたらしいことが分かりました。何か手がかりがないかと思って、話を聞きにきたんです」

「はい、あの……日本語、お上手ですね」

「子どもの頃、日本に住んでいました」ここは笑顔を見せていいところだろう。ブラウンは少しだけ表情を緩めて初恵の目を見た。だが、笑うと頬の傷が引き攣り、鈍い痛みが走る。「私は友人を捜しているわけですが、もしかしたらご主人の行方にもつながるかもしれません。二人は非常に短い期間に、続けて失踪しています」

「その人のお名前は？」

「ホワイト。ドナルド・ホワイトです。身長は私と同じぐらい、体重は私より七十ポンド……三十キロほど重いはずです。そういう男に心当たりはありませんか？」

「いえ」初恵が首を振る。

「会ったことはない？」

「ないです。最近は、家にお客さんが来ることなんか、滅多にないですから」

「ご主人はコンサルタントのお仕事をしている、と聞いています」

「事務所が赤坂にあるんです。平日は、ほとんどそちらで寝泊まりしていました。家が遠いですからね……何でこんな所に家を建てたのか、よく分かりません」

初恵の口調に、ブラウンは夫婦間の露骨な溝を感じ取っていた。家族が何人いるか分からないが、平日、夫がいない家で過ごすのは気分がいいものではないだろう。もしかしたら、浮気を疑っているのかもしれない。ここと赤坂——自分が泊まっていたホテルの近くだ——では相当距離がある。

「普段、どんな仕事をしているかは知っていましたか」

「いいえ」初恵が首を振る。「仕事のことは、家では全然話さない人でしたから」

「何か、失踪するような動機は……」

「分かりません」初恵がまた、力なく首を振る。「そんな様子、全然なかったんです。仕事も……内容は分かりませんけど、順調だったと思います。それは、お金の出入りを見れば分かりました」

「危険な人間とのつき合いはなかったですか」

「危険って？」初恵の顔から血の気が引く。

「暴力団とか」

「関係ないと思います。普通にコンサルタントをやっていて、どうしてそんな人たちとつき合いができるんですか？」

暴力団――マフィアは、巧みに社会に罠を張り巡らせているからだ。軽い気持ちで食事をしたり酒を呑んだりするだけで、向こうが張り巡らした網に引っかかってしまう可能性もある。

「何か気にしているとか、妙な電話がかかってきたりとか、そういうことはなかったですか？　誰かが家の前で監視していたとか」

「そんなこと、ないです」初恵が悲鳴のような声を上げた。「ありえません」

「失踪課が、捜査を担当したんですよね」濱崎が割りこんできた。

「ええ」

「何か、進展はあったんですか？」

「何もないんです。事件性はないようだ、と言われたんですけど……家出するような理由も考えられなくて」

「車がないですね」濱崎が首を捻り、カーポートを見た。「乗っていかれたんですか？」

「ええ」

「そうですか……」濱崎が顎に手を当てる。しばらくそうしていたが、やがて顔を上げ、「事務所の鍵はありますか？」と訊ねた。

「鍵、ですか」警戒するように、初恵が玄関の中で一歩下がる。

「そうです。奥さんは、事務所へ行ったことはありますか？」

「何年か前……部屋を借りた時に行きましたけど、その後は一度も行ってません」

「鍵はあるんですか」濱崎が念を押すように言った。

「ありますけど、それがどうしたんですか」

「ちょっと中を調べさせてもらうことはできませんかねえ」濱崎がねだるような口調で言った。「警察も調べたんでしょうけど、通り一遍だったんじゃないですか？　事件性がないと判断したら、そんなに真面目に調べませんよ」

「でも、あなたたちは、警察じゃないんでしょう？」

「違います。だから、義務感では動かないんですよ。友情のために、こんなことをしているんですから」

お前が、ホワイトに対する友情？　それこそ通り一遍の発言ではないか。ブラウンは白け、同時に初恵がこのまま態度を頑なにしてしまうのではないかと恐れたが、意外にも彼女は、玄関に置いてあったらしい鍵を取り上げ、濱崎が差し出した掌に落とした。

「いいんですか」ブラウンは念のため、訊ねた。余計なことを言うなとばかりに、濱崎が険しい視線をぶつけてくる。

「ええ」初恵が、どこか諦めたような口調で言った。「何でもいいから、手がかりが見つかれば……それにあなたたちが泥棒や詐欺師でも、私は別に困りませんから。主人の仕事は、私には何も関係ないんです。事務所から金目の物を持って行かれても、分かりませんしね」

「そんなこと、するわけないじゃないですか」濱崎が神経質な笑い声を上げた。すぐに名刺を取り出し、彼女に差し出す。「私の場合は、これが身分証明書です。どうしても心配なことがあったら、警察に電話して下さい。私は逮捕されるかもしれないし、逆に捜査に協力している人間として見られるかもしれませんが、いずれにせよ、あなたには迷惑はかからないと思います」

初恵が、恐る恐る手を伸ばして名刺を受け取った。ちらりと視線を落として、「探偵ですか」とつぶやいた。

「ええ。何かお困りの時は電話して下さい。相談に乗ります」

「探偵なんて、本当にいるんですね」

「あなたの目の前に」

濱崎がにっこりと笑った。真摯さの欠片も感じられない笑みで、ブラウンはこの男を殴ってやりたいという欲望を抑えこむのに、ひどく苦労した。


陽が傾き始めた頃、二人は赤坂に戻って来た。ブラウンが泊まっていたホテルとは目と鼻の先、濱崎の家からもそれほど遠くない。野口の事務所が入っている古いマンションは、波多知男の現住所であるとされるマンションとよく似ていた。おそらく、この辺りにマンションが建ち始めた頃から存在しているのだろう。自分のマンションと似たようなものだ、と濱崎は思った。

部屋へ入ると、予想外の広さに驚かされた。2LDKの部屋を、うまく使い分けている。リビングルームが仕事場兼応接スペース、一部屋が資料庫、もう一部屋がベッドルームだった。ベッドルームをちらりと覗いてみたが、ベッドから布団が半分ずり落ちている。まるで、今朝野口が起き出したままのようだった。クローゼットを開けてみると、ワイシャツやスーツがきちんとかかっている。一週間をここで過ごすには十分な量に見えた。

「生活感に溢れてるな」部屋の入り口に立ち、中を見回しているブラウンに声をかけた。

「ああ。実際には完全な別居だったんだろうな」

「そのようだ」

ベッドルームを出て、リビングを調べ始める。窓際に大きなデスクが二つ並べておいてあり、壁にはキャビネットが二つ。来客用の応接セットはかなり高級そうで、ベッドではなくこのソファでも、十分安眠を貪れそうだった。二つのデスクには、それぞれデスクトップパソコンが置いてある。二台ともウィンドウズ……ログインには専門家の知恵が必要かもしれないが、頼める相手がいない。

濱崎は、デスク周りを調べた。書類がファイルフォルダにまとめられており、きちんと会社別になっている。既にコンサルティング業務を終了した会社もあるだろう。今も契約中のところは……細かく調べていけば分かるはずだが、それには相当の時間が必要だ。失踪課の連中は、ここまできちんと調べたのだろうか。

取り敢えず、フォルダをぱらぱらとめくっていった。表紙代わりなのか、一ページ目に会社名と業態、住所などの基本データが書いてある。フォルダを全て確認したが、濱崎が名前を知っているような企業の名前はない。大手ではなく、中小企業を相手にしていたということか。

ラーガの名前はなかった。

どうしたものか……椅子に座ってフォルダを調べていた濱崎は、背もたれに体重を預けてくるりと一回転した。野口とラーガの関係。それこそ、ラーガのCEOであるラオに訊けば分かりそうなことだ。ブラウンに電話をかけさせて……いや、ラオは一方的に絶縁を宣言してきたようではないか。絶縁が大袈裟なら、積極的な無視。

ブラウンは、キッチンを調べている。冷蔵庫の前にしゃがみこみ、難しい表情を浮かべていた。濱崎はそちらに歩み寄り、彼の肩越しに中身を覗きこんだ。酒がない。ラックにはミネラルウォーターと、パックの野菜ジュース。他に、大小様々の密閉容器が内部を埋めていた。もちろん、どれももう食べられなくなっているだろうが。

「真面目に自炊していたみたいだな」自分の家の惨状を思い浮かべながら、濱崎は自嘲気味に言った。

「ジスイ？」ブラウンが振り向いた。

「ああ、自分でちゃんと料理を作っている、という意味だ」

「基本的に真面目な人だったのかもしれない」

「あるいは女がいたか」ガス台は綺麗に磨き上げられ、小型の食器棚の中もきちんと整理されていた。男で料理をする人間も珍しくはないが、掃除をきちんとやるタイプはそれほど多くない。

「仮に女がいても、野口が行方不明になってからは、ここに来ていないだろうな。こういう風にきちんと料理する人だったら、食べられなくなった料理は処分しているはずだ」

「仰る通り」濱崎は背中を伸ばした。「書類を集中的に調べよう。書庫の方には大量にあるぞ」

ブラウンが立ち上がり、決まり悪そうな表情を浮かべた。

「俺は、話すのはともかく、読み書きは苦手なんだが」

「……そうだったな」

ちらりと覗いた書庫の様子を思い浮かべる。壁一面にファイルキャビネットが並んでいた。あれを調べるのに、どれだけ時間がかかるだろう。

だが、やらないわけにはいかない。濱崎はブラウンをリビングルームに残して、書庫を調べに行った。ファイルキャビネットは四つ。左側から順番に開けていくと、三つ目までは中身がびっしり詰まっているのが見えた。野口はやはり几帳面な性格らしく、ファイルフォルダは全て同じ製品で、見分けるには一々背表紙を読んでいかなくてはならなかった。会社の名前で分類されていたが、何か法則性は……一番上の棚にファイルフォルダが並んでいたが、その下には封筒がぎっしりと詰まっている。試しに一つ引き出してみると、一番左側のファイルフォルダのタイトルである会社の名前が書いてあった。続けていくつかを見ていくと、それぞれのフォルダに対応する資料を、左側から詰めていったのだと分かった。もう一度フォルダを手にして開き、一枚目を確認する。日付は十年も前のものだった。続いて右隣。それも十年前だったが、日付は少しだけ新しい。ということは……立て続けにフォルダを確認すると、左側から古い順に並んでいることが分かった。次のキャビネットも同様。左から三番目のキャビネットの一番右にあるフォルダは、一年前の日付だった。

よし、確定した。一番右のキャビネットは、終わった資料をこれから保管するための予備だ。ということは、リビングのデスクに並んでいるフォルダが、最新の物ということになるだろう。

念のため、十年前の物から順番にフォルダの背表紙を確かめていく。「ラーガ」の名前はない。つまり、野口はホワイトと仕事でつき合っていたわけではないのだ。もちろん、自分の一瞬の直感が間違っている可能性もある。野口とホワイトの接触はつい最近のことで、まだ具体的にビジネスの話に入っていなかったとか、あるいは仕事とは関係のない友人同士だったとか。

リビングルームに戻ると、ブラウンが電話を終えたところだった。よほど低い声で話していたのか、電話をかけていたことにまったく気づかなかった。ブラウンが濱崎を見て、ブラックベリーを振って見せる。

「今、ミズ・ヨシタケと話した」

「ああ、吉竹直美」

「彼女は、野口という人物を知らない」

「ということは、ビジネス関係の知り合いじゃなかったわけか」濱崎は顎を撫でた。いつものことだが、中途半端に伸びた顎鬚が鬱陶しい。

「彼女が知らないというだけで、断定はできないが」

「そうだな。ただ、この部屋に、ラーガ関係の書類はない。パソコンを覗ければ、何か分かるかもしれないが……これは難しいだろうな」

「持ち出すか？」ブラウンがパソコンを指差した。

やってできないことはない。液晶モニター一体型のパソコンは、それほど重くはないはずだ。だが、この部屋から勝手に何かを持ち出したことが分かればまずいことになるし、分析どころかログインも容易ではない。その疑念を口にすると、ブラウンが呆れたように首を振った。

「野口の奥さんに確認すればいい。たぶん彼女は拒絶しないと思う」

「どうしてそう思う？」

「手がかりになることなら、協力するだろう。どうも、警察がここを真面目に調べたとは思えない」

「どうかな」濱崎はリビングルームの真ん中に立ち、室内を見回した。「この部屋のどこかに、事件の臭いがするか？　血しぶきが散ってるわけじゃないし、争った形跡もない。事件にもならないことを、人手と時間をかけて調べる意味はないだろう」

「事件性があるなしにかかわらず調べるのが、失踪課の仕事じゃないのか」ブラウンが目を細める。

「そうねえ……」濱崎は、半端に髪の伸びた頭を掻いた。「日本では、年間十万人近くが行方不明になってるんだ。それを全部、きちんと調べられるわけがない。自分の意思で姿を消した人まで追い切れないのは当然だろう？　それは、アメリカでも同じはずだ」

「ああ」

「この部屋を調べた限りでは、事件性があるとは思えない。もちろん、外で襲われたりした場合は、この部屋を見ても何も分からないんだけど……人間関係まで踏みこんで調べるためには、何か一点でも疑うべき要素が必要だと思う」

「まあ、そうだな」ブラウンが渋々うなずいた。「現状では、俺も失踪課と同じ結論だよ。この部屋では何もなかった」

「だったら、パソコンを持ち出そう。この部屋で調べられることには限りがある。パソコンの方が、情報の宝庫だ」

「どうやって解析する？　ログインするだけでも大仕事だぞ」

「何言ってるんだ」ブラウンが呆れたように目を見開いた。

「ラーガ日本法人準備室には、その手のプロが揃ってるじゃないか」

野口の部屋を出て以降、動きが急に慌《あわただ》しくなった。まず、パソコンを解析するための場所を確保しなければならない。相手も、こちらの動向を把握しているかもしれない。ホワイトの部屋も監視されている可能性を考慮した結果、新宿のホテルの一室を用意することにした。とんだ出費だが、ブラウンは顔色一つ変えなかった。多少の損失よりも、友だちの手がかりが大事か、と濱崎は感心した。自分には、こういう風に思える相手がいない。

ホテルに呼び出された直美たちは、不安な表情を隠そうともしなかった。ブラウンによると、ここに集まった三人が、ホワイトの下でラーガ日本法人の設立準備をしていたのだという。うち二人は、元々ＩＴ系のエンジニア。一人だけ年齢が上の男は、営業担当だという。そんな人間がいても役に立たないではないか、と濱崎は指摘したのだが、ブラウンは平然として言い切った。

「長引くかもしれないからな。買い出し担当だ」

この男は時折、やけに皮肉なことを言う。しかしブラウンの顔を見ている限り、本気なのかジョークなのか分からなかった。

ブラウンと二人でパソコンを設置し終えると、青年――石田という男が、すぐに電源を入れて作業を始める。こちらは直美と違い、特に不安な様子は見せなかった。見た目からして、いかにもコンピューターだけが友だちという感じで、得意技で勝負できるチャンスを、むしろ歓迎している様子だった。

「どれぐらいかかるだろう?」ブラウンが訊ねる。

「ちょっと、何とも言えません」

「ゆっくり待った方がいいかな」

「待っていても無駄かも」モニターに視線を注いだまま、石田が言った。

濱崎はブラウンと顔を見合わせた。作業用なら、本当はスイートを用意すべきだったかもしれない。椅子だけは一脚運んでもらったのだが、それを小さなデスクの前に置くと、二人が肩をくっつけるようにして作業する形になる。しかし直美も、そういう状況を嫌がることなく、すぐにパソコンを立ち上げた。この作業が、ホワイト捜索の大きな手がかりになるかもしれない、と意識しているのだ。電源が投入される間、振り返ってブラウンと言葉を交わす。英語なので内容は分からなかったが、濱崎は親密な雰囲気を感じた。ブラウンの表情も、自分と話す時とは打って変わって、穏やかだった。直美の顔には、笑みさえ浮かんでいる。まあ、仲がいいのは結構なことだ——。

ふと気になって、直美に声をかける。一度廊下に出て、声を潜めて話す。

「本社の方の方針が変わった、と聞いてるけど」

「ええ」直美は、かすかに警戒感を漂わせていた。濱崎とはこれが初対面である。ブラウンが「信用していい」と言った――本気かどうかは分からないが――が、直美はそれを信じ切っていない様子だった。それはそうだろう。混沌とした状況の中で、いきなり「味方だ」という人間が現れても、両手を広げて迎えられないだろう。

「そちらの指示を無視して、こっちの作業をしていて問題ない？」

「本社の指示は、ホワイトさんに代わる人が来るまで待機、ということですから。その人がこっちへ到着するのは――」直美が腕時計を見て日付を確認した。「六日。明後日です。それまでは、私たちはフリーです」

「それまでに解析が終わるだろうか」

「何とも言えません」直美が首を振る。「出来る限りのことはしますけど」

「俺たちは、一度ここを離れる。他にやることがあるんで……夜になったら、もう一度顔を出しますよ」

「分かりました」直美の表情が強張る。

「誰かがノックしても無視すること。電話にも出ない方がいい」

「そんなに大変なことなんですか」

「いや、あくまで念のため」濱崎はさらりと言ったが、直美の緊張が解ける様子はなかった。

三人を残して、ホテルを辞去する。ブラウンはどこか暗く、口数が少なかった。次第に追いこまれているような気分になり、濱崎は車を運転しながら一人で喋り続けた。

「これから、やることが山積みだ。まず、波多知男について調べなければいけない。この男が、ただの家主なのか、今回のトラブルに絡んでいる人間なのか分からないとな。関係者なら関係者でもっと調べるし、そうじゃなければ除外して……」

「少し黙っててくれないか」

濱崎はちらりと横を見た。助手席に座ったブラウンは、ぼんやりと新宿の夜景を見ているようだった。もっとも、車で走っている限り、夜景らしき夜景は見えないものだが。光源は、離れてみないとはっきりしない。だいたい、今の新宿副都心は、昔のように明るい街でもないのだ。

ブラウンも相当悩んでいるのが分かる。少しずつ手がかりは見つかっているが、まだ決定的なものはない。自分たちが何度も攻撃に晒されたことで、ホワイトの身の安全がますます不安になっているのだろう。

もちろん、それとはまったく逆のことを考えているかもしれない。それは……濱崎は首を振り、その可能性を頭から追い出そうとした。考えただけで、不安が波のように襲ってくる。こういうことは、最後になって分かるぐらいでいいのだ。不安に冒されてしまうと、人は動きを制限されるものだから。

その最後がどうなるか、考えたくもなかった。今すべきなのは、次の手を検討しながら、自分たちの身の安全を図ることである。攻撃しながらの防御は難しいのだが、自分の責任において、背中に気をつけなければならない。その辺は、ブラウンには相談できないことだ。東京で自分の身を守る――隠れ家を捜すのは、この男には無理だから。

とはいえ、これからどうするかは話しておかなくてはならない。

「俺たちも、隠れる場所を探そう」

「その方がいい」ブラウンも素早く反応した。ぼうっとしているように見えて、頭の中ではいろいろと考えていたに違いない。

「車も、また乗り換えるべきだな……金はかかるけど」

「金で買える安全なら買うべきだ」

「完璧な安全とは言えないけど」

「それでも、リスクは減らせる……部屋はどうする？　別のホテルでも取るか」

「ああ」誰かかくまってくれる知り合いがいれば……独身、一人暮らしが理想ではある。警察時代の後輩で、そういう条件に当てはまる人間は何人かいた。顔を思い浮かべてみたが、全員が、この一年は連絡を取り合っていない相手である。それに、俺と積極的にかかわりたい人間などいないだろう。あれだけの問題に巻きこまれて、実質的に警察を放り出された人間なのだ、接点ができるのは避けたいだろう。取り敢えずつき合ってくれた秋山たちも、本当は嫌がっているはずだ。自分に協力していることがばれたら、と恐れてびくびくしているだろう。頼れる人間がいなかったとはいえ、悪いことをしたな、とは思う。

自分が警察を辞めたあの一件は、あくまで自分一人の問題として抱えこんでおくべきだ。もちろん、背後には警察という組織の持つ独特の嫌らしさがあるのだが、それを言い始めるときりがない。組織と全面対決して、さらに自分を追いこむほど、濱崎は理想論者でもなかった。俺の前には現実があるだけなのだから……ある程度は金で解決できたわけだし、今は自由だ。

もちろん、怨嗟は消えない。いつか殺してやるべき相手の顔は、脳内に染みついたままだ。

「必要な荷物を俺の部屋から引き上げよう。その後車を替えて、安全な場所を探す」

「分かった」ブラウンがあっさり同意した。

自宅近くまで戻り、少し離れたコイン式の駐車場に車を停める。ＢＭＷの男たちがこの車を割り出しているかどうかは分からなかったが、念のためだ。

夜になって気温がぐっと下がり、吐く息が白くなっている。東京より寒いはずのニューヨークで暮らしているブラウンは何ともないようだったが、濱崎は背中が自然に丸くなるのを意識した。寒いのは苦手だ。もっと金があったら、冬のない国に籠って暮らしたい。タイとか……あの国には今、日本を捨てた日本人がたくさん暮らしているという。そういう連中の瑣末なトラブルを解決しながら、のんびりやっていくのもいいかもしれない。

「俺は、この辺りをちょっと調べてみる。待ち合わせ場所は……」立ち止まって、目の前のビルを見上げた。「このビルの二階にバーがある。看板はかかってないけど、すぐに分かるから」

「酒はやめた方がいい」ブラウンが顔をしかめる。

「ただの待ち合わせ場所だ。呑むわけじゃない」濱崎は首を振った。本当は、喉が鳴るほど酒が欲しかったが。「とにかく、後で」

ブラウンの背中を見送ってから、濱崎は踵を返して歩き始めた。自分の部屋を中心にして、細い通りから通りへと歩いて行く。普段は一番安心できる場所で、すっかり馴染んだ街なのに、今は非常に張り詰めた雰囲気を感じる。こちらが神経質になっているだけかもしれないが、この闇の中、誰かが潜んで様子を窺っている気がしてならなかった。

たっぷり十分ほどかけて、周囲のチェックを終え、濱崎はブラウンと別れた場所に戻って来た。ふと気がつく。あの店は、もう少し遅くならないと開かないのではないか？　それを忘れていたなんて……苦笑しながら煙草に火をつけようとした瞬間、突然呼吸ができなくなった。慌てて両腕を振り回す。だが手は虚空を摑むだけで、濱崎は完全に動きを抑えられていた。息が詰まる……顔に血液が集中し、目が飛び出しそうになった。誰かが後ろにいる。足だ。足を使え。あてずっぽうに、背中の方に向かって足を蹴りだしたが、まったく当たらない。

一瞬で転地がひっくり返り、濱崎は背中からアスファルトに叩きつけられた。意識が薄れ、星も見えない暗い夜空が、揺らいで見える。

12月5日

　誰かに襲われる、という経験は滅多にできない——経験する必要もないが。警察官時代も、濱崎はそういう危険な目に遭うことはなかった。街で生きる連中なら、四六時中命のやり取りをしているかもしれないが、自分はそういう類の人間ではない。

　意識が戻った瞬間、自分が状況を把握しているのに気づいて、濱崎はほっとした。自宅近くで誰かに襲われ、アスファルトで頭を強打したのだ。犯人の顔は見えなかったし、声も聞かなかったが、何となく正体は見えている。自分は今、ブラウンと共通の敵に対峙しているのだろう。正確に言えば、俺が連中の視界に入っていったということだ。

　ゆっくりと視線を動かす。天井から横へ……窓が見えた。カーテンが閉まっており、外の様子は窺えない。襲撃されてからどれぐらい時間が経ったのだろう。左腕を布団から引き抜いて腕時計を見ようと思ったが、体が言うことを聞かない。まさか、麻痺してしまったのでは……恐怖に襲われたが、次の瞬間には、左肩に痛みが宿っているせいだと気づく。手ひどくアスファルトに叩きつけられたから、その時に痛めたのだろう。

「午前零時だ」

聞き慣れた声が耳に飛びこんでくる。ゆっくりと左側を見ると、ブラウンが椅子に腰かけていた。ゴングを待つボクサーのように、前屈みになって肘を両膝に置き、ゆっくりと呼吸している。

「ここは病院か？」

「ああ」

「大したことはなさそうだな」濱崎は何とか体を起こそうとして、全身を貫く痛みに思わずすくみ上がった。これは、考えていたより重傷かもしれない。

「打撲だ」ブラウンが告げる。

「打撲と骨折の中間ぐらいじゃないか」そんな症状などないのだが……打撲にしては痛みがひどい。左腕を引き抜き、頭に触ってみる。ネット型の包帯で覆われていたが、後頭部以外には痛みを感じなかった。

「病院に怪しまれなかったか？」

「転んで怪我したと説明しておいた。それより誰にやられた」ブラウンが尋問口調で訊ねる。

「さあ」

「とぼけるのか」ブラウンは完全に刑事の顔になっている。

「ふざけるなよ」今出せる最大限のボリュームで、濱崎は怒鳴った。「いきなり襲われたんだぜ？　相手の顔なんか見ている暇はなかった」

「あんたの敵ではない？」

「あんな風に襲うほど、俺を憎んでいる人間はいない」少なくとも警察の中では。鼻つまみ者ではあったが、既に辞めているのだ。そんな人間を追いかけ回すほど、警察は暇ではない。一瞬、嫌な予感に襲われる。まさか、あの男では……俺を警察から追い出しただけでは済まず、直接的な攻撃に出た？　その可能性を呑みこみ、ブラウンに向かって言い放つ。「あんたの方だろう」

「それは分からない」

「見てなかったのか？」濱崎は顔をしかめた。

「二階の店にいたからな。あんたの悲鳴が聞こえて、慌てて飛び出した」

　俺がブラウンを助けた時と同じようなパターンか。あの時俺は、店にいたのではなく、近くを歩いていたという違いはあるが。

「遅いんだよ」文句を言っても仕方ないと思いながらも、つい口にしてしまう。

「そんなことを言われる筋合いはない」ブラウンの耳がかすかに赤くなった。「だいたい、俺はあんたに仕事を頼んだわけじゃない。そっちが勝手に首を突っこんできただけだ」

「散々助けてやったじゃないか。そんな言い方、しなくてもいいだろう」濱崎もむきになって言い返した。

「事実は事実だ」

「ふざけてると、金を請求するぞ。今まで助けてやった分、俺の車の修理代……目玉が飛び出るぞ」

「好きにしろ」ブラウンが立ち上がった。「今夜の件は、俺には関係ない。あんたに責任があるはずだ」

「待てよ。そっちの話だろうが。あんたを襲った人間が、俺の存在に気づいたんだよ。それで、俺を舞台から退場させようとした——そうに決まってる。俺個人には、何の関係もない話だ」

「あんたは、いろいろやばいことにも手を染めているだろう。そんな人間とは仕事はできない」

「言い掛かりだ……」反論したが、自分でも驚くほど声は弱々しかった。言われてみれば、思い当たる節がないでもない。自分が警察を辞めることになった直接の原因……あれが、今でも尾を引いているのかもしれない。

「とにかく、あんたとはもう組まない。助けてやったのに、礼の一つも言えない人間とは仕事はできない」

「助けた？　騎兵隊の登場は、少し遅かったみたいだけど」

「知るか」ブラウンが背中を向けた。

何か捨て台詞を吐かなくてはいけない。そう思ったが、舌が喉に詰まるような感じがした。だいたいお前だって、最初に礼も言わなかっただろうが。「ありがとう」の一言が出てきたのは、ずいぶん長く会話を続けた後だ。

起き上がれないのが辛い。ベッドから抜け出せれば、必ず奴のケツを蹴り上げてやるのだが。


焦りに突き動かされ、ブラウンは直美たちが集まっているホテルに向かった。タクシーを使ったが、背中が涼しいような感触を覚えて驚く。濱崎……あの男が今まで自分の背中を守ってくれたのは間違いなく、不在を強く意識せざるを得なかった。だが、先ほどのやり取りを思い出すと、不快感がこみ上げてくる。所詮あいつは「向こう側」の人間なのだろう。最初から、信用すべきではなかったのだ。

一方で、あの男が襲われた理由が分からないのが引っかかる。もしも本当に、自分を襲撃した人間と同じだったら、直美たちにも危機が迫っている可能性が高い。濱崎によれば、ＢＭＷの男たちは、自分と直美たちが一緒にいた場面を見ているのだから。

　電話では、直美は「異常はない」と言い切った。誰かに言わされている気配もない。それで多少は安心できたが、三人の顔を見るまでは安心できない。

「合い言葉を決めましょう」ブラウンは提案した。

「合い言葉？」予想外の提案だったのか、直美の声が裏返る。

「そう、何でもいい、あなたと私の間でしか分からないことを」

「本気なんですか」

「本気です」

「じゃあ、『ホットミール』と」一瞬考えた末、直美が提案した。

「それは？」

「私たちが夕飯を仕入れてきた店です」

　直美が無愛想に言った。充実した夕食ではなかったのだな、とすぐに想像がつく。あれかもしれない、持ち帰りの弁当屋。日本にいた子ども時代、街角にある弁当屋の存在は、強烈に印象に焼きついていた。後に、アメリカでホットドッグスタンドを毎日のように見ることになったのだが、あれとは決定的に違う。移動式のホットドッグスタンドは数種類のホットドッグと飲み物を扱うだけだが、弁当屋では、食べ物の種類は無限にあるようだった。

「ノックするなり、チャイムを鳴らすなりした後、私が『ホットミール』と言いましょう」子ども時代の想い出を頭から締め出し、ブラウンは言った。

「それでいいです。でも、本当にそんなに危険なんですか？」

「濱崎が襲われた」事実を隠しておくのは得策ではないと思い、ブラウンは低い声で告げた。途端に直美が黙りこむ。慌てて言葉を足した。「すぐにそちらに危険が及ぶとは思えない。でも、とにかく表に出ないようにして、電話やノックにも反応しないで下さい」

「分かりました……あ、パソコンにはログインできたんですよ」

「それを先に言って下さい」ブラウンは思わず声を張り上げた。「で、今は？」

「中身は調べていません。念のため、他のパソコンに吸い上げてバックアップを取っています。結構な量なんですけど……間もなく終わると思います」

「バックアップのバックアップを取って、そこ以外の場所に置くことも考えましょう」

「そうですね」

電話を切って、タクシーのシートに背中を預け、目を閉じる。事態は急速に動いている。襲ってきた人間も手を打っているだろうが、こちらもただ攻撃されるだけではない。野口のラップトップには、必ず何かヒントが入っているはずだ。あいつの行方につながると同時に、自分たちの身に起きていることを解明できるような材料が。

ぱっと目を開ける。大きな前進だが、考えることはまだまだあった。ラップトップの中身を吸い上げたら、直美たちは当面お役御免になる。解放すべきなのだが、半ば籠城しているといっていいあのホテルを出たら、無防備になるのではないか。警察の保護を求めることも考えたが、言い訳が難しい。特に現在の状況が、塩田の耳に入ったら厄介だ。仕方ない。とにかく、ラップトップの中身を見てから考えよう。濱崎なら、こういう時でも何か上手い手を考えてくれるかもしれないが——いや、あの男のことは忘れろ。あいつは、俺とは住む世界が違う。絶対に、自分のスタッフには加えたくないタイプなのだ。

合い言葉を使ってホテルの部屋に入ると、直美がかすかに笑みを浮かべた。三人とも疲労の色は濃いが、一仕事やり終えた充実感が漂っている。ブラウンは、直美の手から、薄いハードディスクを受け取った。自分のラップトップで確認したいのだが、荷物は濱崎の家に置いたままである。引き上げなければならないが……今夜でなくてもいいだろう。濱崎は、しばらくは病院に足止めにされるはずだ。医師の説明によると、脳震盪を起こしている可能性があるという。

ひとまず、三人の安全を確保するのが最重要課題だ。このホテルを出て、新しいホテルに替えるという選択肢を、ブラウンはまず捨てた。動き回っていると目立ち、相手に襲撃のチャンスを与えてしまう。懐が痛むのを承知で、他に二部屋を取った。幸い、今三人がいる部屋の両隣が空いている。

「二人は、この部屋で寝て下さい」ブラウンは、石田と羽生に声をかけた。ずっとパソコンにつきっきりだった石田の目は血走り、一方羽生は暇を持て余していたせいで、かえって疲れているようだった。直美に視線を向ける。「あなたは左隣の部屋で。私は右隣に行きます。それと、ラップトップを借りたい」

石田が怪訝そうな表情を浮かべた。そうか、ラップトップというのはアメリカ特有の表現で……「ノートパソコン」と、直美が助け舟を出してくれた。

「ああ、持って行って下さい」石田がうんざりしたように、自分のラップトップを指差す。これは、彼にすれば自分の片腕、あるいは延長された脳のようなものだろうが、さすがに今は見るのもうんざりするのだろう。

ブラウンはフロントに寄って鍵を受け取り、宿泊フロアに戻った。もう一度合い言葉を使って——馬鹿馬鹿しくなっていたが——部屋に入り、まず自分の部屋にラップトップとハードディスクを運びこんだ。それから直美を部屋に案内する。

室内はあまり暖房が効いていないようで、ひんやりしている。ブラウンは部屋の灯りを点けないまま窓際に寄り、カーテンの隙間から外を覗いた。正面は広い道路。その向こうにあるのは……ホテルではないが、高層ビルだ。

「ここの正面が何か、分かりますか」直美に訊ねる。

「ああ、都庁です」

「トチョウ？」

「東京都の役所……オフィスですよ」

「ずいぶん大きい」

「何代か前の知事が、そういうことが好きな人で」

薄暗い中、直美の笑みが少しだけ大きくなった。権力者は巨大構造物を求める——古代エジプトから変わらない伝統だ。皮肉が言えるようなら直美も大丈夫だろうと判断し、カーテンを閉める。正面が公共の建物なら、狙撃犯が侵入するのは難しいはずだ。そもそも東京に、高性能のライフルを持った狙撃犯がいるとは思えなかったが……いや、BMWの男たちは銃を持っていた。油断すべきではないだろう。

「ゆっくり休んで下さい」

ブラウンは腕時計をちらりと見た。間もなく日付が変わろうとしている。直美はまだ、ドアの近くに立っていた。すり抜けて外へ出ようとした瞬間、腕に触れられる。

「私たち、大丈夫なんですか？」

「大丈夫」咄嗟に言ってしまったが、自分でもまったく自信がなかった。裏に何があるか分からない以上、「大丈夫」は簡単に口にしてはいけない台詞だった。

「でも、濱崎さんも……」

「彼には彼の事情があるのかもしれない。我々がはまっているこの事態とは、関係ないかも」彼女と話していると、終止うつむく格好になるので、首が痛くなる。

「そうですか」

直美が長々と溜息をつく。吐息の温かさが感じられるほど距離が近いのだ、とブラウンは改めて気づいた。彼女は怯えている。抱きしめて欲しいと願っているかもしれない。だがブラウンは、その腕を軽く叩くだけにした。

「とにかく、ゆっくり寝て下さい。睡眠不足は、判断力に悪影響を与える。ぼやけた頭では、危機は回避できませんから」

「そうですね」

直美がうなずき、一歩後ろに下がった。予想よりもあっさりした態度だった。「抱きしめて欲しいと願っている」と思ったのは、自分の勘違いだったのだろう。

「では、お休みなさい」ブラウンは軽く会釈し——段々様になってきたと思う——部屋を後にした。後ろ手にドアを閉めたが、彼女の手の重みをまだ腕に感じていた。


再び、無意識から抜け出す。いや、そんな上等なものではない。ただ寝ていて、起きただけだ。濱崎はベッドに横たわったまま、自分の全身と会話をした。相変わらずあちこちに痛みが残っているが、耐えられないほどではない。後頭部の痛みも、先ほどは誰かが頭の中で大声で叫んでいるようだったが、今は普通の会話程度のレベルになっていた。

一瞬気合を入れ、上体を起こす。かすかな目眩が襲ったが、しばらくじっとしていると引いていった。これは、最初に考えていたよりも軽傷かもしれない。ゆっくりと床に脚を下ろす。いつの間にか靴も靴下も脱がされ、裸足なので、ひんやりとした感触が足裏から脳天まで一気に走った。それでさらに意識が鮮明になる。左腕を持ち上げ、時刻を確認した。午前一時五分。隠密行動を起こすには、いかにも適した時間である。

病室のドアはスライド式で、今は閉まっている。しかし念のため、濱崎はごく静かに行動を起こした。ロッカーを開ける時に、金属の軋み音が響いてひやりとしたが、できるだけゆっくり開けることで、音を最小限に抑える。誰が着替えさせたのか、昼間着ていた服は、全てロッカーにかかっていた。まさか、ブラウンがやったのか？　丁寧に、それこそ紳士服店のレイアウトのようにかけられた服を見ながら、濱崎は顔をしかめる。こんなことで、あいつの世話にはなりたくなかったのに。

シャツは冷え切り、素肌にまとうと全身に寒気が走った。それでも何とか着替え終え、最後に靴を履く。財布と携帯電話は、まとめてベッドサイドテーブルに置いてあった。念のためにそれぞれを検《あらた》める。財布には、現金もクレジットカードもそのまま入っていた。携帯も使われた形跡はなく、電話やメールの着信もなし。どうやら自分は、この数時間、世間と完全に断絶していたようだ。

革ジャケットのポケットに手を入れると、家とレンタカーの鍵が入っていた。襲撃者は単に俺をぶちのめしただけで、荷物を検めるまでの余裕はなかったようだ。もちろん、鍵がなくても俺の家に押し入るのは難しくない。念のため鍵は二つつけているが、プロの手にかかれば、あんなものはすぐに破られてしまうだろう。しかしとにかく今は、家に戻らなければならない。荒らされていないかどうか調べる。荒らされていたら……警察に届けるべきかどうか迷ったが、やめておいた方がいい、と結論を出した。調べに来る刑事が顔見知りだったら、話が厄介になる。そもそも、まともに取り合ってもらえるとも思えない。

自力で何とかするしかない。それが、フリーランサーの宿命だ。「フリーランサー」なんて格好のいいものじゃないけどな……実質何でも屋の探偵。皮肉に唇を歪めながら、濱崎はそっとドアを滑らせて開けた。顔を突き出し、廊下を確認する。無人。右手にナースステーションの灯りがあり、左手が非常階段だ。そこまで十メートルほど。足音をたてないように歩けば、気づかれることはないだろう。

十メートルは、無限の距離にも感じられた。非常階段に降りた瞬間手に入れた自由な気分が、濱崎の頬を緩ませる。それでもなお用心しながら、ゆっくりと階段を下りた。深夜の病院はひどく薄気味悪いもので、かすかに漂う消毒薬の臭いが、神経をひりひりと刺激する。ようやく外へ出た時は、心底ほっとした。同時に、頭の痛みが蘇ってくる。それまで、緊張と嫌悪感で痛みを忘れていたのだと気づいた。

表通りまで歩いて出て、タクシーを摑まえる。シートに腰を下ろした瞬間、このまま家に戻るのはやはり危険ではないかと思った。一度ホテルにでもチェックインして、様子を見るべきではないか。だが、そんなことで時間を潰す余裕はない、とすぐに考え直す。痛みはしつこく居残っていたが、変な時間に寝てしまったせいで、眠気はない。このまま徹夜しても問題ないだろう。

住所を告げると、シートに背中を預けた。目を閉じ、様々な思いが脳裏に去来するに任せる。自分が襲われた理由……想像もしていない何かに深入りしてしまったか、ブラウンの仲間として認知されたかのどちらかだ。いずれにせよ、ブラウンか自分に監視がついていたのは間違いなく、それは今も変わらないかもしれない。ふと気が変わって目を開け、自分がどこにいるか確かめた。交差点の表示を読み取り、渋谷の近くだと分かる。結構……運転手に行き先変更を告げた。

渋谷駅西口のバスターミナルで下ろしてもらうことにする。東急プラザの前で下りると、バスターミナルを突っ切ってJRの駅舎に向かう。終電は行ってしまっているが、この駅の周辺は、二十四時間無人になることはない。クソ寒いのに、若者たちがあちこちで固まって騒いでいた。飲み過ぎて終電を逃した連中……今はアルコールが入っているからいいだろうが、一時間もあんな風にしていたら、絶対に風邪をひく。かすかに同情しながら、濱崎は駅舎を迂回する格好で足早に歩いた。モアイ像の前を通り過ぎ、そのままハチ公前まで出て、煙草に火を点ける。ハチ公前はちょっとした人だかりになっていて、会話が渦を巻いていた。しばらくその場に立ち止まって煙草を吸いながら、周囲を見回す。見知った顔はいなかった。こういう人出の多い場所で監視を続けるのは案外難しいものである。携帯灰皿に煙草を入れ、濱崎はさらに人の渦の中に深く突っこんでいった。夜気の中に漂うアルコールの臭い。耳障りな話し声。満員電車かおしくらまんじゅうの中にいるようなもので、決していい気分ではなかったが、これは最高の目くらましになるはずだ。人にぶつからないように、体を捻って歩きながら、革ジャケットを脱ぎ、丸めて抱える。途端に突き刺すような寒さが襲ってきたが、背中を丸めて何とか堪える。

人ごみを抜けると、スクランブル交差点が目の前だ。濱崎は歩調を速め、信号待ちしているタクシーに飛びこんだ。顔を伏せたまま、自宅の住所を告げる。用心し過ぎかもしれないが、仮に尾行者がいたにしても、今の動きで誤魔化せたはずだ。もちろん、見失ったら家で待っているかもしれないが。

さらに用心を重ねてあちこちをうろつくことを考えたが、すぐに面倒になってしまった。ひとまず家に帰ろう。誰かが待ち伏せしていたら、その時はその時だ。今度は十分用心しているから、先ほどのように簡単に襲われはしない。

だが、家には誰もいなかった。誰かが鍵をこじ開けようとした形跡もない。自分が持っていた鍵も盗られていないし、襲撃者は何かを捜していたわけではないのだ——純粋に俺を叩きのめそうとした？　無事でいることにほっとしながら、ボトルから直にバーボンを呷《あお》る。食道が焼けたが、胃の中に懐かしい熱さが蘇り、ほっとした。だが、このまま酔っぱらって寝てしまうわけにはいかない。

濱崎は、連中から奪った拳銃をデスクの引き出しから取り出した。革ジャケットの内ポケットに拳銃を突っこんで何とか安定させ、ジッパーを引き上げる。これではすぐに撃てない……ジッパーを少し下げ、右手を中に突っこんでおくことにした。気合を入れ直し、周辺のパトロールに出かける。

自分が襲われた場所を通る時に、少し嫌な気分になった。恐怖ではなく、羞恥。十分警戒しているつもりだったのに、あんな風に襲われたのは、恥以外の何物でもない。隙があるから襲われたわけで、あんなことは二度とあってはならない、と気持ちを引き締めた。冷たい空気のせいで、さらに神経が研ぎすまされるようだった。

十分ほど周囲を歩き回り、誰も張っていないと判断する。もしかしたらあいつらの狙いは、俺から再びブラウンに移ったかもしれない。あいつはどこに……たぶん、直美たちを押しこめたホテルだろうが、上手くやっているだろうか。

どうして心配する必要がある？　この状況は既に、「面白い」では済まなくなっている。それにあいつは自分とは百八十度立場の違う人間であり、馬も合わない。四角四面のクソ面白くもない奴だ。そんな人間の心配は、するだけ無駄だ。だが、ブラウンが残した謎は解かねばならない。あいつのためではなく、自分のために。何が起きているのか分からない限り、安全は担保されない。

部屋に戻れば酒がある。だが今夜は、いつもより神経を鋭く保っておく必要があった。家の近くまで戻って、自動販売機でミネラルウォーターを買う。右手に拳銃の感触、左手に水の冷たさ。両手が塞がった状態で、濱崎は部屋に戻った。しっかり施錠し、拳銃を握ったまま、右手を革ジャケットから引き抜く。ほっとすると同時に、拳銃の重さが急に気になり始めた。持っているだけで肩が凝ってくる。

拳銃を引き出しに戻し、ジャケットを脱ぐ。全身がべたべたするような感じがしたが、シャワーを浴びる気にはなれなかった。浴室に入れば、どうしても鏡と対面することになるが、今は自分の弱った情けない顔を見たくない。

「仕事だ、仕事」自分に言い聞かせ、部屋の中をざっと見回す。ブラウンの荷物はそのままだ。この部屋の鍵を持っていないから当然だが……大きめのスーツケース一つ、ボストンバッグが一つ。スーツケースは、鍵を壊してまで中を確認するほどもないだろう。バッグに手をつけた。クリーニング済みのシャツが二枚、仕事用の資料を入れたファイルフォルダが二つ、コンパクトデジカメ、ＩＣレコーダーなどが入っている。自分の仕事道具と似たようなものか、と思うと表情が緩んでくる。ブラウンは厳密には「刑事」というわけではないが、警察官の装備は世界中どこでも同じようなものだろう。

デスクに、ブラウンのノートパソコンが載っている。自分には縁のないマッキントッシュだったが……念のため電源を入れてみると、パスワードを要求されることもなく、そのままデスクトップが現れた。おいおい、警察官の割に用心が足りないんじゃないか。誰かに覗かれるとは考えていないのだろうか。

椅子を引いて座り、デスクトップをざっと眺めた。自分が普段使っているウィンドウマシンとはずいぶん違うが、何となく仕組みは分かる。「HD」のアイコンをクリックすると、ウィンドウズの「エクスプローラー」と似た画面が現れた。何か保存しておくとすれば……「書類」か「マイファイル」だろうと判断する。

まず「書類」を開けてみた。変更日順にソートし直すと、昨日もファイルをいじっていたことが分かる。当然英語だろうが……一番新しいファイルをクリックすると、ウィンドウズでいうところの「メモ帳」らしきアプリケーションが立ち上がる。名前と電話番号がずらりと並んでいた。体調不良の状況で集中するのは難しかったが、丁寧に読んでいくと、会社の名前や店の名前らしいと分かる。おそらく、ホワイトの関連だろうと見当をつけた。ホワイトが立ち寄りそうな店や、ビジネス上のつき合いがあった会社を列記する——捜査の基本中の基本である。

取り敢えず、じっくり目を通し、メモしていく。名前だけは知っているような会社もあったが、ほとんどは濱崎の記憶にない。店に至っては尚更で……どうやらホワイトという男は、イタリア料理を好んでいたようだ。名前からして、いかにもそういう感じの店が多い。どうせ会社の経費で落としていたのだろうが、と考えると嫌な気分になる。フリーランスの自分は、経費との戦いなのだ。去年初めて確定申告をやったが、うんざりしたものである。いっそのこと、必要経費など一切計上しないのも手なのだが、そんなことをしたら、税金をいくら取られるか、見当もつかない。もちろん、定期預金を取り崩さなければならないほど金を稼いでいないわけではなかったが。

ふと、ある名前に目が止まる。アルファベットなのでぴんとこなかったが、何故か頭に残り……次の瞬間には、脳みそが沸騰した。これはどういうことだ？　どうしてこの名前があいつのメモにある？

デスクを拳で叩いて立ち上がる。鈍い痛みが脳天まで突き抜けたが、それでも怒りは一向に収まらなかった。クソ、あいつは俺を引っかけようとしていたのか？　何かに利用しようとしていた……分からない。狭い部屋の中をうろつき回り、目に入ったバーボンのボトルを掴む。ボトルを窓に投げつけようかと思ったが、結局そうはせず、たっぷりと口に含んだ。口中がいい加減アルコール臭くなってきたところで、一気に呑み下す。涙が滲み出て、胃の中が燃え上がったが、それでも怒りを燃やし尽くすほどではなかった。

訳が分からない。

自分は、ブラウンという人間について何も知らなかったのだ、とつくづく思う。塩田に話を聞けば、さらに情報収集もできるだろうが、そもそも塩田も、ブラウンについてどこまで知っているのだろう。あくまで「お客さん」であり、表面上のつき合いしかしていないはずだ。

いや、これはブラウンではなくホワイトの問題かもしれない、と思い直す。ホワイトと関係ある情報ということで……ミネラルウォーターをごくごく飲み、頭を冷やそうとしたが無駄だった。胃と頭は直結していない。大きく息を吐いて、椅子に座り直す。メモのどこかにヒントが隠れていないか。

ふと、小さな略語が気になった。ブラウンは、几帳面な性格そのままに、まるで報告書を書くかのようにメモを作っていたのだが、店、ないし会社の名前の後ろにいずれも「N.Y.」と打ってある。何の略語だろうとしばし頭をひねり、それが「吉竹直美」のイニシャルだと気づいた。ラーガのスタッフで、おそらくブラウンの情報源になっている人物。この情報は、彼女から仕入れたものなのだろう。

よし、彼女に直接確かめればいい。ブラウンは三人をホテルに閉じこめ、外からの電話に一切出ないように念押ししていたが、話す方法はある。あのホテルは濱崎が紹介したのだが、例によって宿泊責任者とは知り合いなのだ。刑事時代に手を打っておいたことが、ここで役立つとはね……皮肉に思いながら、携帯電話を取り上げる。「通話」ボタンを押そうとして、とっくに午前二時を回っていることに気づいた。クソ、いくら何でもこんな時間に電話はできない。明日の朝一番でかけるしかないだろう。

携帯電話をデスクに放り出し、ベッドに横になった。怪我した後頭部を慎重に枕に収め、天井を見上げる。まったく眠くなかった。怒りと興奮が眠気を追い出し、眠れそうにない。だが、一晩中目を覚ましていても、何ができるとも思えなかった。

仕方なく目を閉じた。瞼の裏で、様々な映像が踊っている。だが途中で必ずブラウンの顔が浮かび、そこで目を開けてしまうのだった。目を閉じるのは、眠りへの第一歩である。そこにあいつの顔が出てくるほど、不快なことはなかった。


ブラウンは朝六時に目覚めた。体調は問題なし。一瞬、濱崎はどうしているだろうと考える。まだ病院のベッドに縛りつけられて痛みに耐えているはずで……考えるだけ無駄だ。あいつとは一緒に仕事はできない。所詮、水と油の関係なのだ。一緒にいるだけで苛つく男のことを考えても、自分のプラスにはならない。

これからどうするか、しばし考える。三人を叩き起こすには早過ぎる時間だ。昨夜も遅かったし、体力的にもきついだろう。しかし放っておくわけにもいかず――主に自分が安心するためだ――ブラウンは静かに部屋を出た。残る二つの部屋の前に立ち、ドアと床の隙間に挟みこんだ紙片――部屋のメモ帳を破ったものだ――がそのままになっているのを見て、取り敢えず安心する。誰かが部屋に出入りした形跡はない。

自室に戻り、日課の腕立て伏せ、シャワーを済ませる。体を洗ってからしばらく、鏡で自分の顔を眺めていた。相変わらず傷はひどく、満足に髭を剃れないため、ひどい顔になっている。普段は、わずかでも剃り残しがあると苛つくのだ。そのため、朝の準備には人一倍時間をかける。もちろん、緊急時は別だ。二十四時間待機のようなものだから、実際にはひどい身なりで現場に駆けつけることも多い。

裸のまま部屋に戻ると、隣の部屋――直美の部屋だ――をノックする音が聞こえた。誰だ――一瞬で緊張感をマックスまで持っていったが、裸なので飛び出すわけにはいかない。慌ててドアに駆け寄り、覗き窓に目を押しつける。何も見えなかった。隣のドアが開く気配もない。直美はまだ寝ていて気づかないか、こちらの言いつけ通りに反応していないかのどちらかだ。ドアに耳を押し当てたが、何も聞こえない。苛立ちが募ったが、依然として自分は裸である。何だか間抜けな気がしてきたが、どうしようもない。

気配は感じられた。訪ねて来た人間は、まだ直美の部屋の前を立ち去る様子がない。覗き窓に再び目を押しつけた瞬間、ホテルの制服であるブレザー姿の人間が、自分の部屋の前を過《よぎ》って行くのが見えた。ホテルマンなんだ、安心しろ、と自分に言い聞かせたが、胸騒ぎは収まらない。それらしい格好に変身するのは難しくないだろう。

一瞬だけ視界に入った男の姿を脳裏に焼きつけた。小柄で太っている。靴は……タッセルつきのローファーだ。その手がかりだけで探し出せるかどうか分からなかったが、とにかくやってみるしかない。今日の集合時刻は七時に決めている。それまでは、絶対にドアを開けず、電話に出てもいけない――自分で決めた取り決めが、自分を縛ってしまっている。いくらドアをノックしても、直美は反応しないだろう。急いで服を身に着け、慌てて外に飛び出した。数十メートル向こうで、ちょうどエレベーターの扉が閉まったところで、相手の顔を拝むことはできなかった。

エレベーターが、フロントのある二階で止まったのを確認してから、ボタンを押す。すぐにやってきたエレベーターに飛び乗ったが、二階までのわずかな時間が、ひどく長く感じられた。フロントに突進し、そこに小太りの男がいるのを確認して、一安心する。おそらく、こいつだ。少なくとも怪しい人間が直美の部屋をノックしたわけではない。

「失礼ですが」

ブラウンの勢いに、フロント係は思い切り背中を反らして距離を保とうとした。ブラウンは彼の名札を見て「TOMINAGA」と読み取った。トミナガ、か。

「先ほど、二〇一二号室に行きませんでしたか？」

「ええと、いや……」

トミナガが口籠る。ブラウンは瞬時に疑念の目盛りを最大限にまで上げたが、次の瞬間には、ホテルマンとしてはこんな質問には答えられるわけがない、と思い直す。客のプライバシーにかかわることなのだ。

「二〇一一号室に泊まっている、モーリス・ブラウンです」

「はい、ブラウン様」トミナガの緊張感が少しだけ薄れた。

「諸般の事情で、彼女は妨害を受けずに眠らなければならない」我ながら意味の通りにくい日本語だと思いながら、ブラウンはまくしたてた。「火事でもない限り安眠を邪魔しないように、電話も取り次がないようにと、昨夜お願いしたはずです。どうして彼女の部屋をノックしたんですか」

「それは申し上げられません」突然、トミナガの態度が頑なになった。「お客様のプライバシーにかかわることですので」

「彼女は、私のビジネスパートナーだ。何が起きているか、知る必要がある」

「何が、と言われましても」トミナガが口籠る。

「彼女と話しましたか」

「話しました」

数センチの譲歩。それがしばしば致命傷になることを、ブラウンは知っている。カウンターの上に身を乗り出し、さらに勢いよく追及する。

「内容は」

「それは……」

「言ってもらわないと困る。彼女は目下、警戒を要する立場にあるんだ。完全なプライバシーと安全を求めてこのホテルを利用しているのに、それを脅かすようなことをされては困る」

ブラウンはジーンズの尻ポケットに手を突っこんだ。こういう格好をしている時は、バッジを入れておく場所……普段の習慣でついやってしまったのだが、空のポケットは、不安感を増幅させるだけだった。ここは日本である。バッジがあれば何とかできるわけではないが、ないことによる不安感は、一向に薄れなかった。

「何があったんですか？　どうして彼女と接触する必要があったんですか」

「接触はしていません」

「話したでしょう」

「ドアが開いたわけではありませんから」

この男は、とぼけて事実を隠そうとしているのか？　胸ぐらを摑んで絞り上げたいという欲望と、ブラウンは必死で戦った。そんなことをすれば、話がややこしくなるだけである。

「どういうことなんですか」ブラウンは敢えて一歩下がった。引いたと思わせて、再度攻撃を仕かけるプランだった。

「事情は申し上げられません。それこそ、プライバシーにかかわることです」

「いい加減にしてくれ」ブラウンは大きな拳でカウンターを叩いた。「俺たちは客だ。金を払っている。事実を知る権利があるだろう」

すぐに罪悪感が襲ってきたが、それでもトミナガを睨む視線は外さなかった。脅しても何でも、喋らせなければならない。押したり引いたりのやり取りを続け、ようやく答えを引き出すと、踵を返してエレベーターに向かって走り始めた。直美のドアを開けさせる手はある。それを思い出さなかった自分の間抜けさに腹が立った。

息を切らしたまま直美の部屋に前に立ったブラウンは、インタフォンを鳴らし、続いて立て続けにドアをノックした。自分の拳がたてる騒音の激しさに気づき、手の動きを止める。耳を澄ませると、部屋の中で誰かが動き回っている音が聞こえた。まさか、誰かが侵入したのでは……しかし、ドアに耳を押し当てると、足音はこちらに近づいてくる。一枚のドアを挟んで、二人が息を呑んでいる感じになった。

ブラウンは一つ深呼吸してから、「ホットミール」と静かに言った。馬鹿馬鹿しい、合い言葉。だがそれは、直美のドアを開ける魔法の呪文になった。

さて、ホテル側は上手くやってくれただろうか。濱崎は何本か電話をかけた後、ソファに腰を下ろした。水をちびちびと飲み、寝起きの不快さを少しずつ洗い流しながら、じっと待つ。ホテルからは、返事はないことになっていた。やってはみるが、保証はできない……そう言われたら仕方がない。

最後に電話を切ってから十分ほどして、もう一度携帯電話を取り上げた。ホテルにかけ、直美の部屋につないでもらうように告げる。呼び出し音が三度……直美に話が通じているか分からない状況下では、とてつもなく長い時間だった。

受話器を取る音。直美の声が耳に流れこんでくる。ほっとして、濱崎は思わず電話を握り直した。

「濱崎です」

「何かあったんですか?」探るように、直美の声は低かった。それはそうだろう。昨夜はブラウンが、「電話に出ないように」と念押ししていたし、まだ朝も早い。

「ホテルの方から話がありましたね?」

「ええ」声には不審感が漂っていた。

「申し訳ないですねえ」濱崎はわざと軽い調子で言った。「そこに電話をかけても、あなた、出ないでしょう。それにこっちは、あなたの携帯電話の番号も知らないし。しょうがないから、ホテルに頼みこんだんですよ。絶対につないでくれるようにって」

「だって、電話には出ないことになってましたよね、昨夜は」直美が疑り深そうに言った。

「そこのホテルにも知り合いがいるもんで……ちょっと裏の手を使ったんです。申し訳ない」もう一度謝罪してから、濱崎は本題に取りかかった。彼女はいつ電話を切ってしまうか、分からない。つながっているうちに、何としても情報を聞き出したかった。ブラウンが、昨夜の気まずい別れのことを彼女に話していないことを祈る。直美は明らかに、ブラウンの側に立つ人間だろう。その男が嫌っている人間と、まともに話すとは思えない。

「石本武光《いしもとたけみつ》という名前に心当たりは？」

「はい？」

「石本武光です」濱崎はゆっくりと繰り返した。「あなたがブラウンに教えた名前だと思うが」

「ああ、はい……それがどうかしたんですか？」

「この男がどういう人間か、知ってますか」俺は知ってるけどな、と皮肉に思う。クソったれのランキングを作るとすれば、日本で五本の指に入る男だ。

「ホワイトさんと、何度か話したことがある人です。事務所にも来ました」

「何者か、ご存じですか？」

「いえ。応対したのはホワイトさんなので」

「彼の個人的な知り合い？」

「個人的な知り合いというか、仕事の話です」直美が訂正した。

「話の内容は聞いていたんですか？」

「いえ……」直美の声が揺らぐ。「それはないです。二、三回、ビジネスアワーの終わり頃に訪ねて来ただけなので。私たちは帰る時間帯だったので、その後で何を話していたかは分かりません」

「ホワイトさんは、親しい様子でしたか？　旧知の仲？」

「そういう感じでもないようでしたけど」

「この話に、あなたたちが噛んだことはない？」

「ないです」ここまで喋って、直美も事態の奇妙さに気づいたようだった。

ホワイトは、日本には個人的な知り合いはいなかったはずだ。話す相手は、来日してから知り合った人間ばかりのはずだし、話の内容はビジネス関係だけだったはずである。しかし、スタッフはたった四人しかいないのに、彼が個人的にビジネスの話をするのは不自然ではないだろうか。

そもそも、この男が訪ねて来ること自体が不自然だ。どう考えても、世界最大級のＳＮＳサイトを運営する会社と関係があるとは思えない。もちろん、闇社会の人間はあちこちに根を張り、水面下で利益を吸い上げようとするものだが……想像するだけで奇妙な感じだった。いや、まともな想像が結実しない。

「本当に、何者か知らないんですね」濱崎は念押しした。

「ええ」

「容貌は？　どういう顔をしていたか、覚えていますか？」

「いえ……あの、そう言われてみれば、まともに顔を見たことはないです」

記憶に残らないよう、避けていたのか。変装していたのかもしれない。例えば眼鏡だけでもいいのだ。かける、あるいは外すだけで、まったく別人になる人間もいる。石本武光。

視力は一・五。常に目を細めて人を睨むようにするが、目が悪いのをカバーしているわけではなく、本当に睨んでいるのだ。それが、中途半端な悪党の証拠である。本当の悪党は、人を睨んだりしない。薄い笑みを浮かべたまま、いきなり刺す。

「二人はどんな様子だったんですかね」

「いや、それもきちんと見ていないので」直美が申し訳なさそうに言った。

「業務記録のようなものは残っていないんですか？　商談だったら、メモぐらい取るでしょう」

「石本さんは、ホワイトさんの個人的なお客さんという感じでしたから。私たちは話したこともないし、ホワイトさんも、私たちには、彼とは話して欲しくなさそうでした」

「そういうこと、あり得ますか？　仮にも会社の中で会っているんだから、絶対に仕事の話でしょう。情報は全員で共有するのが普通だと思うけど」責めても無駄だと分かっていたが、ついまくし立ててしまった。

「すみません」直美の声が萎《しぼ》む。

「いや、いいんです」彼女を萎縮させてしまったことを後悔し、濱崎は小さく溜息を漏らした。自分は苛立っている。今になって、避けていた真実に嫌でも向き合わざるを得ないのではないかと考え、背筋が凍るような思いがした。

「何か変わったことはありませんか」

「特には」

「ブラウンはどうしてますか?」

「パソコンの解析を……あ」いきなり声のトーンが変わる。「濱崎さん、襲われたんですよね? ブラウンさんが言ってましたけど、大丈夫なんですか?」

「もう家ですよ」

「家って……病院じゃないんですか」

直美が眉をひそめる様子が、容易に想像できた。基本的に真面目な女性なのだと思う。

「病院は苦手でしてね」それは事実だ。幸い、警察官時代に怪我や病気でお世話になることはなかったが、被害者の事情聴取のために何十回となく病院に赴いた結果、今では消毒薬の臭いを嗅いだだけで頭痛がしてくる。

「大した怪我じゃないですから。一晩寝たらぴんぴんしてますよ」実際には、体全体のバランスが崩れてしまったような気もする。後頭部の傷も、まだかすかに痛みを送りこんできた。電話を耳に押し当てたまま、頭痛薬を探し出して、水なしで呑みこむ。喉を引っかく錠剤の感触に、軽い吐き気を覚えた。「とにかく、異常はないですね」

「ええ」

「だったら結構です。これからも、十分用心して下さい」

「ブラウンさんと一緒に動いてないんですか? てっきり二人はコンビを組んでるのかと

「……」

「それはない」濱崎は即断した。「俺も彼も、公式の立場にないからね」

「どういうことですか」

質問には答えず、濱崎は「それじゃ」と軽く言って電話を切った。しばらく手の中の電話を見詰めていたが、そんなことをしていても何にもならないと気づき、出かける準備を始めた。

会える人間はいる。向こうも拒絶はしないだろう。だがそれは、捨ててきた地獄へ再び足を踏み入れることを意味した。

足はある……レンタカーのプリウスは無事だった。本当は尾行されないためにも、また車を替えた方がいいのだが、今はその暇が惜しい。

目覚め始めた東京の道路では、既にあちこちで動脈硬化のような渋滞が起きていた。苛立ちながら、同時にこのままま ったく動かなくなってしまえばいいとも思う。動けなければ、会いたくない人間に会わなくてもいいのだから。

だが、四谷を過ぎると急に車の流れがスムーズになった。目指す相手の根城はここからすぐ、新宿御苑の近くにある。四丁目の五差路で新宿通りに入り、ビル街を眺めながら先を急ぐ。この辺りもごちゃごちゃした街で、一本裏道に入ると、古いビルが道路に覆い被さるように建っているせいで、急に圧迫感を覚えるようになる。

腕を上げるのも面倒で、車の時計で時刻を確認すると、午前八時。何をするにも早過ぎる時間だし、特にこれから会おうとしている相手は、まだ寝たばかりだろう。だが、叩き起こしても話を聴く価値はある。

濱崎は、見慣れたマンションの前に車を停めた。この辺は警察のパトロールもほとんどない場所で、車を停めておいても咎められることはない。あちこちが痛む体を何とか外へ出し、ストレッチのつもりで伸びをした。体の奥の方で軋む音が聞こえた気がする。

目の前のマンションを見上げる。茶色いレンガ張りで、そこそこ高級感のある建物だ。何度も通ったが、最後は既に一年ほど前である。このマンションは、自分に刑事としての手柄を何度もたてさせてくれた場所だが、同時に仕事を失った場所とも言える——感傷に浸っていても仕方がない。しかし、どうしてもすぐに入る気になれず、濱崎は煙草をくわえた。そういえば、これが今朝最初の一本だと気づき、軽く驚く。普段は目覚めと同時に煙を肺に入れ、眠気を吹き飛ばすのに……体が煙草を欲していなかったのだと悟り、嫌な気分になった。それほど弱っていたということか。

思い切り煙草を吸うと、かすかな目眩がした。マンションの壁に背中を預け、顎を胸に埋めて目眩が去るのを待つ。ほどなく頭はすっきりしたが、もう煙草を吸う気は消え失せてしまい、まだ長い煙草を足元に捨てた。踏み消して潰そうとした瞬間、「この辺、路上喫煙禁止よ」と声をかけられる。ある意味懐かしい、しゃがれた声。何でこんな時間にここにいるんだ？　疑問に思ったが、叩き起こす手間が省けたとも言える。顔を上げると、一年前とほとんど変わらない顔が目の前にあった。

中嶋由里《なかしまゆり》。「ナカジマ」と呼ばれると激怒する女。そして石本武光の昔の情婦である。由里は、膝まであるウールのコートにブーツという格好で、完全防寒装備だった。それでも寒そうに背中を丸めているのは、風が強いせいだろう。ビルの谷間にあるこの街には、いつも不規則に風が吹き、今も彼女の長い髪は吹き流されていた。

「頭、どうしたの？」ハスキーな声は昔と変わらない。長年の酒と煙草で喉を酷使しているせいだ。

「ちょっとね」濱崎は頭に手を伸ばしたが、途中で止めた。触れると痛みが走りそうで怖い。「変な時間にいるな。今、帰りか？」

「ちょっと、今日は店を閉めるのが遅くなって」

「というか、朝だぜ？」濱崎は大袈裟に左腕を上げて、腕時計を見た。

「私にもいろいろあるのよ」

由里が皮肉っぽく笑う。この笑い方も、相変わらずだ。完全に忘れようと努め、記憶から締め出したつもりだったのに、過去が一気に頭の中に押し寄せてくる。頭を振って——今度は痛みが押し寄せた——過去を振り切り、淡々と話し続けることを意識する。

「ちょっと話を聴かせてくれ」

「今さら？」由里が豊かな胸を強調するように腕を組んだ。小さなハンドバッグ——以前濱崎がプレゼントしたものだった——が、左腕にぶら下がっている。

「別に、部屋に入る必要はない。その辺でお茶を飲んでもいいし、車の中でも構わない」

「車って……」由里が周囲を見回した。プリウスに気づき、顔をしかめる。「レンタカーじゃないの。自分の車は？」

「あるよ。ちょっと修理に出してるだけだ」

「そう。お金に困ってるのかと思ったけど」

「裕福とは言えないな」財布の中身を思い出し、思わず苦笑いした。金がかかる彼女の店に客として行ったら、ツケにしなければならないだろう。

「お茶を奢るぐらいはできる？」

「ああ」

「じゃあ」

うなずき、由里が歩き出した。行き先は分かっている。この辺りで、午前八時台にコーヒーが飲める店は一軒しかないのだ。再び想い出が押し寄せてきて、胸が詰まりそうになる。濱崎はわざと、彼女から二歩遅れて歩いた。一緒に歩きながらでは、本題を始められない。お喋りな彼女のことだから、一秒たりとも黙っているのは苦痛なはずで、取り敢えず使える話題として、昔の話を蒸し返すに決まっている。それを避けるためには、一緒に歩かないのが一番なのだ。基本的に由里は、前を向いて歩く女だから。

由里のマンションから歩いて五分ぐらいのところにある喫茶店は、昭和の匂いを濃厚に残す店だった。ビルの谷間に埋もれるように建っている一軒屋の一階にあり、朝八時から開いている。分厚いトーストにゆで卵という、昔からのモーニングセットを出すような店だ。濱崎は基本的に朝食を摂らないのだが、由里の家に泊まった翌朝だけは、この店に足を運んだ。彼女の旺盛な性欲のせいで、朝になったらカロリーを補給する必要を感じていたから。卵にばさばさと塩を振って食べることで、何となく疲れが取れるような気がしていた。もっとも由里本人は、この店をあまり好んでいなかった。あまりにも古臭くて、どこか汚い感じがするというのだ。実際には、古いだけで掃除は隅々まで行き届いているのだが。

店は開いたばかりで、他に客はいない。一瞬、懐かしいモーニングセットを食べようかとも思ったが、怪我のせいか食欲はない。結局、コーヒーだけにした。由里はミルクティー。これも昔と同じである。

昔——一年前は、既にはるかな昔になっていた。決して栄光の時代でもなく、わくわくしていたわけでもなく、ただ綱渡りのスリルとささやかな手柄を享受していた時期。

「飯はいいのか」

「私、これから寝るところよ」由里が力なく微笑んだ。六本木で会員制のバーを経営する由里の生活時間は、一般人とほぼ半日ずれている。毎日早朝に自宅へ戻り、夕方店へ出るという生活を、もう十年以上も続けているはずだ。

その店のかつてのオーナーが、石本武光である。由里は「慰謝料代わりに店を貰った」と言っているが、二人の間に何があったか、濱崎は詳しくは知らない。彼女が本当のことを言っているとも思えなかった。別れたと言っていたのに、石本もその手下も、しばしば由里の店には顔を見せていたのだから。

由里が、紅茶に砂糖を加えてスプーンでかき回した。会話を始めるのを先延ばしにしているようだ。当然彼女も、これが異様な状態だと気づいているはずである。

「それで?」沈黙に耐え切れなくなったのか、結局彼女の方で口を開いた。「最近はどうしてるの?」

「禁煙しようとしてる」濱崎は、テーブルに置いた煙草のパッケージを指先で突いた。

「嘘」由里が軽く笑う。「さっきも吸ってたじゃない」

「驚くなよ。あれが今日最初の煙草なんだ」

「何時から起きてたの?」

「いつも通り。六時」

「それであれが最初の一本?」由里が眉をひそめた。「普段のあなたなら考えられないわね。怪我のせいじゃないの?」

「怪我でも何でも、禁煙できればその方がいいじゃないか」言いながら煙草を振り出し、口にくわえる。火を点けると、今度は煙は自然に肺に収まった。緊張感がすっと解けていく。コーヒーを一口。空っぽの胃がほどよく刺激され、モーニングセットを頼んでもいいかな、という気になる。もちろん、際どい話をするのに、トーストを齧りながらというわけにはいかないのだが。

「それで、私に何の用?」

「ちょっと聴きたいことがあるんだ」

「さっきもそんなことを言ってたけど、私に答えられることかしら」

「君じゃないと無理だ」

「そう」

短い会話で、由里は濱崎の疑問を感じ取ったようだ。感じ取ったうえで、実際に話題にするかどうか、迷っている。ということは、由里は今でも石本武光と接点があるに違いない。あるいはよりを戻したか。男と女の間では、何が起きるか分からない。濱崎はコーヒーを一口啜り、タイミングを計った。由里は鋭い女で、こちらの考えを簡単に読んでしまう。先に話題を持ち出されると話しにくいのだが、何と言って切り出すべきか、適当な問いが見つからない。

「石本はどうしてる」

「ああ」由里が気の抜けた返事をした。「そんなことが知りたいの？」

「そうだ」

「私は知らない」

濱崎は思わず眉を上げた。今のところ、石本につながる唯一の情報源は彼女である。それを「知らない」とあっさり返されては……正面から顔を覗きこんだ。嘘はつかない女だ。そうでなければ、かつて情報源としては使えなかった。しかし、一年は長い。会わない歳月が彼女を変えた、ということも十分に考えられる。

「本当に？」自分でも想像できないぐらい、間抜けな声での間抜けな質問。彼女に関しては、念押しする必要などないことは分かっているのに。頭の回転が速いのだ。

「ええ。全然会ってないし」

「どういうことだ？」

「ああ」

納得したようにうなずき、由里がハンドバッグから名刺入れを取り出した。角が丸まった小さな名刺を一枚引き抜き、テーブルに置く。それを見た瞬間、濱崎は事情を悟った。

店が違う。場所も六本木ではなく西麻布だった。

「店、替わったのか」

「そうよ」涼しい顔で由里が言った。「あんなことがあった後で、同じ店を続けるのは縁起が悪いでしょう。しばらく閉めてたんだけど、結局契約は解除して、移転したわ。あそこは今、全然違う店になってる。石本も、もう関係ない」

「金も切れたのか」

「縁も、ね」由里が皮肉っぽく唇を歪めた。

これは、想定外の展開だった。由里は無事に石本の愛人を卒業し、しかも手切れ金代わりに店を一軒任されていた。二つの事実から想像できるのは、由里が石本の弱みを握っていた、ということだ。石本としては、関係を清算しても、近くに置いてコントロールしておきたい相手だったのだろう。濱崎としては、そこにこそつけ入る隙があると思っていたし、事実、作戦は九割方成功していたのだが……あの時とは、だいぶ状況が変わったようだ。

「まったく会ってないのか」

「そうね。それは、あなたのおかげかもしれないけど」

「意味が分からない」首を振り、新しい煙草に火を点けた。

「あの騒ぎで、石本は首を引っこめざるを得なくなった。私にすれば、あの男の影響力から逃げ出す最高のチャンスになったのよ。思い切って話を持ち出したら、あっさり了解してくれたわ」

「店を替えるって？」

「違う、違う」由里が顔の前で大袈裟に手を振った。否定の仕草というよりは、煙を追い払う意図が透ける。「ちょっと休むから店を畳むって。実際、しばらく東京にいなかったの。あちこち旅行したりしてね……それぐらいの蓄えはあったし。半年経って、ほとぼりが冷めた頃に、新しい店を開いたの。おかげで繁盛してるわよ」

西麻布か……俺の家から目と鼻の先じゃないか。東京の広さ、深さをつくづく感じる。同時に、アンテナの感度が鈍っていたことを認めざるを得なかった。探ろうと思えば、いくらでもこの動きは知ることができたはずなのに。そうしなかったのは、過去を振り切るためだった。由里もあの一件の関係者であり、できれば記憶から消してしまいたい一人だったから。

「連絡しようと思ったんだけど」由里が溜息をついた。「私とは話したくないだろうと思って」

「まあ……そうだったかな」

「だから遠慮してたんだけど、あなたの方から会いにくるとはね。考えてもいなかった」

「じっと冬眠してるとでも思ったか？」

「命が惜しいなら、そうするでしょうね」

濱崎は腕組みをして、黙りこんだ。あの一件で、一番深い部分で何があったか、結局濱崎は知ることができなかった。箝口令——警察は情報を扱う商売である。それを探り出すのが得意な人間が多いということは、隠すのも得意になる。最終的にどんな形で手打ちが行われたか、濱崎は知る由《よし》もなかったし、その後も探ろうとは思わなかった。結果を知れば、悶絶するのは目に見えていたから。仕上げたいと熱望し、結局仕上げられなかった事件。それがどんな形で、自分以外の人間の手で決着させられたか、知るのは怖くもあった。

「実際、冬眠していたようなものかもしれないけど」

「それで、冬眠は終わったの？」

「何となくね」目覚めが、海の向こうからやってきた男によってもたらされたものだとは、彼女には打ち明けたくなかったが。

「まさか、石本を追うつもり？」由里の顔が蒼白になった。仕事終わりの疲労とは違う何かに、全身を冒されている。

「分からない。場合によっては」濱崎は首を振った。

「やめておいた方がいいわよ」

「どうして」

「石本の勢いは、以前と変わっていない。むしろ最近は、何か新しい金づるを見つけたっていう噂だから」

濱崎は顔を上げ、彼女の顔を凝視した。途端に、由里の耳が赤くなる。

「嘘ついたわけじゃないのよ」大慌てで弁解を始める。実際には嘘だった。彼女は石本の現況をよく知っている。「石本に会ってないのは、本当。でも、夜の街にいると、いろいろ噂が流れてくるから」

「単なる噂だろうか」

「……もう少し確度の高い情報かも」

「その、新しい商売のことは？　新手のしのぎか？」

「そうみたいだけど、詳しいことは分からないわ。何か、組の人間じゃない若い連中を抱えこんで、何かやってるみたいだけど」

「バイトを雇ったか」

「そんな感じかもしれないけど、詳しくは知らない」

「俺が当たるとしたら、誰がいる？」

由里が大きく目を見開き、濱崎の顔をまじまじと見た。不安が、目から零れ落ちそうになっている。

「やめておいた方がいい」ゆっくりと首を振った。

「どうして」

「あなたは、警――会社を辞めさせられたのよ」

彼女の部屋以外の場所で話す時、「警察」とは言わないのが二人の暗黙の了解だった。

警察全体を指す時は「会社」警視庁本庁は「本社」で所轄は「支社」懐かしい符丁が今でも生きているのを意識して、濱崎は頰が緩むのを感じた。

「辞めたんだから、もう怖いものはない」

「それは、大変な勘違いだと思うけど。脚を引っ張る人はいなくなったかもしれないけど、それは同時に、後ろ盾がなくなったってことでもあるのよ。今のあなたには、バッジも拳銃もない」

拳銃はあるけどな、と皮肉に思った。使えば事態をややこしくするだけの物体。座り直し、まだ長い煙草を灰皿に押しつけて消した。

「ないけど、頭はあるんでね」

「その怪我、石本の関係じゃないの？　あなた、何に首を突っこんでるのよ」

「それが分からないから困るんだ。自分の身を守るためにも、何とかしないと」

濱崎は、分かっている人間の名を挙げた。平井。野口。由里は首を振るだけだった。出していいのかどうか判断がつかなかったが、ホワイトの名前を告げてみる。いずれも由里の反応は同じだった。静かに首を振るだけ。濱崎は新しい煙草に火を点け、深々と煙を吸いこんだ。由里の本音は……結局読めない。もしかしたら、自分を刺したのはこの女ではないかという疑いも、かすかにだがある。人は目で雄弁に物を語るものだが、逆に目で嘘をつけるようになった人間は、容易には本音を読ませない。

「命が危ないぐらいに？」

「しかも危ないのは、俺だけじゃないんだ」

「あなた、大丈夫なの？」由里の表情が曇る。少なくともその顔は、本気で心配しているように見えた。

「一応生きてはいるよ」濱崎は肩をすくめた。「少し、石本の動向に気を配ってくれると助かる」

「私を信じてるんだ」

由里が真っ直ぐ濱崎の目を覗きこんだ。濱崎は一瞬言葉に詰まったが、結局うなずいた。誰か一人ぐらい、信じる人間がいてもいい。裏切り者かもしれないとは思ったが、男と女の間は、簡単に切れないのだ。ひどい目に遭うかもしれないが、それは全て自己責任である。

「もちろん、信じてる」

「最近、そんなこと、誰からも言われてないわね」

「悲しい人生だ」

「普段はそんな風に感じないけど」

由里が弱々しい笑みを浮かべる。この笑い方にやられたのだ、と濱崎は思い出した。普段は強気一辺倒の彼女が時々見せる、女の弱さ。姉御肌なのに、ふと守ってやりたくなる。

そうやって俺は足を踏み外したんだがな、と思うと、苦笑いしてしまう。

一度失敗した人間は、そこから教訓を学ぶ。どこが失敗への転換点だったかを知り、二度と同じことを繰り返さないように気をつけるものだ。だが、人生は将棋のようなものである。一人で指すわけではなく、相手のペースに合わせることも考えなければならない。相手が自分より腕が上なら、負けるだけだ。一度目は、命までは取られずに済んだ。しかし二回目は……負けなければいい。必ず王将を――あいつの首を取ってやる。


「濱崎と話した？」

ブラウンは思わず声を荒らげ、直美に詰め寄った。怯えた直美が一歩下がり、ベッドにつまずいてバランスを崩した。そのままずとんと腰を下ろしてしまう。ブラウンは一歩引いて、彼女との間に十分な距離を作った。

「ホテルの馬鹿どもが、電話をつないでしまったことは分かっています」連中にはペナルティが必要だな、と思っていた。それこそ宿泊代を値引きさせるとか。「だけどあなたも、電話に出る必要はなかった。出てはいけなかった」

「でも、濱崎さんですよ？　あなたの仲間じゃないんですか」

「仲間じゃない――」言い切ろうとして、直美の顔に不審な表情が浮かぶのを見て取った。おそらく彼女は、濱崎とも同じようなやり取りをしたのだろう。「とにかく今は、一緒に動いていないんだから」

「何かあったんですか」

「彼は信用できない」

直美が、まじまじとブラウンの顔を見た。血の気は戻り、今は疑念だけが感じられる。彼女は日本人だ。同じ日本人の顔色を読むのには長《た》けているだろう。あるいは濱崎が、電話で彼女を丸めこんだのか。彼女の中に、他人の信頼感を測るメーターがあり、その針は今は濱崎の方に振れているようだった。

「よく分かりませんけど」

「説明するほどのことじゃない」ブラウンは首を振った。「それで、あいつは何と？」

「石本さんという人のことを聞いてきました」

「イシモト？」ブラウンは瞬時に反応した。直美から聞いたリストに名前があった。しかも、昨夜遅くまでかかって解析したホワイトのラップトップの中でも、何度か名前が出てきた人間である。メールのやり取りもあった。ただし、内容は極端に省略された素っ気ないもので、どこでいつ会うか、という程度でしかなかった。「奴は、イシモトの何を知りたがったんですか」

「どんな仕事をしていたのか、と」

「彼も、ビジネスパートナー？」

「私たちにはよく分からないんです」直美の顔に困惑が広がった。

「それはそうですね」ブラウンは一歩引いた。冷静になれ……こんなことで彼女を困らせても、何にもならない。「ホワイトは、イシモトという人と何度かメールのやり取りをしていました。関係があったのは間違いないんです」

直美が首をかしげる。本当に知らないのだ、とブラウンは判断した。では、濱崎は何に気づいたのだろう。わざわざ直美に電話してきてまで、確認したのはどういうことか。

「一つ、教えて下さい」

「何でしょう」直美が警戒感を露《あらわ》にする。

「イシモトという苗字は、珍しいですか？」

「はい？」

「私が知っている限り、それほど珍しいとは思えないが」

「そう、ですね」直美が肩を上下させる。「この辺——新宿区の電話帳を開いても、何人か見つかるんじゃないですか」

恐らく濱崎は、この男のことを知っている。極端に珍しい名前の人間だからではなく、何らかのつながりがあるのではないか。それこそ、昔仕事の関係で知り合っていたとか。仕事の関係……犯罪者？　だが今は、どういうことなのか知りようがない。濱崎に直接訊ねるなど、考えられなかった。

一つ溜息をつき、次の手を考える。まず優先しなければならないのは、三人の安全を確保することだ。あの連中はどういうわけか、自分を確実に捕捉し続けている。自分と一緒にいることで、三人を危険に陥れてしまう可能性が高い。

「今日は何か、仕事はありますか」

「ないですよ」直美が唇を歪める。「ホワイトさんの代わりが来て、新しい仕事の指示があるまでは、休みのようなものです」

「どこか、安全な場所はありますか？」

直美の顔が歪んだ。そんな重大な問題を自分たちに委ねるのか、と非難するような感じだった。

「いや……日本のことだったら、私よりあなたたちの方がよく知っているでしょう。安全な場所は、私にはすぐには思いつかない」

「家は駄目なんですか」

考えた。今やらなくてはならないのは、自分と三人のつながりを断ち切ることだ。上手くこのホテルを出られれば、直美たちが無事に家に帰りつく可能性は高い。一度家に入ってしまえば、その後は安全だと言っていいだろう。安全にホテルを出る方法を考え、三人を解放すること、と決めた。実際、この三人の世話を続けていたら、自分は動きが取れなくなってしまう。調べなければならないことは山積みなのだ。

まず、濱崎の部屋にある荷物を引き上げないと。あの男は基本的に信用できないから、荷物が心配だ。自分のラップトップも置きっ放しだし。突然、不安が襲う。ブラックベリーとラップトップは同調させて、情報を常に最新の物にアップデートしている。つまり、自分が今まで調べた情報は、全てあのラップトップに入っているということだ。あの男のことだ、人のラップトップを覗くぐらいは平気でするだろう。しかも、起動にパスワードは必要ない……自分の不用心さを呪いながら、ブラウンは直美に告げた。

「朝食を摂ってから、ホテルを出ましょう。あなたたちが無事に家に帰り着いたら、私は一人で動きます」

本来そうであるべきように。

そろそろ寝る時間だというのに、由里はまだつき合ってくれた。それが自分に対する気持ちによるものかどうか、濱崎には分からなかったし、確かめたくもなかった。愛など、所詮コントロールできるものではないし、今はわずかなことにも気持ちをかき乱されたくない——と考えてしまうのは、濱崎に、まだ由里に対する気持ちが残っている証拠かもしれないが。

久しぶりに入った彼女の部屋は、以前と変わらず綺麗に片づいていた。集めるのが趣味だった観葉植物は、さらに数が増えている。彼女が煙草を吸わないせいもあり、室内というよりも森の中にいるような気分だった。

「煙草は……」着替えて寝室から出てきた由里が、困ったような表情を浮かべる。

「分かってる。吸いたくなったらベランダへ行くよ」

「お茶は？」

「いらない」ゆっくりと首を振り、ソファに浅く腰かけた。ここで何度眠っただろう……そして朝を迎える度に、自分の警察官としての寿命は短くなっていったのだ。そう考えると、立ち上がりたくなる。だが、辞めたことは必ずしも自分にはマイナスになっていないと思い、腰を落ち着けた。「それより、石本のことについて教えてくれ」

「あなたが警察を辞めた直後のことだけど」向かいのソファに腰を下ろしながら由里が言った。「あの人、アメリカへ行ったのよ」

「アメリカ？」痛みに悩まされていた濱崎の頭が、素早く回転し始めた。ブラウン……というか、ホワイトの国ではないか。「何をしに？」

「それは分からない。だいたい私は、あの人と直接話すようなことはなくなっていたから」

「その割に、奴のことはよく知っている」

「情報は、いろいろなところから入ってくるわよ」皮肉に唇を歪め、ミネラルウォーターのボトルのキャップを開けようとした。しかしすぐに手の動きを止め、少し笑いながら濱崎にボトルを渡す。ペットボトルのキャップを開けられない非力な女……を演じる。濱崎も、しばしばキャップを開けてやったものだ。

「それで？」

「一か月ぐらい、向こうに行ってたみたい」

「奴が大リーグ好きとは知らなかったな」

「まさか……冗談言ってる場合じゃないでしょう。そのうち、石本が帰って来たっていう情報が入ってきたんだけど、私には何の連絡もなかったわ」

「君のことはどうでもよかったわけか」ボトルを渡してやる。

「たぶんね」一口水を飲んでから、由里が首を傾げた。「それからも、何度かアメリカに渡ってたみたい。何をしているかは分からなかったけど……それと、つき合う連中が変わったみたいね。あいつがよく行く店、知ってるでしょう？」

「『胡蝶蘭《こちょうらん》』とか『エフ』とか？」どちらも、石本が根城にしていた六本木の店だ。濱崎はどちらの店にも行ったことがある。もちろん、仕事として石本の動向を確認するためだ。とても自腹で呑めるような店ではない。

「そう。そういう店に、若い連中を連れてよく呑みに行ってるみたいね」

「組の若い連中か？」

「そうじゃなくて、大学生みたいな子たち。さっき、若い連中を抱えこんでっていう話をしたでしょう？」

濱崎は右の眉をすっと上げた。奴は、素人にも手を出しているのか？　いや……一見普通そうに見える連中が平気で悪事を働くのが今の時代だ。もしかしたら、振り込め詐欺のグループを組織しているのかもしれない。その推測を口にしてみたが、由里は静かに首を振るだけだった。

「本当に普通の大学生みたいな感じらしいわよ。店で、パソコンを開いて大騒ぎしてたっていう話だし」

「『胡蝶蘭』でそんなことをしたら、つまみ出されないか？」あの店は、値段だけでなく格式も高く、歴史も古い。昭和三十年代から続く店で、確か現在のママは四代目だ。昔から政治家や一部上場企業の役員クラス御用達だったという店で、本来なら石本のようなヤクザは出入りできない。実際石本も、あの店では大人しかった。恐らく、普段の自分から二つも三つもステップアップした雰囲気を味わいたかっただけなのだろう。あいつのような男は、石の下のような湿った場所にいるのがお似合いなのだが。

「『胡蝶蘭』も、ずいぶん変わったみたいよ。最近、あの手の高級クラブは閑古鳥が鳴いてるから……お金を落としてくれる人なら、誰でもいいんじゃない？」

「そうか」あの店を訪ねてみる価値はある。石本がいったい何をしていたのか……店の人間は、こちらが考えているよりもずっと、客を観察しているものだ。聞き込みでも、店員の観察眼が役に立ったことが何度もある。「しかし、何を企んでたのかな」

「そこまで詳しいことは、私には分からないけど」由里が肩をすくめる。「でも、何か新しいことをしようとしてたんじゃないかしら」

「新しいしのぎか……」濱崎は顎を撫でた。ヤクザはどうしようもない連中だが、頭が悪いわけではない。そもそも、石本のように幹部にまで上り詰める人間なら、金儲けに関しては嗅覚が利くものだ。現在の警察の暴力団対策は、この一点に絞られているといってい い。金の流れを絞れば、ヤクザは飢える。飢えて暴力的になれば、叩くポイントは増えるのだ。燻《いぶ》り出し。

「今のところ、私が知ってる情報はそれぐらいだけど」

「ありがとう。参考になった。何で返せるかどうかは分からないけど……」濱崎は両膝を叩いた。立つ時の癖だが、痛みのせいもあり、体が言うことを聞かない。

「そんなことはいいけど、ちゃんとご飯、食べてるの」

「食べてるよ。毎日美味い物を食ってる」

「そういう意味じゃなくて……」じれったそうに、由里が両手を揉み合わせる。

「仕事はあるんだ」濱崎はわざと明るい口調で言った。「ま、下らない仕事ばかりだけど、飯を食うぐらいの金は稼げてる。何とか無事に、老後は迎えられるんじゃないか」

「今からそんなことを言うの、早いわよ」由里が笑ったが、笑顔はぎこちない。「だいたい、どうして自分一人で背負ったの？　私にだって……」

「君には関係ない」濱崎は声を荒らげて彼女の言葉を遮った。「あれは、俺の問題だから」

「あなたがそう言うなら、私には何も言う権利はないわ」

由里が口元を引き締めた。おそらく自分以上に修羅場をくぐってきて、多少のことでは動じない女。その彼女が、俺のことを気にしている。百戦錬磨の由里にしても、やはり心を動かされる一件だったのだと思うと、少しだけ胸が痛んだ。自分一人が痛みを呑みこんでいればいいと思っていたのだが、他にも傷ついている人間がいたのだ。

だが、今の自分には、彼女を癒してやることはできない。情報を求めて仕方なく近づいたが、本当は会うべきではなかったのだ。笑い話にするほど時は流れていないし、そもそも笑うようなことでもないのだから。普段は何事も皮肉に笑い飛ばす濱崎だが、今日はそれができない。

12月6日

早朝、ブラウンは三田の家の前にいた。直美の名義で借りたレンタカーの運転席に座り、要塞のような家を凝視している。こういう家は、ニューヨークやニュージャージーで、以前にも見たことがあった。ドラッグハウス。売人たちがアジトにしている場所で、窓には鉄格子、というのが定番だった。警察と、対立する組織両方の襲撃から身を守るための砦である。

ここがドラッグハウスでないことに関しては、ある程度の確信があった。簡単な家捜しをしただけだが、麻薬関係の物は何も見つからなかったから。しかし、中ではもっとひどい悪事が行われていた可能性がある。具体的な想像が浮かばないが故に、悪い予感がどんどん広がるのだった。

やらなければならないことは多いのに、自分には手がない。日本という国で、一人で動ける限界をはっきりと意識していた。濱崎の顔が脳裏に浮かんだが、すぐに頭を振って追い出す。絶対に、信用できない人間を頼る訳にはいかない。もしかしたら、あの男も「向こう側」の人間で、最初から俺を引っかけようとしていたのかもしれないし。

だが、「ホワイトの行方が分かると困る人間がいる」というそもそもの前提が、ブラウンの想定を超えていた。「ラーガ」は大きな企業だ。世間の注目度も高い。そこの上級副社長を捜されて困るといえば……ホワイトが殺された場合ぐらいだろうか。死体が見つかったら、犯人は一巻の終わりだ。

俺は、ホワイトの死体を捜しているのか？

ドアを開け、冷たい空気の中に一歩を踏み出す。今頃の季節は、ニューヨークの方が気温はずっと低いが、東京の湿った寒さの方がブラウンには堪《こた》えた。白い息を吐きながら、ゆっくりと家に近づいて行く。今日も人がいないのは、もう確かめていた。

半分開いたシャッターの手前まで来た時、ブラックベリーが鳴り出す。慌てて車に駆け戻り、ドアを完全に閉めてから電話に出た。それでなくても目立つ自分が、歩道に突っ立ったまま、電話で話していたらさらに目立つ。まだそれほど人通りは多くないが、用心し過ぎることはない。

「サー」

予想もしていない相手、ニューヨークにいる、部下のアレックス・ゴンザレスだった。

ブラウンは一瞬、嫌な予感を覚え、鼓動が跳ね上がるのを意識した。向こうで何かあったのかもしれない。こちらが動きようがないと分かっていて、律義に連絡してきたとか。あの男なら、それぐらいのことはやりかねない。だが、彼の用件はまったく別のことだった。

「どうした」

「先日お話しした件です。ラーガのことですが」

「ラーガがどうした」確かに会社の名前を出した記憶はある。ホワイトという人間を説明するのに、ラーガは欠かせないのだ。

「気になることがあったので、ご連絡しました」

「結構。話してくれ」こいつと会話を交わしていると、軍隊時代に戻ったような気分になる。堅苦しく、短く行き交う言葉。軍隊生活にあまりいい想い出がないが、自分の基礎を作った時代なのは間違いない。

「二時間ほど前から、ラーガのサーバがダウンしています。原因は不明です」

「それが何か？」

ゴンザレスが沈黙する。彼を傷つけてしまったのだ、とブラウンは気づいた。彼にしてみれば、重要な出来事かもしれない。

「原因は分からないんだな」

「イエス、サー」

「こんなことは初めてじゃないか」

「自分の記憶では、イエスです。サー」

世界中の人が使うサービスだから、二重三重、いや、それ以上にバックアップシステムを構築しているはずだ。落ちたら大騒ぎになる。ダウンした時間の長さによっては、ニューヨークタイムズの一面を飾るレベルのトラブルだ。

「実は、確認をしました」

「ラーガに？」当たり前だ。話の脈絡からは、それ以外に考えられない。だが、ゴンザレスがそんなことをするのは、ブラウンにとっては意外過ぎた。

「イエス、サー」ゴンザレスの口調は一切変わらない。「回答を拒否されました」

「それは、捜査としてやったのか？」

「イエス、サー」

やり過ぎだ……ブラウンは額を揉んだ。「ラーガ」の名前が頭に残っていたからそんなことをしたのだろうが、そもそも緊急出動部隊に、こういう事態を捜査する権限はない。警察沙汰になることとも思えなかった。もちろん、ユーザー側にとっては大問題だろうが。

「回答を拒否というのは、どういうことだ」

「一切回答しないということです、サー。あまりにも態度がおかしいと感じましたので、連絡させていただきました」

「なるほど」これがすぐに何かにつながるとは思えないが……。「分かった。何か他にも異常事態があったら、教えてくれ」

「分かりました、サー」

ゴンザレスの口調はわずかに変化していた。張り切っている。何でもいいから、指示を与えられることに無上の喜びを感じるタイプなのだ。完璧な兵士。

電話を切ってしばし考える。ラーガのサーバがダウンしたからといって、何の問題がある？　少なくとも自分には関係なさそうに思えた。だが、何かが気になって、ラーガのサイトにアクセスしてみる。

まだつながらない。

「ラーガがダウン」となれば大きなニュースである。ニューヨークタイムズのサイトにアクセスすると、確かにニュースになっていた。

「ラーガのサーバが原因不明のダウン」

見出しが全てを言い表している。本文には、簡単な事実しかない。最後に、「現在、同社では復旧を急いでいる」とあった。それはそうだろう。つながって当たり前のサービスがいつまでもダウンしていたら、ラーガにとっては死活問題になる。

しばし考えた後、ラオに電話してみることにした。こんな重大時に電話に出るとは思えなかったが……かけてみると、彼は呼び出し音が五回鳴った後で電話に出た。

「はい」迷惑そうな口調。

「ブラウンです」

「申し訳ないですが、今大騒ぎで――」

「それは分かっています」ブラウンは慌てて彼の言葉を遮った。本人がサーバルームで四苦八苦しているとも思えなかったが。「何か、私に手伝えることでも？」

突然、ラオが甲高い笑い声を上げる。耳に不快なその笑い声は、ブラウンの限界まであと数秒というところまで続いた。

「あなたがシステムの復旧とチェックの作業をしてくれると？　そんな腕があるなら、すぐにうちの会社にスカウトしたい」

「そういうのは、私の仕事ではない」まくしたてるラオに対して、ブラウンは冷静さを貫いた。ラオが珍しく焦っている様子に、逆に興味が生じる。

「だったら、あなたの仕事は何なんですか？」

「この騒動を起こした犯人を見つけ出すこと」

ラオが黙りこむ。話していいものかどうか、考えているのだとブラウンには分かった。無理に先を促さず、向こうが話し出すのを待つ。ほどなく、ラオが口を開いた。

「これが故意に引き起こされたものかどうかは、まだ分かりませんね」

「しかし、疑いはある」

「バックアップサーバも含めて、多重ダウンしています。こういうことは、普通の事故ではあり得ない。あちこちで電源が失われるような大災害でもない限りは」

「停電はないようですね」

「ええ。コン・エディソンも最近は真面目に仕事をしているようだ」ラオの言葉に、皮肉な調子が戻ってきた。

「外部からの攻撃の可能性は？」

「それは、ログを解析してみないと分からない。現時点では、その可能性も否定できない、ということです」

ブラウンは、この情報を頭の中で転がした。サイバーアタックは、もはや日常的な物である。しかし狙われるのは、政府機関のサーバが多い。既にそれを、戦争の「先制攻撃と見なすべき」との意見もあるぐらいだ。実際、国防関係やライフラインを制御するサーバがダウンすれば、国は丸裸になってしまう。例えばレーダー網が機能していない状態で物理的な攻撃をしかけられたら、防ぐ手はまずない。

だが民間への攻撃は、それほどまでに深刻な結果は生まない。もちろん、ラーガのサーバがダウンすれば、億単位の人が迷惑を被るわけだが、それで人生が狂ってしまうような人はほんの一握りのはずだ。民間企業へのサイバーアタックは、ほとんどの場合、クラッカーが自分の腕を誇示するためのデモンストレーションに過ぎない。その業界では、「ラーガのセキュリティを突破した」というのが大きな勲章になる可能性もある。

「否定できないというより、その可能性の方が高いのでは？」

「現段階ではノーコメントですね」ラオは冷静さを取り戻していた。

「あなたは、ホワイトの関係で、もう私の助力は必要ないと言った。今回の件は、それと関係しているんじゃないですか」

「あなたは、警察官にしては想像力が豊かなんですね」ラオが笑ったが、いかにも空疎な笑い声にしか聞こえなかった。きつい状況を乗り切るために、笑いに助けを求めているような感じさえする。

「これが極めて重要な障害なら、捜査当局に相談する手はありますよ。むしろ、相談して欲しい。私は日本にいて何もできないが、ニューヨーク市警にも優秀なサイバー犯罪の専門家がいる」

「必要ないでしょう。復旧の見通しは立っているし、今のところ、実害はない」

「何億人もユーザーがいて、実害がない？」ブラウンは反射的に眉を吊り上げた。「ラーガをビジネスに使っている人もいるでしょう。そういう人にとっては、洒落にならない状況ですよ。実際に損害が生じているかもしれない」

「その件に関しては、うちのユーザー担当と法務担当の者が対応します」

「その程度で済む話なんですか」

「仮想空間の出来事が、そんなに大変なんですかね」やけっぱちのような台詞だった。その仮想空間が、どれほど巨額の金を生み出しているか、ラオ本人はよく知っているはずなのに。

「ミスタ・ラオ」ブラウンは、次第に頭痛が激しくなってくるのを意識した。この男の秘密主義には、いい加減うんざりだ。首を突っこんだことに関して、最後まで責任を取らなければ気が済まない性格でなかったら、とっくに罵詈雑言を浴びせかけて、決別の辞を送っていただろう。一言に要約すれば「クタバレ」になるわけだが。しかし自分は、ホワイトの問題を抱えている。今ここで、ラオとの関係を切るわけにはいかない。「個人的な印象で構わないから聴かせて欲しい。これが大規模なサイバーアタックである可能性は？」

「否定はできないですね。ああいう連中の心理は理解できないでもない。成功者への妬みです」ラオはあくまで断言するつもりがないようだった。

「自分の能力を証明するためではなく？」

「ああ、まあ、言い換えればそういうことになるかと」ラオが認めた。「我々のように巨大に成長した企業に対して攻撃をしかけ、それが成功すれば、自分たちの方が能力が上だと自慢できる」

「今回の件もそういうことだと？」

一瞬間《ま》が空いた後、ラオが「そうだといいんですが」と曖昧な口調で言った。

「どういう意味ですか」

どこか遠くで電話が鳴る音が聞こえた。ラオが、少しだけほっとしたような口調で「失礼」と言って遠ざかる。ぼそぼそと話している声が聞こえてきたが、内容までは聞き取れない。がさがさという音がして、彼が電話に戻ってきた。

「そろそろサーバ復旧の見通しが立ちました。申し訳ないですが、これで」

「私に何か言っておくことはないんですか」

また間が空いた。彼の口から出てきた言葉は素っ気ない「ご心配なく」だったが、ブラウンはむしろ、不安を募らせていた。


「なるほど」朝最初のコーヒーを飲みながら——昨日と同じスターバックスだ——濱崎は満足気にうなずいた。情報の確認は二日遅れてしまったが、それを考慮しても十分過ぎるほどの内容である。目の前の秋山は、げんなりした表情を浮かべていたが。コーヒーにも手をつけていない。

「何だ、結局嫁さんの紅茶に慣らされたのか」

「違いますよ」秋山がカップを手に取り、慌てて一口啜る。「何か、やばそうな話じゃないですか」

「まだ分からないぞ」濱崎は首を振った。「パーツがあるだけで、つながってないからな」

「どうつながるかは、何となく分かります」

「それは凄いな」濱崎は両手を広げてみせた。「お前さん、いつからそんな名探偵になったんだ？　俺には全然想像がつかないよ」

「またまた」秋山が苦笑した。「あれこれ想像するのは、濱崎さんの得意技じゃないですか」

「俺は事実しか見ない」

目の前に揃った事実は、想像をかき立てるだけの力を持っていたが。

頭の中で、人間関係を整理する。

石本武光。広域暴力団関東連合の若頭。四十二歳。前科二犯だが、いずれも微罪で、三十歳を過ぎてから逮捕歴はない。金の臭いを嗅ぎつける独特の感覚を持っており、由里にやらせていた店などは、そのほんの一角に過ぎない。

俺が捕まえられなかった男。俺を陥れた男。

野口一幸。経営コンサルタント。四十六歳。関東連合本体と直接のつながりはないが、秋山の捜査で、石本が設立した会社の役員に名前を連ねているのが分かった。どうやら石本個人の知り合いのようだが、関係ははっきりとは分からない。この会社は、約款によると「飲食店の経営など」を目的に設立されている。会社の事業内容についてはまだ具体的に分からなかったが、由里が任されていた店も、この会社の管理下にあったのでは、と思われた。

波多知男。不動産業者。二十七歳。この三人の中では、際立って若い。この年齢で不動産業にかかわっているということは、相当の辣腕《らつわん》か、親から事業を引き継いだのだろう。前科はなく、石本や野口との関連も分からなかった。

もちろん濱崎も、そう簡単に全ての糸がつながるとは思っていない。少なくとも今は、野口—石本—ホワイトとつながったことで満足すべきだと自分に言い聞かせる。もちろん、この三人が具体的に何をしていたかは、想像すらできないが。

「石本が絡んで、そこにアメリカ人がいるとなると、よく分からない話ですね」秋山が面倒臭そうに言った。

「よく考えろ。これはお前の手柄になるかもしれないぞ」

「事件になるんですかねえ?」

「このホワイトという男は、死んでるかもしれないな」

口から出任せだったが、それほど突拍子もない考えとは思えない。秋山の顔からわずかに血の気が引いた。

「どうしてそう思うんですか?」

「ヤクザが絡んでるなら、そういう想像はしておいた方がいい。連中、最近は相当追いこまれてるからな」

暴力団に対する包囲網が狭まっていることも一つの原因だ。だが警察は、最終的には暴力団を完全に壊滅させることはしない。あの連中は連中なりに、それなりに役に立つのだ。暴力団から流れてきた裏情報が、事件の解決に役立つ場合もないではない。それに、盛場の秩序を保つために、依然として一定の役割を果たしているのは間違いないのだ。反吐《へど》が出そうなことだが、事実は否定できない。

それでも、既成の暴力団は追いこまれ始めている。以前のように簡単にしのぎができなくなり、金が入ってこなくなったのだ。生活保護を受けている人間すらいるのが実態である。滑稽な状況ではあるが、それが今、暴力団が置かれている現状なのだ。それに、暴力団の存在を脅かす「半グレ」の連中の台頭も著しい。この連中は、暴力団のように事務所を構えて、権勢を誇ったりはしない。普段は完全に裏に隠れて、振り込め詐欺を企図したり、ネット犯罪に手を染めたりしている。暴力に訴える連中も多いのだが、実際に金を稼いでいるのは、頭を使って悪事を働く連中だ。こういう知恵をいい方向に生かせば、日本はもう少しいい国になるのだが、と濱崎も考えることがある。実際あの連中は、アイディア豊富なのだ。

「まあ、そうなんでしょうけど」秋山が砂糖の空き袋を弄《いじ》る。

「何だよ、もっと前向きになれよ。手柄を立てるチャンスじゃないか」

「構図が見えないと、手柄になるかどうか、分からないじゃないですか」

「しっかりしろ」濱崎は身を乗り出し、秋山の肩を平手で思い切り叩いた。「それぐらいのことが想像できないでどうする」

「……濱崎さん、どうするんですか」痛みのせいか、秋山の目にはうっすらと涙の膜が張っている。

「さあ、ね」本当は、この辺で放り出してしまってもいいのだ。痛い目にも遭ったし、自分から進んで危険に突っこんでいくほど若くもない。だが、この一連の出来事が放つ「面白さ」は、濱崎を捉えて離さなかった。一瞬のゲーム感覚だと分かっているのだが……いや、実利的な意味もある。石本が何かやっている証拠を摑めれば、それは最高の復讐になるかもしれない。それにホワイトを捜してブラウンの前に差し出せば、あの男の鼻を明かしてやれるのではないか。何となく気に食わない男に渋い表情をさせるのは、間違いなく愉快だろう。

「あまり無理すると、怪我しますよ」秋山が自分の頭を指先で叩いた。「その包帯、どうしたんですか」

「転んだんだよ」

「命をかけてまでやることなんて、ないと思いますけどね」

「こっちが素直に手を引けば、相手も許してくれると思ったら大間違いだ」

秋山が唾を飲む。喉仏が上下する様を、濱崎は見守った。話を聞いただけでビビっているこの男に比べて、自分は意外にも恐怖を感じていない。

「先制攻撃で、叩き潰す」

「それは……」秋山がぎゅっと唇を引き結ぶ。「個人的な感情でしょう？　今の濱崎さんと石本じゃ、力が違い過ぎますよ。濱崎さんにはバッジの力はないんです。そこを勘違いすると……」

「痛い目に遭うと、二度目からは用心するようになるのさ」濱崎はそっと頭に触れた。まだ痛みは残っており、時々目眩もする。「俺も学習するんでね」

「そうは思えませんけどね」秋山の表情は深刻だった。彼にしては相当思い切って、先輩に忠告しているつもりなのだろう。「濱崎さん、警察を辞めざるを得なかったんですよ？　それって、もの凄いダメージじゃないですか。俺だったら、もう絶対に大人しくしてます」

「一生頭を下げたまま、生きていくわけにはいかないぜ」

言ってしまってから、格好つけ過ぎだ、と思わず苦笑する。だが、言葉はいつでも人を力づける。たとえそれが、自分の口から出た言葉であっても。

ブラウンの張り込みは、既に三時間に達していた。これぐらいは何でもないが、さすがに自分のやっていることに意味があるのだろうか、と心配になってくる。朝の通勤ラッシュが一段落し、現場は静かな住宅街に戻っている。ブラウンはシートを少し倒してわずかに寝転がる姿勢を取っていた。ずっと張り込みしているだけでも目立つのに、自分の場合、特異な容貌も問題だ。「日本人は異質な物を認めない」と以前母親が言っていたが、その意味が今では非常によく分かる。

ラーガのサイトは、ラオとの会話を終えた三十分ほど後に復旧した。「システムトラブルのためしばらく使えない状態でした」という説明はあるが、これだけではあまりにも不親切だ。ユーザーの中には、システム的な事情まで分かる技術者もいるはずで、そういう人が騒ぎ出す可能性がある。具体的な説明がないと、ラーガのシステム自体が「不安定」とのマイナス評価を得てしまうだろう。

何かある……それは間違いない。だが今のところ、正体はまったく見えなかった。

ブラウンは車を降り、三十分に一度、自分に課した定期パトロールに出た。家の周囲を一回りし、何か変化がないか、調べる。何もないだろうと予想していたが、その通りだった。この定期パトロールも、何回も繰り返すとまずいことになるだろう。歩いているだけでも目立つのだから、警察に通報される可能性もある。

車に戻ると、見知らぬ男が一人、レンタカーの脇に立っていた。ルーフに手をかけて、中を覗きこんでいる。まずい。私服の警察官だろうか。中肉中背で、特に特徴がないグレーのスーツ。足元も目立たない黒い革靴だった。日本に来てから会った人間の中では……記憶にない。

ブラウンは行き先を変え、車から離れた。少し離れた電柱の陰に身を隠し、男の様子を観察した。何を調べているのか分からないが、かなり入念な様子は窺える。中には何も入っていないのだが……しかし男は、その場を離れようとはしなかった。体の向きを変えると、車に背中を預けて腕を組む。薄い色のついたサングラスをかけていた。年の頃、四十歳ぐらい。目がはっきりと見えないが、顔全体から凶暴な気配が漂い出しているのが分かる。そして明らかに、自分を待っている。

これは、少し離れた方がいい。いくら何でも、何時間もあの場で待つつもりはあるまい――そう考え、ブラウンは踵を返した。

その瞬間、ひゅっと空気を切る音が聞こえ、衝撃が襲う。反射的に体を屈め、「何度も同じ手を食うな」とひとりごちて、周囲の状況を確認しようとした。目の前に、何者かの腹が見える。中腰の姿勢のまま、そこにパンチを叩きこんだ。肉に食いこむ拳の感触は確かなもので、相手が体を折り曲げるのが分かる。ブラウンは素早く体を伸ばし、相手の頭を両手で抱えこんだ。そのまま右膝を顔面に蹴りこむ。体が一瞬宙に浮き、相手が呻き声を上げげた。やる時はやる。遠慮なしに致命傷を与える――警察官ではなく兵士として叩きこまれた本能が、自分の中で目覚めるのを意識した。しかし同時に、警察官としての良心がそれを邪魔する。致命傷は必要ない。相手の動きを奪えばそれで十分だ。

ブラウンは相手の左手首を取り、背後に回りこんだ。そのまま腕を脇の下に抱え、全体重をかける。相手が悲鳴を上げながら、アスファルトの上に崩れ落ちた。容赦なく、そのまま腕を絞り上げる。めりめりと嫌な音がして、自分の体の下で相手の腕がへし折れる感触が伝わってきた。

よし――だがその瞬間、後頭部に激しい痛みが襲う。やり過ぎた、と悟った。本当は、的確な一撃を与えるだけで済ませるべきだったのに……敵は少なくとももう一人いたのだから、もっと警戒しておくべきだった。

薄れゆく意識の中、ブラウンは警察官としても兵士としてもまだまだ修行が足りない、と反省していた。


水の匂いがする。

意識が戻ってきて、最初に感じたのはそのことだった。近くを川でも流れているように、鼻先に水の匂いが漂う。

目を開けた――つもりだったが何も見えない。頭が締めつけられる感触から、目隠しをされているのが分かった。顔がかなり痛む。目の粗いタオルを使った上に、相当きつく縛られているのだ。呼吸も苦しい。どうやら粘着テープが、顔の回りを一周しているようだ。

鼻では息ができる。少なくとも、鼻は折れていないようだ、と自分を安心させようとした。同時に、水の匂いが消える。嗅覚がおかしくなっていたのだろう、と判断した。

体の感覚が戻ってこない。右腕に体重がかかっているから、どうやら右側を下に転がされているようだが……ゆっくりと手を動かすと同時に、両肩に引き攣るような痛みが走った。後ろで手を縛られているらしい。指先を意識しながらもう一度手を動かす。痺れた感覚しかなく、手首から先にあまり血が通っていないことが分かった。クソ、どうするつもりだ……。

体の力を抜き、怪我の位置を確認しようとする。頭は痛い。明らかに外傷を負った痛みだが、どの程度なのかは分からない。吐き気などはないので、それほど重傷ではないだろう、と判断するだけだった。むしろ問題なのは、拘束されていることによる痛みだ。

体を起こしてみようか……右腕に力を入れ、肘を曲げてみる。手首が引っ張られて痛みが走ったが、何とか声を上げずに耐え、肘に体重をかける。体が起き上がりかけた寸前、誰かが肩を摑んだ。そのまま引っ張り上げられる。何故か相手は、ブラウンを乱暴に扱う気はないようで、そのままゆっくりと後ろに体を倒した。背中が硬い物に触れる。服を通しても分かる冷たさから、金属製の壁ではないかと思った。試しに体を離し、少し勢いをつけて背中をもう一度預けると、冷たく硬い金属の感覚があった。

そのまま背中を壁に押しつける。硬く、重い。簡単には動きそうにないから、ここはやはり壁なのだろう。

突然、顔に激しい痛みが走る。一瞬意識が飛んだが、粘着テープが剝がされたのだ、とすぐに分かった。自分が毎朝きちんと髭を剃る人間でなかったら、涙が出るぐらいの痛みだっただろう。うつむき、歯を食いしばって痛みに耐える。

乱暴に髪の毛を摑まれ、後頭部を壁に打ちつけられた。先ほど殴られた箇所にもう一度ショックが走り、涙が滲み出る。

「あんたもしつこいね」

聞き覚えのない声だった。濱崎の家近くで襲ってきた人間、BMWで自分を拉致した人間、いずれとも違う。二回の失敗に業を煮やして、担当者が代わったのか、まったく別の事件なのか。考えても混乱するだけなので、ブラウンはひたすら、相手の気配を感じ取ろうとした。

「余計なことをするなと、二回も忠告した。三回目はないぞ」

「仏の顔も三度」

「ああ?」相手の声には戸惑いが感じられる。

「三度目までは許されるはずだ」

「あんた、何でそんな言葉、知ってるんだ？」

「俺の心の一部は、日本にある」

「ふざけるな」

低い脅しの声。次いで、風が動く気配が感じられた。逃げようかと思ったものの、間に合わない。相手の蹴りがもろに胸に入り、ブラウンは背中から壁に叩きつけられた。衝撃を逃がす余裕もなく、胸に激しい痛みが走る。思わず咳きこむと、さらに痛みが鋭敏になった。これは、肋骨の一本や二本、持っていかれたな……うつむいて歯を食いしばり、何とか痛みを堪える。血流のリズムに従って、ずきずきと痛みが這い上がり、頭の中を満たしてしまった。クソ、こんな手も足も出ない状態で……そうだ、足はどうなっている？　動かしてみると、こちらは縛られていないようだった。無闇に蹴りでも見舞おうかと思ったが、尻餅をついた状態では、どうしようもない。それに、無駄な抵抗をすれば、それだけ痛い目に遭わされる確率が高い。ダメージは最小限に抑えなければ……。

「聞かせてもらいたいことがある」

相手の声は、耳のすぐ脇で聞こえた。息遣いさえ感じられる距離。ブラウンは無意識のうちに体を横に倒し――そうするとまた肋骨に痛みが走る――逃れようとしたが、髪を摑まれ、阻止された。首が捩《ねじ》れるような痛みにも襲われる。

「何故ホワイトを捜してる？」

「そっちこそ、どうしてそんな話を聞きたがる？」

また風が動く。しかし何度も同じ手は通用しない。ブラウンは体を屈め、全身に力を入れた。相手の一撃は肩を直撃した——明らかに頭を狙っていたのだ——が、分厚い筋肉が衝撃を受け止める。相手が舌打ちするのが聞こえた。

「こっちの質問にだけ答えろ」

質問に対して、無言で迎撃する。また髪を掴まれ、後頭部を壁に叩きつけられた。さすがに何度も同じことを繰り返されると、痛みとショックで目眩がしてくる。

「もう一度聞く。どうしてホワイトを捜している?」耳鳴りがひどく、相手の声はどこか遠くから聞こえてくるようだった。「お前、どこまで掴んでるんだ?」

掴む? この一言が様々な想像を生んだ。この男は、自分が警察官だと知っているのだろうか。何か捜査していると思っている。どこからバレた? もしかしたら、バッジを奪ったのは……。

「我慢強いのはよく分かったから、いい加減に吐けよ。こっちも、無駄な殺しはしたくないんでね」

「仮に俺が捜査しているとしたら、どうする?」

「ああ、アメリカに帰ってもらう」男が軽い口調で言った。「海に放り投げて、な。海流で、そのうち太平洋を渡り切るよ。その前に、白骨になって海に沈むか」

「何を企んでる?」

男が突然、甲高い笑い声を上げた。

「阿呆か、それを言ったら何にもならないだろうが」

「自分たちの罪を認めることになるからか？」

「最初からいこうか」男がすっと息を吸った。「どうしてホワイトを捜してる？　あいつに関して何を摑んでる？」


「車を貸した？」濱崎は思わず眉をひそめた。直美の名義でレンタカーを借りたというの
だが、ブラウンは日本で運転できる免許を持っているのだろうか。警察に止められでもし
たら、厄介な話になるのに……そういう状況も読めないほど、焦っているのか？

「ええ。まずかったですか」直美が心配そうに言った。

「まずいかどうかは分からないけど……迂闊《うかつ》だったかもしれない」

「そうなんですか？」

「いや、それも含めて何とも言えない」

「そう、ですか」直美が声をひそめた。

「それであいつは、何をすると言っていたんですか？」

「家を張りこみたい、と。立っていると目立つので、車が必要だ、という話でした」

「なるほど」張りこむべき家は、何軒か考えられる。一番有力なのは、波多知男名義にな
っている三田の一軒家だろう。あそこが襲撃部隊のアジトだった可能性は高いし、張り込

みもしやすい。

だが、一人では無理だ。

もっとも、あいつの背中を守ってやるつもりはない。あんな奴を……しかし何故か、気持ちがざわついた。携帯電話をきつく握り締め、つい直美を追及してしまう。

「どの家かは言ってなかったかな」

「ええ、そこまでは」

三田の家に行ってみよう。どうでもいいと思っても、やはり気になる。気の合わない男でも、何かあったら目覚めが悪い。

「ちょっと調べてみます」

「そんなにまずい状況なんですか？」直美の声に、不安が忍びこんだ。

「それは分からないけど、あいつが一人で動くのは無謀だ……それよりあなたたちは？何もない？」

「ええ。まだホテルに籠ってます」

結局、あそこが一番安全だろう。ドアさえ開けず、閉所恐怖症に耐えられればだが。

「そこを動かないようにして下さい。こういうことしか言えなくて、申し訳ないけどね」

「はい……でも、ブラウンさん、大丈夫なんでしょうか」

「俺は悲観的な男でね。簡単には『大丈夫』とは言わないんだ」

「そうですか」直美が溜息をついた。「今日は何だか、本社の方も大変なんです」

「というと?」

「サーバがダウンして、サービスが提供できなくなったんですけど、原因が分からないんですよ」

「それは、大変なことなんですか?」

「もちろんです」直美の声に力が入った。「こういうサービスは、問題なく提供されるのが普通なんですから。ネット系のサービスは、インフラと同じなんですよ。いきなり電気や水道が止まったら困るでしょう? それなのに、ちゃんとした説明がないんです」

「そんなこと、一々説明することなのかな」

「そうしないと、信用をなくしちゃうじゃないですか」直美が力説した。「何かあった時は、ユーザーに説明する前に、社員には必ずメールが回ってくるんですけど、それもありません」

「本社の方に、問い合わせは?」

「しましたけど、現在調査中、としか答えてもらえなくて」

そんなものだろうか。機械的な問題かソフトの問題かは分からないが、原因究明にそれほど時間がかかるとは思えない。だが今、俺が心配すべき問題ではないだろう、と自分を納得させる。

「レンタカーの車種とナンバーは分かりますか」

「ちょっと待って下さい」直美が何かをチェックしている気配がした。ほどなく電話に戻ってきて、濱崎が求めた情報を提供する。

濱崎は車種とナンバーをメモに書き留めると、立ち上がった。部屋の片隅には、ブラウンの荷物。あいつ、いつまでここに置いておくつもりなのかね……ズボンのポケットに両手を突っこんだまま、しばらくその場に立ち尽くしていた。今やこの荷物だけが、自分とブラウンをつなぐ細い糸のような気がしてくる。


勘は、当たる時は当たる。三田の波多知男の家の前で、ブラウンが借りていたレンタカーを見つけ、濱崎はほくそ笑んだ。だが、彼が車にいないことが分かると、自然に笑みが引っこんでしまう。車を置きっ放しでどこかへ出かけたか……「どこか」とは、あの家しか考えられない。一人で調べるのは気が進まなかったが、今は密かに持ち出してきた拳銃が懐にある。内ポケットのサイズがちょうど拳銃にぴたりと合うコートを着こんできたので、外から見ても胸が少し膨らんでいるぐらいで、目立たない。前屈みになるよう意識すれば、物騒な物を忍ばせていると疑われる徴《しるし》はほとんど目立たなくなった。

半分シャッターが開いたままのガレージから中に入る。そこで拳銃を取り出し、残りの弾数を確認した。三発……撃ち合いになったら心許ない。そんな状況にならないよう、祈るしかなかった。

「いそうにないな……」自分のつぶやきが、ガレージの中で空しく響く。念のため階段を上がり、玄関で立ち尽くして家の中の気配を感じとろうとした。人気《ひとけ》はまったくない。そのまま家捜しを続けてもよかったが、ここにはブラウンはいない気がした。ブラウン以外の人間も。

階段を下り、ガレージの中で拳銃を内ポケットに落としこむ。こういう不安定な入れ方をしていると落ち着かないのは分かっていたが、ホルスターを手に入れている暇がない。どうせ銃の腕は大したことがないのだし、使わなくて済むように全力を尽くそう。

車に戻り、中を検《あらた》める。根拠はないが、嫌な予感が胸の中で膨らんだ。あいつの身に何かあったのかもしれない。慌てて周囲を見回したが、異変の名残、ないし兆候は見て取れなかった。鼓動が跳ね上がるのを意識し、落ち着け、と自分に言い聞かせる。ここで俺が焦っても、ろくなことにはならない。最悪、警察に連絡すべきだと思う。自分一人でやれることには限りがあるが、警察なら、大人数を一気に投入できる。この辺を調べるだけにしても、それなりの人数は必要だろう。

だがその前に、できるだけのことはやっておきたい。濱崎は車を中心にして、まず周囲の歩道を調べ始めた。前後三十メートルずつ……うつむきながら歩くうちに、怪我した頭に血が昇って頭痛が激しくなってきたが、何とか耐えながら、アスファルトの上を調べ続ける。

すぐに、異変に気づく。血痕。そして、電信柱の陰に、いかにも隠したように投げ捨ててあったブラックベリー。拾い上げたブラックベリーはロックしてあるのではないかと思ったが、キーボードを押すとすぐに画面が復活した。メールのアイコンに合わせると、ブラウンの名前が入ったメールアドレスが表示される。間違いなく、あいつの物だ。

改めて血痕を確認する。量はそれほどではない。直径五センチほどの黒い染みを、血溜まりとはいえないだろう。これがブラウンの血かどうか確認する手だては今の濱崎にはないが、ブラックベリーが近くに落ちていたことから、彼はこの場で襲われたのだ、と推測する。裁判では使えないが、捜査では十分有効な推論だ。

もう一度ブラックベリーの画面を見て、メールを調べる。最新の物に引っかかった。タイトルは「About Larga」ここでもラーガか……ラテン系の名前の差出人については推測するしかないが、ブラウンの部下かもしれない。彼に言われて何かを調べていたとか。内容をチェックしようとした瞬間、濱崎は自分に注がれる視線に気づいた。反射的に、左手でブラックベリーを握ったまま、右手を胸元に突っこむ。背中を汗が伝い、十二月の寒さを一瞬忘れた。

誰だ？　周囲を素早く見回したが、不審な人物は見当たらない。ふと気になって上を見上げた瞬間、一戸建ての家の二階の窓が開いているのに気づいた。人影が素早く動く。俺はそんなに怪しい動きをしていたか？　拳銃を懐に忍ばせてうろうろしているから怪しいのは間違いないのだが、それを外から気づかれるほど間抜けではない。

どうする？　変な動きをされたら困るが……ふと、この家の人間は何か見ていたのではないか、と思った。ちょうど現場の真上だし、争いがあれば、気づいたのではないだろうか。

思い切って、正面から行くことにした。ドアの前に立ち、インタフォンを立て続けに鳴らす。ついでにドアをノックした。やり過ぎで怯えさせてしまったかもしれないと悔いたが、取り消せない。

ドアの前で、両手をポケットに突っこんだまま、反応を待った。ドアに耳を押し当ててみたい、という欲望を辛うじて抑える。出てこなければこないで、この場を立ち去るだけだ……たぶん、相手は隠れてしまったのだろう。

こんなところで時間を無駄にしているわけにはいかない。ブラウンの車を転がして立ち去ろうかと考えた瞬間、ドアが開き、腰の曲がった老婆が顔を覗かせた。年の頃、八十歳ぐらいか。耳には補聴器が突っこんであった。

「ああ、すみません」

「あんたね、そんなに乱暴にドアを叩くもんじゃないよ」老婆が憤慨した口調で言った。長年の喫煙を感じさせる、しゃがれた声。

「申し訳ない。焦ってるもんでしてね」

「何をそんなに焦る必要がある？」

「何か見てたでしょう」

自分の事情は話さず、濱崎はいきなり切りこんだ。老婆がぴくりと体を震わせ、目を逸らす。

「そこの電柱のところでさ、何かあったでしょう」

「さあね」

「事件かもしれないんですよ。見て見ぬふりはまずいな」

「話す義務はないだろう？」

「話さないとまずいんじゃない？　ちゃんと話して解決しないと、お婆ちゃんも誰かに襲われるかもしれないよ」

「冗談じゃない」奮然とした口調で言って、老婆が一気に腰を伸ばした。かなり年老いていると見ていたのは間違いだと分かる。自分を弱く見せるためなのか、腰が曲がった振りをしていたのだ。よく見ると、耳に突っこんであるのは、補聴器ではなくブルートゥースのイヤフォンである。かすかに音楽が漏れてきた。演歌や民謡ではない。ドラムのビートが効き過ぎている。

濱崎は老婆の脇をすり抜けるようにして玄関に入った。

「ちょっと、勝手に入らない！」

非難の声を無視する。この老婆は、間違いなくブラウンの襲撃現場を見ているのだ。だいたい、襲った人間は阿呆としか考えられない。こんな真っ昼間、住宅街の中で人を襲撃すれば、目立たないわけがないのだ。一瞬、犯人は日本人ではないのでは、と考える。よく事情の分からないアメリカ人辺りが、ブラウンを襲ったとしたら……あの男は、アメリカから事件を引っ張ってきたのだろうか。

「いいから、ちょっと話させて下さいよ」濱崎は、上がりかまちに腰を下ろした。しっかり段差があるのは、この家が古い証拠である。最近の家は、バリアフリーを標榜していて、玄関に段差がない。

「出て行かないなら、警察を呼ぶよ」

「どうぞ」濱崎は肩をすくめた。「警察が来たら、そこで襲われた人間がいるのが分かるだろうね。そうしたらあなたも、警察に話を聴かれることになる。それは、どう考えても避けられないよ。それより俺に話した方が、軽くて済むんだけどね」

「あんた、何者だい？」老婆が眼鏡の奥の目を光らせた。

「俺？　探偵」濱崎は自分の鼻を指差しながら言った。「そう言っても信用してもらえないかもしれないけど、元警官でもあるから。それで半分ぐらいは、信用してくれるんじゃないの？」

「何が言いたいんだい」

「だから、何を見たか、聴いてるんだよ」思わず声を荒らげてしまう。刑事時代の癖が抜け切っていないことに驚いた。わざと具体的なことを言わないのは、誘導尋問にならないためでもある。こちらが具体的な話をしてしまうと、相手がそれに合わせてしまう恐れがある。

しかし今は、正式な事情聴取というわけではないのだ。記録にも残らないし……何より、ブラウンの行方を捜すために手がかりが欲しい。

「黒人の大男が、誰かに襲われたんじゃないか？」

「知らないね」

「また、惚《とぼ》けて」濱崎は吐き捨てた。「二階の窓から見てたんじゃないの？　ちょうど真下なんだしさ」

「何も見てないね」

他人に無関心な時代であっても、詮索好きな人間はいるものだ。機会があれば、何か面白いことはないかと覗き見をする。どうやらこの老婆は一人暮らしのようだし、二階の窓から通りの様子をしばしば眺めていたのではないだろうか。そうでなくても、家の前で何か騒動があれば、よく見える二階へ駆け上がって見守っていたかもしれない。

「なあ、人の命がかかってるんだよ。だいたい、何で警察に届けなかったんだ」

「面倒なことには巻きこまれたくないんでね」老婆が素っ気なく言った。

「冗談じゃない。それであいつが死んだら、あなたも夢見が悪いでしょうが。化けて出られるぜ」

「幽霊の話なんかされても、どうしようもないねえ」老婆がドアを閉めた。そのままサンダルを乱暴に脱いで、廊下に上がってしまう。「ほら、あんたもいつまでも居座ってないで帰りな。本当に警察を呼ぶよ」

「どうぞ」濱崎は両手を広げた。「警察が来ると困るのは、あなたの方だと思うけど……なあ、襲われたのは俺の友だちなんだよ。助けたいんだ。何があったのか、教えてくれ」

「かかわり合いになりたくないね」

「じゃあ、警察を呼ぼう。警察にも、そういう態度を取っていられるのか?」拳銃を突きつけてやろうか、とも思った。こういう人間は、少しぐらい脅してやった方がいいのではないか。

しかし、それより効果的な物があるかもしれない。濱崎は財布を抜いて――中身は情けないほど少なかったが――一万円札を一枚、引き抜いた。

「情報料として、多少差し上げてもいいんだけどね」

「何だい、そんなはした金」吐き捨てながらも、老婆の目は札に引き寄せられていた。

「じゃ、二倍で」

もう一枚、一万円札を追加すると、老婆の頬が緩んだ。チクショウ、この婆さんは、どこまで欲張りなんだ。

すっかり軽くなった財布と引き換えに、濱崎は情報を手に入れた。それで現場の状況は確認できたが、直接ブラウンの行方にはつながらない。

焦る気持ちを抑えながら、濱崎は慎重に近所の聞き込みを続けた。午前中にもかかわらず、先ほどの老婆以外には、ブラウンが襲われた現場を見た人間はいない。だが昼過ぎまで粘って、ようやく不審な車の目撃者を見つけ出した。ぼろぼろのBMWではなく、国産のセダン。車種は分からないが、目撃者は奇跡的に、下四桁のナンバーを覚えていた。というのも、二人の男が黒人の大男を抱えるように歩いてきて車に押しこみ、それに遅れてもう一人の男が、よろけながら自力で歩いて乗りこむのを見たからだ。ということは、ブラウンは一人には相当のダメージを与えたのだろう。もうちょっと根性を出せば、むざむざ拉致されずに済んだのだ——皮肉に思ったが、三対一で武器を持たない状況だったら、いくらブラウンでも太刀打ちできないだろう。当然、不意打ちの状況だっただろうし。

聞き込みを一段落させ、レンタカーのところに戻る。先ほどロックだけしてきたのだが、その後特に変わった動きはなかった。念のため、もう一度車を検める。白いボディのルーフにかすかに手形がついているのが分かった。ブラウンのものではあるまい。あの男は、こんな風に車を汚すタイプではないはずだ。

指紋が分かるのでは、と濱崎は期待したが、その調査を誰にやらせるか。これ以上秋山の手を煩わせると、あの男は胃潰瘍になってしまうかもしれない。同期の大塚か……いや、あの男は基本的に面倒臭がりだ。それに、危ないことには絶対に首を突っこまない。つまらないが安全な人生を好む男である。

ふと、一人の男の名前が頭に浮かぶ。

塩田。

ブラウンに何かあって、一番損をするのはあの男だ。ということは、彼を救出するためだったら、一肌脱いでくれるかもしれない。トラブルになれば、警視庁内だけではなく、ニューヨーク市警も問題にするはずで、そうなったら彼の責任も重大だ。今までブラウンが嘘をついて動き回っていたことは許せないだろうが、彼の身に危機が迫っていると説明すれば、動いてくれるかもしれない。いや、動いてもらわないと困る。

誰を捜せばいいかは分かっているのだが、その男の居場所を割り出す術が、今の自分にはない。警察の力は強大なのだ、と今さらながら思い知る。捜査の名目で、ほとんどのことを可能にしてしまうのだから……それが少し悔しくもあったが、今はそんなことを言っている場合ではない。ブラウンを捜し出すためには、個人的な感情は抑えつけなければならないのだ。

個人的な感情？　ブラウンを見つけ出したいと願う気持ちこそが、個人的な感情なのだと気づく。それが彼に対する同情なのか、哀れみなのかは分からなかったが……友情ではあり得ない。あの男との間に友情が芽生える確率は、ゼロと言っていいだろう。

胸を貫く痛みで目が覚めた。肋骨は間違いなく折れている。床に転がされ、両手の自由を奪われたままでは、楽な姿勢の取りようがない。呼吸するだけでも、無数の細い針が肺に突き刺さるようだった。クソ、誰だか知らないが、この借りは返す。ニューヨーク市警流で、命乞いをするまで痛めつけてやるつもりだった。

ただしそれは、無事にこの窮地を脱出できれば、だが。

時間の感覚が失われているのが痛い。腕時計をしている感触はあるのだが、後ろ手に縛られ、しかも目隠しをされている状態では、時間を知る術はない。とにかく、楽に呼吸をすることだけを意識した。浅く、長く……静かに息をしているうちに、少しだけ胸の痛みが引いていく。肋骨が折れているのは間違いないが、さほど重傷ではないだろう。何かあっても、どうしても体が動かない、ということはないはずだ。

人の気配はない。放置されたまま、どれぐらいになるのだろう。ふと、かすかな恐怖がさざ波のように押し寄せてきた。こういう類の拷問がある。真っ暗な部屋に、ただ放置しておくだけ。何も見えず、何も聞こえない状態が続くと、人は短時間で精神的に追いこまれていく。ここは密室ではないだろうが、視覚を奪われた状況は似たようなものである。

聴覚は生きているが、この場所がどこかを特定できるような手がかりはない。

いや、お前は集中していないだけだ。音がまったくしないわけではないのだから、何か手がかりになる情報がある。それに気づけ。しっかりしろ……自分を叱咤し、全神経を耳に集中させる。

まず、首を動かして耳を床に押しつけてみる。冷たい感触が伝わり、床はコンクリートなのだと分かった。この姿勢で耳朶《みみたぶ》をぴたりと床に密着させるのは難しいが、首の痛みを我慢しながら何とか音を聞き取ろうとする。ノイズが耳に満ちてくるだけだった。変化はなく、ひたすら平板に続くノイズ。

首の痛みに耐えかね、耳を床から離す。荒い呼吸を整えながら、落ち着け、と自分に言い聞かせる。

そういえばここは、寒くない。十二月なのだから、室内とはいえ、もっと冷えるはずだ。そうでないのは、空調が入っている証拠だ。ところが、エアコンが温風を吹き出す音は一切聞こえない。ということは、ここはよほど広い部屋なのか。

もう一度、耳を床に押し当てる。肩と肋骨がぎしぎし痛み、喉の奥から悲鳴が漏れそうになるが、この姿勢を取り続けても悪化はしないはずだ。

遠くで、何かの音がする。規則正しいリズム……人が歩いているのだと気づくのに時間はかからなかった。この硬質な音は、スニーカーの類ではない。おそらく革靴、それもかなりしっかりしたソールの靴だ。その音に、かすかな金属音が混じっているのにすぐに気づく。その瞬間、ブラウンは頭から血の気が引くのを感じた。

ソールの爪先がすり減るのを防ぐために、金属片をつけることがある。今時そんなことをしている人間はほとんどいないが、ブラウンは一人だけ知っていた。

ホワイト。

あの男は、靴にだけは気を遣う男だった。服装は、ラーガに移籍してから少しだけましになったようだが――金回りがよくなったのが原因だろう――靴だけは昔から、いい物を丁寧に履いてきた。どの靴の爪先にも金属片をつけ、アスファルトの上を歩く度にかちゃかちゃと耳障りな音を響かせていたものである。本人は、その小さく甲高い金属音を愛していた節がある。夜、アルコールが入った後など、リズムを取るように金属音を立てていた。

ホワイトなのか、と声に出して確かめたかったが、それは危険だ。あいつでなければ、悪意を持った人間に、自分とホワイトの関係を教えてしまうことにもなる。声を押し殺したまま、耳に意識を集中させ続ける。

ほどなく、足音は少なくとも二人分だ、と気づく。リズムが複雑に交錯しているが、一人で歩いている時はこうはならない。やがて、耳に入ってくる足音は騒音に近いレベルになり、ブラウンは反射的に床から耳を離した。その瞬間、こちらへ向かってきた人間たちは、立ち止まったようだった。

「まだ喋る気にならないか」先ほどの男の声。近い。おそらく、一メートルも離れていない場所から喋っている。もっと近いか……何かあれば、すぐに蹴りを見舞える距離を保っているに違いない。

「言えないこともある」自分の声を聞いて、ブラウンは仰天した。風邪を引いたようにしわがれ、力がない。胸の負傷のせいだとしたら、かなりの重傷だ。

「だったら、死んでもらうしかない」

「俺を殺さなければならないような事件なんだな」

無言。誰かの荒い息遣いが聞こえたが、これは今喋った男ではないだろう。もしかしたら、拉致される時に自分が痛めつけた男が、チャンスを狙っているのかもしれない。復讐の機会に興奮して、鼻息を荒くしているとか。ぞっとしない光景だ。

「あんたが何を知っているのか分からんが、危険人物だからな」

「俺を殺して、ばれないと思ったら大変な間違いだ」

「人が一人行方不明になっても、誰も真面目に捜さないもんだ」嘲るような口調。

「それはどうかな」

「誰かを当てにしているとしたら、無駄だよ」今度ははっきりと笑った。「特にあの男はな」

「……濱崎か」

「さあ、な」短い笑い声。「特定の名前をあんたに教えるつもりはない」

「殺すつもりなら、教えてもいいだろう。外へ漏れる心配はない」

「用心に越したことはない」

かちゃり、と短く鋭い音がする。銃だ、と認識した直後、発射音が聞こえた。サイレンサーの類は使っておらず、音は反響してやけに大きく聞こえる。反射的に全身に力を入れたが、銃撃によるショックも痛みもなかった。火薬の臭いがかすかに漂うだけで、自分に直接の被害はない。

「分かったか？　いつでも殺せるんだ」

「なるほど」たぶん、床か天井に穴が開いているだろう。銃を撃っても平気な場所はどこだ？

「むかつく男だな」声にわずかだが焦りが感じられる。

「覚悟ぐらいはある」

この男は、銃を拷問の道具として使いたいのだろう。脅して口を割らせるために。次は膝を狙ってくるかもしれない。複雑な関節を打ち抜かれた経験はないが、どうなるか、想像はできる。実際自分も、犯人を制圧するために膝を撃ったことがあるのだ。のたうち回る相手の姿を思い出し、ブラウンはその痛みをはっきりと思い描くことができた。即座に足一本を失うことになるだろう。

突然、英語の会話が始まった。

「殺すことはないだろう」

懇願するような口調を聞いて、ブラウンは頭の中が真っ白になった。予想通りだったが——何故だ。どういうことなんだ。

「殺しはしない。必要な情報を引き出すまでは」

「放っておいてもいいんじゃないか」

「そうはいかない。この男が何を知っているか分からないと、この先が不安だからな。仮に警視庁が動き出すようなことになると、面倒だ」

「日本の警察には何もできない」

「あまり舐めない方がいい。少し目端が利く人間がいれば、いろいろなことに気づくはずだ」

「俺は、血は見たくない」

「何を今さら」短い笑い声。「綺麗ごとでは、金は手に入らない。あんた、金が欲しいんだろう」

「それはそうだが……ここから出ていいか?」

「見たいと言ったのはあんただろうが」

「銃を使うなんて話は聞いていない」

「あんたはもう、十分過ぎるほど巻きこまれているんだ。今さら、何を」嘲るような笑いが続く。

「勘弁してくれ」ほとんど泣き言のようになっていた。

「もう一歩なんだぞ？　ここで邪魔者を取り除いておかないと、最後の段階で失敗する。俺は、そういうヘマはしたくない」

「しかし――」

「下がっててくれ。俺一人でやる。ただし、この部屋から出るなよ」

直接手を下すことはなくても、現場にいれば共犯意識を持つことになる。銃を持った男の狙いは、簡単に想像できた。二人の人間の力関係も理解できる。どちらが主導権を持っているか――常に、武器を握る方が強いのだ。

死の恐怖が遠ざかる。代わりにブラウンの頭には、巨大なクエスチョンマークが浮かび上がってきた。余計なことを言えば、死期が近づくのは分かっている。そんな愚かなことをしないだけの分別はあるつもりだった。

しかし、どうしても訊かざるを得ない。

「こんなところで何してるんだ、ロン？」途端に、また粘着テープで口を塞がれた。

いきなり呼び出された塩田は、不機嫌の極みだった。濱崎の車に乗りこむと、その不機嫌さが車内の空気を灰色に染め上げてしまうようだった。だが濱崎は、そこに不安が相当の割合で混じっていると気づく。ブラウンと連絡が取れなくなって、かなりの時間が経っているのだ。そろそろ、責任を感じ始めているだろう。

「何の用だ」

「ブラウンは行方不明ですね」

「お前のところにいるんじゃないのか?」

塩田が声を張り上げる。まさか、あんなことを本当に信じていたとは……濱崎はゆっくりと首を振った。

「いません」

「出て行ったのか?」

「まあ……そのようなものです」

「参ったな」塩田が頭を抱える。うつむいたまま「これじゃ、説明ができない」と文句を言った。

「誰に対する説明ですか」

「上。それと、ニューヨーク市警にも。これは単なる視察なんだぞ。休暇旅行みたいなものだ。どうしてあの男が行方不明になるんだ?」

「拉致されたからですよ」

「拉致？」

聞き返す彼の声は、ほとんど悲鳴のようになっていた。耳を塞ぎたいという欲望を何とか抑えつけながら、濱崎は事情を説明した。ホワイトの件は省いたが、三田でブラウンが誰かに拉致された時の情況を、できるだけ詳しく告げる。白昼堂々、三人組に襲われてどこかへ連れていかれたこと。現場に血痕が残り、彼のブラックベリーが落ちていたこと。

話し終えると、塩田が盛大な溜息を吐《つ》いた。渡されたブラックベリーを弄《いじ》りながら、そこに何か証拠が隠れていないかと、凝視する。

「何やってるんだ、あの男は」

「それはともかく、できるだけ早く救出した方がいい。相手が悪いですよ」

「誰だか分かってるのか？」

「想像ですが」しかしその想像は当たっていると思う。ブラウンを狙う人間が、そんなに何人もいるとは思えないのだ。彼は——自分も、知らぬ間に事件の本質的な部分に近づいていたのだ。それに感づいた相手が、先手を打ってブラウンを拉致した、と考えるのは合理的である。

「石本ですよ」

「何だと？」

助手席を見ると、塩田の頬が引き攣っていた。この男も当然、濱崎の事情は知っている。

「お前……個人的な恨みで、適当なことを言ってるんじゃないだろうな」

「まさか。一々人を恨んでいたら、悶え死にしますよ。それに恨みを持っているなら、警察に対しても、だと思いませんか」実際にはそんなことはない。自分の中でも、警察に迷惑はかけられないという気持ちはあったし、かつての上司が右往左往する様は、見ていて愉快でもあった。面白いというわけではなく、みっともなさに苦笑してしまう感じだったが。それでも警察に対して、恨みのような感情は抱いていない。口止め料ということだろうが、金は余計に貰ったわけだし、むしろ「さっぱりした」という表現が合っている。

ただ、石本に対しては別だ。あの男は俺を陥れた。それに対する恨みもあるし、捕まえられなかった悔しさもある。ふと、自分が今の状況をチャンスだと考えていることに気づいた。あいつを捕まえるチャンスなのではないか——あるいは事故に見せかけて殺す。問題は、石本がこの一件の黒幕かどうかだ。もしもそうなら、ブラウンと出会ったのは、奇妙な運命とも言える。

深呼吸し、邪念を追い出した。邪念であっても、人を駆り立てる推進力にはなるが、今はそれに捕らわれてはいけない。ブラウンを救出するための作戦遂行中、という意識の方が強かった。そういう時には、邪念は邪魔になる。

「この件、俺に任せてくれませんか?」

「ふざけるな。彼が拉致されているとしたら、大事《おおごと》じゃないか。一刻も早く救出しないと」

「大部隊を動かしたら、話が余計大袈裟になるんじゃないですか。そうしたら、塩田さんの監督責任も問われることになりますよ。俺が一人で何とかすれば、塩田さんは安全でいられます。何か分かったらすぐに連絡して、応援を貰うということでどうでしょう」

「しかし――」

「しかし、はやめましょう」濱崎は強い言葉を叩きつけた。「議論している暇はないんです。一刻も早く動かないと。無事に救出できなければ、それこそ塩田さんの責任は……警察という後ろ盾がなくなるのは、結構辛いものですよ」

横を見ると、塩田の喉仏が上下した。この男は、自分よりもずっと、警察という組織に依存している。馘になることを考えるだけでも、死にそうなほど悶絶するだろう。

「ここは俺に任せて下さい。石本の居場所が分かれば、何とかブラウンを救出します。人を拉致しておけるような場所、あいつなら、いくつか抑えているはずですよね？」

ブラウンは深い悲しみと怒りの狭間にいた。人はその場所を大抵、「絶望」と呼ぶ。状況は分からないが、ホワイトが何らかの犯罪に加担していたのは間違いない。しかも今、俺を殺そうとしている。知られてはまずいことを抱えているのだ。

思いこみは、時に人を愚かにする。

俺はホワイトを戦友、どうしようもないところはあるが憎めない仲間と思っていた。戦場では互いのケツを守り合い、夜の街を呑み歩いて愚痴を零し……そういう時間は何だったのか。この男の本性を見抜けなかった自分の愚かさにも腹が立ったが、同時に、ホワイトはいつの間にか変わってしまったのだろう、とも思えてくる。最後に会ったのは一年前。一年あれば、人の性格は百八十度変わることもある。

ラーガが彼を変えたのか。

ホワイトともう一人の男は、ブラウンがそこに存在していないように言い合っていた。論点はただ一つ、ブラウンを殺すか殺さないか。ホワイトは必死で「そこまでやる必要はない」と言い、もう一人の男はすぐにでも銃口をブラウンの頭に向けそうな勢いだ。

ホワイトは俺を守ろうとしている？　いや、単に自分の目の前で誰かが殺されるのを見るのが、嫌なのかもしれない。そう、この男は優しいというか、弱い部分を持っている。初めて人の死を間近に見た時——中米で、自分の真横にいた兵士が撃たれた——ホワイトはしばらく立ち直れなかった。結局それが、除隊の直接の原因にもなった。あの件がその後トラウマになっていることは、ブラウンにも分かっている。俺を撃たせないのは、自分の精神的な安定を図るためだけか。

がっかりしたが、とにかく口を挟めるような状況ではない。不用意な一言が、さらに状況を悪化させる可能性もある。何より、粘着テープが口を塞いでいるのだ。

「――とにかく、ここではやめてくれ」ホワイトが懇願するように言った。

「ここは俺の家だぞ？　好きにする権利がある」

「それは分かるが、とにかくやめてくれ」理屈で説得するのを諦めたようで、泣き落としになってきた。

「だったら、あんたがこいつの口を割らせろ」もう一人の男が冷徹に言った。「こいつがどこまで掴んでいるかが分かれば、もう用なしだ。他の場所で処分する。あんたにその気がなければ、ここで撃ち殺して一時撤退する。一時的でも、撤退するとまずいことになるのは分かってるよな」

「……ああ」

「もう時間がない。歯車は動き出してるんだ。どうする？　あんたが吐かせるか」

「分かった」

ホワイトは唾を呑んでいるかもしれない。同時にブラウンは、はっきりとした恐怖に襲われた。自分たちが従軍していた時期は、米軍による数々の拷問が、まだ表沙汰に出なかった時期である。その時覚えたテクニックを、ここで発揮するつもりなのだろうか。

だが、ホワイトは表面上は紳士的に振る舞った。ブラウンを慎重に壁に寄りかからせ、粘着テープを外す。それも、こちらが痛みを感じないように、ゆっくりとだった。久しぶりに口で呼吸ができるようになったので、ブラウンは大きく息を吸った。吐くと同時に「ロン」と呼びかける。

相手の姿は見えないが、緊張した気配が伝わってきた。同時に、彼が細く息を吐く音も聞こえる。

「いつ分かったんだ?」

「声を聞けば分かる」

「お前、いったい何をやってたんだ?」

どこまで話す? もう一人の男が、俺の摑んでいる情報を知りたがっているのは間違いない、話せば用なしになって、殺されるだろう。ブラウンは、ホワイトからは陰になっている背中側で、手首をゆっくりと動かした。ずっと血流が遮られ、指先の感覚が消えている。ビニールテープで縛られているようで、手を動かしても音はしなかったが、時折鋭い痛みが走った。感覚が死んでいない証拠だと自分を勇気づけ、ゆっくり、静かに手首を動かし続ける。

「お前を捜してたんだ」

「どうして」

「消えたからだよ。突然、日本で行方不明になれば、心配する人間はいる」

「誰が?」ホワイトが自嘲気味に言った。「俺のことを心配する人間なんか、いるはずがない」

「少なくとも俺は心配してるが」

沈黙。ホワイトは、決して天涯孤独の身ではない。ラーガでもその能力を買われているわけで、人に頼られ、期待される立場にあるのだ。それが、自分は世界中で一人きりだ、と宣言するのはおかしい。仕事仲間と十分な金があれば、孤独を感じることなどないはずなのに。

「そいつはありがたいが、捜して欲しくなかったな」

「お前こそ、何をやってるんだ」

「分かってるんだろう？」

「いや、分からない」ブラウンは首を振った。長時間の拘束、それに全身の痛みで、頭がくらくらする。いったい今、何時なのか。襲撃からずいぶん長い時間が経ってしまったようでもあり、まだ一時間か二時間しか経ってないようでもあり……本当に、時計を見られないのは辛い。仕事柄、何かあるとすぐに腕時計に視線を落とす習慣があるのだ。日常からは切り離された世界にいることを痛感する。「何を企んでいる？」

「言えるわけ、ないだろう。お前こそ、本当に何も知らないのか？」

「日本は、ニューヨークとは訳が違う。向こうにいる時のように、自由には動けないしな」

「調べてはいたんだな？」

失言を悔いる。この二人は、俺をあくまで警察官だと見なしているのだ。捜査状況を知って次の行動を決めるつもりでいる。ブラウンはきつく唇を引き結び、しばらく手首を動かすことに意識を集中した。次第に、指先が熱くなってくるのを感じる。阻害されていた血流が戻ってきたせいか、痒みが走った。だが、もう少し……手首の縛《いまし》めも、少しだけ緩んできた感じがする。

「せめてこの目隠しを取ってくれないか」

「それはできない」ホワイトが冷たく言った。

「なあ、ロン、人間はいつでも引き返せるんだぞ。今ならまだ間に合う。お前は何もしていないだろう」

「もう遅い」

何かやったというのか？　誰かに危害を加えた？　顔から血の気が引くのを感じ、どうしても追及せざるを得なかった。

「日本で何かやろうとしていたのか？　それともアメリカか」

「言えるわけがない」

「会社の関係なのか？」

また沈黙。しかし今回の沈黙は、やけに重かった。ホワイトの息遣いが、わずかながら荒くなる。つまりこいつは、ラーガに対して何かやろうとしていた？　営業担当副社長として重大な仕事と十分な給料を貰っているはずなのに、何故会社に損害を与える必要がある？

もしかしたら、ラオとの関係があるのかもしれない。ラオは、優秀な営業マンとして、ホワイトを破格の待遇で引き抜いた。だがそれはあくまでビジネス上のことであり、二人の気が合わないとしたら……ふと、ラオが漏らした言葉の数々が蘇る。あの男は、「白人男性特有のだらしなさ」というような台詞を何度か吐いた。ビジネスパートナーとして使いながら、心の底では辟易していたのではないか？

「ラーガに、大規模なサイバー攻撃があったそうだな。お前、それに噛んでるのか」

「もういい！」

突然、もう一人の男の怒声が響いた。甲高い足音が聞こえ、次いで揉み合う気配が感じられる。どうやら自分の前から、ホワイトを引きはがそうとしているようだ。ロン、お前はかつては鍛えられた兵士だったんだ。素人に黙ってやられることはない——しかしほどなくホワイトの悲鳴が聞こえ、体が床を打つ音が響いた。もう一人の男も素人ではないということか、それともホワイトがかつての経験をすっかり忘れてしまったのか。

ホワイトを味方にできるかもしれないと思っていたが、その目論見は水泡に帰しただろう。何とか自分でこの状況から脱出しなくては。手首を縛ったロープはだいぶ緩くなってきたが、まだ手が抜けるほどではない。派手に動いたらすぐに気づかれてしまう。それに、相手は銃を持っているわけで、両手が自由であっても太刀打ちできるはずがない。

絶望か？

いや、諦めるな。自分は、この程度の修羅場は何度も経験している。人命を救うために、危険な事故現場や火事場に突っこんでいったことは、数えきれないほどあるのだ。今度は自分の命を救うために、頭を振り絞れ。全力を使え。常にベストを尽くすこと、最後まで諦めないことが、ＥＳＵのモットーだ。

もう一人の男が、ブラウンには聞き取れない早口の日本語で悪態をついた。言葉の意味は分からなくても、調子でそれと知れる。聞き慣れない言葉は、どこかの方言かもしれない。ホワイトの気配は消えていた。相当のダメージを受けてダウン——あるいは気絶しているのか。

男が、自分の前にしゃがみこむ気配がした。顔が近い。煙草臭い息が顔にかかり、ブラウンは思わず顔をそむけた。すぐに髪を摑まれ、正面を向かされる。こうなると、目隠しされているのは幸運だった。猛り狂った相手の目を正面から見なくて済む。

「あんたはホワイトを捜していた。何のためだ？」

「友だちがいなくなれば、捜すのは当たり前だ」

「それを簡単に信じられると思うのか？　あり得ない」

本当に「あり得ない」と思っているようだった。この男の頭の中には、打算しかないのだろう。利益になるかならないかだけがポイント。誰かのために無償で動くことなど、想像もできないのだろう。

誇り高い人間は、何の得にもならなくても、誰かのために自分の命を捧げられる。その思いを胸に抱いていれば、多少の無理には耐えられるのだ。

しかし、その「誰か」が犯罪者だと分かった時にはどうするか。自分が頼っていた誇りが踏みにじられたようなものである。これはやはり絶望的な状況なのだろう。自分の命はあと何分持つのだろう、とブラウンは一から数を数え始めた。いつ終わるか分からない、死に向けたカウント。

当たり、だ。

濱崎は思わず頰を緩めてしまった。塩田が割り出してくれた石本の立ち回り先の一つ、渋谷区内のマンション。かなり古い建物で、一階部分が駐車場になっている。耐震性に問題がありそうだな、と思いながら調べると、スクラップ同然になったはずのＢＭＷが停めてあった。レッカーで引きずってきてここに置いたのか……撃たれた形跡があるから、修理に出したり処分したりするのは、事実上不可能だろう。必ずしも石本がここにいる証拠にはならないが、可能性は高い。

石本が所有している部屋は、最上階の八階にある。周囲を見回すと、道路を挟んだ向かいにあるマンションが、ちょうど同じ八階だ。外廊下が石本のマンションの方を向いている。よし、まずはあそこから偵察だ。

こちらも古いマンションのせいか、管理は適当で、非常階段には鍵がかかっていなかった。そこから入りこみ、八階分の階段を必死で昇って行く。怪我人にこんなことさせるなよ……次第に肩に食いこむダッフルバッグも重荷だった。ようやく最上階に辿りついた時には、息が完全に上がり、吐き気がこみ上げてきた。何度も深呼吸して息を整え、ダッフルバッグに手を突っこんで双眼鏡を取り出す。

優秀なレンズのせいで、向かいのマンションの様子ははっきりと見えた。部屋番号が八〇一号室……右か左か、端の部屋なのは間違いない。左の部屋は灯りが消えている。右の部屋には灯りがともっていたが、薄いカーテンが引かれていて、中の様子ははっきりとは見えない。だが濱崎は、そちらに注目した。目を凝らし、ピントを合わせ、カーテンを凝視する。

「大当たり、か」

壁を背にして、誰かが座らされている。薄いカーテンが邪魔して顔までは見えなかったが、体の大きさから、ブラウンではないかと類推された。部屋にいるのはあと二人。一人は床に座りこみ、もう一人はブラウンらしい人間の前で片膝をついていた。

石本。

ブラウンの顔は見えないのに、相対しているのは石本だと、はっきり自信が持てた。邪悪な念が、ここまで漂ってきているとでもいうのか……そうかもしれない。あの男が邪《よこしま》な人間なのは間違いないのだから。

しばらく観察を続けていると、床に座りこんでいた男が立ち上がり、窓辺に寄って来た。カーテンを細く開け、外を見る。こちらの姿が見えているかもしれないと、濱崎はすぐに外廊下にしゃがみこんだが、その直前、相手の顔をはっきりと見た。

白人男性。大柄、というかデブ。

こいつがホワイトか。

ブラウンは結局、捜していた人間に辿り着いたわけだ。もちろん、不本意な形ではあるだろうが……待てよ？　どうしてホワイトと石本が一緒にいる？　あの二人が組んで、何かしているというのか。

だとしたら、ブラウンさんよ、あんたは何も知らないまま、危険な沼に沈みかけている。

体を起こし、手すりの上で肘を固定し、また双眼鏡に目を当てた。ホワイトはまだ外を覗いていたが、いきなり振り返り、カーテンを勢いよく閉めた。石本に叱責されたのは、容易に想像できる。石本はとにかく、用心深い男なのだ。だから俺は、あいつの罠にかかった。

場所は確定した。後はどうやってブラウンを助け出すかだが……考えている暇はない。この時点で応援を呼べば、事態が膠着《こうちゃく》するのは目に見えている。思い切って、正面からドアをノックしてやるか。出て来た石本の顔に、正面から一発銃弾を撃ちこむ。それはかなり魅力的なやり方に思えたが、撃ち損じたら、待っているのは俺自身の死だ。

奇襲をかけるしかない。

体のあちこちに痛みが残っているのは不安だったが、やらなければならない時はある。アドレナリンの暴走に期待しながら、濱崎は双眼鏡をダッフルバッグに放りこんだ。

屋上は吹きさらしで、十二月の風が容赦なく全身を襲う。手すりから身を乗り出すと、九階分の高さに目がくらくらしてきた。しかし、一階下の八階の部屋を急襲するためには、ここを使うしかない。

あくまで「念のために」と用意しておいた物を使うことになるとは……濱崎はダッフルバッグからロープを一巻、取り出した。登山用のしっかりしたもので、どんなに乱暴に扱っても、濱崎一人ぐらいの体重なら問題なく支えてくれるだろう。

端を手すりにしっかり結びつけ——ボーイスカウトの経験があれば、もう少し手際よくいけるのだが——片方の端は自分の腹、そして足首に巻きつけよう。二か所でショックを分散させる試みだったが、よほど気をつけないと、痛みで交戦能力を失ってしまう。腕の力で、何とか自分を支えなければ。

準備しながら、警察の応援を待つことも考えた。銃で武装した制服警官を正面から突入させれば、数では圧倒できる。しかし日本の警察は、あくまで穏便な解決を図りたがるものだ。立て籠り犯がどれほど凶暴でも、まず説得を試みる。それで相手が降参して出てくるのを待つか、そうでなければ疲れたところで突入する。時間はかかるが、その方が確実だと考えているのだろう。そしてとにかく、犠牲者を出すのを極度に嫌う。

だが今は、時間がない。ブラウンの流儀でいくしかないだろう。あいつの所属する緊急出動部隊は、まさにこういう事案に対処すべく存在しているのだ。そしてニューヨーク市警が、こういう状況に対して、説得で何とかしようとするとは思えない。

濱崎は覚悟を決め、腹にロープを巻きつけた。端はさらに丸めて結び、足を引っかけられるようにする。この二つはセーフティネットであり、あくまで頼るべきは、自分の腕力と握力だ。だいたい、あまりにもきっちりと体にロープを巻きつけると、いざという時に身動きが取れなくなる。

よし。準備完了だ。濱崎は携帯電話を取り出した。あくまで自分でやるつもりではあったが、警察を完全に無視もできない。塩田にかけると、通話ボタンに指を置いて待っていたかのように、呼び出し音が鳴らないうちに反応した。

「場所が分かりました」住所を教えた。

「石本のアジトの一つか」

「ここは、しばらく観察していたことがありますよ」麻薬事件に絡んでだった。取り引き用の場所だと確信して、何日間か、今日と同じように向かいのマンションから観察していたのだ。中に立ち入ったことはないが、外から見た限り、奇妙な部屋なのは間違いなかった。床は絨毯でもフローリングでもなく、むき出しのコンクリート。それだけでも非常に怪しい雰囲気があった。もっとも、石本は何度かこの部屋に出入りしていたものの、麻薬の取り引きは現認できなかった。

「人質は間違いなくいるのか」

「ええ」濱崎はブラウンの様子を思い出した。縛られ、壁に背中を預ける形で座らされていた。怪我の具合までは分からなかったが、無傷ではあるまい。唾を呑み、嘘をついた。「今、向かいのマンションから監視しています。ちょうど、石本のマンションの窓に向き合った外廊下にいますから、様子は分かりますよ」

「すぐに現場に向かわせる。所轄と機動捜査隊が待機しているから」

「了解です」

「余計なことはするなよ」塩田が釘を刺した。

「まさか。俺は警察官じゃないですよ」もう一つ、嘘。ここは自分がやらなければならない——石本との因縁に決着をつけるためにも。

電話を切り、一つ深呼吸して立ち上がった。革ジャケットの内ポケットに携帯を落としこみ、しっかりとボタンを留める。ここからまっさかさまにぶら下がるようなことにはならないだろうが、携帯だけは守らなければならない。これが最終的に、命綱になるのだ。

準備完了。ロープを握り、何度か強く引いてみる。大袈裟なアクションをするわけじゃない、これは単なる命綱なんだと自分に言い聞かせ、濱崎は後ろ向きに手すりを乗りこえた。途端に強い風が吹きつけ、寒さと恐怖で体が震える。飛び降り自殺するようなものじゃないか……手を滑らせて道路まで落ちなくても、ベランダに上手く降り立てなければ、ぶら下がったまま、石本の銃撃の的になってしまう。

しかし、行くしかない。覚悟を決め、濱崎はロープを握った両手に力を入れ、足元のコンクリートを蹴った。


銃口を向けられたまま話すのは難しい。だが、話し続けないと、いつ撃たれるか分からなかった。目隠しされたところに汗が滲み、ひどく不快だったが、とにかく喋り続けることだ、とブラウンは自分に強いた。

今この瞬間、相手の気配は遠い。一メートル……おそらく二メートルは離れている。ということは、すぐに殺すつもりはないはずだ。離れたところから銃で狙うのは、素人のやり方だから。プロは相手の後頭部に銃口を押しつけ、二発撃つ。確実を期すために。

「ロン」ブラウンは呼びかけた。「無事か？」

　返事はない。口をきけないほどダメージを受けているのか、喋るとまずいことになると思っているのか。こんな状況であるにもかかわらず、自分ではなくホワイトに対する不安が溢れてくる。

「ロン、答えろ。お前たちは何をやっていたんだ？　お前はラーガを裏切ったのか？」

「質問禁止だ」ホワイトが苦しそうに言った。

「喋れるなら答えろ」

「無理だ」

「何のためにラーガを裏切った？」ブラウンの中では既に、ホワイトはラーガを裏切った男だった。おそらく、サーバが落ちたことにも、ホワイトが関係している。自分の会社を裏切ってサイバー攻撃を仕かけ……しかし、何のために？　意味が分からない。

「静かにしろ」もう一人の男が割りこんできた。

「俺を殺すつもりなら、早くしろ」相手を挑発するのが危険なのは分かっていたが、つい口にしてしまった。

　返事はない。この男はいったい、何を狙っているのか……何を待っている？　突然、電話が鳴った。聞いたことのない呼び出し音。拳銃を持っているはずの男が電話に出た。

「ああ、俺だ……そうか。予定通りだ。邪魔な虫が一匹いたが、気にしなくていい。予定通り進めてくれ」

短く話して電話を切り、今度は英語に切り替えてホワイトに話しかける。

「ミスタ・ホワイト、予定通りになった。あんたも覚悟を決めてくれ」

ホワイトは無言だった。この二人が組んで、何か企んでいるのは分かる。ラーガに対して、何らかの攻撃を仕かけようとしているのだ。やはり先ほどのサイバー攻撃は、その前触れだったのではないか？

恐喝だ、とふいに悟る。サイバー攻撃の動機は多岐に渡るが、企業側を恫喝して金を受け取るため、というのもある。ラーガ内部の人間であるホワイトが絡んでいたら、成功の確率は高くなるだろう。だがどうしても、ホワイトの動機が分からない。金か？　ホワイトは、雇われた人間としては、これ以上望むのが難しいほどの高給を得ているはずだ。しかし人間の欲望に限りはない。

しかし、虫とはどういう意味だろう？　邪魔者？　小さな物？　おそらくそんなところだ。俺はここまで何も摑んでいないが、自分たちの動きを邪魔する存在だと思われていたのかもしれない。とんでもない過大評価だが……ホワイトを捜し回っていたことを知って、周辺を捜査している、と勘違いしたのかもしれない。

「時間だ」拳銃の男が低く言った。「あんたも、余計なことをしなければ、こんな目に遭わなかったのにな」

「ホワイトを捜すことが、どうして余計なんだ？」

またも沈黙。やはり彼らは誤解していたのだ、とブラウンは確信した。この線は押せるかもしれない。勘違いだと分かれば、さすがに無駄な殺しはしないのではないだろうか。死体の始末は面倒なものだ。

「俺はただ、ラーガの要請で、ホワイトを捜していただけだ。日本で行方不明になれば、会社が心配するのは当然じゃないか」

「ラーガは、そんなに社員を大事にする会社じゃない」ホワイトが低い、怒りをこめた口調で言った。

この男は、会社と何か問題を起こしたのだろうか。恨みを抱くような仕打ちを受けたとか……一年ほど、接触がなかったことを悔やむ。何かあれば、この男は必ず俺には話すのだ——主に愚痴という形で。

「だったらどうして、ラーガはお前を捜そうとしたんだ？　お前の考えているような会社だったら、無視したんじゃないか？　俺にわざわざ依頼してきたのは、お前を心配していたからだろう」

「違う！」悲鳴を上げるように、ホワイトが言った。

「何が違うんだ」ホワイトの焦りに反比例するように、ブラウンは次第に冷静さを取り戻していた。この場を切り抜けるため、というわけではなく、とにかく事実を聞き出したい。それを知らずに死ぬのは嫌だった。

「それは言えない」

「どうして」

「言えないんだ！」

「黙れ！」拳銃の男が割りこんだ。声にわずかな焦りが感じられる。「そこまでだ」

撃鉄を起こす乾いた音が、空気を凍りつかせる。言葉では相手を説得できないこともある……ブラウンは、かつて自分が手がけた人質事件を思い出していた。ジャンキーの若い男が、小学生の女の子を人質に、家に立て籠った一件。あの時は、両面作戦でいった。ブラウンが説得に当たる間、ゴンザレスたちが強行突入の準備をする……結局功を奏したのは、強行突入作戦だった。ブラウンは、自分の目の前——犯人の背後の窓が叩き割られ、完全武装のゴンザレスたちが突入して犯人を撃ち倒すのを、最初から最後まで見た。作戦としては成功である。人質の少女は無事だったのだから、どこからも非難されることはなかった。しかしあの時、自分は負けたのだ、と思う。相手はドラッグの影響で正気を失っていたとはいえ、何とか説得できなかったのだろうか。強行突入はニューヨーク市警が得意とするところだが——もっと得意なのはロス市警だ——ブラウン自身は、必ずしもそれが正しいとは思っていない。相手を傷つけずに済むなら、その方がずっといいのだから。

最後まで目は閉じない。何が起きるにしても、見届けるのが義務だ——たとえそれが、自分の死であっても。これはESUの第一原則である。自分たちは、非常時の最初の部隊として現場に到着することが多い。だからこそ、全てを目に焼きつけなければならないのだ。後から現場に突っこんでくる仲間たちのために。犠牲者を絶対に増やさないために。

そういう意味で俺は、ＥＳＵ失格かもしれない。一人きりで全てをやろうとして、準備が足りなかったのだから……誰のせいでもない、この失敗は自分で背負わなくてはならない。

実際には今、視覚は奪われている。しかしブラウンは、しっかりと目を開けるよう意識した。この先何が起きるにしても――。

その瞬間、明確な気配を感じた。濱崎。何故か、あの男がすぐ近くにいると確信する。間違いなく、濱崎が何かやろうとしている。ブラウンは反射的に、体を床に投げて丸まった。銃声、続いてガラスが割れる音。終わりの始まりを、ブラウンはしっかり耳に焼きつけた。

一瞬の空中遊泳――そんな洒落たものではなかった。屋上の縁から八階のベランダまでは、二メートル強しかない。屋上の縁を蹴り、ロープを握る手に焼けるような痛みが走ったと思った次の瞬間には、足がベランダの床を踏んでいた。硬く確かなその感触に安堵し、ロープはそのままにして革ジャケットの内側から拳銃を引き抜く。
最初の一撃は、目の前の窓を狙った。どうせ鍵はかかっているのだし、突入するためにも相手を威嚇するためにも、この一発は絶対に必要だ。

引き金を引く。強い風が、一瞬背中側から吹き抜け、銃弾に勢いを与えたようだった。目の前の背の高いガラスが一瞬で崩れ落ち、風が吹きこんでカーテンを揺らした——残り二発。

カーテンが激しく内側へ舞い上がり、部屋の中全体が一瞬覗けた。三人——壁を背にして座ったブラウン。ブラウンに拳銃を向けている背中は、間違いなく石本のものだ。そしてもう一人、二人の左側で、口から血を細く垂らしたまま、床に座りこんでいる大柄な白人——ホワイト。啞然とした表情で、何が起きたのかまったく分かっていない様子だった。両腕を縛られたままのブラウンが、いきなり立ち上がった。目隠しもされているのに、いきなり石本に蹴りを見舞う。

よし、相棒、ナイスアシストだ。

石本がバランスを崩した隙を狙って、濱崎は迷わず引き金を引き絞った。距離はあったが、銃弾が確実に石本の右肩を捉える。石本の手から拳銃がふっ飛び、部屋の隅に転がった。石本本人は、撃たれた勢いで前のめりになるのを必死で踏み止まり、体を半分回転させてこちらを向いた——残り一発。

石本は、撃たれたぐらいで怯《ひる》む男ではない。それが分かっている濱崎は、部屋へ飛びこみ、床に転がった拳銃と石本の間に立ちはだかった。腕を伸ばして銃を構え、石本の胸に狙いをつける。石本がゆっくりと左手を右肩に伸ばし、濱崎を睨みつけた。

「濱崎……」

「拾ってやろうか？」濱崎は自分でも驚くほど冷静だった。「お前が銃を持てば、殺しても言い訳がたつ」

「どういうつもりだ？」

「復讐、と考えてもらっていい。この一年、お前のことを考えない日はなかったよ」言ってみて、それがまさに自分の本音なのだと気づいた。刑事を辞めて、何も気にならない振りをして呑気に生きていた——しかし実際には、石本という男を何とか潰したいと、ずっと願っていたのだ。刑事でない自分には、何の権利もない。それでも、チャンスはくるはずだと、心の底で思っていた。「どうする？　ここで俺と対決する勇気はあるか？　姑息な手を使うんじゃなくて、一対一で勝負してみたらどうだ」

体中をアドレナリンが駆け巡り、顔が熱くなってくる。だが石本は、やはり濱崎の知っている石本だった。狡猾で計算高く、クソみたいなプライドのためになど勝負はしない。価値観が違うのだ、と分かっている。この男にとって一番大事なのは、誰よりも長く生き延びることなのだから。

生き延びる意味がないことを教えてやる——そう思った瞬間には、石本は身を翻していた。重傷を負ったのが嘘のような身のこなしで、あっという間に部屋を飛び出して行く。

舌打ちして、濱崎は銃口をホワイトに向けた。震え上がって自分の上体を抱くホワイトの姿は、悪党には見えない。

「動くなよ」言ってみたが、日本語が通じている様子はない。こういう外国人もいるわけだ――どれだけ長く日本にいても、決して日本語を覚えようとしない人間が。面倒臭いのか、母国語に妙な誇りを持っているのかは分からないが。

取り敢えず、この男は放っておいても大丈夫だろう。完全に怯《おび》えていて、抵抗するとは思えない。濱崎はブラウンの目隠しを乱暴に取ると、ジーンズのポケットに忍ばせた万能ナイフで、両腕を縛《いまし》めていたビニールテープを切った。切れ目が入ると、ブラウンが両手に力を入れてテープを引きちぎる。右手で左の手首を擦りながら立ち上がり、濱崎にうなずきかける。

「こういう時はきちんと礼を言うべきだぜ」

「そんなことより、あんたがヘマしなくてよかったよ。どこから来た？」

「屋上」濱崎は天井を指差した。

「下手なやり方だ」ブラウンが舌打ちをした。「ニューヨーク市警に来ないか？　ＥＳＵで俺が一から鍛え直してやる」

「冗談じゃない」濱崎は一瞬だけにやりと笑った。床に座りこんだ男に目をやる。「こいつが、あんたが捜していた男か？」

「ああ」

　ホワイトを見るブラウンの目は、ひどく悲しそうだった。それは分からないでもない、と濱崎は思う。この状況……ホワイトは、石本によって拉致されたのではなさそうだ。この部屋の力関係は、一対二だったのではないか。

「ここはあんたに任せて大丈夫だな」

「ああ」

「殺すなよ」

　ブラウンが濱崎を睨んだが、怒っているようには見えない。彼自身、この状況を把握できていないのではないか、と思った。

「どうするんだ」

「俺は俺で、やることがあるんでね」濱崎は肩をすくめた。「あんたの面倒を見ている暇はない」

「そんな必要はない」ブラウンが首を振った。既にいつものペースを取り戻しているようだった。

「結構ですな……それじゃ」

「殺すなよ」

　ブラウンが、先ほどの濱崎の台詞を真似て言った。濱崎は銃を振って見せた。

「まだ一発残ってる」

濱崎が部屋を飛び出して行った後、ブラウンはドアに鍵をかけ、部屋をざっと検《あらた》めた。自分が閉じこめられていたのは、隅にキッチンがあるリビングルームで、他にもう一部屋、本来は寝室に使うような部屋がある。

ホワイトは呆然として、逃げ出す気配もない。取り敢えず無視してキッチンの冷蔵庫を開けてみると、ミネラルウォーターが入っている。助かった……極限状況に置かれていたせいか、無性に喉が渇く。キャップを捻り取り、一気に半分ほどを飲んだ。水が顎を伝い、胸を濡らす。それでようやく生き返った気分になり、一息ついた。もう一本取り出し、床に座りこんだままのホワイトの前に置いた。少し距離を置いて自分も座り、残った水をちびちびと飲む。喉の渇きが収まるに連れ、冷静になってくる自分に気づいた。ホワイトに対する怒りも鎮まり始めている。

「どういうつもりか知らないが、もう終わりだ」ブラウンは静かに話しかけた。「お前、何を企んでたんだ」

「ラオという男を知っているか？」ホワイトがかすれた声で訊ねる。

「一度、会った」

「どう思った？」

「よく分からない。俺には、東洋人は理解できないと思う」

「東洋人だとか、そういうことは関係ないんだ」ホワイトが、急に強い口調で言った。

「あいつは……クソ野郎だ。何を考えているのか分からないが、俺たちを馬鹿にしきっている」

「天才はそういうものじゃないか?」

「人を人間扱いしないんだ。自分以外の人間は、全員ただの道具だと思っている」

それは本当だ。ブラウンは、ラオの言葉の端々に滲んだ、白人に対する差別意識を思い出していた。「白人男性の悪い部分……何というか、傲慢なところがある」「ある種の白人男性のだらしなさについては、あなたにも覚えがあると思うが」何があったかは知らないが、彼は白人であるホワイトを蔑《さげす》んでいた。仕事とは別に。

「分かった」ブラウンは水を一口飲んだ。胃だけではなく、体全体が冷えた感じがする。

「これは、お前を道具扱いしたラオに対する復讐なのか?」

ホワイトが顔を上げた。喉仏が大きく上下する。ペットボトルに手を伸ばそうとして引っこめ、大きく溜息をついた。

「飲めよ」

「いいんだ」

「怪我は?」

「ああ……」ホワイトが、恐る恐る鼻に手をやった。まだ痛みが残るのか、顔をしかめて舌打ちをする。

「それぐらい、戦場にいた時のことを思えば何でもないだろう」

「いつの話だよ」ホワイトが寂しそうに笑った。

「二十年前だ」

「大昔だな」

「俺にとってはそんな昔じゃない。あの頃から今まで、俺の仕事はずっと同じようなものだ。それに、お前とも、心はずっとつながってるはずだ」

二人の間に、微妙な空気が流れた。俺の考えは、一種の理想論かもしれない、と考える。軍から警察へ——ブラウンが歩いて来た道程は、組織とともにあった。組織の中に組みこまれ、組織の中で生き、組織にいるからこそ力を発揮できたと思う。一方ホワイトは、まったく違う世界に生きてきた。ビジネスマン……それも営業マンとして。そちらの方が、軍隊的な組織よりも彼に合っていたのは明らかで、だからこそ今の地位があるわけだ。

だが彼は、その地位を愚かな行為によって捨てようとしている。

「つながってる?」ホワイトが、きょとんとして言った。「俺とお前が」

「そうだ」ブラウンは、顎が引き攣るのを感じた。「互いにケツを守り合った仲じゃないか」

「お前は本当に、そう思っていたのか？」ホワイトの喉仏が上下する。

この男は……俺たち黒人に対して、表立っては友情を示しながら、裏では馬鹿にする白人なのか？　俺はいったい何を信じていたのだ、とブラウンは苦い思いを呑み下した。この男との間にあったはずの友情は、俺の一方的な思いこみだったのか。ホワイトが見せた目つき。言葉の一つ一つ。それらに、侮蔑的なニュアンスはなかったか。思い出そうとすると、目の前が真っ暗になる。ブラウンは言葉を切り、何とか冷静さを取り戻した。

「俺は、ミスタ・ラオから依頼を受けて、お前を捜しに来た。本当に心配していたんだ」

ホワイトが顔を上げ、ちらりとブラウンを見た。目を合わせる気はないようだった。空ろな表情からは、戸惑いと躊躇いが透けて見える。

「訳が分からなかった。事件に巻きこまれたのか、自分の意思で姿を消したのか、それさえ分からなかったんだからな……今の男は誰なんだ？」

「日本のヤクザだよ」

「そういうことか」ブラウンは溜息をついた。日本は、アメリカのような銃社会ではない。銃器による犯罪は、アメリカに比べればはるかに少ないのだ。逆に言えば、銃を手にするチャンスがあるのは、ヤクザぐらいである。「何でお前が、そんな奴とつき合いができたんだ？」

「アメリカにいる頃からだ」

「奴がアメリカに来たのか？」

「ああ」ホワイトがまた溜息をついた。

「向こうから接触してきた。金儲けの話だった」

「金が儲かる話なら、お前は相手が誰でも乗るのか」

「額による」ホワイトがようやく答えた。声がしわがれている。

「どういう儲け話だったんだ？　ラーガを脅迫するために、協力するように言われたのか？」

ホワイトの太い肩がぴくりと動く。やはりそういうことか……おそらく、ラーガに対するサイバー攻撃も、この件につながっている。最近は、日本のヤクザもやり方を変えてき

ホワイトはうなだれ、全身が萎《しぼ》んでしまったように見える。軍で失敗したり、酒を呑み過ぎた時と同じだ。今までは全て、許してきたが……。つい、きつい調子になってしまう。ホワイトがペットボトルにのろのろと手を伸ばし、キャップを捻り取る。ブラウンは水を飲むよう、勧めた。一口含んだがむせてしまい、床に水を撒き散らした。ブラウンは、ホワイトが落ち着くまで何もせずに待った。本当は、こんな風にゆっくり構えている時間はないと思う。濱崎……あの男は銃を持って行った。本気で殺すつもりだろうか。相手がどれほどのワルかは分からないが、捕まえるチャンスがあるなら、殺す必要はない。しかもあの男は、警察官ではないのだ。一般人が人を殺したら、どんな状況でも言い訳するのは面倒になる。

たのだろう。まさに頭脳戦である。

ホワイトがペットボトルに口をつけた。今度はむせずに飲みこみ、顔に少しだけ血色が戻ってくる。座り直して片膝を立て、口を開くと、言葉は滑らかになっていた。

「あいつらは、どこかで俺の情報を知った。それは何度聞いても教えてくれないんだが……とにかく、顧客名簿を持ち出すように誘われたんだ」

「ちょっと待て」ブラウンは身を乗り出した。「何億人分だ？」

「その時の会員数そのままだよ」

目眩がする。これ以上の脅迫材料はないのではないか？　会員制サイトの個人情報が外へ漏れることは、ままある。それが実際に犯罪に使われることは滅多にないが、相手がラーガとなれば話は別だ。何しろ現職のアメリカ大統領まで、使っていることを公言しているのだから。

「情報の内容は？」

「全てだ。住所、電話番号、アメリカ人なら社会保障番号……個人情報がまる分かりになる」

「お前……」ブラウンは絶句した。「それはまずいと思わなかったのか？」

「これを他のことに利用すれば、まずい。だが俺は――あの男は、情報の内容そのものには興味がなかった、ラーガを脅して、金を奪うことだけを考えていたんだ」

「会員名簿は、あくまで取り引き材料か」

「ああ」

「時間軸を整理させてくれ」ブラウンは座り直し、水を喉に流しこんだ。「その話が出たのは、お前が日本に来る前か？」

「直前だ」

「すぐに受けたんだな？」

「……ああ」

「お前が日本に来ることも、連中は摑んでいたんじゃないか？」

「たぶん、そうだ」

ブラウンは首を振った。日本のヤクザが、どうやってそこまでラーガに食いこんだ？それは調べられるはずだ。それこそ、日米合同の捜査になるかもしれないが。

「日本に来て、計画は本格化した」

「ああ」

「お前が近くにいれば、連中も動きやすい。お前が姿を消したのは、本格的に脅迫を始めるためだったんだな」

「そうだ」ホワイトの喉仏がまた大きく上下した。

「当然、ミスタ・ラオはそんなことは知らない。信用していた上級副社長がいきなり日本で姿を消したら、慌てるのは当たり前だ。ラーガにとって、日本は将来の重要な市場になる可能性があるしな」

「信用していた、ね」ホワイトが白けた口調で言った。

「信用していたんだろう？　そうじゃなければ、俺に捜索を依頼したりしない」

「アジア人に使われるのは、どんな気分だと思う？」

ブラウンはぐっと顎を引いた。この男の心の底を覗いてしまい、今まで信じていた物が一気に壊れてしまったような気になる。ホワイトの心の奥には、差別が潜んでいるのだ。

ラオがホワイトを差別していたのと、対を成すように。

「それが気に食わなかったのか」

「どうでもいい話だ」ホワイトが髪を撫でつける。

「向こうにとっては、どうでもいいどころの話ではなかったはずだ」

「……だろうな」

「俺が捜し始めた後で、本格的に脅迫を始めたんだろう。それで、ミスタ・ラオの態度が急に変わった。お前を捜す必要はない、と言い出したんだ」

「裏切り者を捜すのに、金と人手をかける必要はないだろうな」ホワイトが皮肉っぽく言った。

「そしてサイバー攻撃だ。あれは、今回の脅迫が本気だということを示すためのものだったんだな」

「お前は、本当に警察官だな」ホワイトが溜息をついた。「発想がまさに警察官だよ」

「実際そうだから、仕方がない」

「まあ……そういうことだ」ホワイトがまた水を飲んだ。「酒でもないとやってられないな」

立ち上がろうとしたのを、ブラウンは見逃さなかった。ブラウンは目線で制した。ホワイトの目に、かすかに恐怖の色が宿るのを、ブラウンは見逃さなかった。立ち上がり、キッチンを漁ってみる。酒は……ない。それで少しだけほっとした。酒が入ると、この男は人格が変わるのだ。呑みたい気持ちは分からないではないが、今は駄目だ。ここできちんと話をしておかないと、いつまで経っても整理がつかない。

ブラウンは壁に背中を預け、ホワイトと相対した。ホワイトは、意思のない肉の塊のように見える。

「こんなことが上手く行くと思ってたのか？」

「実際、ラオは金を用意すると言っていた」

まさか……ブラウンは思わず眉をひそめた。こんなに簡単に脅迫に屈するのか？　やはりラオという人間は、俺の理解を超えている。ホワイトではないが、それこそアジア人の考えていることは分からないのか。

「いくらだ」

「五千万ドル」

一瞬、頭から血の気が引くのを感じた。それだけの金額をぽんと出すのも、ブラウンの理解を超えている。額をゆっくり揉みながら訊ねた。

「お前、年俸はどれぐらい貰ってるんだ」

「二十万、かな」

「それで、今回の一件の分け前は？」

「一千万だ」

それだけあれば、残りの人生を遊んで暮らせる。仮に司法当局が立件しても、国外への犯罪者引き渡しを認めていないブラジル辺りに逃げこんでおけば……あの国では、金さえあれば、最上の生活を送れる。

「逃げられると思っていたのか？」

「準備はしていたさ」

「一千万で、人生を棒に振るつもりだったのか？」

「一千万で、新しい人生を買うんだよ」

ブラウンは首を振った。その人生は、今までとはまったく違う物になるが、この男がそれを理解しているとは思えなかった。ラーガに関しては、どうでもいい。むしろ、表沙汰にしたくないだろう。ラオは、金で小さなトラブルを解決した、ぐらいに考えるのではないか。気にしなければならないのは、ヤクザの影である。本当にホワイトに一千万ドルを渡すとも思えなかったし、一旦渡した後で、回収にかかる可能性もある。そこから逃げるのは、司法当局から逃れるよりも困難だ。あの連中の手は長く、粘《ねば》ついている。国や人種に関係なく、世界中どこでも同じなのだ。

「計画は潰れるぞ」

「……だろうな」

ホワイトが立ち上がった。足がよろけ、膝に両手をついてしまう。肩で大きく息をつきながら、よろよろと顔を上げた。まったく自分の体に気を遣わず、好きなだけ食べて飲み、人の二倍の速度で年を取っている。普段のブラウンなら小言の一つも言うところだが、今日はその気になれなかった。ホワイトは、今後強制的に、こういう生活とは縁を切らざるを得なくなるから。刑務所の怖さを、ホワイトは知らないだろう。それがアメリカであれ日本であれ、刑務所での暮らしは人を変えてしまう。特にアメリカの場合……まずは無事に生きて出所できるかどうかが問題だ。どこの刑務所に入るかによるが、一般にホワイトカラーの犯罪者は他の受刑者から嫌われる。

「どうするつもりだ？」

「どうもこうも、な」ホワイトが肩をすくめた。そうしただけでバランスを崩して倒れそうになる。肉体的、精神的ともにダメージは大きそうだ。

「計画は発動しているのか？」

「ああ。ただ、お前の言う通りだ。上手くいくわけがない。もう終わりだ……司令塔がいないからな」

「さっきの男か」

「ミスタ・イシモト」

「何度か会ってるな……お前が失踪する前に」その正体にもっと早く気づいていれば、事態をここまで悪化させずに済んだかもしれない。

「そこまで割り出したのか」

「悪い仲間が何人もいたようじゃないか」ブラウンは首を振った。「だから、あちこちに手がかりが残ってたんだよ」

「まさか、お前に見つかるとは思っていなかった」

最終的には俺が見つけたんじゃないがな、とブラウンは皮肉に思った。見つけられたのは俺の方だ。

「さすがに、優秀な警察官は違うな……で、優秀な警察官としては、これからどうするつもりなんだ」ホワイトが目を細め、ブラウンの顔を見た。「まさか、俺を逮捕するつもりじゃないだろうな」

「俺にはそういう権利はない。ここは日本だ」

「そうか」ホワイトが長々と息を吐き出した。「だったら俺には、まだ生き延びる可能性があるな」

「どうしてそう思う？」

「お前は、俺の友だちだから」

ブラウンは唾を呑んだ。硬い物が喉に引っかかったように感じる。この男は……心の底に潜ませた卑劣な本音に、はっきりとした怒りを感じる。

首を振ると、ホワイトの顔から血の気が引いた。慌てて一歩前へ歩み出し、両手を差し伸べる。

「友だちだって言ってくれたじゃないか。助けて……見逃してくれないのか？」

「無理だ」

「そんなに簡単に見捨てるのか？　お互いにケツを守り合った仲じゃないか」

ブラウンは、頭が痺れたような気分になっていた。先ほど自分が言ったのと同じ台詞を、ホワイトが口にする。憎めない口調。ビジネスでは、こうやって相手の緊張を解くのだろう。しかしそれは、下手な芝居の台詞ほどにも、ブラウンの心を打たなかった。

「あの時はあの時だ。あれから二十年近く経っている」

「時間が経ったら、友情は終わるのか？」

「友情が終わるんじゃない。お前がお前の人生を勝手に終わらせたんだ」

「俺は終わりなのか？」ホワイトが大きく両手を広げる。この状況がまだ信じられない様子だった。

「どういう風に終わるかは分からないが……終わりだ」

「まさか」ホワイトの両手がだらりと脇に垂れる。「見逃してくれないのか」

「無理だ」

「俺は、ここから勝手に逃げる……お前は黙って見送ってくれればいいんだ」

「お前が逃げようとしたら、俺は全力で阻止する。俺の全力がどういう意味か、よく分かってるだろう」

ホワイトがあんぐりと口を開ける。顎が床につきそうな勢いだった。

「諦めろ」俺の方が辛いんだ、とブラウンは思った。お前を信じて、助けたいと願い、捜査権の及ばない街で必死に捜し回ってきて……最後に見つけたのは、金のために自分の仕事と魂を売り渡した旧友の姿だった。

「助けてくれ」

「できない」

この会話が永遠に平行線を辿ることは分かっていた。ブラウンはふいに、激しい疲れを意識した。肉体的ではなく、純粋に精神的な疲労。自分のやってきたことが、ここまで無駄になったことはない。そして一人の友を失う悲しみ——俺が意識していなかっただけで、とうに失っていたのだろうが。ホワイトが会社を裏切った時点で。

ラーガがどんな会社なのか、ラオが経営者としてどんな人間なのか、ブラウンは正確には知らない。だが、自分が所属する組織に合わない、リーダーに従えないと思ったら、飛び出せばいいだけの話ではないか。ホワイトのような営業のプロなら、どこに行っても仕事はあるはずだ。

だがそれは、俺の勝手な思いこみなのかもしれない。俺はずっと、組織の中で生きてきた。衝突もストレスもあったが、居心地は悪くなかった。歯車になって動くという制約がある中で、いかに自分の考えを押し通していくか——そして最後には、組織が自分を守ってくれるだろうという甘えもあった。そういう甘えをなくしたホワイトは、何を思ったのだろう。

破れた窓から、冷たい風と一緒にパトカーのサイレンが聞こえてくる。自分たちではどうしようもない状況が迫っていた。ホワイトが、不安そうにブラウンの顔を見る。警察が、ここを捜して上がって来るまで、あと数分だろう。数分あれば、何でもできる……元々ホワイトは、身体能力は決して低くはない男なのだ。分厚く体についた脂肪の下には、まだ強い筋肉が息づいているだろう。怪我を負った自分が、ホワイトをどこまで押さえられるか、自信はなかった。本来はドアの方へ行けないように邪魔すべきなのだろうが、窓に突進する可能性もある。勢いをつけてベランダを飛びこえれば、地面まで一直線だ。この部屋が何階にあるかは分からないが、無傷では済むまい。

「お前がどう考えていたか分からないが、俺にとってお前は戦友だった」ブラウンはゆっくりと言った。「互いに背中を守り合った仲だと信じていた。そういう関係は一生続くと思っていたけど、それは俺の勘違いだった。お前はもう、捨てたんだな」

結局ホワイトは、何も得られなかった。金は手にはいらず、それどころかもっと大事な物を失った……俺という生涯の友を。

体から一気に力が抜けてしまったようで、ホワイトがへなへなと床に座りこむ。もはや何かできる状態ではなかった。ブラウンは前へ歩み出て、彼の肩に手を置いた。怯えと震えが伝わってくる。何か言葉を……慰めでも何でもいい。しかしブラウンはこの瞬間、完全に言葉を失っていた。友情だと信じていたものの軽さを嚙み締めるだけだった。


廊下に飛び出した濱崎は、素早く左右を見回した。風が吹き抜ける……一年以上前に確認した時、このマンションの構造は頭に入れていた。廊下の左側にエレベーター、右側が非常階段。石本は当然、左に走っていた。しかし右肩を撃ち抜かれた状態では、全力疾走は難しい。左手で肩を抑えたままなので、スピードはまったく乗っていなかった。

濱崎はやすやすと追いつき、石本の右肩に手をかけた。痛みが走ったのか、石本が短く悲鳴を上げる。それが濱崎のサディスティックな感覚を呼び起こした。さらに力を入れてこちらを振り向かせると、顔面めがけて銃把を振り下ろす。石本は咄嗟に避けたが、額の端にかするように当たり、血が噴き出した。ゆっくりやれ、急ぐことはないと濱崎は自分を抑えた。銃弾は一発残っている。これだけで十分だ。

もう一撃……今度は石本も、黙ってやられていなかった。モーションが大き過ぎたのかもしれないが、怪我を負っているにもかかわらず、濱崎の腹に短いパンチを叩きこんでくる。思わず体を折り曲げると、今度は首筋に衝撃が走った。気を失うほど激しくはないが、膝をついてしまうには十分だった。

顔を上げると、石本が非常階段の方に走り出したところだった。立ち上がって追いかけようとしたが、一瞬目眩に襲われ、動けなくなる。クソ、だらしないぞ。こんなことでどうする。気力を振り絞って追跡を開始した時には、石本は十メートルほど先行していた。

石本が非常階段の扉を開けて飛び出す。慌てて後を追うと、階段を二段飛ばしで下に向かっていた。頭の傷ががんがん痛んだが、アドレナリンが出過ぎて、自分でも動きを止められない。石本は二階分までは先行していたが、その後で濱崎が追いついた。踊り場に出たところで、体を入れ替えて逃げ道を塞ぐ。石本が立ち止まり、手すりに背中を預けて大きくあえいだ。口の端から、血が細く筋になって流れており、スーツの袖から見える手首も赤く染まっている。相当量の出血だ、と見て取った。このままここに釘づけにしておいて、出血多量で死ぬのを見守る手もある。

「失敗したな」

「黙れ」石本が凄む。額には汗が浮いており、濡れた髪が風に吹かれて揺れた。

「あんたが何をしようとしていたかは知らないが、ここまでだ。今回は完全な失敗だ。拉致監禁の現行犯だぜ」

「お前はもう、刑事じゃない」

「あんたのせいで、な」濱崎は顔に血が上るのを感じた。「だけど刑事を辞めても、あんたを潰したいという気持ちに変わりはない」

「お前も道連れだ」石本があえぎながら、濱崎の銃を見る。「そいつをどう説明する？」

「元々、あんたの部下が持ってた物じゃないか。そっちこそ、出所を説明できるのか」

石本が黙りこむ。濱崎はゆっくりと右手を上げ、石本の腹に狙いをつけた。撃つ時は、一番大きい目標の腹を狙う。そうすれば、発射のショックで銃口が跳ね上がっても、胸か顔に当たる。むしろその方がいい——相手の息の根を確実に止めるためには。腹を撃って、長い間苦しめるのもいいが。

「決着をつける時がきたな」

「お前はそういう人間だと思ってたよ」石本がにやりと笑う。「所詮、刑事じゃないんだ。俺たちと同じ世界の人間なんだよ」

「違う」怒りが頭の中で膨れ上がった。それこそ、頭蓋を破壊せんばかりに。

「どうかな」石本にはまだ余裕があった。「暴力団とつき合いのある悪徳警官――俺が何もしなくても、お前は自爆して潰れてたんじゃないか？」

「違う。お前の阿呆な罠に引っかかってなければ、俺はまだ刑事だった」

「遅かれ速かれ、辞めることになってただろうよ」手すりを摑む石本の手に力が入り、手の甲に筋が浮かび上がる。「お前はその程度の人間なんだ」

由里と知り合ったのが、全てのきっかけだった。出会いには何の意図もなく、たまたま六本木のバーで知り合い、互いに惹かれ合っただけだ。かつて石本の情婦だったと知ったのは、一緒に寝るようになってからである。

濱崎にとっては千載一遇のチャンスだった。暴力団担当の刑事として、石本は絶対に挙げたい人間の一人だったのである。頭脳派。暴力団の資金源が絞られ、苦しくなっている中でも、一人金を稼いでいる人間。こいつを潰せば、有力な広域暴力団を実質的に消滅させられる。だが石本は、金儲けの才能と同じように、証拠を隠滅する才能にも長けていた。なかなか尻尾を摑ませず、多くの刑事を歯軋りさせていた。

しかし由里という情報源を得て、濱崎はじわじわと石本に迫り始めた。由里は石本に対して複雑な恨みを持っているようで、非常に協力的だった。

地雷は意外なところに隠れていた。ある日上司に呼び出された濱崎は、石本と敵対する組の幹部との、不適切な交際について、突っこまれたのだ。返す言葉もなかった。それは事実——濱崎は、石本の情報を探るために、その幹部と確かに接触していたから。悪を倒すのに悪を利用するのは、昔から警察が得意とするやり方である。その幹部との間には、金のやり取りもあった。捜査のレベルを一歩踏み出してしまっていたのは間違いないが、暴力団担当の刑事なら、多かれ少なかれ、そのような傷を脛《すね》に負っているものだ。大抵は、分かっていて、互いに口を閉ざしている。

だが石本は、動かぬ証拠を、弁護士を通じて警察に提供した。濱崎とその幹部が会っている場面を押さえた盗撮ビデオ。しかも、幹部から濱崎に金が渡っている場面がしっかり映っていたのである。濱崎は弁明した。あの金は、こちらから情報提供料として渡したものだ。それを、数日考えた末に、向こうがバックしてきたのだ、と。

事実だった。向こうも、警察に買収されるのはまずいと思っていたのかもしれない。警察と結託して何かやっていると知れたら、敵対する組とは全面戦争になる可能性がある。今のヤクザ——特に関東のヤクザには、金と人命を注ぎこんで、戦争をしている余裕はない。それを避けるために、金のやり取りをなかったことにしようとしたのだ。その事情は、濱崎にも理解できた。

しかしいくら事実でも、この説明は上層部を納得させられなかった。石本から出たビデオを証拠に使うのか、と詰め寄ったのだが、存在している物は否定できない。さらに濱崎が、それまで命令を無視して散々暴走してきたのも、悪材料になった。

結局濱崎は、詰め腹を切らされた。馘にはしないが、依願退職。退職金が密かに上積みされたのは、警察という組織自体が、後ろめたさを内包しているからである。暴力団との不適切な関係は、珍しくも何ともない。だがそれは、あくまで特殊な事例だと強調したかったのだろう。濱崎を悪い警官役に仕立て上げて、トカゲの尻尾切りをする——それで、マスコミに嗅ぎつけられても、言い訳はできるはずだった。もっとも、マスコミはこの事実を知ることはなかったが。全国紙の事件記者も、今や暴力団の動向にそれほど関心を抱かないのだ。何しろ、暴力団そのものを「絶滅危惧種」と揶揄する人間までいる。

それでも石本のように、生き残っている人間はいるのだ。今回ホワイトと組んでいたのも、新しいしのぎを見つけたからではないだろうか。日本ではなく、海外に。

「警察官を一人、コントロールするぐらいは、簡単だ」石本が強気に言い放った。呼吸が荒い。

「警察官なら、な。俺は今、フリーだ。あんたに尻尾を摑まれるようなことはない」

「お前のようないい加減な男に……」石本が歯を食いしばる。

「由里のことを言ってるのか？　だとしたら、あんたの負けだよ。あの時点で彼女は、あんたじゃなくて俺を選んだんだ」

「女は関係ない」

「強がってるのか？」これは全て、由里が原因だったのか？　だったらむしろ面白い、と濱崎は思った。次世代の経済ヤクザとして警察がマークする男が、惚れた女のために危険な罠をしかけたとしたら……女はいつでも、男にとって弱点になる。これだから、人生は面白いのだ。どんなに権力や金を持った男でも、人の——特に女の心を思うままには動かせない。

「俺がどうしてあんたに辿りついたと思う？　由里が情報をくれたからだよ」

「お前、まだあいつとつながっているのか」石本の顔に、初めて本当の焦りが生じた。

「俺たちの利害関係は、常に一致しているからな」

濱崎は一瞬、右腕を下げた。拳銃は案外重いものである。それを見た石本が、ぴくりと体を震わせる。銃を奪いにくる——瞬時に右腕をもう一度上げると、石本はぴたりと動きを停めた。大きく息を吐いて、背中を手すりに持たれかけさせる。体がずり落ち、その場でへたりこむ格好になった。その動きに合わせて、濱崎はゆっくりと銃口を下げる。石本の視線は、濱崎ではなく銃を捉えていた。

「新しいしのぎは何だったんだ？　ラーガと関係のある話だな」

「何でそれをお前に言わなくちゃいけない？」

「言わないと、撃つ」濱崎は一歩前へ進み出た。距離は一メートルほどしかない。「この距離なら、絶対に外さない。あの部屋にいた男……ホワイトと、何か企んでいたんだろう？」

「お前らには想像もできない話をな」

「それは、参考までに是非お伺いしたいね。あんたたちの話は、いつ聞いてもためになる」

「ある材料を握って、会社から金を引き出そうとしただけだ」

それで濱崎には、おおよその筋書きが読めた。石本は、ホワイトに協力を要請したか、あるいは何らかの弱みを握って接近し、ラーガの内部情報を入手したのだろう。それを元に会社を脅して、金を吐き出させる――昔から、経済ヤクザが得意にしてきたやり方である。会社というのは、多少の差こそあれ、脛に傷を負っているものだから、脅しには屈しやすい。

「あんた、自分が何をやろうとしているのか、分かってるのか？」濱崎は溜息をついた。

「相手はラーガだぞ。どれほどでかい相手か、理解してないんじゃないか」

「でかい相手ほど、やりがいがあるんだ」

石本の声からは、次第に力が抜けてきている。出血量が限界に近づいているのでは、と濱崎は想像した。

「スケールが違い過ぎる」濱崎は首を振った。「世界的企業を相手にして、たかがヤクザがどこまでやれると思ってるんだ」

「もう、作戦は発動したよ」石本がにやりと笑う。顔からは血の気が抜けていたが、自信たっぷりの笑みだった。「手遅れだ」

「だけどあんたの懐には、金は入らない」

「俺を殺す気か」

「俺があんたを殺したいと思うのは、当然じゃないか」濱崎は靴一足分だけ、近づいた。危険な距離だということは分かっている。石本が思い切って飛びかかれば、拳銃を叩き落とせる距離なのだ。一歩下がり、もう一度狙い直した。

「仕事を奪われたからか」

「仕事は全てじゃない。クソ面白くもない仕事だったら、やる意味はない……あんたみたいなクソ野郎の相手とか」

「だったら、俺を撃つ意味はないんじゃないか」

「相棒が危険な目に遭ってたら、誰だって助けるよ」

「相棒？」石本が目を見開いた。顔は依然として汗で濡れている。「あの黒人か？　あいつは何者なんだ？」

「一つ、忠告しておく」濱崎は左の人差し指を顔の前で振った。「黒人、という言い方は政治的に正しくない。アフリカ系アメリカ人と言い直せ」

「ふざけるな」一瞬、石本が真顔になる。「あいつは何者なんだ」

「ニューヨーク市警の警部補だよ。あんたらが今回の犯罪に引き入れた男を追って、日本へ来たんだ。ラーガの本社では、幹部が日本で失踪したっていうことで、大騒ぎだったらしいぜ」

「ニューヨーク市警……」

「そう」濱崎は頬が緩むのを感じた。「だからこの件に関する情報は、もうニューヨーク市警にも流れている。向こうも捜査を始めるんだ。あんたはたぶん、部下を向こうへ送りこんでいるだろうな。あるいは向こうのマフィアと手を組んだか。そういう連中に対する捜査も始まる。たとえこの場では生き延びても、もう逃げられないよ」

「ふざけるな」石本が歯を食いしばる。歯軋りの音さえ聞こえてきそうだった。

「今のうちに、向こうへ電話してストップをかけたらどうだ？　未遂に終われば、少しは罪も軽くなるかもしれない。ま、向こうの法律がどうなっているかは、俺は知らないけどな。ただ、アメリカの刑務所は相当きついようだぜ？　特にあんたに、ゲイの趣味がなければ」話しているうちに、サディスティックな喜びが腹の底でのたうつ。「日本人は珍しいから、需要があるんじゃないか？　あんたは、誰かの恋人になって生きていくしかなくなるのさ。そういう人生、どう思う？」

石本の顔が真っ赤になった。ここから先、この男の反応を読むのは難しい。何しろ、直接対決したのは今回が初めてなのだ。今までは、互いに闇に隠れ、銃を撃ち合ってきたようなものだから。奴の銃は一度、俺を貫いた。今度は俺の番だ。

石本が無事な左腕を伸ばし、手すりを摑んだ。両足が震えたが、何とか踏ん張る。踊り場の床には、小さな血溜まりができている。肩からの出血も、依然として続いているのだ。もっと話を引き延ばすか……出血多量でゆっくり死んでいくのは、かなりの苦痛だろう。俺を貶《おとし》めたこの男には、こういう死こそ相応《ふさわ》しい。

遠くでパトカーのサイレンが響き始めた。まずい……この状況は非常に説明しにくい。いっそ撃ち殺すか。今ならまだ、逃げる時間は稼げるはずだ。

「どうするつもりだ」石本が手すりに背中を預け、右肩を押さえる。左指の隙間から、血が溢れだした。

「どうしたい？　あんたに選ばせてやってもいいんだぜ。大人しく逮捕されてもいいし、殺して欲しいなら、そうしてやる」

「お前の手にかかって死ぬぐらいなら、自分で死ぬよ」

言うなり、石本が踵を返した。手すりに正面から向き合い、無事な左手を使って飛び超えようとする。反射的に、濱崎は引き金を引いた。鋭い発射音がしたと思った瞬間、石本が左足を押さえてその場に倒れこんだ。腿に当たったのだ、と分かる。

濱崎は一歩彼に近づき、上から見下ろした。脂汗をかき、苦悶の表情を浮かべてのたうち回る石本の目が、一瞬濱崎の視線とぶつかった。二発の銃弾を食らい、瀕死の重傷を負っているのに、まだその目には、獣の光が宿っている。濱崎はその生命力に感心したが、これ以上はどうしようもない。既に銃弾はなく、自分の手を汚してまで始末する気にもなれなかった。

俺は結局、石本を助けたのではないか？　その事実に気づいて、濱崎は啞然とした。ここは六階。手すりを乗り越えさえすれば、数十メートル下の道路に一直線だ。いくら石本がタフな男でも、生き残れない。要するにこの男は、最後に自分で決着をつけようとしたのだ。自ら命を断つことによって……俺はそれを阻止したことになる。決して、石本が不穏な動きをしたから撃ったのではなく、自殺を阻止したのだ、と気づく。

こんな男にでも、死んで欲しくなかったから？　違う。自ら最後を選ばせたくなかったのだ。人間にとって最悪の屈辱は、自分の人生を自分で決められないことだろう。裁かれ、刑務所にぶちこまれ、腐るまでそこで過ごす——その恐怖を知っているが故に、石本は自ら死を選ぼうとしたのだ。

それを阻止した俺は、実は残酷な人間なのだろう。

これ以上はどうしようもない、と判断する。立ち上がるのさえ苦労している様子では、とても自殺などできないだろう。自分で舌でも嚙めば別だが、それでは死ねない。

パトカーのサイレンが最大限のボリュームになった瞬間、止まった。

俺の仕事はここまでだ。

濱崎は階段を二段下りて踊り場から離れ、手すりから身を乗り出して、走り出した制服警官たちに向かって叫んだ。

「こっちだ！　ここに犯人がいる！」

首を引っこめ、踊り場に戻る。石本は左腿を左手で押さえて、何とか出血を止めようとしていた。綺麗に貫通しているようだが、こちらも血が止まらない。これは、長くは持たないな……結局自分が、この男に止めを刺すことになるのか。

「早目に輸血を受けられれば、助かるかもしれない。血が足りない時は、俺に電話してくれればいいから」

石本が腿を押さえたまま、目を見開く。

「非常に残念だが、俺はあんたと同じAB型なんだ」

一瞬跪《ひざまず》き、周囲の音に耳を澄ませる。非常階段を上がる、かつかつという音が響いてきた。制服警官たちは、すぐにここまで到達するだろう。だったら、逃げる道は一つだ。

濱崎は非常階段の出入り口から、六階の廊下に戻った。無人——銃声が聞こえたはずなのに、誰も廊下に飛び出していない。ほぼ全力で走って、エレベーターへ向かう。上行きのボタンを拳で叩き、大きく一息ついた。まだ銃を右手に持ったままだったと気づき、慌てて革ジャケットの内ポケットにねじこむ。弾がない銃は、やけに軽く感じられた。

古いマンションのせいか、エレベーターはなかなか上がってこない。目の前で止まったエレベーターから塩田が降りてきたらどうしよう、と心配になった。知り合いが一人もいなければ、ここを切り抜けるのは簡単なのだが……知らんぷりをすればいい。いや、そもそも塩田がここへ来るはずがない。彼を連絡先として使ってはいるが、本人が直接出向いてくるとは思えない。彼の仕事ではないし、そもそも腰の重い男なのだ。

エレベーターの扉が開く。無人だった。第一段階、クリア。ほっとして八階まで上がった瞬間、問題の部屋のドアが開いてブラウンが顔を見せた。一瞬凍りついたが、すぐに濱崎に向かってうなずきかける。

「行け。ここは俺が食い止める」

「あんた、犯罪者の仲間入りをするつもりか?」

「俺の知り合いに犯罪者はいない」

「ありがとうよ――相棒」

「それは否定する」

濱崎はにやりと笑い、開いたドアの脇をすり抜けて、再び非常階段へ向かってダッシュした。屋上まで駆け上がり、その場に置きっ放しにしてあったダッフルバッグに拳銃を放りこむ。ここからどうやって逃げるか……ブラウンが拉致されていた部屋が、警官で一杯になるのも時間の問題だろう。そこへわざわざ突っこんで行って、知らぬ顔で逃げ出すのは不可能だ。見知った顔が一人もいなければ、何とかなるかもしれないが、大きな賭けになる。今、ギャンブルはしたくなかった。そもそもギャンブルはやらないタイプだし、一生分の運は使い果たしてしまったような気がしている。

屋上をぐるりと一回りしてみた。左側のビルが近い。ほぼこのマンションにくっついており、思い切れば屋上に飛び乗れそうだ。ロープを引き上げて命綱にして……駄目だ。そんな時間はない。

濱崎は手すりを掴んで身を乗り出した。風が吹きつけ、髪を揺らす。ダッフルバッグを、隣のビルの屋上めがけて放り投げた。落差、二メートル。意外に大きな音がして、ショックの大きさを思い知る。

手すりを乗り越え、屋上の縁で踏ん張る。手すりはまだしっかり握ったままだった。隙間は一メートルほどしかないが、一瞬見下ろすと、数十メートル下までがはっきり見えた。唾を呑み、目をきつく閉じてから開ける。膝を曲げ、その力を利用して一気に飛んだ。

冬の陽射しが、やけに強く煌《きらめ》いた。

「意味が分からない。こんなこと、上にどう報告したらいいんだ？」

塩田が首を振り、困惑の表情を見せるのも当然だ、とブラウンは思った。だいたい俺は、ずっと姿を隠してこの男に心配をかけていたのだし。

「色々なことは、謝罪します」

「謝罪と言われても……」塩田の困惑は広がるばかりだった。「もう一度、筋道立てて説明してもらえないだろうか」

ブラウンは溜息をついた。説明するだけでも、大変なエネルギーを要する。自分はまだ、襲われたショックから抜け切っていないのだ、と意識した。それに、この狭い部屋は私服の刑事や鑑識課員で埋まり、立錐の余地もなくなっている。立ったまま話すのは、結構大変だった。塩田にしてもそうだろう。立ち話で済ますには、この話は複雑過ぎる。

それでもブラウンは、最初から順序だてて事情を説明した。ニューヨークで、ラーガ社からホワイト捜索の依頼を受けたこと。たまたま視察の日程が入っていたので、それに合わせて個人的に捜索を決めたこと——この件はニューヨーク市警本部長も了解している、と忘れずにつけ加えた。正式な捜査ではないが、問題はない、と。ホワイトを捜している うちに、大きなトラブルに巻きこまれ、襲われてここに拉致された。ホワイトがこの部屋にいて、ラーガ社を脅す計画を企てていた、と順を追って説明する。

「なるほど。怪我したとかいう話も、そいつらに襲われた、ということですか」塩田が、背広のポケットからバッジを取り出した。

「これは?」受け取ったブラウンは、はっきりと重みを感じた。

「この部屋にあった」

ブラウンはうなずいた。連中は、バッジを奪うことで、俺の自由を奪ったつもりかもしれないが、そもそも日本では、自由などなかったのだ。あいつらは最初から、無駄なことをしていたと思う。

「で、濱崎は？」

「彼は、無償で助けてくれたんです」どういう位置づけにすべきか、まだ分からない。本当ならあの男には、金を払うべきなのだ。そうして、ビジネスとして関係を終わらせる——しかし、どうしてもそう簡単には割りきれなかった。

「ここにいたヤクザ——どういう男か知っていますか？」塩田が訊ねる。

「いや」

「濱崎の仇敵なんだよ」

「キュウテキ？」

「あ、いや……ずっと憎んでいる相手。あいつが警察を辞めた原因を作った男なんだ」

「どういうことですか」

塩田の説明は非常に分かりにくかった。女が絡んでおり、それをきっかけにして濱崎が嵌められた、ということは分かったが。まあ、あいつは所詮その程度の人間だろう。女で失敗する……そういう女に引っかかる方が悪い。

「で、あれは？」

塩田が壁に向けて顎をしゃくった。赤い花が咲いたように血が散っている。そこを、青い制服姿の鑑識課員たちが調べていた。細いマイナスドライバーを使い、花の真ん中付近に開いた穴を穿《ほじく》り返す。ほどなく、壁から銃弾を掘り出した。

「誰かが銃を撃ったんだな。濱崎か？」

「さあ」ブラウンは肩をすくめた。「私は、目隠しされていたので、分からない」

「本当に？」塩田が疑わしげに目を細める。

「これを見て下さい」ブラウンは、目の下の傷を指し示した。以前怪我した傷口が、また開いてしまっている。「目隠しされていた証拠ですよ」

「ほう」

塩田はまだ疑っている様子だったが、それ以上突っこんではこなかった。携帯電話がかかってきたので、そちらに気を取られる。ブラウンに背を向けて話し始めた。

「ああ、塩田……いや、流れでやってるだけだから。後は、組織犯罪対策の三課に引き継ぐよ。うん、それで……ああ、なるほど。じゃあ、共犯のガキどもは押さえたんだな？結構。いや、しばらく現場にいる。鑑識さんの邪魔にならないようにしてるから」

「共犯」という言葉に引っかかる。電話を切った塩田に詰め寄った。

「共犯というのは、どういう……」

「別働隊がいてね。奴の手下を何人か、捕まえてる。チンピラばかりだから、いずれ吐くだろう。波多知男とか、野口一幸とかいう男の名前に聞き覚えは？」

首を横に振って誤魔化しながら、ブラウンは一人得心した。まさに自分たちが追っていた男。彼らは、アジトを提供するなどして、石本に協力していたのだろう。わずかに残っていたミネラルウォーターを飲み干す。ひとまず渇きは収まったが、心には穴が開いたままである。大きな謎は幾つか残っており、それを埋めない限り、心の渇きは癒されそうになかった。

「石本は？」

「死にかけてる」

嬉しそうに塩田が言った。ブラウンが顔をしかめると、咳払いして言い直す。

「右肩に一発。それと左の大腿部を撃たれたようだな」

この部屋で聞こえた銃声は二発……一発は、部屋に突入するために、濱崎がガラスを撃った時だ。もう一発が、石本の動きを停めたのだろう。おそらくそれが、肩を撃ち抜いた。その後石本は部屋から逃げ出しているのだから、その時点では脚は撃たれていなかったはずである。

「ホワイトは……」

「まだ下にいると思う。パトカーの中で待機中だが、大したことはないだろう。それより……このままだと、逮捕されることになると思う。うちがやるのか、そちらがやるのかは分からないが」

「特殊な案件です」

「こんな形で事件が発覚するというのは、あまりないことですね」

「ええ。ただ、ニューヨーク市警が主導権を握ることになるとは思う。被害者は向こうにいるので」

「そうだな」ほっとしたように、塩田が拳の中に咳をした。これは間違いなく、面倒な事件になる。関係者の身柄が拘束されているとはいえ、事件は相当複雑なのだ。ラーガの内部に、ホワイト以外にも裏切り者がいた可能性があるから、捜査は難航するだろう。ラーガの全面的な協力が得られる保証もない。

「この件は、あんたが窓口になるんだろうか」

「いや」今度はブラウンが咳払いした。「私の仕事は、こういう捜査ではない。あくまで突発的事案への対応です。つまり、もう役目は終わったと言ってもいい」

終わったというか、失敗した。ホワイトを見つけることはできたが、彼は悪の側に落ちていたのだから。結局、友を助けられなかったのだ。失敗。まさに失敗である。警察官になって最大の失敗だと言ってもよかった。

ふと思いついた。やり忘れていることがある。向こうは最早認めないかもしれないが、本来の依頼主であるラオに、事情を説明しなければならない。しかし、国際電話をかけるとなると、人の電話を気楽に借りられない。

「そうだ」塩田が思い出したように、スーツのポケットからブラックベリーを取り出した。

「これ、あなたが三田の現場で落としたやつですよね。濱崎から預かってました」

「助かります」

いいタイミングだ。受け取り、バッテリーの具合を確認する。半分ほどに減っていたが、ラオと話をする間ぐらいは持つだろう。無視されるかもしれないと思ったが、ラオは呼び出し音が一回鳴っただけで出た。

「今、非常に忙しいんですが」迷惑そうな声だった。

「脅迫の件なら、もう心配いらない。無視して構わない」

ラオが沈黙した。状況を理解しようと、必死で考えているのだろう。ブラウンは彼の方から話を再開するのを待った。

「その件に関しては、肯定も否定もしない」

「申し訳ないが、全て分かっているんです。こっちで主犯の身柄を確認した」

「それは……どういう……」

ラオの驚きが伝わってきて、ブラウンは思わず頬を緩ませた。あの男を啞然とさせたと思うと、何となく気分がいい。

「事件の全容は、間もなく分かります。とにかく、主犯を捕まえたので、金を払う必要はない」

「それは……礼を言うべきなのですか？」

「こっちが勝手にやったことだ。それと念のためですが、ホワイトも発見しました。詳しいことは、そちらに戻って報告しましょう。電話では話せない」

余計な詮索をされないうちに、ブラウンは電話を切った。ブラックベリーをズボンのポケットに落としこみ、両手を擦り合わせる。

「そちらはよろしいかな」塩田が訊ねる。

「結構です」何が結構なんだ、と思いながら、ブラウンは話を合わせた。

「とんだ視察になりましたね」

「迷惑かけて申し訳ない」ブラウンは頭を下げた。お辞儀もすっかり様になった、と思う。

「視察には関係ないことだから、事情を話すわけにはいかなかった」

「話してもらっても、どうしようもなかったですがね」塩田が面倒臭そうに顎を掻いた。基本的に厄介事は避けるタイプのようだ。「ま、視察の問題については、後で何とかしましょう」

「申し訳ない」繰り返して、もう一度頭を下げる。自分がひどく卑屈な人間になってしまったような気がした。

「いやいや、こういう非常事態だから……」塩田が曖昧に言葉を濁す。

「ホワイトには会えますか？」

「たぶん。病院に行くまでもないかもしれないし」

「警察には行きますね」

「そうなるね。事情聴取は必要だと思う」塩田がちらりと腕時計を見た。「行きますか?」

「ええ」

久しぶりに外の空気に触れた。夕方なのだ、と気づく。あのマンションにいたのは数時間なのだが、もっと長い時間が経ってしまっているように思う。夕暮れの中、殺到したパトカーのライトが赤い光を撒き散らし、緊迫した雰囲気を作り上げていた。乱雑に駐車したパトカーの間を縫うように、塩田が先導する。十台ほどが並んだ先頭近くまで出ると、塩田がすっと道を空けた。パトカーの左後部のドアが開き、両足が見えている。ホワイト……ゆっくりと、上半身が外に出てきた。上体を倒して肘を膝にのせ、頭を抱えている。

ブラウンは足を停めた。

ホワイトは基本的に、弱いところのある男だった。どこか、相手に媚びるような態度を取ることもあった。酒を呑んで愚痴を言っても、それは本音ではなく、こちらの笑いを誘うためだったような気がする。だが今、彼の苦悩は本物だ。これまでブラウンが見たことのない、苦しげな態度。結局俺は、この男の心の底まで辿りつけなかったのだろうと思う。命のやり取りをするような苦しい事態を経験したからと言って、心の底から信じられるようになるとは限らない。信じていた、と信じたかったのだろう。俺にも何か、頼る物は必要だったから。

ブラウンは背を向けた。ホワイトとは、今は話せない。後ろから塩田が「いいんですか?」と声をかけてきたが、首を振るだけで返事はしなかった。

日本滞在が終わる。

今後、この国に来ることがあるのだろうか。幼い頃を過ごした国で、自分のベースのどこかに日本の影響があるだろうと考え、密かに好意を抱いていたのだが……嫌な出来事の記憶を抱えたまま、再び日本の土を踏まなくてもいいのでは、と思う。だいたいニューヨークに戻ったら、自分には厳しい処分が待っているかもしれない。今後、自由に動き回れる保証はなかった。

冷たい風に正面から吹きつけられ、背中が丸まってしまう。うつむくな。前を向いていないと、正面から飛んでくる銃弾をやり過ごせない——陸軍時代の教えが突然脳裏に蘇ったが、それを今、実践するつもりはなかった。

なるほど、逃亡者の気分とはこういうものか。全身の神経が肌に浮かび上がってきたようで、ささいな刺激が一気に襲いかかってくる。見える物、聞こえる物全てが、自分を指しているかのような……必然的にキャップを深く被り、うなだれてしまう。

あの一件から三日後。濱崎は自宅にも寄りつかず、ずっと姿を隠していた。ブラウンの荷物は部屋に置いたままだったが、あの男なら、どんな手を使っても荷物を持ち出すだろうと思っていたから、その件は心配していなかった。必要なのは、自分の身の安全を確保すること。塩田はもちろんのこと、後輩たちにも捜査状況を確認するわけにもいかず、取り敢えずニュースで流れを確かめるしかなかった。

今のところ、自分の名前は出ていない。ということは、塩田やブラウン、それに後輩たちは口を閉ざしているのだろう。まあ、確かに、自分が絡んでいたことが分かると、警察的にも都合は悪いだろう。飛行機のチケットを買ったのがばれていないのは……ばれてはいるかもしれない。もしかしたら泳がせておいて、空港で身柄を押さえるつもりかもしれない。

成田空港、午後二時。デルタのニューヨーク便は、あと一時間ほどで離陸するが、まだ気持ちは落ち着かない。窓の外を見ると、間もなく自分が乗る機体が待機している。あれに乗ってしまえば、しばらくは余計な心配をしなくて済む。

一つだけ、気になっていることがある。石本の件だ。怪我の程度はどうだろう。死んだというニュースは聞いていないが……これから始まる長い裁判のためにも、無事でいて欲しかった。苦しみはずっと続く方がいいから。元気で――元気で、という言葉も変だが――裁判で苦しんで欲しかった。

「まあ、しょうがないな」

自分が経験した程度の苦しみは、あの男も味わうだろう。働く場所を失った上に、今後歩くのに苦労するかもしれない怪我を負ったのだから、プラスマイナスで考えれば、俺の勝ちかもしれない。あの男がこのまま引っこむかどうか……仮にアメリカへ引き渡されて裁判を受けるとなると、どれぐらいの間、社会から隔絶されるのだろう。刑務所にいながら、なおも復讐を考え続けるほど、執念深い人間だろうか。

考えても仕方がない。取り敢えずは、自分の身の安全を確保することだ。

ふと、視線に気づく。嘗《な》め回すのではなく、刺すような視線。殺意さえ感じさせる強さで、濱崎は恐怖が背筋を這い上がるのを意識した。まさか、逮捕されていない石本の手下が、追いかけてきた？　あいつは、そこまで人望が厚いのだろうか。

どうでもいい。もう終わったことだ。連中も、俺を追いかけ回すほど暇ではないだろう。心配なのは、やはり警察の動きである。外にいては見えないことも多く、同時に警察のやり方を知っているが故に、疑心暗鬼にならざるを得なかった。今も、ついに捜査の手が伸びたのではないか、とびくついている。自分が犯した罪を無意識のうちに数え上げ、裁判員の印象が悪くなったら何年食らいこむことになるだろう、と計算してしまう。銃刀法違反に殺人未遂、というところか。情状酌量がなければ、十年は外へ出られないかもしれない。

首を回して周囲を見てみたい、という欲求と必死に戦う。こちらから顔を晒す必要はないのだ……しかし欲求には抗《あらが》いきれず、ついにさっと周囲を見渡してしまった。

ブラウン。

しかも目が合う。

何ということだ。あの男はしばらく日本に滞在するのでは、と思っていたのだが。事件の後始末をつけるため、ニューヨーク市警の代表として……。

ざわざわと空気が動く。見つかってしまった以上、仕方がない。だが、自分は何もなじられることはないのだ、と胸を張った。助けてやったのはこっちなのだから。

「こんなところで何してる」質問しながら、ブラウンが横に座った。

「その台詞は、工夫がないな」

「工夫する必要があるのか？」ブラウンの口調は、あくまで真面目だった。

「少なくとも、もう少し驚くとか」

「あんたのことだから、どこに潜りこんでいても驚かない」

「そりゃどうも」

「だけど、どうしてニューヨークなんだ？」

「さあ」自分でも分からない。海外へ逃げようと思った時、何故か他の選択肢は考えられなかった。

濱崎は、ちらりとブラウンの格好を確認した。きちんとスーツを着こみ、腕にはコートをかけている。完全に公用、という感じだ。顔の傷は、相変わらず目立つ。

「しばらく日本にいるのかと思った」

「一度帰って、また来ることになると思う。そういう指示を受けた」

「捜査のために？」

「おそらく」

「こういうことは、あんたの専門じゃないと思うが」

「上と協議中だ」ブラウンが肩をすくめる。「最終的に、事件はニューヨーク市警が持っていく。被害者のラーガの本社が、ニューヨークだから」

「ま、俺には関係ないけどな」関係ないと言いながら、猛然と興味が湧いてきた。「結局、どういう事件だったんだ？」

ブラウンの簡潔な説明を聞きながら、濱崎は今さらながら自分が相手にしてきた事件の大きさに驚いていた。というより、石本に対して、尊敬の念に近いような物を抱く。情報を武器に、世界最大級のSNSサイト運営会社を恐喝しようとするとは……ヤクザもスケールが大きくなったと驚くべきか、それとも石本個人の資質を見くびっていたのか。

「こいつはでかい事件になるな。あんたもこれで、二階級特進か？」

「トクシン？」

「ああ、一気に偉くなれるんじゃないか」

「そういうことに興味はない」

ちらりと横を見ると、ブラウンは明らかに落ちこんでいる様子だった。大きな事件を前にすると、優秀な警察官は目を輝かせ、やる気を隠せないものだが。

「元気がないな」

「友人を一人、失った」

「ああ」濱崎は爪を弄《いじく》った。犠牲者だろうと確信して追いかけていたら、相手は犯人だった。二十年来の友人を一瞬で失ったショックは、濱崎にも想像できる。「仕方ないんじゃないか。こういうこともあるだろう」

「簡単に言わないでくれ」

ブラウンが唇を引き結ぶ。案外繊細な男なのか、と濱崎は驚いた。友だちを一人なくしたぐらいで……しかしすぐに、自分にはブラウンにとってのホワイトのような友人がいないのだ、と思い直す。互いに命を預けられるような相手とは、今まで一度も出会えていない。基本的には一人。それが楽だし当たり前だと思っていたのだが、ブラウンの落ちこみ様を見ると、考えさせられてしまう。

携帯電話の呼び出し音が鳴り出し、濱崎はびくりと身を震わせた。ブラウンはスーツのポケットからブラックベリーを取り出し、耳に押し当てながら席を立つ。少し離れた場所で話し出したので、会話の内容までは聞こえなかった。

話は長くなったが、濱崎はその場を立つ気にはなれなかった。どうせ、逃げ場はないのだ。やがて会話を終えたブラウンが、また隣に腰を下ろす。

「ミズ・ヨシタケだった」聞きもしないのに、ブラウンが明かす。

「何だって？」

「お別れの挨拶だ」

「へえ」濱崎は思わずにやりとした。「何だかいい雰囲気だったけど、そのまま残していっていいのか？」

ブラウンが目を細め、濱崎を睨みつける。何と、お硬いことか……仕事は終わったのだから、プライベートでどうしようが、問題ないはずなのに。

「彼女との間には、特に何もない」

「何だったら、仲を取り持とうか？」

「取り持つ？」

「ああ……」濱崎は両手をこねくり回した。見合い、と言ったらますます訳が分からなくなるだろう。「まあ、いいや。面倒臭い。それより、ラーガはこれからどうなるんだ？」

「日本進出の予定は、変わらないそうだ。多少計画は遅れるかもしれないが。ミズ・ヨシタケも、気持ちを入れ直してビジネスを再出発させるそうだ」

「何とね」濱崎は思わず目を見開いた。「こんなことになったのに、まだ金儲けか？」

「アジア人――インド人のメンタリティは、理解できない」ブラウンが首を振った。

「それで、俺をここで見つけてどうするつもりなんだ」濱崎は、一番気になっていた疑問を口にした。

「何もしない」ブラウンが淡々とした口調で言った。

「本当に？」

「ニューヨーク市警の警察官は、嘘をつかない」

「だとしたら、極めつきの変人が集まっているか、自分が嘘をついていることさえ認識できないような人間の集まりか、ということだな。嘘をつかない人間はいない」

「少なくとも俺は、嘘をつかない」

一瞬の間。周りの人の話し声が、ノイズになって耳に飛びこんでくる。

「警察はたぶん、俺の身柄を欲しがってる。警察官でもない人間が勝手に銃をぶっ放してヤクザを痛めつけたら、警察としては放っておけないのさ」

「そうかもしれない」

「あんた、捜査状況を知ってるんじゃないか？」

「知っていても言えない」

融通の利かない男だ……濱崎は一抹の不安を拭いきれなかった。実はニューヨーク市警から逮捕状が出ていて、公海上に出た瞬間にブラウンに身柄を拘束されるとか。まあ、その場合は暴れてやろう。飛行機は成田へ引き返すことになり、空港警察に逮捕される可能性もあるが、ブラウンの困り顔を見るのも面白い。

「ニューヨーク市警に協力するつもりはあるか？」

「はあ？」

「事件の捜査はこれからだ。あんたの証言が必要になるかもしれない」

「勝手なこと、言うなよ」濱崎は唇を尖らせた。「そんなこと言って、本当は逮捕するつもりじゃないのか？」

ブラウンが首を振る。俺の言うことが信じられないのか、とでも言いたそうだった。あんただけじゃないよ、と濱崎は心の中でつぶやいた。俺は誰も信じていないのだから。結局、信じられるのは自分だけなのだ。

ブラウンがすっと離れて行ったので、安堵の吐息を漏らす。やっと煩《うるさ》いのがいなくなった……しかし、不思議と寂しさを覚えるのだった。話し相手が欲しいわけではないのに。

搭乗開始まで、時間はのろのろと過ぎた。濱崎は途中から眠ってしまい、搭乗開始のアナウンスが始まったところで、慌てて目を覚ました。気づくと、目の前にブラウンが立っている。

「行かなくていいのか」だらしなく座ったまま、濱崎は言った。「あんたの出張はビジネスクラスだろう？　先に搭乗するんじゃないのか」

「一つ、言い忘れたことがある」

「何だ」濱崎は座り直した。ブラウンの目は真剣だった。

「礼を言い忘れていた」ブラウンがうなずく。「感謝するよ、相棒《バディ》」

堂場瞬一のミステリの源泉

弁護士
白井久明

堂場瞬一氏の小説はまもなく百冊となります。堂場氏の公式サイトには、二〇一五年三月十日に発売された『高速の罠 アナザーフェイス6』（文春文庫）が九十二作品目で、百冊までの刊行予定のラインナップが掲載されています。なお、このカウントダウン百冊には、エッセイ集『オトコのトリセツ』（マガジンハウス）も含まれています。

堂場氏の小説は、刑事・鳴沢了や警視庁失踪課・高城賢吾などの警察小説等のシリーズ作品、シリーズではないミステリ、そして、スポーツに題材をとった小説と大きく三つに分けられます。警察小説等としたのは、〈真崎薫〉シリーズは、神奈川県警の元刑事の私立探偵を主人公としているからです。

本作『over the edge』はハヤカワ・ミステリマガジンの二〇一二年三月号から十月号に連載され、二〇一二年十一月にハードカバーで刊行されており、シリーズではないミステリの範疇に入ることになるのですが、どうでしょうか。

アフリカ系アメリカ人の元軍人で、ニューヨーク市警察緊急出動部隊の分隊長モーリス・ブラウンと警視庁の元刑事濱崎の二人の視点で物語は進んで行きます。

ブラウンは、視察のための東京にきたのですが、世界的なSNSを展開しているラーガ社の社長から、東京で消息不明となったブラウンの戦友で、ラーガ社の副社長であるホワイトを捜し出してほしいと依頼を受けていました。

ブラウンは、ホワイトの消息を求めて動き出すのですが、暴漢に襲われたところを濱崎に助けられます。

濱崎は、表向きは、警察を依願退職しているのですが、事実上クビになったという過去があり、今は、人捜しなどの仕事で、糊口をしのいでいます。濱崎は、ロバート・B・パーカーの主人公スペンサーと同様に、姓のみで登場しています。

酒も飲まず、煙草も吸わず、シャツもきちっと畳む性格のブラウンと、何事にもだらしのない濱崎とは、そりが合わず、お互いを信用しないのですが、濱崎は、ブラウンの行動に興味をもち、ブラウンにつきまといます。

堂場氏の小説には、都市小説としての面白さがあります。都市小説を定義しようとすると迷路に入ってしまいそうですが、とりあえず、交通の要衝として人が集まる地域を舞台として、その地域と人が交錯する小説と考えています。

エド・マクベインの〈87分署〉シリーズはアイソラ（ニューヨーク）、ロス・マクドナルドの〈リュウ・アーチャー〉シリーズはロサンゼルス、マイクル・Z・リューインの〈パウダー警部補〉シリーズはインディアナポリスというように、ここにあげた小説では、その舞台とする都市そのものが小説の世界を色づけています。ちなみに、これらの作家は、堂場氏がよく読んでいるとしている作家たちです。

堂場氏の小説でいえば、〈鳴沢了〉シリーズでは新潟、〈高城賢吾〉シリーズでは渋谷が主舞台となっていますが、そこから、さらに、小さな地方の都市へと織りなす都市の陰影に対する視点の広がりがあり、観光ガイドブックには載らない都市のガイドブックの色合いをもっています。

それにしても、堂場氏の最近の夥《おびただ》しい本の刊行は驚異的です。執筆の速さは当然のことでしょうが、シリーズごとに趣向を変え、〈鳴沢了〉などの人気のシリーズも惜しげもなく終了させ、〈警視庁犯罪被害者支援課〉のような新機軸のシリーズを登場させています。

その執筆の源泉がどこにあるかというと、堂場氏の海外ミステリへの多岐にわたる関心と膨大な読書量にあります。

海外ミステリ鼎談（堂場瞬一×池上冬樹×田口俊樹『ミステリが読みたい！ 2012年版』）では、堂場氏の読書の嗜好の一端が垣間見えます。

＊「（ローレンス・ブロックの）テクニックが好きなんです。もう一つは優秀なニューヨークガイドになっているところ。海外ミステリには、知らないことを教えてもらう醍醐味ってのがあったな、と改めて思います」

＊「（トマス・H・クックの）『ローラ・フェイとの最後の会話』、面白かった」「乾杯五回する間に四百ページぐらい書いちゃう」「シームレスに」

＊「北欧物がずっときてるじゃないですか」「『特捜部Q』だって」

＊「（デイヴィッド・ベニオフの）『卵をめぐる祖父の戦争』がポケミス新装版一発めでほんとよかったですよね」

＊「シーラッハの『犯罪』がすっごい面白かったから」

堂場氏には、このように、海外ミステリで培ったひきだしの多さがあります。さらに、堂場氏は、このようにもいっています。

＊「読まないと書けない」「今でも大量に読みますし、それはのちのち血肉になる」

＊『警視庁失踪課・高城賢吾』シリーズは（ロス・マクドナルドの）リュウ・アーチャーシリーズの影響をもろに受けています。ただロス・マクはミステリとして読んではだめです。ふつうの現代小説として読んでくださいという感じですね」（「小説家になりま専科　その人の素顔」二〇一一年六月二十八日、聞き手・池上冬樹、http://www.sakuranbo.co.jp/livres/sugao/2011/06/post-9.html）

堂場氏が、警察小説の師としている作家の一人が、〈87分署〉シリーズのエド・マクベインです。マクベインは、五十冊以上、同シリーズを出していますが、同シリーズは、複数の警察官を主人公とし、複数の事件が錯綜する群像劇になっているので、シリーズとしても、マンネリ化しませんでした。これに対し、堂場氏は、「それには逆らってやろうと」「警察という組織の中であえて一人の男に焦点を当てて書こうと、日々悪戦苦闘している」としています（『師匠』は遙かに遠くに」ミステリマガジン二〇〇五年十月号）。書き手側も、読み手側も、マンネリ感に陥らないために、シリーズとしては、五〜六冊にとどめ、主人公が時折、スピンオフして、別の作品に登場する方が、新鮮で、効果的です。ここらあたりは、堂場氏の作家としての戦略の立て方のうまさではないでしょうか。『over the edge』では、アメリカ人の目（正確にいえば、堂場氏の目を通したアメリカ人の目）という新しい視点が加わります。

ブラウンは、地図を見ながら、東京の世界を感じ取ります。

「赤坂見附駅、三宅坂、祝田橋、西新橋一丁目の交差点を四つの角にする変形的な四角の中に、日本の中枢のほとんどが入っていると言っていいだろう。国会議事堂、各省庁、そして警視庁と警察庁。そこに隣接した場所に赤坂の繁華街があり、ヤクザが日夜闊歩しているというのも妙な感じだったが、それも当然なのだと思い直す。悪は、権力に擦り寄るものだ。物理的にも心情的にも」

ブラウンに絡む濱崎も、ただのおっさんかと思っていると、三百ミリの望遠レンズつきのキャノンのイオス、倍率十二倍のニコンの双眼鏡、ソニーのICレコーダー、富士通のノートパソコンを装備し、シートがレカロ製の二〇〇九年型のランサー・エボリューションに乗って張り込みにでかけるという格好よさももっています。対するブラウンは少々古めかしいブラックベリーを持ち、サブマリーナの腕時計をしています。

ハードボイルドというよりも、若干感傷的な側面をもったソフトボイルド的なコンビといったほうがいいのかもしれません。

シリーズにならないのは、惜しいなと思っていたら、どうやら、第二弾が出るらしい。舞台はニューヨーク、タイトルも決まっており、横文字という。

次作『under the bridge』は、どういう展開になるのか楽しみにしています。

本書は、二〇一二年十一月に早川書房より単行本として刊行された作品を文庫化したものです。

話題作

本格ミステリ大賞受賞
開かせていただき光栄です
—DILATED TO MEET YOU—
皆川博子
十八世紀ロンドン。解剖医ダニエルと弟子たちが不可能犯罪に挑む！　解説／有栖川有栖

薔薇密室
皆川博子
第一次大戦下ポーランド。薔薇の僧院の実験に導かれた、驚くべき美と狂気の物語とは？

〈片岡義男コレクション1〉
花模様が怖い
謎と銃弾の短篇
片岡義男／池上冬樹編
女狙撃者の軌跡を描く「狙撃者がいる」他、突如爆発する暴力と日常の謎がきらめく八篇

〈片岡義男コレクション2〉
さしむかいラブソング
彼女と別な彼の短篇
片岡義男／北上次郎編
バイク青年と彼に拾われた娘の奇妙な同居生活を描く表題作他、意外性溢れる七つの恋愛

〈片岡義男コレクション3〉
ミス・リグビーの幸福
蒼空と孤独の短篇
片岡義男
アメリカの空の下、青年探偵マッケルウェイと孤独な人々の交流を描くシリーズ全十一篇

第1回アガサ・クリスティー賞受賞作

黒猫の遊歩 あるいは美学講義

森 晶麿

でたらめな地図に隠された想い、しゃべる壁に隔てられた青年、川に振りかけられた香水の意味、現れた住職と失踪した研究者、頭蓋骨を探す映画監督、楽器なしで奏でられる音楽……日常に潜む、幻想と現実が交差する瞬間。美学・芸術学を専門とする若き大学教授、通称「黒猫」と、彼の「付き人」をつとめる大学院生は、美学とエドガー・アラン・ポオの講義を通してその謎を解き明かしてゆく。

黒猫の刹那 あるいは卒論指導

森 晶麿

大学の美学科に在籍する「私」は卒論と進路に悩む日々。そんなとき、ゼミで一人の男子学生と出会う。黒いスーツ姿の彼は、本を読み耽るばかりでいつも無愛想。しかし、ある事件をきっかけに彼から美学とポオに関する〝卒論指導〟を受けて以降、その猫のような論理の歩みと鋭い観察眼に気づき始め……。『黒猫の遊歩あるいは美学講義』の三年前、黒猫と付き人の出会いを描くシリーズ学生篇

ハヤカワ文庫

著者略歴　1963年茨城県生，青山学院大学国際政治経済学部卒，作家　著書『8年』（第13回小説すばる新人賞受賞）『雪虫』『アナザーフェイス』『逸脱』『壊れる心』『警察回り の夏』『ルール』他多数

HM=Hayakawa Mystery
SF=Science Fiction
JA=Japanese Author
NV=Novel
NF=Nonfiction
FT=Fantasy

over the edge《オーバー・ジ・エッジ》

〈JA1190〉

二〇一五年四月二十五日　発行
二〇一五年四月　三十　日　二刷

（定価はカバーに表示してあります）

著者　堂《どう》場《ば》瞬《しゅん》一《いち》
発行者　早川　浩
印刷者　草刈龍平
発行所　株式会社　早川書房

郵便番号　一〇一 - 〇〇四六
東京都千代田区神田多町二ノ二
電話　〇三 - 三二五二 - 三一一一（大代表）
振替　〇〇一六〇 - 三 - 四七七九九
http://www.hayakawa-online.co.jp

乱丁・落丁本は小社制作部宛お送り下さい。
送料小社負担にてお取りかえいたします。

印刷・中央精版印刷株式会社　製本・株式会社フォーネット社

ISBN978-4-15-031190-2 C0193

本書は活字が大きく読みやすい〈トールサイズ〉です。